Sara Agnès L. vit à Montréal et est la première auteure québécoise à être publiée chez Milady ! Elle a toujours aimé raconter des histoires : plus jeune, avec ses poupées, puis dès qu'elle a su tenir un crayon, avec des mots. Parfois tendre, parfois rude avec ses personnages, elle affectionne néanmoins les récits qui se terminent bien, toujours avec un zeste de romance.

Du même auteur, chez Milady :

Annabelle

Chez Emma :

L'Or et la Nuit

CE LIVRE EST ÉGALEMENT DISPONIBLE
AU FORMAT NUMÉRIQUE

www.milady.fr

Sara Agnès L.

ANNABELLE

Nouvelle leçon

Milady Romantica

Milady est un label des éditions Bragelonne

ISBN : 978-2-8112-1614-6

Bragelonne – Milady
60-62, rue d'Hauteville – 75010 Paris

E-mail : info@milady.fr
Site Internet : www.milady.fr

À Hélène, merci de croire en mes histoires.
Et à Claire, toujours, pour son soutien indéfectible.
Merci de faire jaillir la lumière quand je suis dans le noir complet.

1

Un projet stimulant

C'était un vendredi. La plupart de mes collègues étaient déjà partis, surtout les passionnés de ski. La météo annonçait que ce seraient bientôt les dernières neiges de la saison et qu'il fallait en profiter. Pour ma part, Simon travaillait tard au restaurant, je n'étais donc pas pressée de rentrer chez moi. Ça faisait déjà près de deux ans que je travaillais chez *Zap*, une revue pour adolescentes dans laquelle je coordonnais, sélectionnais et corrigeais certains articles. Même si les défis n'avaient rien d'équivalent à ceux que je relevais auparavant chez *Quatre Vents*, je ne m'en plaignais pas. Mes horaires étaient plus légers, et je ramenais rarement du travail à la maison. Plus rien ne troublait la quiétude que j'étais parvenue à établir dans mon existence.

Mon bureau était d'ailleurs si calme que je sursautai lorsque le téléphone résonna dans mon bureau.

—Annabelle Pasquier, répondis-je.

—Ah, mademoiselle Pasquier! Quelle joie, vous êtes encore là! Je m'appelle Lena Blouin, je suis directrice affiliée aux projets externes pour Ricor Média.

La torpeur qui m'animait quelques minutes plus tôt disparut sur-le-champ, et je me redressai vivement sur le bout de ma chaise, étonnée de recevoir ce genre d'appel, surtout un vendredi après-midi.

—Auriez-vous quelques minutes à m'accorder? lança-t-elle sans autre préavis. Passez donc me voir au bureau. Je suis au douzième, troisième porte à gauche. Je vous attends.

Malgré sa question, je n'eus pas l'impression qu'elle me donnait le choix. Je m'empressai donc d'accepter en forçant une note enthousiaste.

Au douzième, la secrétaire m'accueillit avec un large sourire:

—Mademoiselle Pasquier, je présume? Vous pouvez y aller, on vous attend.

Elle m'indiqua une porte sur la gauche. Je n'étais pas encore dans son bureau que Lena Blouin se levait déjà et me tendait une main ferme que je serrai sans trop savoir à quoi elle m'engageait. J'angoissais à l'idée qu'elle m'ait convoquée pour me licencier. Pendant qu'elle refermait la porte derrière moi, je réfléchissais à des erreurs que j'aurais pu faire.

Elle me fit signe de m'asseoir en reprenant place. Je remarquai le dossier ouvert devant elle, mais surtout : mon curriculum vitæ. Quand elle vit que je fixais le papier en question, elle s'expliqua aussitôt :

— Je jetais un coup d'œil à vos compétences. Je ne savais pas que vous aviez travaillé pour les éditions *Quatre Vents.*

— Euh… c'est exact, oui.

Déjà, les pires scénarios possibles me venaient en tête. Avait-on découvert que j'avais couché avec mon auteur ? Avais-je trahi toutes les règles d'éthique dans le domaine ?

— Je remarque que vous avez passé sous silence vos réussites, reprit-elle. Vous savez, hier encore, votre ancien patron n'a cessé de faire des éloges à votre sujet !

Je n'en croyais pas mes oreilles : elle avait téléphoné à Jason ? Elle rebaissa les yeux vers ses notes et se mit à lire l'information qu'elle semblait avoir gribouillée dans un coin de sa feuille :

— Vous avez édité beaucoup d'excellents romans de la collection Rose bonbon, dont plusieurs ont été en course pour des concours prestigieux. Trois œuvres primées, signe que vous savez détecter les perles rares. Et encore je ne parle pas du troisième tome de John Lenoir que vous avez su diriger avec brio ! Pourtant, ses textes étaient dans un domaine tout à fait différent de ce que vous faites habituellement. Vraiment… je suis impressionnée !

Elle referma mon dossier, avant de relever des yeux étonnés vers moi. De toute évidence, j'étais ici pour me faire encenser et non l'inverse, mais l'évocation du nom de John me rendit néanmoins nerveuse.

—Même ici, on me dit à quel point vous faites de l'excellent travail, poursuivit-elle. J'avoue que je suis la première étonnée par votre parcours. Je ne m'attendais pas à trouver une candidate de votre niveau parmi mes propres employés. Vous êtes tellement… discrète!

—Oh bien… merci!

En fait, je n'étais pas certaine que la discrétion soit un compliment, mais elle en semblait plutôt ravie. Son visage se transforma et me parut soudain plus amical.

—Vous vous demandez pourquoi je vous ai fait venir à mon bureau, un vendredi après-midi, n'est-ce pas?

Je hochai la tête.

—Ricor Média songe à fonder une nouvelle revue dans un créneau tout à fait différent des autres. Nous cherchons un concept novateur pour un mensuel qui s'adresserait non pas aux hommes ou aux femmes, mais aux couples.

J'opinai, mais je n'étais pas tout à fait certaine de comprendre ce qu'elle attendait de moi.

—Le conseil d'administration se réunit dans douze jours, et on m'a demandé de présenter la maquette d'une nouvelle revue. Si le projet est accepté, et j'espère qu'il le sera, je pense à vous pour la prendre en charge comme rédactrice en chef, annonça-t-elle enfin.

Sous le choc, je la dévisageai.

— D'ailleurs, je me demande bien pourquoi une femme avec autant d'expérience dans le domaine n'a pas déjà un magazine à sa charge, avoua-t-elle. Pour ma part, je trouve que vous êtes la personne idéale pour relever ce défi !

Je la fixai avec un petit sourire béat. Je n'arrivais pas à croire ce qu'elle venait de me dire. C'est pourquoi je répétai, à la seconde où elle se tut :

— Rédactrice en chef ? Moi ?

Son sourire se confirma.

— Il faut d'abord que le conseil d'administration accepte de financer le projet. Et, comme vous serez celle qui le prendra en main, il me paraît naturel que vous m'aidiez à le concrétiser. Sans oublier que nous n'avons pas beaucoup de temps, mais je suppose que vous avez l'habitude des délais serrés.

— En effet, répondis-je.

— Alors nous sommes faites pour nous entendre ! Vous voulez que je vous explique ce que j'avais en tête ?

J'acceptai, déjà fort emballée par le défi qu'elle me proposait. Pendant plus de vingt minutes, je l'écoutai me parler de cette revue destinée aux couples de tous âges. À son avis, il fallait d'abord ratisser large, et se spécialiser au besoin. Elle envisageait ainsi la suite des choses : établir des rubriques, recueillir mes idées, trouver un titre, confectionner une maquette, un logo. Tout semblait à faire ! Elle parlait avec passion, déterminée à surprendre le conseil d'administration avec cette revue, et je dus admettre que son entrain était contagieux.

— Croyez-moi, Annabelle, avec ce concept, je suis certaine qu'on va dégotter un nouveau marché qui fera rager tous nos concurrents ! Tous ces gens en couple qui cherchent un peu de piquant dans leur vie…

Je fronçai les sourcils, masquant mal l'inconfort qui me gagnait.

— Quand vous parlez de « piquant », vous voulez dire… ?

— Je parle de sexe, bien sûr ! Il y aura des articles, des petites histoires croustillantes, des trucs pour maintenir la flamme amoureuse, ce genre de choses… Avec votre parcours dans le domaine du romantisme et de l'érotisme, je considère que c'est tout à fait dans vos cordes, vous ne croyez pas ?

Je ne répondis pas, mais je comprenais enfin pourquoi j'avais été approchée pour ce travail. Je tentai de réfléchir, et vite. Ne m'étais-je pas promis de ne jamais retourner à la littérature érotique ? Dans la dernière année, Jason m'avait relancée plusieurs fois pour que je reprenne du service chez *Quatre Vents*, et je me souvenais pertinemment de lui avoir affirmé que cette partie de ma vie était définitivement terminée. Et maintenant ? Lena m'avait si bien vendu cette revue que je n'avais déjà plus envie de refuser son offre !

— Quelque chose vous gêne, on dirait, constata Lena.

— C'est juste que…, quand je suis partie de mon ancien travail, c'était pour ne plus avoir à toucher à ce domaine. L'érotisme, ajoutai-je très vite.

— Pourquoi ?

Je jetai simplement :

— Disons que… je ne me sentais pas vraiment à ma place…

Lena recula sa chaise et s'y adossa plus confortablement. Elle laissa ses jambes s'étirer sous le bureau et soupira. J'eus peur de l'avoir déçue, mais elle hocha simplement la tête.

— Il est vrai que les histoires pour jeunes filles n'ont pas le même impact que les récits d'un homme comme John Lenoir. On s'y implique plus, je m'en doute. C'est probablement la raison qui a fait de vous une aussi bonne éditrice. À mon sens, c'est la preuve d'un vrai professionnalisme.

Si je n'avais pas été aussi étonnée par ses paroles, j'aurais éclaté de rire : professionnelle ? Moi ? Si elle connaissait la vérité, ce poste m'aurait certainement glissé entre les doigts !

— Vous savez, les textes que nous publierons n'auront rien à voir avec ce genre de littérature, dit-elle en haussant les épaules. Ce sera coquin, fortement suggéré peut-être, mais sans plus. N'oubliez pas que nous visons un public très large. Il faudra rester dans la norme. On ne peut pas se permettre de choquer les gens.

Sa phrase me rassura, mais pas complètement. J'ignorais ce que Lena considérait comme étant « coquin », mais avant que j'aie eu le temps de poser la question elle s'accouda sur son bureau pour se rapprocher de moi.

— Annabelle, je ne vais pas vous mentir : je suis persuadée que vous êtes la personne idéale pour ce projet. J'ai lu des livres de votre ancienne collection et tous les romans de John Lenoir. Je suis formelle : son troisième tome est définitivement le meilleur. Ça se voit que vous l'avez bien encadré. Vous avez su tirer le meilleur de votre auteur, et c'est exactement ce dont cette revue a besoin.

Je me sentis étrangement piquée par cette remarque, qui était pourtant un compliment. Avait-elle lu le quatrième tome ? Comme il relatait nos souvenirs, j'étais un peu déçue qu'il ne soit pas meilleur que le troisième.

Déterminée à me convaincre, elle insista encore :

— Vous êtes douée, Annabelle, mais je ne pense pas que notre entreprise bénéficie de votre meilleure expertise en vous gardant chez *Zap*. Vous seriez bien plus à votre place dans un poste de direction, à gérer des textes, des auteurs... C'est un défi qui ne se refuse pas, vous savez...

Je ne le savais que trop et je fis un petit signe de la tête pour le lui signifier.

— Si vous devenez rédactrice en chef, cette revue deviendra la vôtre, me rappela-t-elle. À vous de définir les sujets qui y seront traités. Mais, comme nous cherchons à mettre en place une revue destinée aux couples, il serait étrange de ne jamais aborder la sexualité…

— Oh, mais le sexe ne me dérange pas, certifiai-je très vite. Je parlais surtout de sadomasochisme, ce genre de choses…

— Hum… bien… Je ne pense pas que Monsieur et Madame Tout-le-Monde aient très envie d'en entendre parler, dit-elle en riant. Ou alors très peu !

Mon sourire s'accentua, et je crois que cela suffit à rassurer Lena qui serra le poing de façon victorieuse, certaine que j'allais céder. Et elle n'avait pas tort ! J'en crevais d'envie.

— Voilà ce que je vous propose, poursuivit-elle encore. Définissons ensemble les grandes lignes de la revue. De toute façon, si ça ne passe pas au conseil, nous n'irons pas très loin.

— Ça me va.

— À la bonne heure !

Elle jeta un coup d'œil rapide à sa montre et pinça les lèvres.

— Je sais qu'on est vendredi, mais c'est seulement avant-hier que j'ai reçu la confirmation que je pouvais aller de l'avant avec cette idée, alors si vous avez quelque chose de prévu…

— Aucun problème, dis-je en récupérant le dossier qu'elle me tendait. Mon petit ami est propriétaire d'un restaurant et il rentre très tard, le vendredi.

Son visage s'éclaira.

— Quand je vous disais que vous étiez parfaite pour ce poste ! Dites-moi simplement quand vous aurez faim, et on commandera quelque chose.

Sans plus attendre, je plongeai dans les documents. Le temps nous était compté.

2

Petites négociations

Il était tard lorsque Simon arriva à l'appartement, mais j'étais on ne peut plus réveillée. J'avais passé la soirée avec Lena à poser les grandes lignes de la revue et à m'assurer que nos visions concordaient sur la façon d'aborder la notion de couple. Nos idées allaient dans tous les sens, mais ce travail me paraissait tellement stimulant! Il y avait fort longtemps que je n'avais ressenti un tel engouement au bureau…

Au bout de deux heures de travail, nous avions établi une base que je considérais solide. Je n'avais plus qu'une seule envie: convaincre le conseil d'administration de nous accorder le budget pour démarrer cette revue. Depuis que j'étais rentrée à la maison, j'avais relu mes notes et pensé à un tas d'idées supplémentaires que je comptais soumettre à Lena par mail dès le lendemain.

Simon retira son manteau et vint me rejoindre sur le canapé. Après un baiser rapide, il jeta un coup d'œil à mes papiers et me regarda d'un air suspicieux.

— Depuis quand tu rapportes du travail à la maison ?

— Depuis que j'ai un nouveau projet. Enfin… plus ou moins…

Je serrai mon bloc-notes contre moi pour l'empêcher de tout découvrir avant que j'aie eu le temps de le lui exposer de vive voix. Toute la soirée, je m'étais demandé comment je lui annoncerais la nouvelle, mais, maintenant qu'il était là, je lui racontai simplement l'histoire du début à la fin. Il se recula un peu sur le canapé pour mieux me voir.

— Rédactrice en chef ?

— C'est incroyable, non ? Je n'arrive pas à croire que Lena ait eu l'idée de regarder dans mon dossier !

Il sourit devant mon enthousiasme.

— Tu as dit oui, alors ?

— Évidemment ! Enfin… ça ne veut pas dire que le conseil d'administration va accepter, dis-je en tentant de garder mon calme. Et ça risque de me demander plus de travail.

Il haussa les épaules.

— Je ne peux pas vraiment me plaindre. Je suis le premier à faire des heures supplémentaires au restaurant.

— Et il y a autre chose, admis-je avec une petite voix.

Avant qu'il pose la question, je tournai la page de mon bloc-notes et lui montrai une esquisse mal dessinée de la revue. Il haussa un sourcil.

— « Amoureux et sexy » ?

— C'est une idée de titre.

— OK. Et quel est le problème ?

— « Sexy ». On va publier des rubriques sur la sexualité et… probablement des textes érotiques aussi…

Simon fut incapable de me cacher sa réaction. Il était troublé, et sa question ne tarda pas à surgir :

— Quel genre de textes ?

— Érotiques. Plutôt basiques, ajoutai-je d'un trait. C'est quand même destiné au grand public, tu sais. On va rester dans tout ce qu'il y a de plus traditionnel.

Mes paroles semblèrent le rassurer, car il me sourit de nouveau.

— Tu te doutes pourquoi ils ont pensé à moi, lâchai-je.

Il acquiesça.

— Ça me paraît évident.

— Et ça te dérange ? Tu aurais préféré que je t'en parle avant d'accepter, peut-être ?

Simon saisit ma cheville, étendit ma jambe sur la sienne, puis secoua la tête.

— Tu es libre, Annabelle. Tu as le droit de choisir un travail qui te plaît. Je ne te cache pas que si les textes avaient été plus… osés…

— Je sais.

— Mais, en même temps, tu n'es plus cette femme-là. Et je présume que si tout ça t'effrayait… tu m'en parlerais, pas vrai ?

— Bien sûr !

— Alors tout est dit.

Son sourire s'accentua, et je me détendis aussitôt. Tout était tellement simple avec Simon ! Du bout des doigts, il caressa le dessus de mon pied et remonta lentement vers mon mollet.

— Voilà ta chance de relever de nouveaux défis, dit-il. Et pour une fois que ton histoire avec John t'apporte quelque chose de positif…

— Elle m'a apporté des tas de choses positives, le contredis-je.

Il fronça les sourcils, et je répliquai aussitôt :

— Toi, par exemple.

Son expression se radoucit, et il fit mine de me gronder :

— Hum ! Bonne réponse.

Je jetai mes notes sur le sol et utilisai ma jambe sur la sienne pour m'approcher et m'installer sur lui.

— Tu sais, dans cette revue, il y aura probablement une section : « 10 trucs pour raviver la flamme », dis-je avec une voix aguicheuse. Comme je suis très consciencieuse, il va falloir qu'on teste tout ça, toi et moi…

— On a déjà besoin de raviver la flamme ?

— On peut faire semblant…

Je détachai les boutons de sa chemise pendant que ses mains cherchaient à glisser sous ma jupe pour saisir mes fesses.

— Et quel serait le premier truc ?

— Voyons voir… quelque chose comme : lorsque votre conjoint revient du travail très tard, faites-lui un délicieux câlin au lieu de l'assommer avec des reproches. Si le câlin est suffisamment agréable, peut-être monsieur se donnera-t-il la peine de rentrer plus tôt les autres soirs ?

Sa bouche, qui dérivait délicieusement dans mon cou, cessa d'enflammer ma peau, et le regard de Simon chercha le mien, inquiet.

— Tu trouves que je rentre trop tard ? C'est parce que Gilbert est malade. Et j'ai toujours l'impression d'être le seul à pouvoir rester…

— Ce n'était pas un reproche, juste une mise en situation.

Je torturai sa chemise pour la lui retirer sans quitter ma position. Pressée, je m'attaquai à son pantalon et libérai son sexe. Je l'emprisonnai dans mes doigts et observai la tête de Simon retomber contre le dossier du canapé. Ses yeux se fermèrent quelques instants pour savourer mes caresses.

— Oui, c'est… c'est beaucoup mieux, admit-il.

Je le caressai doucement. Profitant de sa docilité pour le contempler à ma guise. Ses cheveux blonds, plus longs que d'habitude, bouclaient légèrement aux extrémités. Cela lui donnait un air canaille. Son visage était doux, même si ses traits étaient carrés. Je me penchai pour dévorer ses lèvres charnues tout en le masturbant pour l'aider à décompresser de sa journée de la plus délicieuse des façons. Ses soupirs se faisaient de plus en plus troubles. Ses mains pétrissaient mes fesses, mais rien de plus. Cette lenteur semblait lui plaire. Hormis le bruit de son souffle, tout était doux et calme dans notre salon.

Fidèle à son habitude, Simon ne resta pas inerte bien longtemps. Il ouvrit les yeux et entreprit de me retirer ma chemise. Elle valsa dans la pièce, mais je ne le laissai pas faire de même avec ma jupe. Ce soir, je voulais diriger les opérations. Je me relevai, me penchai pour baisser son pantalon, et il souleva son bassin pour que le vêtement glisse plus aisément. Je lui retirai ses chaussettes, me mis à lui embrasser les mollets, remontai sur ses cuisses en laissant mes cheveux lui caresser les jambes, puis son sexe tendu. Son corps s'affaissa plus confortablement sur le canapé.

— Oh, Anna, oui !

Aussitôt, je pris son sexe en bouche et serrai ses cuisses sous mes doigts, les écartant brusquement pendant que je poussais sa queue profondément entre mes lèvres. Ses soupirs s'accentuèrent, et je m'appliquai à le rendre fou. Ce soir, j'étais excitée par la nouvelle vie qui s'offrait à moi. Je voulais qu'il sache que je n'avais pas l'intention de le délaisser à cause de mes nouvelles fonctions.

Sa main s'accrocha à mes cheveux, chercha à toucher ma nuque et à me faire ralentir.

— Doucement ! Je ne tiendrai pas trois minutes, comme ça !

Je chassai sa main, repris mon rythme initial, et il eut un bref éclat de rire entre ses gémissements.

— D'accord ! Je ne résiste pas !

Sa tête retomba vers l'arrière, et sa main revint sur ma tête pour suivre mes gestes. Je posai les doigts sur les siens comme pour l'inciter à me contraindre d'y aller plus fort et plus vite, mais il était visiblement trop accaparé par sa propre jouissance. Lorsqu'il fut tout près de l'orgasme néanmoins, ses doigts se firent plus rudes sur mes cheveux, et il guida mon va-et-vient, soucieux que je le fasse languir davantage.

— Oh, Anna ! Anna !

Il retint ma tête contre lui dans un cri, et son sperme gicla dans ma gorge, puis sa main se fit douce sur moi, me caressant distraitement, et je me retirai dans un mouvement lent pour ne pas nuire au calme que je venais de lui prodiguer.

Ses doigts cherchèrent les miens, et il tira sur mon poignet pour m'inviter à revenir sur le canapé. Je me retrouvai dans ses bras, sa bouche contre la mienne et son regard heureux posé sur moi.

—Dis donc, on dirait que c'est soir de fête !

—Oui.

Il me caressa la joue.

—Anna, je suis vraiment content pour toi.

Doucement, il me poussa jusqu'à m'étendre sur le canapé, et je ne résistai pas à son geste : j'ouvris les cuisses pour y accueillir sa bouche. Je fermai les yeux et le laissai me transporter au paradis grâce à sa langue délicieusement irrévérencieuse. Ce soir, il faisait durer le plaisir et laissait mon sexe frémir entre ses lèvres…, mais il finit par accélérer la cadence et glissa également ses doigts en moi, me faisant sursauter de plaisir. Il me retint en posant une main ferme sur ma hanche, et cette rudesse me plut. Me sentir ainsi prisonnière me porta brutalement au bord de la jouissance, et j'explosai dans un cri libérateur, me cambrant dans un mouvement brusque, puis je laissai mon corps retomber contre le canapé, le souffle court.

Nous restâmes ainsi pendant un long moment, puis il plaqua un baiser sur ma cuisse.

—Je t'aime, Anna. Je suis heureux avec toi.

Je ne répondis pas, l'esprit et le corps englués dans le plaisir comme dans du coton épais. Mais j'étais d'accord avec lui. Plus que jamais, ce soir, j'étais heureuse. Et pas seulement dans ma vie de couple, mais également parce que je me lançais dans un nouveau défi professionnel qui m'exaltait.

3

L'aveu

Je passai tout le week-end à concevoir une ébauche de la revue. En rentrant du travail, le vendredi soir, j'avais dévalisé mon marchand de journaux pour pouvoir feuilleter différents magazines : autant ceux qui étaient destinés aux couples que ceux à caractère érotique. J'encerclais tout ce qui me plaisait et tout ce qui me paraissait exploitable, mais ma tâche consistait surtout à trouver une orientation différente et originale. Même si le défi était de taille, j'étais de plus en plus persuadée que cela pouvait fonctionner. À force d'y réfléchir, les idées pleuvaient : une rubrique pour les achats coquins, une autre pour des soirées à thème romantiques, des articles sur la compréhension du sexe opposé, le tout avec une pointe d'humour.

D'un commun accord, Lena et moi optâmes pour un titre sobre et représentatif : *Amoureux et coquins*. L'amour restait prédominant, tout en sous-entendant le point de vue érotique qui inspirerait certains de nos articles.

Nous formions une équipe du tonnerre. Nous n'avions que peu de temps pour construire une base solide à présenter au conseil d'administration. Sous sa gouverne, je me vis retirer temporairement mes dossiers de chez *Zap*, et je passai le plus clair de mon temps avec elle, dans son bureau du douzième étage. Nous avions laissé tomber le vouvoiement, carburions au café, poursuivions nos discussions jusque tard le soir. C'était extrêmement grisant.

Il nous restait moins d'une semaine avant de devoir présenter la maquette. Nous avions un titre, la ligne directrice, une ébauche de logo et suffisamment d'idées de rubriques pour faire un magazine de plus de cent pages. Comme tous les soirs, nous bossions tard. Nous avions commandé des sushis afin de poursuivre notre travail durant le repas. Je m'adossai un moment contre ma chaise, fatiguée, et pourtant heureuse de ce que nous avions accompli ces derniers jours.

— Ce qui serait bien, dit-elle, ce serait de présenter une vraie maquette. Avec des textes, la une, un édito…

Je la dévisageai.

— Tu veux dire… on fait une esquisse de mise en pages ?

— Non, non, je veux dire : on fait un vrai magazine. On l'imprime et tout ! On aura juste à refiler une copie aux membres du conseil.

Ma bouche s'ouvrit sous la surprise, et je lâchai :

— Tu n'es pas sérieuse ? Il ne nous reste qu'une semaine !

— On irait au plus simple : on prend Jessie et Diane pour le graphisme, deux ou trois pigistes qui nous feraient des articles de fond sur un thème parmi ceux qu'on a déjà sortis. Tu t'occuperais de l'édito et de la rubrique des liens sur le Net, ça devrait être facile pour toi d'ajouter une liste de lectures coquines. Tu peux même mettre des livres de ton ancienne collection. On leur dirait que ce n'est qu'un prototype, évidemment, mais quand ils tiendront la revue entre leurs mains ils seront tellement épatés qu'ils ne pourront rien nous refuser !

Le visage de Lena avait repris cette lueur d'excitation qui me plaisait, mais j'avais du mal à suivre son rythme, ce soir. L'idée de nous rajouter autant de travail ne m'enthousiasmait pas vraiment. Nous n'aurions jamais assez de temps pour tout faire !

Je retirai mes chaussures et me levai pour faire les cent pas dans son bureau, ce qu'elle prit immédiatement pour un refus de ma part.

— Quoi ? Tu n'aimes pas mon idée ?

— J'essaie surtout de voir où je vais trouver le temps pour faire tout ça !

— On a encore une semaine !

— On ne peut pas produire un premier numéro en une semaine !

— Une revue test, pas un premier numéro ! rectifia-t-elle.

— Mais où est-ce qu'on va trouver des textes érotiques en si peu de temps ? Ça n'a aucun sens ! Il aurait fallu faire un appel à textes, ce genre de choses…

Elle claqua des doigts.

— Un appel à textes ! Tu es géniale !

— En une semaine ?

— Non, pas pour le premier numéro, mais pour les autres ! Un appel à textes sur Internet, ça devrait nous rapporter plein de manuscrits, et il y aura sûrement quelques perles dedans !

J'écarquillai les yeux d'angoisse.

— Tu es folle ? Je ne vais pas me farcir trois cents textes d'amateurs par mois !

— On te prendra une secrétaire, on formera un comité de lecture… Je te jure, je pense qu'on a une idée de génie avec ce magazine !

— Rien que ça, me moquai-je.

— On voit que tu n'as jamais assisté à ce genre de conseil, toi ! Ce sont tous des cadres qui chipotent, qui ne veulent jamais prendre de risque. On va mettre des textes érotiques légers, juste assez pour les titiller, et ils seront tellement sous le charme qu'ils vont ramper pour avoir la suite !

Je pris appui sur ma jambe gauche et croisai les bras avant d'en revenir à mon problème principal :

— Et, donc, où est-ce qu'on va trouver des textes érotiques à une semaine du conseil d'administration ?

— Tu ne peux pas demander à tes anciens auteurs de… ?

— Non ! la coupai-je rudement. Au cas où tu ne l'aurais pas remarqué, je n'ai publié qu'un seul auteur, et il fait dans le sadomaso !

Lena grimaça et balaya mes paroles du revers de la main.

— Bah ! Je suis sûre que, si tu lui demandais, il pourrait faire un truc moins…

— Non.

À la dureté de mon ton, elle fronça les sourcils et me fixa droit dans les yeux.

— Qu'est-ce qui te prend ? J'essaie de nous avoir cette revue ! Tu pourrais au moins faire un effort !

— Pas comme ça. John ne fait pas dans la sexualité traditionnelle, et je ne connais aucun autre auteur d'érotisme.

Malgré mon ton détaché, je sentis mon cœur se débattre dans ma poitrine. Rappeler John ? Jamais ! Autant ouvrir le purgatoire et laisser tous les démons de l'enfer revenir sur terre ! Elle souffla bruyamment, visiblement agacée par la façon dont je lui tenais tête.

— Je vais le contacter moi-même, alors ! suggéra-t-elle.

— Puisque je te dis que ce n'est pas le genre de la revue !

— D'accord ! gronda-t-elle avec énervement, alors peut-être qu'il connaît d'autres auteurs ? Ça vaut le coup de lui demander, tu ne penses pas ?

Je ne répondis pas, mais je secouai encore la tête, surtout par réflexe. Je ne pouvais pas croire que j'allais devoir lui reparler et je songeais déjà à laisser tomber tout le projet. Bon sang! Pourquoi m'obligeait-elle à faire cela? Je repris les cent pas dans son bureau et finis par tout lâcher:

— Écoute, autant te dire la vérité: on ne s'est pas vraiment quittés en bons termes, John et moi.

Malheureusement, mes paroles ne firent qu'attiser sa curiosité. Un petit sourire s'accrocha à son visage.

— Tu n'as quand même pas eu une histoire avec ton auteur?

— Je dis juste que je ne veux pas le rappeler. Crois-moi: John Lenoir est un homme imbu de lui-même et le genre de manipulateur qu'il vaut mieux garder loin de soi.

Elle s'accouda à son bureau.

— Tu as couché avec lui?

Je la fusillai du regard en guise de réponse, et elle leva les bras au ciel.

— Quoi? Je ne fais que demander! On a passé la fin de semaine à parler de sexe. Qu'est-ce que ça change si tu as couché avec ton auteur, je ne vais pas le crier sur tous les toits!

— J'ai couché avec lui, voilà, tu es contente?

Ma voix sembla résonner dans la petite pièce, et je repris mon souffle en regrettant immédiatement ma confession.

Le regard de Lena fixait le vide.

— Ton auteur, est-ce qu'il… il fait vraiment le genre de choses qu'il écrit?

Je serrai les dents, et elle le remarqua, se reprit aussitôt :

— Je ne veux pas te juger, tu sais. C'est juste que... je ne sais pas... ça m'étonne d'une femme comme toi, c'est tout.

Elle balaya mon corps du regard, s'attardant sur mes bras nus, comme si elle cherchait la moindre trace de sévices qui auraient pu marquer ma peau de manière indélébile. Je soupirai. À quoi avais-je pensé en disant une chose pareille à ma patronne ? J'avais vraiment le don de tout foutre en l'air !

— Tu vas me retirer du projet à cause de ça ?

— Quoi ? sursauta-t-elle. Quelle idée ! Non ! Mais qu'est-ce que tu vas t'imaginer ? C'est de la curiosité, rien de plus ! Tout ça n'a rien à voir avec le boulot !

Elle leva les mains comme pour essayer de me calmer.

— J'ai dépassé les bornes, j'en conviens, mais je ne m'attendais pas du tout à ce que tu confirmes ! Et je suis désolée d'avoir insisté, mais on a peu de contacts dans ce milieu-là, alors...

— Désolée, dis-je simplement.

Il y eut un long silence gêné avant que je me décide à clore le sujet une bonne fois pour toutes :

— J'ai été sa soumise pendant six mois, mais je ne le suis plus. Et, avant que tu le demandes, sache que ma sexualité actuelle est tout ce qu'il y a de plus normal.

— OK, dit-elle, sans masquer son air surpris.

Elle n'ajouta rien, et je commençai à me demander si mes aveux allaient me coûter mon nouveau poste et ma nouvelle revue. Ces six mois avec John allaient-ils nuire à toute mon existence ?

— Confidence pour confidence, reprit-elle enfin. J'ai été call-girl pendant près de deux ans. Ça fait un bail, évidemment, mais bon.

Elle reposa les yeux sur moi, attendant de voir ma réaction, mais, comme je ne commentais pas, elle ajouta, avec un petit sourire en coin :

— Comme tu vois, personne n'est parfait !

Nous étouffâmes un rire nerveux qui eut le mérite d'alléger l'atmosphère.

— Je suis désolée, reprit-elle, je t'assure que c'était juste de la curiosité mal placée. Je me doute que tu ne veux pas que ça se sache et je voulais juste que tu comprennes que... enfin... on a tous nos petits secrets.

Elle accompagna ses paroles d'un clin d'œil qui me fit sourire, avant que des petits coups frappés à la porte nous fassent sursauter, puis bondir sur nos pieds. Lena s'empressa d'aller ouvrir, et notre commande de sushis apparut, nous faisant éclater d'un rire commun.

— Nous étions affamées ! expliqua-t-elle au livreur, étonné par notre réaction.

Lorsqu'elle revint vers moi j'en profitai pour la détailler plus attentivement : elle ne ressemblait en rien à une call-girl, bien qu'elle soit jolie. La trentaine bien sonnée, peut-être trente-cinq. Elle était toujours en tailleur, les cheveux blonds tirés en chignon. Elle portait de petites lunettes noires, ce qui lui donnait un air beaucoup plus sérieux qu'elle ne l'était en réalité. Son corps était mince, mais elle avait une poitrine plutôt bien garnie. Cependant, alors qu'elle étalait les sushis devant nous, je remarquai que ses doigts étaient longs et fins, les ongles délicatement peints en rose.

— J'ai peut-être une idée pour les textes, annonçai-je, mais tu dois me promettre que ça ne sortira pas d'ici.

— Je te promets tout ce que tu veux, dit-elle nonchalamment en récupérant un sushi pour le manger.

— J'ai probablement encore certains textes inédits de John dans mon ancienne boîte mail. Ils ne m'étaient pas adressés personnellement, ajoutai-je devant le regard que Lena posa sur moi, c'est juste parce qu'on ne les a pas retenus pour la publication du tome que j'ai travaillé avec lui...

— Et tu crois que ça irait ?

— Je crois. Enfin... il faudrait peut-être couper un paragraphe ou deux...

Le visage de Lena s'illumina.

— Tu vas lui demander son autorisation ?

— Quoi ? Non ! On n'en a pas besoin pour une revue test, si ?

— On ne peut pas prendre son texte sans le lui dire ! On pourrait avoir de sacrés problèmes, si on fait ça. Et puis merde, si tu ne veux pas l'appeler, je vais le faire, moi ! Ce n'est qu'un homme, après tout ! Pourquoi tu lui donnes autant d'importance ?

Cette fois, c'est moi qui pris une bouchée pour éviter de jeter les mots qui me venaient en réponse. Lena n'avait visiblement aucune idée du genre d'hommes qu'était John Lenoir !

— Laisse tomber, finis-je par marmonner, mon sushi à peine avalé. Je trouverai quelque chose sur Internet. Il y a des forums d'écriture sur le thème. Si on donne un petit à-valoir à l'auteur, il nous laissera forcément l'utiliser pour une maquette test.

Lena fronça les sourcils.

— Je te rappelle que cette maquette est primordiale ! Si tu as des inédits de John Lenoir, pourquoi on chercherait ailleurs ?

— Écoute, tu veux des textes ? D'accord, je vais trouver quelque chose. Mais que ce soit clair entre nous : soit on prend les textes de John Lenoir sans le lui dire, soit je ne dormirai pas jusqu'à lundi prochain pour dégotter quelque chose sur le Web. Sans parler de l'édito et de la chronique sur le couple amoureux que je dois produire, ajoutai-je en soupirant. Ne me demande pas que le résultat soit parfait, on n'a pas assez de temps pour ça ! Les dieux eux-mêmes n'y arriveraient pas !

Elle mangea deux sushis en quatrième vitesse, et je l'imitai, avant qu'elle fasse danser ses baguettes de bois vers moi.

— Admettons que je sois d'accord pour utiliser un texte inédit de John Lenoir, même si, éthiquement, nous devrions le lui demander. Imagine que le conseil l'adore et décide de faire de la revue test le numéro 1 ? C'est trop risqué. Là, tu mettrais vraiment ta carrière en jeu !

— Je suis prête à prendre le risque.

— Tu es sérieuse ?

— Tu n'as pas idée.

Pour rompre le silence qui suivit, j'ajoutai :

— La vérité, c'est que j'ai quitté *Quatre Vents* pour ne plus avoir à croiser John dans mon bureau. J'ai déménagé, j'ai changé de numéro de téléphone et d'emploi. Il n'y a rien que je ne ferais pas pour garder cet homme hors de ma vie.

Elle se tut un moment, puis hocha simplement la tête. Je lui fus reconnaissante de changer de sujet :

— Tu crois qu'on arrivera à produire cette maquette dans les temps ?

Je soupirai.

— Je veux bien essayer.

Elle hocha la tête et saisit un nouveau sushi entre ses baguettes. Le repas reprit, silencieux, jusqu'à ce qu'elle cesse de manger et se laisse retomber dans sa chaise de bureau, visiblement beaucoup plus confortable que la mienne.

— Autant que ce soit clair : je veux cette revue ! Pour une fois que j'aurai un projet intéressant à superviser dans cette boîte, il est hors de question qu'il me file entre les doigts ! Et toi, tu vas devenir rédactrice en chef, compris ? Tu es faite pour ça, pas pour rester une simple assistante !

Elle pointa sur moi son index peint avec un air convaincu, et je ne pus nier que j'avais tout autant envie qu'elle que ce projet soit accepté.

—Ah là là, pourquoi est-ce qu'on stresse autant, tu peux me le dire ? s'exclama-t-elle avec emphase. On fait une revue coquine, pas un magazine scientifique ! Il faut qu'on s'amuse ! On s'en fait trop : je suis certaine qu'on l'aura ! On va leur faire une maquette en or, tellement chaude qu'ils ne pourront jamais nous dire non, ces vieux croûtons !

Elle fit pivoter sa chaise de droite à gauche avec un sourire béat, déjà certaine que c'était dans la poche. Lena me plaisait bien, tout compte fait. Elle était drôle, et nous avions déjà échangé des secrets. C'était étrange de développer ce genre de relations au boulot, surtout avec ma supérieure hiérarchique, mais je ne m'en faisais pas. Sa façon de travailler me convenait parfaitement, et je me disais qu'il était fort possible que nous devenions de vraies amies…

4

Le texte parfait

Je passai une bonne partie de la nuit à chercher des textes à saveur érotique sur Internet. La plupart des sites étaient pollués de publicités, et les textes étaient souvent vulgaires, peu développés ou passaient complètement à côté du thème de ma revue. Certes, j'étais loin d'être une experte en la matière. Les seuls textes du genre que j'avais lus étaient ceux de John.

Étendue sur le canapé, ordinateur portable sur les genoux, je vérifiai dans mes vieux dossiers. Je me souvenais d'avoir conservé les premiers jets des textes que John m'avait transmis. Lorsque je retrouvai les fichiers, j'en ouvris quelques-uns avant de retrouver celui que j'avais en tête : il racontait la première fois où j'étais allée au bar de Maître Denis, quand un serveur soumis m'avait massé les pieds. John s'attardait surtout sur ma surprise lorsque j'avais remarqué qu'une jeune femme prodiguait une fellation à son Maître sous l'une des tables voisines. Ce texte aurait été parfait s'il avait été plus léger et proposé dans un contexte tout à fait différent. Par exemple, l'idée d'un couple qui irait au restaurant, verrait que le couple de la table voisine se caresse sous la table, se croyant à l'abri des regards. Tout pourrait se jouer autour d'une masturbation conjointe et complice entre les deux couples…

Oui, en réalité, je savais exactement quel genre de texte il nous fallait. Celui de John ne convenait pas du tout. Je me risquai à écrire cette histoire en m'appuyant sur ce que j'avais ressenti ce soir-là. La situation du restaurant me plaisait : elle était similaire à ce que j'avais vécu au bar de Maître Denis, tout en étant anodine. Un couple au restaurant : ils s'embrassent, se touchent doucement, puis les choses s'emballent sous la table. La femme prend les devants, caresse le membre dressé à travers le pantalon avant de le libérer. Je décrivis les secousses du tissu sous les gestes répétitifs et les réactions faussement discrètes de son compagnon. Je basculai sur les réactions du couple voisin qui remarque ce qui se passe à la table d'à côté, puis ne peut plus détacher le regard de la scène. L'homme cherche la main de sa femme, la pose sur son entrejambe, et elle s'empresse de répondre à sa requête, excitée par ce qui se produit tout près. Les observateurs se mettent bientôt à imiter leurs voisins dans des gestes similaires, un peu comme dans un effet miroir.

Je me repris à plusieurs reprises, mais je dus admettre que ma propre histoire m'excitait. Je m'imaginai sans mal dans cette situation, en train de caresser Simon en public, alors que nous essayions d'être discrets. C'était délicieux de l'imaginer tremblant sous mes doigts, anxieux à l'idée d'être vu mais si fébrile de jouir qu'il s'abandonnerait sans réserve à mes envies. Les mots coulaient rapidement, me grisaient, me plongeaient dans cette aventure avec lui, faisant naître des sensations délicieuses dans mon bas-ventre. Je clôturai l'échange par un sourire amical échangé entre les deux couples. Une promesse, peut-être ? Qui sait ?

Quand je refermai mon ordinateur pour le déposer sur la table basse, j'étais follement excitée. J'avais envie de me caresser et je ne résistai pas longtemps à cet appel. Simon dormait dans la chambre, j'avais le salon pour moi seule. Je n'avais même pas envie de le rejoindre. Je voulais simplement fermer les yeux, replonger dans mon histoire et devenir cette femme-là, dans ce restaurant. Celle qui prenait les devants et qui décidait du plaisir de son conjoint dans un lieu public.

Je me décidai à repousser ma culotte sans la retirer, glissai mes doigts entre mes cuisses, les lubrifiai doucement avant de revenir caresser mon clitoris. Mon corps se laissa choir plus confortablement dans le canapé, et je soupirai d'aise à l'idée de perdre la tête ainsi. J'étais si bien avec

Simon qu'il ne m'arrivait que rarement de me masturber. La plupart du temps, je le faisais avec lui, pendant qu'il me regardait ou simplement pour le rejoindre dans le plaisir pendant nos ébats. Mais, ce soir, je m'amusais sans lui, je fantasmais sur une situation qui n'avait jamais eu lieu, et cela me grisait. Je caressai ma poitrine par-dessus ma chemise de nuit, serrai les cuisses pour que ma main vienne écraser mon clitoris, retins mes soupirs de satisfaction lorsque le plaisir m'enveloppa. C'était lent et délicieux. Lorsque l'orgasme fut trop près, je ralentis mes secousses. J'avais envie de revoir les détails de mon histoire encore et encore. Mon sexe gonflait, s'ouvrait sous mes caresses, mais je continuais sans me presser. Peu à peu le personnage féminin dans lequel je m'étais glissée se fit nettement moins sage. Je m'imaginai me glisser discrètement sous la table pour sucer Simon. J'accélérai le rythme lorsque je songeai à ma bouche sur son sexe tendu, à son angoisse à l'idée d'être surpris par un serveur dans cette position, à la façon dont il jouirait en ayant tant de mal à rester discret, les doigts dans mes cheveux. Je ne tins plus : mes doigts se mirent à danser frénétiquement, et je me tournai face au canapé pour étouffer le cri que je sentais monter dans ma gorge. Je perdis la tête ainsi, les cuisses serrées, la bouche enfouie dans le tissu accueillant. Ce n'était pas la première fois qu'il recevait ma jouissance, mais, ce soir, il en était le seul témoin. Je remontai mollement ma culotte, puis fermai les yeux, le corps lourd et fatigué. Je laissai le sommeil me gagner. Ce soir, je l'avais bien mérité.

C'est Simon qui me réveilla, anxieux, au petit matin.

— Anna ? Tu es encore là ? Tu es en retard !

Je sursautai sur le canapé, la tête encore dans un épais coton. Je jetai un rapide coup d'œil à l'heure dont les chiffres commençaient par le chiffre 10. *Merde !* Je cherchai mon téléphone à la hâte, appelai Lena en me confondant en excuses, et son rire résonna au bout du fil.

— Du calme ! On est parties à 22 h 30, hier soir ! Prends le temps d'arriver, OK ? Et plus important encore : dis-moi que tu as un texte, parce que je n'ai pas chômé, moi, ce matin ! J'ai déjà deux articles en cours d'écriture et trois graphistes au travail.

— J'ai un texte ! dis-je avec un large sourire. Enfin... je crois. Il faut juste que je le relise pour être sûre...

J'eus peur que mon histoire ne soit finalement moins excitante que celle sur laquelle j'avais fini par fantasmer la veille et, dès que je coupai la communication, je relus quelques passages, qui me parurent plus chauds que je ne l'aurais cru, avant de me tourner vers Simon.

— Tu as dix minutes pour lire quelque chose ?

— Laisse-moi deviner : c'est érotique ?

— Sexualité traditionnelle mais un peu exhibitionniste, annonçai-je.

— Un nouvel auteur ?

— Euh… oui ! On peut dire ça.

Alors qu'il s'installait, j'eus soudain très envie de rester à ses côtés pour observer sa réaction, un peu comme John le faisait avec moi, mais, comme j'étais en retard au travail, je décidai qu'il était plus sage de le laisser seul et filai sous la douche. Moins de cinq minutes plus tard, Simon me rejoignit et me prit dans ses bras.

— Dois-je comprendre que le texte fait de l'effet ? demandai-je avec un rire.

— Beaucoup, comme tu peux le sentir…

Sa queue frottait contre le bas de mon dos, et ses baisers sur ma nuque se faisaient de plus en plus voraces sur ma peau. Je me tournai vers lui.

— Raconte !

— C'était excitant, répéta-t-il, un peu embêté de devoir justifier sa réponse alors qu'un autre besoin l'accaparait. Il y a juste ce qu'il faut pour s'imaginer la scène. Le restaurant, c'est une bonne idée… Ça te dirait qu'on essaie ?

Je me serrai contre lui avant de récupérer son sexe entre mes doigts et de me mettre à le caresser.

— J'adorerais ! Et il faudra être très discrets… Tu imagines si quelqu'un nous voyait ?

Il ferma les yeux, laissa ma main le transporter vers le plaisir tout en gardant un bras autour de ma taille. J'essayais d'imaginer comment il se représentait la scène. Était-ce moi, cette femme à ses côtés qui le caressait sous la nappe ? Je me laissai tomber à genoux devant lui, puis chuchotai :

— La femme aurait pu décider de se glisser sous la table... Qu'est-ce que tu en penses ?

— Oh... eh bien... tout le monde... aurait pu les voir !

— Oui. Tout le restaurant en aurait été follement excité, tu ne penses pas ?

— Oh oui !

Je ne sais pas s'il répondait à ma question ou s'il ne faisait qu'encourager ma bouche à prendre le relais de mes doigts. Je commençai ma fellation sans tarder, et sa main sur ma tête me força à accélérer le rythme. Entre deux souffles, il murmura :

— Tu aurais remonté ta jupe et tu te serais caressée sous la table. L'homme en face t'aurait vue... Il t'aurait voulue comme un fou. Il est... tellement excité de te voir dans cette position ! Ses yeux..., si tu savais ! Il se met à caresser sa femme...

Sa queue gonflait tandis qu'il imaginait la scène, et je sentis qu'il n'allait pas tarder à exploser entre mes lèvres.

— Oh, Anna ! Ils se caressent, et moi..., je vais... je vais jouir !

Il éjacula dans un souffle bruyant, sans lâcher ma tête comme s'il n'en avait pas encore terminé, et je le laissai reprendre ses esprits avant de relever les yeux vers lui.

— Dis donc, je ne pensais pas que ça te ferait autant d'effet !

Il tendit la main vers moi, m'aida à me relever sous le jet d'eau tiède, et je l'encourageai à décrire davantage ce qu'il avait ressenti. Il haussa les épaules.

— Je ne sais pas. C'est bien écrit, mais… il y a autre chose. C'est tellement… subtil… tellement… Je ne sais pas comment le décrire. On se sent à sa place à lui, puis à sa place à elle, puis on ne sait plus trop de quel côté on est : les voisins ou l'inverse… Il y a un drôle d'effet vers la moitié du texte.

— Oui, je voulais que les gestes du premier couple inspirent le second, que l'excitation se sente entre les deux tables. Un peu comme un effet miroir. Ils s'encouragent à distance… (Il me fixa sans comprendre.) C'est moi qui ai écrit ce texte, ajoutai-je avec un petit sourire coquin. Cette nuit.

— C'est vrai ?

— Oui. Je ne trouvais rien de bon sur le Net, alors… voilà.

Il paraissait sincèrement surpris, et un instant son regard se fit un peu lointain.

— Waouh, eh bien… tu es drôlement douée ! L'écriture coule bien. Et comme tu peux le remarquer : je me suis très bien imaginé la scène !

— Oui.

Il se rembrunit lorsqu'il demanda :

— Tu vas le publier ?

— Je vais le soumettre à Lena pour commencer. Après on verra.

— Sous ton nom ?

Je haussai les épaules. Je n'avais pas vraiment eu le temps de songer à la publication. J'avais surtout écrit ce texte pour voir si je pouvais le faire, mais, en réalité, je ne pensais pas qu'il puisse être suffisamment bon pour la revue. Pour la maquette, tout au plus.

— Je pense que tu devrais prendre un nom d'emprunt, suggéra Simon. Après tout tu vas être la rédactrice en chef. Ce serait bizarre si…

— Tu as raison. J'en parlerai avec Lena.

— OK. En tous les cas, si jamais tu écris un autre texte…

— Tu seras mon premier lecteur, promis-je.

Nous partageâmes un rire complice, puis une étreinte sereine. Tout était parfait, ce matin : j'allais offrir ce texte à Lena en espérant qu'il lui plaise autant qu'à Simon. Si c'était le cas, je n'aurais même plus besoin des manuscrits de John Lenoir. Avec de la chance, notre projet serait accepté, et non seulement j'allais devenir rédactrice en chef, mais mon premier texte serait peut-être publié ! Décidément, ces temps-ci, j'avais l'impression de réussir sur tous les plans !

5

Lectures coquines

— Je n'arrive pas à le croire, répéta Lena pour la troisième fois en fixant mon texte. Tu as vraiment du talent !

Je me laissai tomber à ma place habituelle, les joues un peu roses à cause de tous les compliments qu'elle m'offrait depuis qu'elle avait lu mon histoire.

Fouillant parmi sa pile de dossiers jaunes, elle sortit quelques feuilles.

— Tiens, Rachel a fait quelques recherches dans les banques de textes et elle a trouvé ces deux-là. Ce n'est pas mal, surtout celui avec le couple dans la voiture. Enfin… à mon avis le tien est meilleur, mais ça reste le créneau qu'on veut développer : coquin, audacieux, tout en restant fidèle à l'image plus traditionnelle du couple.

Je récupérai la pile de feuilles, m'installai pour y jeter un coup d'œil, mais j'étais un peu gênée de lire un récit érotique devant elle. Sans attendre, elle reprit sa place et continua l'énumération de tout ce qu'elle avait fait, ce matin, puis me montra certains documents visuels.

— Ah ! J'ai reçu trois propositions de logos faites à partir de l'ébauche qu'on avait réalisée ensemble. Personnellement, celui-ci me plaît bien. Tu sais Jessie, la fille du sixième ? Ça la branche de faire ça. Elle a déjà récupéré un certain nombre d'images pour illustrer les articles. Si jamais le projet fonctionne, je crois que tu devrais la prendre dans ton équipe. Elle a plein d'idées !

Je confirmai d'un signe de tête, non sans être plutôt intriguée par cette information. La Jessie que j'avais en mémoire était une jeune fille timide que je voyais mal effectuer ce genre de recherches. Enfin… pourquoi pas ? Si la revue voyait le jour, mieux valait s'entourer de gens motivés !

Au lieu de me laisser plonger dans ma lecture, Lena fit pivoter son ordinateur de mon côté et y afficha des essais de couvertures pour le magazine avec les différents logos reçus. J'étais impressionnée par la vitesse d'exécution de nos graphistes, et d'autant plus par l'aspect professionnel que prenait notre revue. L'une des images me plut aussitôt : l'homme était torse nu et la femme, qui portait une tenue légère, tirait sur le pantalon de son compagnon en regardant la caméra d'un air coquin. Comme je marquai un silence, Lena s'empressa de reprendre la parole :

— On peut trouver une autre image, si tu veux.

— Pourquoi ? Non ! Je crois que celle-là serait très bien. Le couple moderne, amoureux et coquin. C'est exactement ça. Lena, c'est fou ! J'ai moi-même du mal à le croire, mais… tout est parfait !

Je levai des yeux étonnés vers elle : dire que, hier soir, tout me paraissait impossible à réaliser et que, ce matin, les choses se mettaient en place d'elles-mêmes.

— On fait vraiment une sacrée équipe, toi et moi ! dit-elle dans un rire. Et ton texte, je ne te dis pas les frissons qu'il m'a donnés ! Bon, il faudrait le faire lire à un mec, pour voir…

— C'est déjà fait ! Mon chéri l'a lu ce matin et il était drôlement en forme, après…

Nous échangeâmes un autre rire, puis elle jeta :

— On va tous les rendre dingues ! Bon, au boulot ! Je m'occupe de la présentation orale, et tu choisis le deuxième texte. Pendant ce temps, j'envoie le tien à Jessie pour qu'elle le coule dans la maquette.

J'attendis qu'elle soit sortie de son bureau pour me plonger dans les manuscrits qu'elle m'avait remis. Je n'avais pas la moindre envie de me sentir excitée devant elle. À la seconde où elle quitta la pièce, je m'installai plus confortablement sur mon siège.

Comme l'avait dit Lena, le premier texte était faible : une femme faisait un rêve érotique tout à fait étrange avec plusieurs hommes qui la prenaient sauvagement, puis elle se réveillait, follement excitée, et se ruait sur son chéri pour faire l'amour. Malheureusement, la partie fantasmée était plus développée, alors que la scène de sexe du couple ensuite n'était que suggérée. Un peu déçue, je passai au suivant.

Déjà, la mise en situation me plaisait : un couple rentre chez lui en voiture, tard le soir. La femme taquine son mari et profite qu'il soit au volant pour se caresser sur le siège passager. Au début, l'homme la regarde du coin de l'œil se donner du plaisir, mais il finit par être si excité qu'il prend la première sortie d'autoroute venue et se gare n'importe où pour pouvoir participer. Il y a une scène cocasse où elle essaie de grimper sur lui et ça ne fonctionne pas, puis ils finissent par sortir de la voiture, garée un peu n'importe comment dans une petite rue calme. Il est si empressé qu'il la jette face contre le capot, relève sa robe sans vérifier qu'ils sont seuls et la prend brusquement par-derrière. Il s'ensuit une chevauchée rythmée, où le lecteur sent l'angoisse de la femme à l'idée d'être ainsi aperçue, plaquée contre la voiture. On constate également le mélange d'émotions du côté de l'homme tandis qu'il la possède ainsi, dans ce lieu public, et qu'il est déterminé à la faire jouir. Il est si excité qu'il profite de sa position pour glisser les doigts sur son clitoris, l'obligeant à réagir bruyamment, alors qu'elle tente désespérément d'étouffer ses cris. Ce n'est qu'au moment où il est sur le point de jouir qu'il remarque qu'ils ont des spectateurs… Ou peut-être les imagine-t-il ? Il tire sa femme vers lui pour mettre son corps en évidence sous la lumière des faisceaux de la voiture. Lorsqu'il éjacule, il est si excité qu'il déchire accidentellement la bretelle du vêtement, et un sein apparaît dans la nuit. Il jubile, se met à lui caresser la poitrine devant son prétendu public en lui répétant à quel point elle est belle et combien il a envie que tout le monde l'admire. Elle finit par cesser de se débattre, mais c'est à ce moment-là qu'un voisin sort et se met à les engueuler: «Allez faire vos cochonneries ailleurs!» Le couple éclate de rire avant de retourner à l'intérieur de la voiture et de filer en douce. Et, même si la femme a les joues encore rougies par cette aventure, elle est si ravie par cette expérience qu'elle accepte de recommencer à condition que ce soit dans un autre quartier.

Les yeux fermés, je dus admettre que je m'imaginais très bien la scène. Cependant, ce texte n'était-il pas trop osé pour un magazine comme le nôtre? En tout cas, il allait plutôt bien avec le mien. Je croisai les jambes et me laissai retomber dans mon fauteuil avec un sourire aux coins des lèvres. Je ne pus m'empêcher de me demander si Simon apprécierait cette histoire autant que la mienne…

La porte s'ouvrit, et Lena revint avec des feuilles à la main.

—Alors? Ton avis?

Je me redressai brusquement et remarquai que j'étais légèrement essoufflée par ma lecture.

— Tu as raison : la voiture, c'est le meilleur texte.

— N'est-ce pas ? Je suis sûre qu'ils auront subitement tous très envie d'aller aux toilettes, après ça… On devrait peut-être leur laisser quinze minutes de pause, qu'est-ce que t'en penses ? se moqua-t-elle en me servant un clin d'œil complice.

— Attends ! m'exclamai-je. Quand est-ce qu'ils liront nos textes, exactement ? On ne va quand même pas les obliger à lire la revue durant la réunion !

— Oh, ma belle, mais j'ai pensé à tout ! J'ai une copine qui fait de la radio communautaire. Elle a accepté de me faire une lecture enregistrée. Tu vas voir, elle a une super voix. Elle fait de la pub, parfois. Je te l'ai dit : ce projet m'inspire comme une folle !

Je la croyais sans difficulté : son visage était rayonnant, et son rire fusait sans arrêt. Pour ma part, je gardais les jambes fermement croisées et je cherchais un moyen de chasser mon trouble en récupérant les documents qu'elle venait de déposer sur son bureau. En reprenant sa place, elle me scruta d'un air moqueur.

— Oh, mais on dirait que le second texte qu'on a choisi vous a bien allumée, mademoiselle !

Je rougis et j'évitai son regard. Elle parlait de sexe avec un tel détachement, ce qui n'était pas du tout mon cas. Avant que l'accélération de ma respiration soit trop évidente, je grondai :

— On peut se remettre au travail ?

— Je vois que Mademoiselle la Soumise est bien plus prude que je ne le pensais, se moqua-t-elle.

Je haussai les épaules et plongeai le nez dans les documents pour clore la conversation.

Ce n'est qu'en fin d'après-midi que je reçus un second avis sur mon texte, lorsque Jessie, la graphiste, vint m'apporter la maquette contenant mon récit mis en page en deux versions. La première avec des photographies en noir et blanc et la seconde avec des illustrations en couleurs représentant la scène que j'avais écrite.

— Tu l'as lu, on dirait ! dis-je à la graphiste.

— Ben... ouais. C'est mieux si on veut bien l'illustrer.

— Et ça t'a plu ?

La question fusa malgré moi, surtout par curiosité. La jeune femme, blonde, probablement au milieu de la vingtaine, se mit à rougir et hocha timidement la tête. Je me repris aussitôt.

— Pardon. Je ne voulais pas être indiscrète...

— Non, ça va. Et ce serait bien que ça marche, cette revue. Ça manque un peu... sur le marché.

— C'est vrai. Et je vois que tu fais de bonnes propositions, et que tu travailles vite, aussi ! Si on obtient l'aval du conseil d'administration, ça te plairait qu'on t'engage ?

Ma question la fit relever la tête vers moi, et un sourire illumina son visage.

— J'adorerais ! C'est tellement stimulant comme projet ! Vous savez, j'ai fait beaucoup de nus et… j'ai un bon portfolio, si vous voulez voir…

Son intérêt pour ce poste me plut autant que ce qu'elle était parvenue à faire en si peu de temps. Je l'écoutai me raconter ses idées pour illustrer les autres articles et la manière dont elle imaginait personnaliser l'ensemble de la revue.

— On pourrait même… mettre une bande dessinée à la fin…, quelque chose d'humoristique… ? Enfin, je dis ça comme ça, ce n'est pas moi qui…

Je la fixai avec curiosité.

— C'est une bonne idée. Tu aurais quelque chose à proposer ?

— Eh bien… là… pas trop, mais… Pour demain ?

— Ça marche ! Et cette maquette me paraît plus efficace, mais il faudra confirmer avec Lena.

Jessie se leva en me remerciant de lui laisser sa chance. Alors qu'elle reprenait les maquettes pour les emporter au bureau de Lena, elle revint sur ses pas et demanda :

— Pour le texte… il n'y a pas de titre. Pas d'auteur non plus. J'ai mis *Un repas coquin*, mais c'était juste pour donner une impression, avec la typo et tout…

— Ah euh… oui ! Je t'enverrai les informations ce soir.

Elle ne bougea pas, jouant timidement avec une mèche de ses cheveux.

— Je peux savoir si… est-ce que c'est une femme qui a écrit ça ?

— Euh… oui ! C'est une femme.

Son visage s'égaya aussitôt.

— J'en étais sûre ! Et est-ce qu'elle a publié autre chose ?

— Pas à ma connaissance.

Jessie hocha la tête avant d'ajouter :

— Une chose est sûre : elle va cartonner.

Je masquai mal mon sourire, fière d'avoir d'aussi bons retours pour mon premier texte.

6

La présentation

La semaine passa à toute vitesse et dans une fébrilité que Lena et moi ne cachions plus. Nous étions certaines de notre dossier, nous le connaissions par cœur et nous en parlions avec tellement de passion à nos collaborateurs qu'ils en étaient déjà emballés. Nous espérions que le conseil d'administration le serait tout autant !

Afin de ne pas ralentir le rythme de chez *Zap*, je m'éparpillai dans tous les dossiers pour m'assurer que tout suivait son cours. Je restais tard, le soir, et le sommeil manquait cruellement. Tant pis ! Tout le monde s'investissait tellement dans cette revue que je ne pouvais pas diminuer la cadence. Déjà, nous sentions qu'une équipe se formait, et j'espérais que tout se concrétise au plus vite. Je retrouvais quelque peu l'ambiance de mon ancien travail, et tout le monde était aux petits soins pour me contenter. *Amoureux et coquins* était définitivement « ma » revue. Celle de Lena également, mais, lorsque nos opinions divergeaient, elle me laissait toujours le dernier mot.

Le jour de la présentation, Lena et moi fîmes sensation. Nous nous étions bien préparées et nous avions chacune nos parties, que nous développions sans même regarder nos fiches. Tous les yeux étaient braqués sur nous, et nous montrions les revues de nos compétiteurs afin de pouvoir comparer notre futur produit avec elles. Lorsque Lena ouvrit sa valise et sortit notre numéro test d'*Amoureux et coquins*, tous les visages témoignèrent d'une surprise non masquée.

Un grand brun sourit en récupérant le document :

— Ah ! Voilà donc ce qui se tramait au troisième ! Il me semblait bien avoir aperçu de drôles de choses sur le bureau de ma graphiste…

La plupart se mirent à feuilleter leur exemplaire sans le lire, et la première question fusa, de la part d'un homme avec une grande moustache noire :

— Je vois qu'il y a des textes érotiques : est-ce qu'on ne risque pas de choquer notre public ?

— Pour vous prouver que nos textes sont croustillants sans être déplacés et parfaitement adaptés au couple moderne, laissez-nous vous faire entendre l'un d'eux. Vous pourrez vous-mêmes juger de la qualité que nous visons à offrir à nos futurs lecteurs.

Lena appuya sur le bouton de son lecteur mp3, et une voix de femme résonna dans la salle de réunion. Même si j'avais déjà entendu l'enregistrement, j'étais nerveuse à l'idée que mon récit soit lu en public. Je l'avais tellement revu et corrigé depuis la semaine dernière que je n'avais plus aucune envie de l'entendre. Je me concentrai donc sur la réaction de chacun des membres du conseil. La seule femme autour de la table fut la première à sourire et à croiser les jambes sous la table. Lena me jeta un regard en coin plutôt satisfait. Les hommes tentèrent de masquer leur trouble, laissant parfois leurs doigts caresser le contour de la revue, mais, dès que l'un d'eux sentait mes yeux sur lui, il baissait la tête aussitôt, comme s'il venait d'être pris en flagrant délit. Seul un joli brun soutint mon regard, un large sourire aux lèvres et les yeux pétillants. Cette fois, ce fut moi qui détournai la tête. Hormis pour lui, je scrutais le moindre mouvement autour de la table. Dire que c'étaient mes mots qui généraient ainsi leur trouble. Quel pouvoir cela me procurait !

À la fin de la lecture, les têtes se relevèrent, et quelques applaudissements timides se firent entendre. J'étais émue, et Lena le remarqua : elle m'envoya un petit clin d'œil amical et posa une main sur mon épaule. Nous reprîmes le contrôle de la salle, terminâmes notre présentation, et le conseil exigea de se concerter en privé avant de nous annoncer la décision finale.

Dès que nous quittâmes la pièce, Lena ne put retenir son cri :

— C'est dans la poche ! Je le sens ! Et tu as vu comment Cédric nous dévorait des yeux ? Enfin, toi surtout, mais c'est normal. Je n'ai plus ton âge !

— J'ai presque trente ans !

— Petite jeunette ! Moi, j'en aurai bientôt trente-sept !

— Tu ne les fais pas du tout !

Je lui fis une petite chiquenaude sur le genou près du mien.

— Et tu as de sacrées jambes !

— Tu m'étonnes ! Elles ont fait rêver bien des hommes, ces deux-là !

Nous n'arrêtions plus de rire comme des gamines, oubliant complètement que le sort de notre projet, sur lequel nous avions tant travaillé, se jouait à deux portes de nous. Lena était définitivement persuadée que c'était dans la poche.

La porte s'ouvrit, et l'homme à moustache nous demanda de revenir à l'intérieur de la salle afin de répondre à quelques questions supplémentaires.

— Avant de rendre notre décision, mesdemoiselles, je tiens à dire que je suis dans ce conseil depuis huit ans, et je dois admettre que j'ai rarement vu une présentation aussi stimulante !

Lena jubilait et elle répondit aux questions sans aucune difficulté. Elle dut expliquer pourquoi elle m'avait choisie comme future rédactrice en chef. Elle leur énuméra mon curriculum vitæ avec brio et vanta mes mérites devant tout le monde.

— Nous sommes très impressionnés par le travail que vous avez fait, soutint l'homme en tournant son attention vers moi, mais nous savons qu'il s'agit d'une charge de travail très importante. Mademoiselle Pasquier, cela vous effraie-t-il ?

— Pas le moins du monde, monsieur. Ce serait à la fois un défi et un honneur pour moi de prendre la tête de cette revue.

— Alors, qu'il en soit ainsi, me répondit-il.

Je ne fus pas certaine d'avoir bien compris ses paroles et je plissai les yeux.

— Je… Pardon ?

— Vous l'avez, votre revue, dit-il en me souriant. Mais sachez que nos attentes à votre égard seront très élevées. Et nous avons tous hâte de voir ce premier numéro !

Lena passa un bras derrière mon épaule, me secoua doucement pour que je reprenne mes esprits. Ça y était ? Vraiment ? J'avais du mal à le croire ! Et pourtant tous les membres du conseil d'administration se levèrent pour venir me féliciter, et je les remerciai tous très chaleureusement de leur confiance.

Je quittai la salle, et Lena m'accompagna jusqu'à l'ascenseur.

— Tu vois que j'avais raison ! Je t'avais dit qu'on l'aurait !

— Oui.

— Heureusement, parce qu'il y a une bonne bouteille de champagne qui nous attend dans mon bureau ! Je sais qu'on est en manque de sommeil, ma jolie, mais ça attendra demain. Ce soir, on sort !

J'acceptai sans hésiter. J'étais tellement fébrile que la fatigue avait disparu. Je redescendis dans mon bureau et m'empressai de téléphoner à Simon pour lui annoncer la bonne nouvelle.

— Lena et moi, on sort fêter ça !

— Je devrais terminer vers dix heures et demie, je vous rejoins si ça te dit.

— Super ! C'est toi qui ramasseras mes restes : je compte boire un peu plus que permis et vu que je suis crevée…

On frappa à ma porte, et je reconnus, à travers la vitre, l'un des membres du conseil d'administration. D'un signe de la main, je lui fis signe de me rejoindre en replongeant dans ma discussion avec Simon :

— Faut que j'y aille, tu m'appelles quand tu as fini ?

— Tu peux compter sur moi.

Je raccrochai et offris toute mon attention à mon visiteur.

— Oui ?

Il se planta devant mon bureau et se mit à se gratter nerveusement l'arrière du crâne.

— Je suis Éric. J'étais… j'ai assisté à votre présentation et… j'ai bien évidemment voté pour votre projet.

— Eh bien… merci ! dis-je en affichant un large sourire.

Il cherchait visiblement où mettre ses mains – sur ses hanches, dans ses poches – et finit par croiser les bras devant lui avant de demander :

— Un verre, ça vous dirait ?

Sa question me surprit, et je restai un moment sans voix. Avais-je seulement bien entendu ? Je le détaillai rapidement. C'était un bel homme, très chic dans son costume haut de gamme.

— Pour marquer le coup. Pour fêter votre revue, insista-t-il. Et aussi… pour faire connaissance…

Malgré sa nervosité visible, il planta ses yeux dans les miens, dans l'attente de ma réponse.

— Je suis flattée, c'est que… j'ai déjà quelqu'un dans ma vie.

— Oh, évidemment ! grimaça-t-il en soupirant. J'aurais dû m'en douter. Une aussi jolie femme ne pouvait pas être célibataire… L'heureux élu sait-il qu'il a beaucoup de chance ? demanda-t-il encore.

Je souris.

— Oui.

Plongeant les mains dans les poches de son pantalon, il haussa les épaules.

— Bah, j'aurai quand même essayé !

Lena entra sans attendre mon invitation, non sans démontrer un brin de surprise devant la présence d'Éric dans mon bureau. Elle demanda, avec un air intrigué :

— Il y a un problème ?

— Pas du tout. Je venais juste… féliciter Annabelle pour son nouveau poste, expliqua-t-il.

Il nous salua et quitta mon bureau sans attendre. Lena en profita pour me couler un regard suspicieux :

— Te féliciter pour ton nouveau poste, hein… ?

— Lena !

— Quoi ? Il te bouffait des yeux, c'est évident !

Mon rire fusa, léger, probablement à cause de la fébrilité qui m'animait. Que m'importait cet homme ? J'étais déjà comblée.

Même si nous étions lundi, tout le monde avait le cœur à la fête : Lena rassembla tous ceux qui avaient participé au projet et nous servit du champagne dans de petits verres en plastique. C'était excitant de savoir que notre projet allait prendre vie et que, bientôt, cette équipe serait la mienne. On me bombardait d'idées pour *Amoureux et coquins*, et je n'arrivais plus à les noter tellement j'étais dans un état second.

Une fois les autres gens partis, Lena et moi terminâmes la soirée dans un bar, tout près du bureau, à discuter et à rêver de ce que deviendrait notre magazine. Nous avions bu raisonnablement, mais nous étions quand même ivres à cause du manque de sommeil.

— Éric…, il est plutôt mignon, me lança-t-elle soudain.

— Il est pas mal, c'est vrai.

— Ton homme, il est mieux que ça ?

J'affichai un sourire éclatant.

— Simon est génial.

— Et tu lui es fidèle ?

Je fronçai les sourcils, choquée.

— Évidemment !

— Du calme ! Je pose simplement la question ! Tu sais : moi, à une époque, je ne pouvais pas dire non. Ce n'est pas pour rien que j'ai fini par me faire payer… Et ce type, je ne suis pas sûre que je l'aurais envoyé sur les roses, si tu vois ce que je veux dire. Enfin… je suis loin d'avoir ton charme, et mon succès est plutôt limité, ces derniers temps.

— Qu'est-ce que tu racontes ! Tu n'as qu'à défaire ces cheveux et mettre des tenues plus féminines ! Comme ça, on dirait une…

— Une quoi ?

— Une bibliothécaire, terminai-je avec un petit sourire.

Je me souvenais parfaitement de ce qualificatif dont m'avait dotée Maître Denis dans son bar. Et, à bien y réfléchir, peut-être que je m'habillais un peu comme Lena, à l'époque : tailleurs, couleurs sombres, jupes fades…, des tenues trop classiques pour attirer le regard.

— Hum… possible ! admit-elle. Quand j'ai commencé dans ce milieu, j'avais envie qu'on me respecte…

— Et plus maintenant ? me moquai-je.

— Disons que je voudrais qu'on me respecte différemment.

Elle défit son chignon et laissa retomber ses cheveux blonds sur ses épaules, se gratta le dessus de la tête, visiblement épuisée par la dernière semaine. Elle leva son verre dans ma direction.

— À notre nouvelle rédactrice en chef !

Je gloussai comme une idiote avant de répondre à son geste. Nous avions trinqué à la revue, à notre équipe et à mes nouvelles fonctions. Tous les prétextes étaient bons pour festoyer. Et, puisque nous étions seules, j'en profitai pour avouer :

— Tout ça, c'est grâce à toi. Merci.

— Tu me remercieras quand tu bosseras jour et nuit, railla-t-elle.

Malgré sa mise en garde, je ris. Ce soir, rien ne pouvait m'atteindre.

Simon arriva plus tôt que prévu, et je le présentai à Lena. Mon petit ami lui plaisait, je le sentis juste à la façon dont elle le dévorait des yeux. Lui resta poli, la remerciant de l'opportunité qu'elle m'avait offerte et entretenant la conversation tout en caressant distraitement ma cuisse. Soudain, il me tardait de me retrouver seule avec lui.

7

Le lancement

Je fus encore plus occupée pendant les semaines qui suivirent le conseil d'administration : mon bureau fut déménagé au huitième étage, et tous ceux qui allaient constituer ma nouvelle équipe de travail furent installés avec moi. Un immense logo de la revue avait été accroché à l'entrée, et nous avions droit à une réceptionniste, à des assistants, à un comité de lecture... J'avais même ma propre secrétaire ! C'était incroyable !

Lena s'occupait désormais du marketing de la marque : création du site Internet, publicité, communiqués de presse, organisation de la soirée de lancement. Quant à moi, j'étais en charge de la réalisation du premier numéro. Mon bureau débordait de maquettes, d'articles et de textes érotiques. Mes collaborateurs, visiblement stimulés par leur nouveau travail, avaient mille et une suggestions, mais il revenait à mon assistante de tout noter et de voir si les idées en question pouvaient s'insérer dans l'un des thèmes soumis au conseil d'administration.

J'étais heureuse de mon nouveau bureau : il était loin des autres, et il fallait passer par ma secrétaire pour y avoir accès. J'avais une table de réunion et une grande baie vitrée qui donnait sur le centre-ville. Rien à voir avec celui que j'avais occupé quand je travaillais chez *Zap*.

Dans toute cette agitation, il me fallut quelques jours pour m'adapter à mes nouvelles fonctions. Je formai mon équipe, fis ma première réunion de coordination et déléguai les différentes tâches à mes collaborateurs. Lena assistait aux rencontres, mais j'étais devenue le seul maître à bord. C'était une sensation à la fois angoissante et excitante. Nous avions un numéro déjà bien entamé, qu'il nous suffisait de parfaire, et nous préparions le prochain.

—Le premier numéro d'*Amoureux et coquins* sera officiellement lancé juste avant le printemps ! annonçai-je à la fin de notre réunion hebdomadaire. J'ai reçu la confirmation du conseil d'administration hier soir. Réservez tous la date du 15 avril et prévoyez de bien vous habiller. Il paraît que ce sera génial !

Lena poursuivit avec entrain :

—Ricor veut faire les choses en grand ! Au moment du lancement, nous aurons un site Internet dédié, un appel à textes érotiques, une version numérique du magazine et une couverture médiatique impressionnante. Ne soyez donc pas surpris de voir notre magnifique première page dans tous les médias que vous connaissez : télévision, journaux…

J'espérais que mon produit serait à la hauteur des moyens ainsi mis en œuvre et des attentes du public. La première revue que nous étions sur le point de boucler était excellente. Mais les gens allaient-ils l'acheter ? Il le fallait ! Si les premiers chiffres de vente n'étaient pas ceux qui étaient escomptés, je craignais d'être remplacée sans hésiter. Et je n'en avais pas la moindre envie !

Le lancement eut lieu dans une salle de réception chic, même si les serveurs, un joli mélange d'hommes et de femmes, étaient court vêtus. Lena arriva dans une robe magnifique, rouge, légèrement indécente, alors que j'avais préféré la jouer classique avec une petite robe noire. Nous passâmes la majeure partie de la soirée à accorder des entrevues à tous les journalistes présents, avant qu'enfin je puisse me ruer sur la première coupe de champagne que j'aperçus, me faisant violence pour ne pas l'avaler d'un trait tellement ma gorge était sèche.

Alors que je goûtais à ces quelques minutes de solitude, j'entendis la voix d'Éric me parvenir par-dessus mon épaule.

— Super soirée !

Je me retournai pour lui faire face.

— C'est vrai. Encore un coup de maître de Lena.

Il tendit son verre, et je trinquai avec lui. Ses yeux glissèrent sur ma robe, puis tout autour de moi.

— Où donc est l'heureux élu ?

— L'heureux élu ? Ah ! Euh… il va arriver un peu plus tard.

— Il n'a pas l'air d'un type jaloux, je me trompe ?

— Pourquoi le serait-il ?

— Eh bien… une femme comme vous dans une soirée où l'érotisme est mis à l'honneur… et tous ces hommes qui vous observent…

Je ris en secouant la tête.

— Personne ne m'observe. Vous vous faites des idées ! On me remarque parce que je suis la rédactrice en chef, mais dans une semaine plus personne ne se souviendra de moi !

— Vous croyez qu'un homme peut oublier une aussi jolie femme ? C'est que vous êtes bien naïve, mademoiselle…

Il fit mine de me gronder, mais son rire filtrait au travers de sa voix, puis il se rapprocha de moi et parla plus doucement :

— D'ailleurs, l'homme tout près de la fenêtre, au fond de la pièce, je crois bien qu'il ne vous a pas quittée des yeux de toute la soirée…

Je tournai la tête pour voir s'il me faisait une blague et je faillis lâcher ma coupe lorsque je tombai sur un regard que je connaissais bien.

John Lenoir.

Ma première réaction fut ridicule : gagnée par un sentiment de panique, je détournai la tête vers Éric pour reprendre mes esprits. Que faisait John à ma soirée de lancement ? Qui l'avait invité ? Espérant avoir rêvé, je tournai de nouveau la tête dans sa direction. Ma gorge se noua. Il était vraiment là, dans cette salle, à quelques mètres de moi. Et il ne me quittait effectivement pas des yeux. Il n'avait pas changé. Sa présence imposait toujours le respect, et il était habillé avec goût, dans un costume qui savait mettre en valeur la carrure de son corps. Même à cette distance, il avait un charme fou.

La voix d'Éric vint me tirer de mon hébétude.

— Annabelle ?

— Ça va, c'est juste… un vieil ami.

— Encore un dont vous avez volé le cœur, je présume.

J'eus un rire amer devant ce qu'il croyait être une blague, puis je secouai la tête avant de chuchoter :

— Je ne pense pas, non, mais vous êtes bien gentil de le croire.

Mes réflexions partaient dans tous les sens : John m'avait vue, il savait que j'étais là et que je l'avais remarqué, moi aussi. Il me fixait probablement toujours. Il fallait donc que je prenne une décision, et vite. Peut-être aurais-je dû marcher dans la direction inverse, mais je décidai qu'il valait mieux affronter le problème calmement. Surtout avant que Simon arrive à la fête !

Dès que je m'approchai de lui, John m'accueillit en se penchant galamment vers l'avant.

— Mademoiselle la rédactrice en chef, bonsoir !

Je le détaillai du regard, cet homme que j'avais aimé à la folie et qui se tenait là, dans cette pièce, devant moi. Je forçai un sourire sur mes lèvres.

— Bonsoir, John ! Comment allez-vous ?

J'avais trébuché sur le vouvoiement. La dernière fois, j'avais délibérément insisté pour le tutoyer, juste pour lui prouver que je n'étais plus sa chose et que je n'avais plus le moindre respect pour lui. Était-ce encore le cas, ce soir ? Il me semblait que non. Tout allait bien dans ma vie, et je n'avais aucune envie de rouvrir les hostilités avec un homme qui appartenait à mon passé. Je me sentais même plutôt en confiance.

Il finit par tendre une main amicale vers moi.

— Je suis content de te revoir, Annabelle.

Je ne répondis pas, mais je fus surprise par le choix du tutoiement. J'acceptai poliment sa main. Il garda mes doigts prisonniers des siens pendant un moment considérable avant de les relâcher, mais je restai calme. J'en fus la première surprise, d'ailleurs.

— Tu es toujours aussi magnifique, à ce que je vois.

— C'est gentil, merci.

C'était étrange de l'entendre me servir des formules de politesse, alors que, dans mon souvenir, il détestait cela. Il me fixait sans bouger, comme s'il était incapable de me quitter des yeux, et moi, je n'arrivais pas à trouver le moindre sujet de conversation à l'exception d'un seul, celui pour lequel j'avais traversé la salle entière :

— Qu'est-ce que tu fais là ?

— Quoi qu'on en dise, le sexe est un petit marché, et je suis toujours intéressé lorsque des gens talentueux se mettent au service d'une cause qui me tient à cœur.

Il récupéra une copie de ma revue sur une table basse et la fit danser devant moi.

— Je vois qu'on a fait du chemin. Toutes mes félicitations.

— Merci.

— Je suis content. Tu l'as amplement mérité, ce poste.

Je le remerciai encore, sans comprendre pourquoi notre discussion tournait en rond autour de vagues formules de politesse. Après ce que nous avions vécu, n'avions-nous rien d'autre à nous dire ? Je m'étais attendue à une attaque de sa part, une riposte ou des moqueries, mais il semblait vraiment heureux pour moi, voire détaché de la situation. Je tournai la tête pour accrocher un regard qui me serait familier, prête à retourner à l'assaut de la salle, mais il le remarqua et se rapprocha aussitôt de moi pour reprendre mon attention. Sa voix se fit plus basse :

— Je suis un peu étonné de te trouver seule. Enfin… si j'excepte l'homme qui te courtisait près de la fontaine.

— Oh, ça c'est Éric, mais ne t'inquiète pas : Simon sera là un peu plus tard.

Le pas qu'il avait fait pour se rapprocher de moi fut repris, et il perdit légèrement contenance.

— Oh ! Tu es donc toujours avec lui ?

— Bien sûr. Et nous habitons ensemble depuis Noël dernier.

Il ne dit rien, mais je perçus son malaise, même s'il essaya de le masquer. Cela m'étonna de lire aussi facilement en lui.

— Bien… On dirait que tout va bien pour toi, reprit-il en feignant un sourire.

— Comme tu vois.

La gêne grandissait entre nous. Je tentai d'alléger l'atmosphère en jetant :

— Et toi ? Qu'est-ce que tu deviens ? As-tu amené Laure ?

— Non. Elle est avec Maître Paul, maintenant.

Je ne masquai pas ma surprise, mais je me contentai de répondre un vague « oh ». Je chassai les images de l'homme en question et de la soirée que j'avais passée seule en sa compagnie : ligotée, fouettée et prise par tous les orifices. Comment John avait-il pu laisser Laure entre de telles mains ?

— Ne t'inquiète pas, m'assura-t-il, elle va bien. C'était son choix de poursuivre avec lui.

« Son choix » ? Comment pouvait-on passer d'un Maître comme John à un homme rustre et vulgaire comme Maître Paul ? Pour ma part, cela me paraissait inconcevable !

— Je ne pouvais plus lui apporter ce qu'elle attendait de moi, ajouta-t-il avec une voix lourde.

Je laissai dériver mon regard dans le fond de mon verre sans poser la moindre question. J'étais déjà suffisamment troublée par ses propos et j'avais bien du mal à le masquer. Autant changer de sujet, et vite.

— Et l'écriture ? Tu en es à combien de tomes ?

Il eut un petit sourire en coin que je connaissais bien.

— Je suis d'ores et déjà persuadé que tu sais pertinemment que je n'ai plus rien publié après… notre histoire.

— Laisse-moi deviner : tu n'as eu que de mauvaises éditrices ? ironisai-je. Pas assez jolies ? Non… Disons plutôt : pas assez naïves ?

Il secoua la tête.

— Je vois que tu as toujours une mauvaise opinion de moi. Tu m'en vois désolé. Eh bien, non, Annabelle, ça n'a rien à voir avec l'éditrice ! Disons simplement que… je ne suis plus tout à fait en fonction.

J'aurais aimé que mon visage ne soit pas si transparent, mais cette nouvelle me surprit plus que je ne saurais le dire. Je le fixai avec curiosité. Avais-je bien entendu ? Je ne pouvais le croire. Je pris plusieurs secondes avant de demander :

— Attends, quand tu dis que tu n'es plus « en fonction »… ?

— Je ne suis plus Maître. Enfin… techniquement je le suis toujours. On ne perd pas un statut, on ne fait que le mettre de côté. Reste à savoir si je le reprendrai un jour ou non. Oh, mais ne t'inquiète pas pour moi : il m'arrive toujours d'aller à des soirées. C'est seulement que je n'ai plus, à proprement parler, de soumise dont j'assure la formation.

— Oh !

Ce fut le seul mot que je parvins à prononcer, et ma réaction lui tira un sourire. Était-ce là son but ? Me surprendre ? Même s'il l'avait proposé pour être avec moi, jamais je n'aurais cru que John puisse renoncer à son statut de Maître.

C'est à ce moment précis que Lena se faufila à ma droite et se pencha de façon très cavalière vers John pour lui tendre la main :

— Bonsoir ! Je suis Lena Blouin, directrice affiliée aux projets externes chez Ricor Media, et aussi l'instigatrice de ce projet.

Il détourna les yeux vers elle, et je compris que cette intrusion l'avait agacé, mais il accepta néanmoins de lui serrer les doigts et se présenta à son tour :

— John Lenoir, auteur.

Le visage de Lena s'illumina. Elle me jeta un rapide coup d'œil avant de s'exclamer d'une voix emplie d'excitation :

— John Lenoir ! Waouh ! Je suis ravie de vous rencontrer. J'ai lu tous vos livres. On peut même dire que c'est grâce à vous si Annabelle a décroché ce poste…

Elle raconta pourquoi elle m'avait choisie pour élaborer le projet. Devant son histoire, l'agacement de John disparut, et il se détendit, affichant un sourire plus franc :

— Si j'ai pu aider Annabelle d'une quelconque façon, vous m'en voyez très heureux. Je suis déjà persuadé que vous ne regretterez pas votre choix. C'est une personne extrêmement... dévouée à son travail.

Dans sa bouche, ces mots sonnèrent de façon perverse. Je n'eus aucun doute sur ce à quoi il faisait allusion. Je terminai mon verre, regardai ailleurs, déterminée à couper court le plus rapidement possible à cette conversation, quand la voix de Lena reprit mon attention :

— Avec un peu de chance, elle saura peut-être vous convaincre d'écrire un texte pour notre revue, qu'est-ce que vous en pensez ?

Je me tournai franchement vers elle et lui jetai un regard noir :

— Je t'ai dit que John ne faisait pas ce genre de littérature !

— Qu'est-ce que ça coûte de demander ?

John rivait ses yeux brûlants sur moi, visiblement ravi de ma réaction.

— Monsieur Lenoir, je sais que ce n'est pas dans votre créneau habituel, mais... peut-être que... ?

— Annabelle a raison. C'est un peu loin de mes écrits habituels, mais je veux bien y réfléchir.

Je ne pus m'empêcher de lâcher, exaspérée :

— Quoi ? Toi ? Tu vas écrire de l'érotisme classique ?

— Tous mes textes ne font pas dans l'extrême, Annabelle. Toi mieux que quiconque devrais savoir cela !

Je le fixai. Peut-être que certains de ses textes étaient plus doux que d'autres, mais en aucun cas ils n'auraient pu se prêter à la revue.

— Enfin… tu es rédactrice en chef, reprit-il très vite. À toi de voir si tu as envie de retravailler avec moi.

Je serrai plus fermement ma coupe de champagne avant qu'elle me glisse des mains. Lena me regardait en espérant clairement que j'accepte. Comment pouvait-elle me demander cela ? Il était hors de question que je travaille de nouveau avec John. J'étais prête à m'y refuser obstinément. Contre toute attente, ce fut elle qui prit le relais :

— Monsieur Lenoir, vous savez… Annabelle a une équipe, maintenant. En tant que rédactrice en chef, elle aura bien d'autres choses à faire que de travailler avec les auteurs. Vous seriez plutôt en contact avec Claire, son assistante.

— Oh, bien ! Je comprends.

Même s'il avait répondu en hochant la tête, je savais pertinemment, juste à la façon dont il me regardait, qu'il n'avait pas changé d'avis. Si je voulais des textes de sa main pour la revue, j'allais devoir retravailler avec lui. Soutenant son regard, je le confrontai en feignant un défi amical :

— Tu peux toujours proposer quelque chose. On verra bien si ça passe le comité de lecture.

— Tu m'en crois donc incapable ? rigola-t-il.

— Écrire sur le sexe est une chose, John, mais n'oublie pas que cette revue s'adresse avant tout à des couples. Il faut que ça reste léger, subtil…

— Puisque tu me mets au défi, je me vois dans l'obligation de tenir le pari, annonça-t-il soudain.

Même si je tentai de rester calme, une colère sourde se mit à bouillir en moi : comment osait-il essayer de s'infiltrer dans ma vie de la sorte ? Je lui lançai un regard noir et me tournai vers Lena, dont j'espérais le soutien, mais elle frappa dans ses mains :

— J'adore ce genre de concours improvisé !

Je récupérai un autre verre et entrepris de le vider pour me donner une contenance. J'aurais bien aimé croiser le regard d'Éric, quelque part, pour avoir une bonne raison de filer en douce, mais la providence m'aida d'une autre manière. Jessie vint m'annoncer qu'on m'attendait pour une énième interview. Je remerciai le ciel et feignis de m'excuser auprès des deux autres avant de filer en douce.

Pour le reste de la soirée, je comptais bien éviter John.

8

L'inconscient

Lena avait pris soin de faire animer la soirée par un couple d'acteurs qui, par intermittence, se donnaient la réplique sur une petite scène afin d'égayer la soirée. Ce sont eux qui, vers 22 heures, se mirent à faire la lecture de mon récit, publié sous le pseudonyme d'Hélène. Je l'avais choisi un peu par hasard, parce qu'il sonnait doux et différent de mon propre prénom. Pendant que les voix résonnaient dans la salle, je me promenai en scrutant les réactions de ceux et de celles qui prenaient la peine d'écouter la lecture. Certains étaient visiblement gênés par l'initiative, d'autres amusés, mais je ne décelai que très peu de marques de trouble, peut-être parce qu'au milieu de cette foule les invités prenaient bien garde à n'en rien montrer.

Je m'installai plus en retrait et tentai de cacher ma déception. John vint me rejoindre, la revue repliée sur elle-même à la page du texte en question.

—Voilà un fort joli texte, mademoiselle.

J'aurais aimé le rembarrer, mais j'étais contente de recevoir un compliment d'ordre littéraire de sa part.

—Merci beaucoup.

—Je ne te connaissais pas ce talent…

Il s'adossa à mes côtés, contre le mur, et je me défendis aussitôt :

—J'ai toujours su choisir de bons textes !

—Les choisir est une chose, Annabelle, mais les écrire…

Je sentis mon visage perdre de ses couleurs sous ses yeux, ce qui ne fit évidemment que confirmer ses doutes. Me scrutant avec amusement, il finit par avoir ce petit rire ravi qui me plaisait tant, naguère. Je cherchai Lena du regard avant de siffler, persuadée qu'elle était à l'origine de la fuite.

—Elle te l'a dit, c'est ça ?

—Parce que tu me crois incapable de te reconnaître au travers de ces lignes ? Allons Annabelle ! Nous avons travaillé une bonne quarantaine de textes ensemble ! J'ai vu ta façon de corriger, d'annoter, de m'écrire aussi ! Tu l'as lu à Simon également, non ? Et j'imagine qu'il a tout de suite deviné, lui aussi… (Je détournai la tête, confuse.) Hum… Dire que je croyais qu'il te connaissait mieux que moi. N'est-ce pas ce que tu m'as dit, la dernière fois ?

Je le fusillai du regard.

— Arrête de frimer ! Tu le savais. Personne ne peut deviner que je suis l'auteure de ce texte juste en le lisant. C'est ridicule !

— Au contraire : tu as laissé des traces de ce que tu es partout dedans, Annabelle !

Il remonta la revue devant nous et la parcourut du regard avant de jeter ses arguments en vrac :

— Jeune femme en couple, aime regarder. Déjà, ça, c'est tout toi ! J'avais d'ailleurs une vague impression de déjà-vu. Tu te souviens de notre première soirée au bar de Maître Denis ? Regarder t'excite. Et tout, dans ce texte, ne parle que de ça. Les personnages sont trop sages pour aller rejoindre le couple voisin, ils préfèrent rester dans leur zone de confort, se caresser en cachette sous une nappe. Je ne te ferai pas une analyse freudienne de ton texte, mais tu te doutes probablement de ce qu'il révèle de ta personnalité, n'est-ce pas ?

— Tu es fou !

— Pas fou : minutieux, attentif, intéressé. Peut-être préfères-tu ne pas voir ce qui se cache, là, entre ces lignes, mais moi, je l'ai tout de suite remarqué.

Son doigt tapota le nom de l'auteure.

— Hélène. Autant inscrire « Hélène de Troie » ! Désirez-vous que l'on vous sauve, mademoiselle ?

— Tu délires, ma parole ! Je n'ai jamais songé à un truc pareil !

— Comme si tu en avais besoin ! Ton inconscient le fait à ta place.

Son sourire s'accentua, et il parut soudain rajeunir, puisant probablement sa force dans mon air de plus en plus troublé.

— Tu peux dire ce que tu veux, Annabelle, mais je te connais. Et ton texte vient, encore une fois, de me le confirmer.

Je secouai la tête, un peu vite, et ma voix s'emballa :

— Ce n'est qu'un texte !

— Et un excellent texte, qui plus est. À première vue, je dirais que c'est un premier jet, plus ou moins travaillé, ce qui prouve à coup sûr le talent dont tu es dotée. J'aurais peut-être revu certaines formulations, mais l'essentiel y est, c'est-à-dire l'émotion, l'excitation, le trouble… Il te vaudra sans doute de fort jolies lettres d'admirateurs, qui auront tous envie de sauver la belle Hélène.

Je ne savais pas comment réagir face à ce mélange de compliments et de conseils qu'il me prodiguait. J'étais surtout agacée par l'assurance dont il faisait preuve, comme s'il me connaissait mieux que quiconque alors que notre dernière rencontre remontait à près d'une année. J'étais certaine qu'il bluffait et que Lena avait effectivement vendu la mèche.

Les applaudissements retentirent à la fin de la lecture, et mon regard croisa celui d'Éric qui leva sa coupe vers moi avec un sourire timide.

— On dirait que vous avez un admirateur, mademoiselle, chuchota John en se penchant vers moi.

Sa façon de passer du tutoiement au vouvoiement me dérangea, comme s'il tentait de me déstabiliser à chacune de ses phrases. Je tournai de nouveau la tête vers lui et lâchai, un peu rudement :

— Sachez, monsieur, que je suis une jeune femme comblée et fidèle.

Il me pointa avec sa revue.

— Mais la tentation est là, n'est-ce pas ? Juste à la table voisine. Elle vous excite, mais… Oh, vite ! Cachons tout cela sous la nappe !

Il jeta ces mots sur un ton moqueur, et je fronçai de nouveau les sourcils. *Bon sang !* Que m'importait son avis ? Je m'efforçai de retrouver mon calme quand il lâcha, les yeux empreints de satisfaction :

— Tu sais, quand j'y pense, je commence à croire que je te connais mieux que toi-même…

— Bien sûr ! C'est pour cela que tu m'as laissée te filer entre les doigts !

Mes paroles fusèrent sèchement, assez pour qu'elles agissent comme une gifle, et il grimaça en détournant les yeux. J'en profitai pour tenter de filer en douce, mais ses mots me suivirent dans ma fuite :

— Je n'ai jamais dit que je n'avais pas fait d'erreurs.

Je fis volte-face, perdant malgré moi le peu de calme qui me restait.

— Tu as fait des erreurs ? Toi ? Le grand John Lenoir ?

— Qui n'en fait pas ? Je ne suis pas meilleur qu'un autre. Se tromper fait partie du processus…

Je le fis taire d'un geste brusque de la main et grondai sans attendre :

— Je te défends de m'inclure dans un quelconque processus !

— Je suis seulement conscient d'avoir fait des erreurs, c'est tout.

Je croisai les bras et pris appui sur une jambe avant de le défier du regard.

— Vas-y, John, surprends-moi : parle-moi de tes erreurs !

Sa mâchoire se crispa. J'aurais dû simplement profiter d'être en position de force pour m'éloigner de lui, mais le voir ainsi, complètement démuni, me plaisait, alors j'attendis. Longtemps. Il finit par soupirer et reprit d'une voix basse :

— Si cela peut te rassurer, j'ai été convenablement puni.

— Laisse-moi deviner : cent coups de fouet ?

Il eut un rire triste.

— Cela aurait-il suffi ?

— Probablement pas, non.

— Il est toujours temps d'exiger réparation, si tu le souhaites.

Je le fixai sans comprendre. Me faisait-il une proposition ? Comme s'il percevait mon questionnement muet, il insista :

— Qu'est-ce qui te ferait plaisir ? Le fouet, la cravache ?

— Ha ha, très drôle, dis-je avec une voix qui dénotait l'inverse.

— Peut-être est-ce le seul moyen d'éliminer toute cette colère qu'il y a en toi ?

Je reculai d'un pas, légèrement sous le choc

— Tu te trompes, John : je ne suis plus en colère contre toi. Au contraire, je devrais te remercier ! C'est toi qui m'as fait rencontrer Simon, et si je n'avais pas été ton éditrice jamais Lena n'aurait songé à moi pour prendre la tête de cette revue...

Il tourna la tête et étouffa un petit rire.

— Tu me remercies, maintenant ?

— Disons que je suis honnête et que les faits sont là pour le prouver : Simon me rend heureuse et mon travail est très stimulant, tu ne peux pas dire l'inverse !

Il hésita avant de rétorquer :

— Si cela te rend heureuse, alors tu m'en vois ravi.

— Bien. Maintenant que nous sommes d'accord sur quelque chose, on en reste là, tu veux ? C'est gentil d'être venu. Bonne soirée.

Je tournai les talons pour m'éloigner, fonçai tête la première dans un corps qui se révéla être celui de Simon. Il paraissait troublé, et je savais très bien pourquoi. J'espérai lui faire comprendre d'un regard que j'étais justement en train de chercher à m'éloigner de John, mais il força un sourire sur sa bouche, et le baiser qu'il m'offrit se prolongea plus que d'habitude. Dès que nos lèvres s'éloignèrent, la voix de John résonna derrière moi :

— Bonsoir, Simon. Je suis content de te revoir.

Je suivis les yeux de mon compagnon lorsqu'ils rencontrèrent ceux de John. En guise de salutations, il hocha la tête, puis je me tournai pour assister à une poignée de main que je sentis forcée. Le regard de John nous balaya tous les deux.

— C'est vrai que vous faites un très joli couple.

— Merci, dis-je simplement.

D'un signe de tête il nous salua et tourna les talons avant de disparaître parmi la foule. Les doigts de Simon sur ma taille me tenaient avec force, comme s'il craignait que je n'emboîte le pas à John, mais je n'en avais pas l'intention. Près de mon oreille, il chuchota, inquiet :

— Qu'est-ce qu'il fait là ?

— Je ne sais pas.

Il me fit pivoter vers lui pour me scruter, peut-être de peur que je lui mente.

— Je te jure que je ne sais pas ! me défendis-je aussitôt.

Je lui racontai l'essentiel de notre conversation : le fait que Laure était avec Maître Paul, qu'il m'avait avoué ne plus avoir de soumise et qu'il m'avait félicitée pour ma revue…

— John ne fait jamais rien par hasard. Peut-être qu'il essaie de se rapprocher de toi ? lâcha-t-il.

— Mais non ! tentai-je de le rassurer. John est auteur, je publie de la littérature érotique, c'est assez logique qu'il s'intéresse à ce genre de soirées. D'ailleurs, je crois bien avoir aperçu quelques têtes des éditions *Quatre Vents* par là-bas. C'est un petit milieu, il paraît.

Il fronça les sourcils et continua de me considérer pensivement.

— Qu'est-ce que ça t'a fait de le revoir ?

— Je ne sais pas. C'était bizarre.

Ma réponse le dérouta, et je ris pour apaiser son trouble.

— Simon, je suis heureuse avec toi ! Tu peux me croire : je ne suis pas prête d'oublier ce que j'étais quand tu m'as trouvée ! Je suis comblée. J'ai une vie géniale, un job génial, un amoureux génial...

Il soupira en me ramenant contre lui, et je sentis son corps se détendre peu à peu. Notre étreinte s'éternisa, comme s'il craignait de me relâcher.

— J'aurais préféré que tu ne le revoies plus...

— Ce n'est qu'un ex, c'est tout.

— Non. Steven était ton ex, John était ton Maître.

Dans son esprit, je ne doutais pas que cette classification était différente. Dans le mien aussi, probablement, mais il y avait fort longtemps que je n'avais eu à m'en soucier.

— Il ne l'est plus, lui rappelai-je.

Je me serrai contre lui et caressai son habit gris, presque noir, qui mettait sa chevelure blonde en évidence. Il était passé chez le coiffeur et il avait pris le temps de mettre un peu de ce parfum que j'aimais bien.

— Tu sais que tu es beau comme ça ? Je ne pensais pas que tu serais aussi chic.

— Je suis quand même le compagnon de la rédactrice en chef, se vanta-t-il.

— Qu'est-ce qu'elle a de la chance, celle-là : un super job et un petit ami craquant.

Son sourire se fit plus franc, et son ton s'allégea :

— C'est ta façon de dire que tu es contente que je sois là ?

— Parce que tu en doutais ?

Je lui chuchotai au creux de l'oreille :

— Allons d'abord faire le tour de la salle ; après, je te montrerai à quel point ta présence me fait plaisir…

9

Double départ

Le tour de la salle nous prit plus longtemps que prévu. Mes collègues avaient l'air ravis de faire la connaissance de Simon: «Voilà donc l'heureux élu!» On le questionnait sur son travail, on lui disait à quel point j'étais une collègue stimulante. Chaque fois, la main de mon amoureux se raffermissait sur ma taille, et il souriait fièrement.

— Ne vous inquiétez pas, affirma-t-il régulièrement, je connais ma chance. D'ailleurs, si cela ne vous embête pas, il se fait tard, et j'aimerais bien raccompagner cette jolie demoiselle à la maison…

Des rires emplis de sous-entendus lui répondirent, et Simon s'empressa de me guider en direction de la sortie. Je le sentais pressé de partir et, vu les regards de feu qu'il posait sur moi, je savais pertinemment pourquoi.

Au vestiaire, je me figeai lorsque nous tombâmes sur John qui aidait Lena à enfiler son imperméable. Dès qu'il m'aperçut, il posa les yeux sur moi, puis s'adressa à ma supérieure avec un air léger :

— Oh ! Regarde qui est là...

Lena se tourna à son tour et afficha un sourire qui sonnait faux. Je la sentis gênée, probablement parce qu'elle avait espéré que je ne voie pas en compagnie de qui elle partait. Je tendis mon coupon à l'homme qui attendait au comptoir, et il partit à la recherche de mon manteau.

— Je voulais... te saluer, bredouilla-t-elle, mais tu semblais fort occupée...

— Eh bien..., salut !

Je ne trouvai rien de mieux à dire. Je ne doutai pas que John espérait me faire réagir en s'affichant avec elle, mais je ne comprenais pas les motivations de Lena... Ne lui avais-je pas parlé de toutes les difficultés que j'avais eues à me sortir de cette histoire ? Comment pouvait-elle jouer ainsi avec le feu ? Je ne voulais rien laisser transparaître du malaise que je ressentais, mais j'étais incapable de soutenir son regard. La main de Simon sur ma taille se fit plus ferme, peut-être parce qu'il avait perçu ma gêne.

— On peut se parler, deux minutes ? me demanda Lena.

— Je suis fatiguée, prétendis-je. Est-ce que ça ne peut pas attendre... ?

— Juste deux minutes.

Sans attendre ma réponse, elle m'agrippa le bras et m'entraîna à l'écart, là où ni John ni Simon ne pouvaient nous voir, puis elle se planta droit devant moi.

— Tu es fâchée ?

— Non, dis-je, trop vite pour que mes paroles sonnent vraies.

— Écoute, je suis célibataire, c'est un bel homme, et je suis sûre que c'est un super coup. Tu ne peux quand même pas m'en vouloir de sauter sur une offre aussi alléchante ! Tu crois que ça m'arrive souvent qu'un homme de son genre m'invite chez lui, à la fin d'une soirée comme celle-là ? Au cas où tu ne l'aurais pas remarqué, je ne suis plus toute jeune et ça ne se bouscule plus aux portes depuis quelques années…

Je croisai les bras sur ma poitrine, me décidant à l'affronter du regard.

— Je croyais que tu avais lu ses livres ?

— Je les ai lus, c'est vrai. Et alors ?

— C'est ça que tu veux ? Te faire attacher ? Battre ? Parce que lui, il a besoin de ça pour jouir.

Elle posa les mains sur ses hanches et me toisa de haut en bas.

— Tu as été sa soumise et tu n'en es pas morte, à ce que je vois ! Merde, Anna, qu'est-ce qu'il y a ? Tu es jalouse ? Tu as pourtant ton mignon petit blondinet, juste là.

Je me défendis aussitôt :

— Ce n'est pas de la jalousie, OK ? Lena, je t'aime bien, je ne veux pas que tu tombes dans ce monde-là ! Crois-moi, ça a été vraiment difficile pour moi de m'en sortir.

— J'ai été call-girl, chérie. Des hommes m'ont fait probablement bien pire que ce que tu as vécu. Des sado-masos, je sais ce que c'est, ne t'inquiète pas pour moi. On a déjà éclairci la situation, avec John. On va juste s'amuser…

Je n'arrivais pas à le croire et je restai là, la bouche ouverte, à la dévisager d'un air stupide.

— Écoute, je le trouve intéressant, ce n'est pas un crime, il me semble. Je sais que ça n'a pas été facile pour toi, mais aujourd'hui tu vas bien. Tu es en couple, et tout le reste. Mais comme on est copines, si ça te pose vraiment un problème que je me le tape…

Je sursautai et secouai vivement la tête.

— Non, non ! Tu peux bien faire ce que tu veux ! Je m'en fous !

— Tu es sûre ? Parce que j'ai l'impression qu'il te met encore dans tous tes états…

— Ça n'a rien à voir avec lui, je m'inquiète pour toi, c'est tout ! Tu veux pimenter ta vie ? Eh bien, vas-y ! Mais ne viens pas me dire que je ne t'ai pas mise en garde !

Je tournai les talons et rejoignis Simon au vestiaire sans jeter le moindre regard à John. Lorsque je quittai la salle, la joie qui m'avait animée en début de soirée s'était brusquement éteinte.

10

La vérité

Même si je n'avais pas la moindre envie de l'admettre, ma discussion avec Lena m'avait contrariée. C'était ridicule, et je le savais. N'avais-je pas déjà vu John coucher avec d'autres femmes ? N'étais-je pas moi-même en couple ? Quelle importance qu'il baise avec Lena ?

Pourtant, cette idée me rendait folle.

Dire que pendant plus d'un an j'étais parvenue à éloigner John de mon existence. J'avais tout quitté pour reconstruire ma vie, et voilà qu'il revenait sans crier gare. Je regrettai de ne pas avoir supplié Lena de rester loin de lui, quitte à lui mentir pour y parvenir, mais John aurait forcément imaginé que j'étais jalouse. Et ça, c'était hors de question !

Alors que la voiture se rapprochait de notre appartement, ma conversation avec John me revint en mémoire et, avec elle, un bon nombre de questions. Pourquoi n'était-il plus avec Laure ? Pourquoi l'avait-il laissée à Maître Paul ? Et comment avait-il appris l'existence de la revue ? Plus grave encore : pourquoi était-il venu à son lancement ? Et sa façon de m'avoir reconnue dans ce texte..., comment cela était-il possible ? Tous ces mois, j'avais été persuadée que John ne connaissait pratiquement rien de moi. Ce soir, en moins de dix minutes, il m'avait prouvé le contraire. Et force m'était de constater que j'en étais plus bouleversée que je ne le montrais.

—Anna ?

La voix de Simon brisa le silence, et il posa une main sur ma cuisse.

—Qu'est-ce qu'il y a ?

—Rien. Je suis fatiguée. Ça a été une grosse soirée.

Il émit une sorte de grognement réprobateur, puis il insista :

—C'est John ? Ça t'a fait un choc de le revoir ?

Je haussai les épaules, ce qui l'énerva davantage.

—Anna, je veux savoir.

—C'est Lena, avouai-je. Elle m'a demandé la permission de coucher avec lui.

Simon me jaugea avant de demander :

—Et ça te pose un problème ?

Je sursautai.

—Non !

—Alors qu'est-ce qu'il y a ?

Chacune de mes hésitations risquant de le contrarier davantage, je finis par lâcher :

— Je ne veux pas que John revienne dans ma vie. Et je ne veux pas ça pour Lena.

Simon ne bougea pas. On aurait dit qu'une main invisible venait de le transformer en statue. Et pourtant la voiture poursuivait toujours son chemin. Dans le noir, sa voix résonna de nouveau :

— Tu es sûre que c'est tout ?

— Si tu penses que j'ai envie qu'elle rentre avec des bleus et que... qu'elle me parle de lui ! Je ne veux pas savoir, tu comprends ? Et je ne veux pas le croiser au travail. Je ne veux pas qu'il s'approche de moi. Est-ce que je n'en ai pas suffisamment bavé à cause de lui ?

J'étais sur le point de perdre mon calme, et Simon me caressa la cuisse plus fermement, en murmurant des paroles apaisantes pour contenir le venin que j'avais envie de cracher partout.

— Anna, John n'a aucun pouvoir sur toi...

— Je sais ! m'énervai-je. Mais tout était si parfait avant qu'il arrive !

Il ne répondit pas, et je compris que mes propres angoisses ne faisaient qu'alimenter les siennes. Quand il se gara devant notre immeuble, je coupai court au silence qui régnait dans la voiture :

— Simon, je t'aime. Je ne veux pas que John gâche notre soirée.

— Moi non plus, avoua-t-il.

— Je dirai à Lena que je ne veux rien savoir de son histoire, que je ne veux même pas entendre son nom et qu'il n'a pas intérêt à s'approcher de moi.

Simon pinça les lèvres, probablement parce qu'il se sentait aussi impuissant que moi face à cette situation.

— Rentrons, dit-il en ouvrant sa portière.

Je crus que nous en avions terminé avec cette conversation, mais une fois à l'appartement, alors que je retirais mon manteau, je ne pus m'empêcher d'ajouter :

— J'ai eu l'impression… qu'il venait me tester.

À quelques pas de moi, Simon croisa les bras tandis que je m'adossais au comptoir de la cuisine. Il parut réfléchir à mes paroles, qu'il interpréta sans difficulté :

— Tu crois qu'il tente de se rapprocher de Lena pour t'atteindre ?

Je grimaçai.

— J'espère bien que non ! Mais tu ne peux pas dire qu'elle soit son genre !

— C'est une belle femme. Peut-être moins naïve et moins jeune que celles dont il a l'habitude, mais ça ne veut rien dire… Et l'utiliser dans un but précis…, c'est possiblement son genre.

Qu'il l'admette ne me rassura pas, bien au contraire. Devant mes craintes, il vint m'enlacer et essaya de tempérer ses propos :

— Si c'est le cas, et je ne dis pas que ça l'est, je ne comprends pas pourquoi il a attendu aussi longtemps avant de se manifester.

Je laissai mon front tomber sur son épaule.

— Je m'en fais probablement pour rien, dis-je dans un soupir. Il va la baiser et, avec un peu de chance, ficher le camp de ma vie définitivement.

— Espérons-le.

Du bout des doigts, il caressa mon visage, et j'écrasai sa paume sur ma joue, avant de la faire glisser sur ma poitrine. Le contact de ma robe sembla l'agacer. Déterminé, il passa la main sous le tissu pour me caresser le sein. Sa bouche mordilla mon oreille, puis dériva vers mes lèvres, qu'il se mit à dévorer avec fougue. Pendant qu'il me guidait en direction de la chambre, je lui ôtai sa chemise avant de chuchoter :

— Rappelle-moi combien je suis à toi.

Très vite, nos vêtements s'amoncelèrent sur le sol, et il me poussa dans notre lit. Alors que j'étais étendue sur le dos, Simon jeta la bouche entre mes cuisses. Ma colère fondit sous l'assaut de sa langue. J'avais envie de perdre la tête, de tout oublier, de n'appartenir qu'à lui. Et, même si le plaisir se frayait déjà un chemin à l'intérieur de mon corps, je finis par m'impatienter :

— Prends-moi maintenant !

Les doigts de Simon se glissèrent en moi, mais je le tirai par la nuque. Je voulais plus que ça : je le voulais lui, tout entier. J'enfonçai mes pieds dans ses fesses, et il guida son sexe vers le mien. Il me pénétra d'un coup, avec empressement. Je l'encourageai d'un soupir ravi, le ramenant brusquement contre moi chaque fois que son bassin tentait de reculer, dans une hâte que je ne cherchai pas à contenir. Il remonta mes jambes sur ses épaules et accéléra son déhanchement. Ma tête s'embrouilla, et je me mis à gémir sans discontinuer, l'invitant à poursuivre, à ne jamais s'arrêter. Je voulais le retenir en moi pour ne jamais avoir à retourner à la réalité.

Plus j'attendais l'orgasme, plus il se faisait attendre. Le corps de Simon se ruait sur le mien, alimenté par mes encouragements. J'étais impatiente, agacée par cette chair qui ne se pliait plus à mes envies aussi facilement qu'hier. Quand j'eus la sensation que je n'arriverais pas à jouir ainsi, je le repoussai, puis me positionnai de façon à pouvoir lui présenter ma croupe.

Sans un mot, il posa les mains sur mes fesses et poussa son gland contre mon anus. Il s'enfonça d'un coup, ce qui me soutira un cri délicieux :

— Oui ! Plus fort !

Je me cambrai, et mes doigts retinrent les siens sur mon épaule, les écrasant sur ma peau jusqu'à ce que la douleur me fasse de nouveau gémir.

— Anna…

— Pas maintenant, le suppliai-je.

J'avais envie qu'il me soumette à sa volonté, qu'il me ramène vers lui, mais je ne savais pas comment le lui dire autrement que par des gestes brusques.

— Plus fort, marmonnai-je.

La main de Simon me relâcha, puis me griffa doucement le dos, et je poussai un râle de plaisir.

— Oui !

Il recommença, et sa griffure, plus vive cette fois, m'arracha un cri. Ses ongles s'accrochèrent à mon épaule et descendirent jusqu'à ma croupe. J'eus un nouveau cri, de douleur et de plaisir mêlés. Mon corps se tordait dans tous les sens, et Simon dut me retenir contre lui pour éviter que je ne lui échappe. Sans réfléchir, je cherchai sa main et la guidai vers ma tête. Dès qu'il s'accrocha à mes cheveux, m'obligeant à me cambrer davantage, je perdis la tête dans un cri langoureux, à bout de forces d'avoir tellement attendu cette délivrance. Aussitôt, Simon s'écroula sur moi, à bout de souffle. J'étais sur le point de chuter dans le sommeil lorsque sa voix résonna dans un murmure :

— Anna ?

— Hum ?

— S'il te manquait quelque chose pour être plus heureuse…, tu sais que tu n'aurais qu'à le demander, pas vrai ?

— Oui.

Il me semblait que c'était ce qu'il fallait dire pour clore la conversation et dormir. Je fermai les yeux, et le monde disparut.

Je m'éveillai en fin de matinée, et une agréable odeur de café m'accueillit. Sans me retourner, je tâtai le lit d'une main, là où le corps de Simon ne se trouvait plus. Je soupirai en repensant à la soirée d'hier. À ses dernières paroles, surtout. Me manquait-il quelque chose pour être plus heureuse ? Pour que Simon parvienne à chasser définitivement le souvenir de John de ma chair ? Le sexe ne manquait pas, le plaisir non plus. Dans toutes les sphères où John interférait auparavant, Simon avait su combler tous mes manques.

Mais alors pourquoi revoir John m'avait-il autant troublée ?

— Anna ?

J'ouvris les yeux pour voir Simon entrer dans la chambre. Il me tendit une tasse de café bien chaud, et je me relevai pour la porter à mes lèvres.

— Bien dormi ? me questionna-t-il.

— Oui. Merci.

Il avait les traits tirés.

— Anna, reprit-il avec un air sombre, j'aimerais qu'on discute de ce qui s'est passé, la nuit dernière.

Je le fixai sans comprendre.

— Je n'ai pas rêvé ce qui s'est produit, poursuivit-il. Tu voulais que je te fasse mal… Depuis qu'on est ensemble, jamais tu n'as exigé de souffrir pendant nos ébats. Je ne sais pas… peut-être que d'avoir revu John t'a fait prendre conscience que… qu'il te manquait quelque chose avec moi ?

— Quoi ? Non ! m'emportai-je. Ça n'a rien à voir ! (Devant l'insistance de son regard, je posai ma tasse sur la table de nuit.) La vérité, c'est que j'étais confuse, hier soir. Et, pour perdre la tête, j'avais besoin… de quelque chose d'un peu plus fort que d'habitude. Est-ce qu'il faut forcément y voir une signification particulière ? J'avais pourtant l'impression que ça t'avait plutôt excité de me tenir par les cheveux…

Sa main repoussa la mienne, et il afficha un air accablé.

— En temps normal… je n'aurais probablement rien dit, mais c'est arrivé hier soir…

— Ça n'a rien à voir avec John ! l'arrêtai-je. Est-ce que c'est tellement compliqué à comprendre que certains jours j'ai envie de douceur et d'autres… ?

— Quoi ? Tu veux de la violence ?

— Non ! Peut-être pas de la violence, mais juste… Un peu d'intensité ?

Il serra les dents.

— J'ai peur, Anna. Peur que ce monde-là ne te manque. Peur de ne pas t'en donner suffisamment.

Avant qu'il puisse continuer, je grimpai sur ses genoux et nouai mes bras autour de son cou.

— Je suis une femme comblée, Simon. La preuve, hier, j'avais besoin de me sentir dominée, et tu l'as immédiatement compris.

Mes paroles semblèrent le rassurer un peu. Il me serra plus fermement contre lui tout en s'assurant que nos yeux restent encore en contact.

—Annabelle, jure que tu me diras toujours la vérité, même si tu sais le mal qu'elle me ferait.

Je plaquai un baiser rapide sur sa bouche :

—La vérité, c'est que je t'aime et que je n'ai jamais été plus heureuse.

Il me fixa un moment, mais, alors que j'espérais emprisonner sa bouche sous la mienne, il recula la tête.

—Anna, si je dois devenir un Maître pour te garder, je le ferai. Je jure que je ne te perdrai pas sans me battre.

Je le dévisageai quelques secondes, stupéfaite. Comme il soutenait mon regard sans faillir, je ris nerveusement :

—Mais… tu as toujours dit que ça ne t'intéressait pas…

—Ça ne m'intéresse pas, mais il est hors de question que je te perde.

—Tu ne vas pas me perdre, balbutiai-je.

—Promets-moi que si tu avais envie de redevenir une soumise c'est à moi que tu en parlerais.

—Je ne veux pas redevenir une soumise. (Je lui mordis légèrement l'épaule avant de frotter mon corps contre le sien.) En revanche, je ne dirais pas non à une autre petite chevauchée comme celle d'hier soir…

Il hésita, puis me bascula sur le lit avec un rire plus léger. La discussion était close. Ou peut-être que nos corps la poursuivirent en silence.

11

Ne rien savoir

Je retournai au travail le lundi suivant, le corps repu après un week-end de plaisir. Même s'il avait travaillé le samedi soir, Simon ne s'était pas fait prier pour me réveiller à son retour. Il y avait fort longtemps que nous n'avions fait l'amour aussi souvent. Et, même si nos ébats avaient toujours été intenses, jamais ils ne l'avaient été plus que ces derniers jours. Ce matin-là, j'étais donc gonflée à bloc.

Alors que je préparais ma réunion d'équipe, Lena entra dans mon bureau, un large sourire aux lèvres et une feuille dans les mains.

— Bonjour, toi ! Tu as passé un bon week-end ?

— Excellent, merci. Est-ce que c'est ce que je crois ? m'empressai-je de lui demander.

— Oui !

Elle posa le document devant moi, et je jubilai devant les premiers chiffres de vente de notre revue. Elle n'avait fracassé aucun record, mais elle avait clairement fait bonne figure parmi nos compétiteurs. Je poussai un soupir de soulagement.

— Qu'est-ce que j'ai hâte d'annoncer ça aux autres !

Pendant que je parcourais les données du regard, elle resta là et attendit que je repose le papier pour poursuivre :

— Tu ne veux pas savoir comment a été mon week-end ?

J'hésitai un instant avant de lui répondre :

— Tu peux me parler de tout ce qui ne concerne pas John.

Son visage se durcit, et elle fronça les sourcils.

— C'est pourtant fini, vous deux !

— Exact, mais si tu veux qu'on reste amies, Lena, tu auras la gentillesse de ne pas me parler de ça.

Je glissai le document dans mon sac mais, alors que je cherchais à sortir de mon bureau, elle se planta devant moi.

— Tu ne trouves pas que tu exagères ? Votre histoire date d'il y a presque deux ans ! Depuis le temps, il a changé…

Je fus troublée qu'elle puisse affirmer une telle chose, surtout après si peu de temps passé en sa compagnie, mais je conservai mon calme.

— Je ne veux pas le savoir, tranchai-je avec agacement. Maintenant, tu m'excuseras, mais il ne me reste que treize minutes avant la réunion, et j'aimerais prendre le temps de relire ces chiffres avant de devoir les expliquer à mon équipe.

Je passai la réunion à montrer à mes collaborateurs tout l'enthousiasme que je ressentais devant ces chiffres de vente et à m'assurer que le deuxième numéro était en bonne voie de production. À l'autre bout de la pièce, Lena m'observait sans dire le moindre mot, et j'évitais de la regarder par crainte de trouver quelque part sur sa peau une preuve de ce qu'elle avait fait avec John ce week-end.

Comme chaque semaine, mon équipe me présenta l'avancement des rubriques de la revue. Quand ce fut le tour de Claire, elle brandit un paquet de feuilles d'un air triomphant.

— Après seulement trois jours d'appel à textes, nous avons déjà reçu douze textes érotiques ! Et notre forum a plus de cent abonnés !

— Et pour les textes qu'est-ce que ça donne ? Il y en a de bons, tu crois ? demanda immédiatement Lena.

— À première vue, ce n'est pas mal. Je vais les transférer au comité de lecture.

— Excellent, dis-je en voulant clore la discussion pour donner la parole à un autre intervenant.

— Juste une petite chose, m'interrompit Lena. Je crois qu'avant de les transmettre au comité il faudrait supprimer le nom de l'auteur. C'est le meilleur moyen de rester impartial. Autant face aux nouveaux auteurs que pour ceux qui ont… plus d'expérience.

Elle parlait de John, évidemment ! N'avait-il pas accepté de relever ce défi, lors de la soirée ? Avait-il déjà envoyé un texte à Claire ? Voilà une idée qui ne me plaisait pas beaucoup.

— Puisqu'on est encore sur ce sujet, j'espère qu'Hélène soumettra un nouveau texte, dit Jessie. D'après ce que j'ai lu sur le forum, son récit a plu à un certain nombre de lecteurs, déjà.

Pendant quelques secondes, je perdis le fil de la conversation. Des gens avaient commenté mon texte sur notre site ? Dire que je n'avais même pas pensé à aller jeter un coup d'œil !

— Elle n'a rien soumis, pour l'instant du moins, annonça Claire en feuilletant les textes dans sa main. Mais peut-être qu'elle passera directement par Annabelle.

Je me mis à bafouiller.

— Euh… je ne sais pas, je… je vérifierai.

— Il faut faire tourner les auteurs aussi, jeta Lena. On ne va pas publier ceux d'une seule personne !

Tout le monde hocha la tête devant cette évidence, tandis que je la dévisageais avec agacement. J'avais l'impression que c'était sa façon de se venger de notre petite discussion de ce matin. Évidemment, je me doutais que d'autres textes seraient pris, et je n'avais même pas songé à soumettre un nouveau récit. Quoique… ce serait peut-être une manière élégante de battre John à son propre jeu ?

Quand je retournai à mon bureau, Lena me suivit, ce qui était contraire à son habitude. Elle referma la porte derrière elle et se tourna franchement vers moi.

— Je suppose que tu l'as compris : John va soumettre un texte, cette semaine.

— Tant mieux pour lui, dis-je simplement.

— Mais ne t'inquiète pas : la ligne éditoriale de la revue est claire, et il la respectera. Comme tu es directrice en chef, tu pourras lire les textes et les approuver, mais je te défends de demander le nom de l'auteur avant la validation de la sélection, compris ? J'exige du professionnalisme de ta part !

Je perdis mon sang-froid.

— Du professionnalisme ? Non, mais tu entends ce que tu dis ? Tu veux qu'on publie des textes de John uniquement parce que tu as couché avec lui !

— Ça n'a rien à voir, me contredit-elle avec calme. Ma décision est on ne peut plus professionnelle. John est connu dans le milieu. Son nom ferait une excellente pub pour notre revue. Si ce magazine te tenait vraiment à cœur, tu oublierais cette vieille histoire pour te concentrer sur ce qui compte vraiment : faire en sorte qu'on fracasse les ventes !

— Et tu penses que je fais quoi depuis des semaines ?

— Annabelle, sois honnête. Si John n'était pas ton ex, est-ce que tu aurais les mêmes scrupules à publier l'un de ses textes ?

Sa question me scia en deux. Tellement que je me laissai tomber sur ma chaise et jetai le seul argument que j'avais en poche :

— John ne fait pas dans la sexualité traditionnelle.

— Il m'a assuré en être capable. On peut aimer manger épicé mais savoir manger des plats plus doux également… Je ne te pensais pas pleine de préjugés ! Tout ce que je te demande, c'est d'être impartiale. Si l'un de ses textes passe le comité de lecture, je ne veux pas que tu essaies d'en bloquer la publication.

Je ne répondis pas pendant de longues minutes, mais je réfléchissais sérieusement à la question. Pourquoi m'en faire ? Je connaissais bien l'écriture de John. Même sans sa signature, j'étais persuadée de reconnaître son style.

— D'accord, finis-je par céder. Si l'un de ses textes passe le comité de lecture et que j'estime qu'il cadre avec notre numéro, je le publierai.

— À la bonne heure ! cria-t-elle, visiblement ravie de ma réplique.

Avant qu'elle s'emballe trop, je la fis taire d'un signe de la main.

— Mais que les choses soient claires : je refuse de travailler avec lui sous quelque condition que ce soit.

— Oh, ça, j'avais compris ! rigola-t-elle.

— Et hors de question qu'il vienne à mon bureau. Je le ferais mettre dehors immédiatement, compris ?

— Je lui passerai le mot, promit-elle.

Je détestai ce que ses paroles sous-entendaient. Quand devait-elle revoir John ? Et dans quelles conditions ? Soudain, la curiosité me rongea, suffisamment pour que je détaille rapidement du regard chaque partie de son corps qui m'était visible. John l'avait-il déjà frappée ou malmenée ? Rien ne le laissait présager. Cela dit, je me gardai bien de lui poser la moindre question à ce sujet. Après tout, n'étais-je pas celle qui avait demandé à ne rien savoir ?

12

En quête d'inspiration

Une semaine et une dizaine de tentatives plus tard, je désespérais à l'idée de produire quelque chose à la hauteur de mon premier texte. C'était la pression, je ne voyais que ça. Ou peut-être la peur de la compétition ? En tout cas, rien n'allait comme je le voulais. J'aurais pu en rester là. À quoi bon me forcer à écrire, quand j'avais tant de travail par ailleurs pour gérer le magazine ? À force de fixer une page blanche sur l'écran de mon ordinateur, les dossiers s'accumulaient. Pour tout boucler dans les temps, j'étais constamment obligée de rapporter du travail à la maison.

En plus, le temps était une denrée rare ces jours-ci. Dès que Simon rentrait le soir, il se jetait sur moi, s'appliquant méthodiquement à me faire perdre la tête. Je ne m'en plaignais pas, mais j'avais intérêt à bien utiliser le temps libre qui me restait, car je n'en avais jamais eu aussi peu.

Nous étions vendredi soir, et, sachant que Simon rentrait tard, j'en profitai pour rattraper mon retard en restant plus longtemps au travail. J'aimais la quiétude qui régnait lorsque tout le monde était parti. J'avais la moitié d'un étage pour moi seule. Je retirai mes chaussures, terminai de relire les textes de fond que l'on m'avait apportés et me gardai un peu de temps pour écrire.

Écrire, certes, mais quoi ? L'idée qui me vint en tête fut une scène de sexe au bureau, probablement parce que j'y passais le plus clair de mon temps, en ce moment. Une fois le lieu déterminé, il me fallait une façon d'y réunir le couple. Travaillaient-ils ensemble ? Était-ce une visite-surprise de la conjointe au bureau ? Juste un coup de téléphone coquin ? Je m'essayai à ces trois scénarios. Celui de la visite-surprise me plut bien. J'avais de quoi m'inspirer : combien de fois alors que j'étais passée voir Simon à son restaurant nos baisers enflammés avaient-ils eu vite fait de déraper ? Je me remémorai une baise improvisée sur son classeur, dans son bureau personnel, et m'appliquai à l'écrire en falsifiant un peu la réalité. Dans le pire des cas, j'offrirai simplement cette histoire à mon amoureux, mais, avec de la chance, elle m'en inspirerait une autre, bien plus excitante.

Une fois la mise en situation établie, les mots sortirent très vite, et j'en étais à la moitié du texte quand la lumière de l'entrée s'alluma. Les joues en feu et surprise qu'on entre dans les bureaux à cette heure, je me redressai sur ma chaise et jetai un coup d'œil à l'horloge. Presque 20 heures. C'était probablement le concierge qui faisait sa tournée. Deux minutes plus tard, la voix de Lena résonna, et, avant qu'elle passe devant la baie vitrée de mon bureau, j'étais déjà debout, raide comme un piquet.

Dès qu'elle perçut de la lumière de mon côté, elle s'arrêta, et son visage perdit un peu de contenance. John apparut derrière elle et me remarqua à son tour. Avec un air confus, Lena força un sourire sur ses lèvres et se décida à ouvrir ma porte :

— Je lui faisais visiter les bureaux...

Pour éviter de perdre tous mes moyens, je fis un geste de la main pour l'inciter à poursuivre et me rassis, faisant mine de retourner à mon ordinateur. En réalité, j'espérais me montrer suffisamment impolie pour qu'elle déguerpisse sans attendre.

— Je ne savais pas que tu travaillais aussi tard, ajouta-t-elle.

— Ça m'arrive, dis-je en gardant les yeux rivés sur mon écran.

John s'avança. Je perçus le claquement de ses chaussures sur le sol bien avant qu'il entre dans mon bureau et je serrai les dents pour éviter de m'emporter

— Bonsoir, Annabelle.

— Bonsoir, John.

Armée du peu de courage que j'avais en réserve, je relevai la tête vers eux et usai de mon ton le plus calme possible dans une telle situation :

— C'est gentil, cette visite, mais je suis occupée. J'aimerais clore ce dossier et rentrer chez moi.

— Bien sûr, oui. Pardon.

Lena fit un geste pour faire reculer John hors de mon bureau, mais il ne bougea pas d'un pouce, comme si ses pieds étaient cloués au sol. Il me sourit et jeta un coup d'œil amusé autour de lui.

— C'est joli. Plus grand que ton ancien bureau.

Comme je ne répondais pas, il s'approcha et reporta son attention sur moi.

— Je ne sais pas si Lena t'en a parlé, mais j'ai soumis deux textes à ton comité de lecture.

— C'est bien, dis-je froidement, malheureusement je n'ai aucune idée d'où ils en sont dans la sélection.

— Oh, mais je ne me fais aucun souci pour eux ! Je me demandais seulement si tu avais l'intention d'en écrire un, toi aussi ?

Je me retins de fermer l'écran de mon ordinateur pour éviter qu'il ne sache que c'était précisément ce sur quoi je travaillais, mais je soutins son regard et essayai de prendre un air détaché pour répondre :

— Possible. Qui sait ?

— Si tu as besoin de conseils. Ou d'un lecteur objectif...

— C'est gentil, mais non merci, le coupai-je.

Je jetai un regard entendu en direction de Lena qui s'avança et posa une main sur le bras de John.

— On y va ? Je meurs de faim !

Encore une fois, John fit semblant de ne rien avoir entendu et poursuivit, sans jamais me quitter des yeux :

— Pour l'avoir relu, et même s'il était excellent, je suis persuadé que ton premier texte aurait pu être amélioré. Tu gagnerais à recevoir quelques conseils d'un auteur qui a de l'expérience.

Je croisai les bras devant moi.

— Je te rappelle que je suis rédactrice en chef, pas écrivaine.

— L'un n'empêche pas l'autre. Tu as énormément de talent, Annabelle, ce serait dommage que tu ne le gâches pour une simple question d'orgueil.

Son compliment m'aurait probablement flattée s'il ne l'avait pas accompagné d'une remarque aussi suggestive quant à notre histoire commune. Je perdis mon calme et pointai ma porte du doigt.

— Bon, ça suffit, dehors ! J'ai autre chose à faire !

— Quel caractère ! rigola John, visiblement peu impressionné par l'ordre que je venais de lui donner.

— Allez, on part, insista Lena en tirant discrètement sur son bras.

Pour la première fois depuis qu'il était entré dans mon bureau, John porta son attention sur elle, mais ce ne fut que de courte durée, et uniquement pour qu'elle le lâche. Dès qu'elle laissa retomber la main, il tourna de nouveau les yeux vers moi et arbora un air faussement dépité.

— Je ne venais que t'offrir mon aide, Annabelle.

— Que c'est gentil, sifflai-je, mais, comme tu peux le constater, je m'en tire beaucoup mieux depuis que je reste loin de toi.

— Si tu le dis. Enfin... considère que l'offre t'a été faite. Et qu'elle tient toujours.

Je levai les yeux au ciel. Il tourna les talons, et son rire résonna dans mon bureau. Avant de quitter la pièce, il se retourna une dernière fois.

— C'était charmant de te revoir, Annabelle. Bonne soirée.

Lorsqu'ils quittèrent enfin les lieux, il me fallut de longues minutes pour retrouver mon calme, mais, quand je rouvris l'ordinateur, j'étais doublement déterminée à écrire un meilleur texte que celui de John. Si j'étais sélectionnée et qu'il ne l'était pas, j'aurais tout le loisir de lui dire de se mettre ses conseils là où je pensais !

Une heure et demie plus tard, j'avais un brouillon, des images de Simon plein la tête et une folle envie de me caresser. Je m'en refusai la possibilité et gardai les cuisses bien serrées, consciente que, même si le bureau était désert à cette heure, l'arrivée impromptue de Lena m'avait prouvé que n'importe qui pouvait surgir à l'improviste. Quelle idée, ces vitres partout! Impossible d'avoir la moindre intimité!

Je n'avais plus que deux options possibles: me faufiler en douce aux toilettes pour calmer mes ardeurs ou attendre que Simon termine son travail pour me jeter sur lui. Le restaurant ne fermait pas avant trois bonnes heures. Sur un coup de tête, j'imprimai mon texte et quittai mon bureau pour me rendre à son lieu de travail. Après tout, Simon était le patron. Je saurais bien le convaincre de prendre quinze petites minutes de pause…

Lorsque Simon me vit entrer dans la cuisine de son restaurant, il parut à la fois surpris et inquiet. Il délégua son plat en refourguant la poêle qu'il tenait entre les mains à une collègue et vint aussitôt à moi:

— Un problème?

— Non. J'avais juste envie de te voir. Et de te faire lire quelque chose.

Je sortis mon texte, plié en deux, et pris un regard gourmand en espérant qu'il comprenne ce que je sous-entendais. Perplexe, il jeta un coup d'œil autour de nous, à la cuisine où tout le monde s'activait, puis reposa les yeux sur moi, un peu crispé.

— Maintenant ?

J'aurais dû me douter que je tombais mal : un vendredi soir, le resto relativement bien garni… Je pinçai les lèvres et soupirai :

— J'aurais dû téléphoner…

Alors que je tentais de ranger mon texte, il s'interposa pour le récupérer et fit mine de le consulter. Je ne sais pas ce qui le fit changer d'avis, mais il tourna la tête en direction de son assistant.

— Étienne, tu peux me remplacer une dizaine de minutes ?

— Maintenant ? répéta l'intéressé, l'air paniqué.

— Je ne serai pas long.

Malgré le regard ébahi de son assistant, Simon m'empoigna par le bras et me tira vers le fond de la cuisine, où se trouvait son bureau. À la seconde où la porte se referma derrière lui, il me prit dans ses bras et m'embrassa fougueusement. Très vite, je me retrouvai assise sur la petite table, avec des mains baladeuses sous ma jupe.

— Tu es vraiment là pour que je lise ton texte ? chuchota-t-il en cherchant à me retirer ma culotte.

— Non. Enfin… sauf si tu trouves le temps…

Mes doigts s'empressaient de défaire son tablier et d'ouvrir sa braguette. Les siens me caressaient sans aucune gêne, me pénétraient lentement en attendant que je libère son sexe.

— J'ai dix minutes, annonça-t-il en souriant.

— Tant pis pour le texte, alors, répliquai-je en saisissant sa queue à pleines mains.

Je commençai à le masturber langoureusement, mais il s'impatientait. Ses doigts se retirèrent, ses mains vinrent soulever mon bassin pour que son sexe puisse me pénétrer d'un trait. Son geste me fit tomber à la renverse, le dos sur la surface dure de son bureau. J'accrochai mes jambes autour de lui pour l'obliger à me prendre encore plus fort. Il grimpa sur moi, s'accrochant au rebord du meuble pour que ses coups de reins se fassent à la fois rapides et secs. Sa bouche écrasa la mienne à l'instant où je commençai à jouir, cherchant à étouffer mes plaintes, que je n'avais nullement l'intention de retenir. Je m'agrippai à ses épaules, puis à ses cheveux que je tirai sans ménagement. Il rugit comme un animal, et son déhanchement se fit plus brutal entre mes cuisses. Le plaisir s'installa en moi, et il ne fit rien pour retarder l'orgasme dont j'avais tant envie. Ni le sien, qui suivit très rapidement.

J'eus à peine le temps de reprendre mes esprits avant qu'il se relève. Heureusement, car son corps pesait lourdement sur le mien, et je crois qu'un crayon me piquait les côtes. Il se laissa tomber sur sa chaise, et je m'assis sur son bureau avant de me mettre à rire.

— Désolée. C'était ça ou je me faisais plaisir seule, dans les toilettes.

Encore à bout de souffle, il me jeta un regard charmeur.

— Tu me connais. Toujours prêt à rendre service…

— Surtout ce genre de service.

Ma raillerie le fit plisser des yeux, puis il récupéra mon texte, tombé sur le sol.

— Tu n'es pas obligé de le lire…

Il me fit taire d'un geste de la main avant de commencer sa lecture, et je me levai pour me rhabiller, car il n'était pas rare que l'un de ses employés débarque sans crier gare dans son bureau. Au bout d'un moment, il se mit à se gratter le menton, sans expression particulière. Finalement, il tourna la dernière page, termina mon texte et poussa un léger soupir.

— Alors ? C'est comment ? le questionnai-je, contrariée de n'avoir rien détecté sur son visage.

— C'est bien. Mais ça reste moins subtil que ton dernier récit.

Son visage s'égaya.

— En revanche, ça me rappelle de très bons souvenirs…

— Moins subtil ? répétai-je. Qu'est-ce que ça veut dire ? Que mon autre texte était meilleur ?

Il haussa les épaules.

— Difficile à dire. Ici, on est dans l'action plus que dans la contemplation. Et il y a pénétration, alors que dans l'autre c'était… plus discret. Moins cru, si tu préfères.

Je soupirai, un peu déçue par son commentaire. Moi qui espérais surprendre John et lui fermer le clapet avec sa psychanalyse de bas étage. Si j'avais pu, j'aurais même mis une scène épicée pour lui prouver que je pouvais écrire des textes très différents de celui qu'il avait lu.

— Mais c'est très excitant, reprit Simon en se relevant pour venir me reprendre dans ses bras. La preuve, dès que je rentrerai à la maison, tu peux être sûre qu'on poursuivra ce qu'on a si agréablement commencé ici, toi et moi.

Même si je laissai un sourire s'inscrire sur mon visage, je ne me sentais pas plus rassurée. J'avais espéré un peu plus de compliments de sa part.

Alors qu'il replaçait son tablier et s'apprêtait à prendre congé, il reprit :

— Tu sais, quand je t'ai vue, en cuisine, j'ai cru que tu venais m'annoncer une mauvaise nouvelle. Du style… que John était revenu te voir ou quelque chose dans le genre.

Bien malgré moi, mon sourire s'évanouit, et, alors que je réfléchissais à la meilleure façon de lui annoncer ce qui s'était produit un peu plus tôt, il remarqua mon expression et fronça les sourcils.

— Quoi ? Tu l'as revu ?

— Lena lui a fait visiter les bureaux, jetai-je en soufflant d'exaspération.

Je lui résumai notre bref entretien en insistant sur la façon peu cavalière avec laquelle je l'avais fichu à la porte de mon bureau, quand Simon m'interrompit brusquement :

— Tu ne vas quand même pas lui demander des conseils ?

— Bien sûr que non ! Quelle idée !

On entra dans la pièce sans frapper.

— Simon, on a un petit *rush*, là.

— Deux minutes, grogna-t-il en jetant un regard sombre en direction de son assistant.

Avec un air réprobateur, Étienne referma la porte en grommelant. Sentant à quel point Simon était contrarié, je le regardai sans mot dire, lui laissant le temps de retrouver son calme.

— Deux fois en si peu de temps. C'est le genre de hasard que je n'aime pas beaucoup, finit-il par admettre.

— Ça n'a rien d'un hasard : il couche avec Lena ! Il est venu la chercher au bureau, c'est tout. Qui sait ? C'est peut-être sérieux entre eux.

Je ne pus m'empêcher de grimacer. À choisir, j'aurais préféré que John baise la moitié des filles de cette ville plutôt qu'une seule qui soit en lien direct avec moi. Surtout Lena. Pour une fois que j'avais une copine ! À croire que John le faisait exprès pour foutre le bordel dans ma vie.

— Et s'il essayait de se rapprocher de toi ? insista Simon en me jaugeant du regard.

— Il se retrouverait devant une porte fermée. Combien de fois vais-je devoir te le dire ?

Il croisa les bras, anxieux. Sans parler que le travail l'appelait et qu'il fallait mettre un terme à notre conversation. Je pointai la porte du menton.

— Vas-y. On en reparlera plus tard.

— Annabelle, je n'aime pas ça.

— Je sais. Ça se voit sur ton visage.

Je posai un doigt léger entre ses yeux, là où un pli profond prouvait son inquiétude, comme chaque fois que le nom de John était évoqué.

— Écoute, tu termines ta soirée. Moi, je rentre à la maison, je prends un bain et je profite de ton absence pour essayer de retravailler mon texte. Évidemment, ça va me mettre dans tous mes états, et tu risques fort de devoir me faire sauvagement l'amour à la minute où tu vas rentrer du resto.

Il se dérida un peu et retint un petit rire.

— Tu as raison. J'en ai pour deux petites heures. Mets du vin blanc au frais, je rapporterai quelque chose à manger.

Je caressai son tablier avec un sourire narquois.

— Je t'avertis : on risque de manger froid.

— Il faudra quand même que tu reprennes des forces. Je peux déjà prédire que ta nuit sera courte.

Après un dernier baiser qui s'attarda et me laissa pantelante, il fila en douce et me laissa reprendre mes esprits dans son bureau. Le bon côté des choses, c'est que j'avais de quoi m'inspirer pour reprendre mon texte…

13

Flagrant délit

Un bain et un verre de vin plus tard, j'étais dans de délicieuses dispositions pour relire mon texte. Bien calée dans le canapé, en tenue légère, prête pour le retour de Simon, je replongeai dans mon histoire et m'inspirai de ma visite impromptue au restaurant pour y ajouter quelques détails croustillants. J'essayai de rendre le tout plus subtil, m'attardant plutôt sur les sensations éprouvées par les personnages que sur la description crue des faits.

Je jubilais à l'idée de faire relire le tout à Simon. Néanmoins il devrait s'occuper avant de la petite urgence que je sentais poindre dans mon bas-ventre. Surtout qu'il se faisait attendre ! N'avait-il pas dit qu'il en avait pour deux heures ?

Je fermai les yeux, songeai à son arrivée prochaine et, plus encore, à sa bouche entre mes cuisses. Rien qu'à l'imaginer sur moi, j'étais déjà follement excitée. *Bon sang!* Mais qu'est-ce qu'il attendait pour rentrer? N'y tenant plus, je me décidai à m'offrir un orgasme rapide. Autant calmer mon corps avant l'arrivée de Simon, autrement j'allais perdre tous mes moyens à la seconde où il poserait la bouche sur moi.

L'impression de commettre quelque chose de vaguement interdit décupla mon excitation. Je posai les doigts sur mon sexe et me caressai doucement. Une vague de chaleur s'installa dans mon ventre, et j'en oubliai aussitôt mes réserves. Je laissai mes cuisses s'ouvrir et fis monter le plaisir. J'accélérai le rythme pour jouir le plus rapidement possible.

J'étais à deux doigts de provoquer ma chute lorsque la voix de Simon me fit sursauter :

— Alors là !

Je cessai immédiatement mes caresses et me redressai vivement, confuse.

— Quoi ? Tu es… déjà là ?

Remarque hautement stupide, puisqu'il était non seulement là, mais en retard, en plus ! N'aurais-je pas dû entendre la porte d'entrée s'ouvrir ? J'étais incapable de masquer mon essoufflement, et mon sexe palpitait toujours d'envie. Une fois la porte refermée, Simon s'avança vers moi et désigna mon corps du menton, avec une expression gourmande.

— Je t'en prie, continue.

— Euh… je voulais juste…

—Continue, répéta-t-il plus fermement en venant s'asseoir au bout du canapé.

Devant son regard insistant, presque impatient, je me réinstallai plus confortablement et repris mes caresses, étrangement mal à l'aise de sentir son regard sur moi.

—Tu y mettais un peu plus d'entrain, il n'y a pas deux minutes, se moqua-t-il.

—Mais… c'est que…

Il me fit taire d'un geste.

—Ferme les yeux, ordonna-t-il. Fais comme si je n'étais pas là. J'ai envie de t'admirer.

J'obéis, étrangement intimidée de m'offrir ainsi en spectacle. Ce n'était pourtant pas la première fois que je me caressais devant lui, mais ce soir j'aurais voulu que Simon prenne le contrôle des opérations. Pour essayer de me calmer, je repensai au moment où il m'avait prise sauvagement sur son bureau et, à la première vague de chaleur, j'accélérai mes secousses avant d'ouvrir les yeux sur sa personne. Je vis à son expression à quel point la situation l'excitait. Il se caressait lentement à travers son pantalon, sans chercher à libérer son érection.

—Ne t'arrête pas, souffla-t-il alors que je l'observais.

Son excitation augmenta brutalement la mienne. Je chassai ma pudeur et laissai libre cours à mon plaisir en gémissant. Mon orgasme me prit presque par surprise, et j'écrasai ma main entre mes cuisses en me tordant sur le canapé.

Le temps que je revienne à la réalité, Simon se glissait entre mes cuisses et me léchait pendant que ses doigts envahissaient tous mes orifices.

— Tant pis pour la douche, grommela-t-il en me faisant me tourner sur le ventre.

Je rigolai, encore tout alanguie du plaisir que je venais de m'offrir, mais je le laissai me positionner à sa guise, avant de l'entendre s'empresser de défaire son pantalon. Le choc de nos corps fut violent. Simon se glissa d'abord dans mon sexe pour se lubrifier, puis taquina mon anus de son gland et attendit que je m'impatiente avant de plonger en moi avec une telle fougue que ma tête fut écrasée contre l'accoudoir du canapé. J'y étouffai un cri langoureux. Il commença de puissants mouvements de va-et-vient, ses mains sur mes hanches et ses ongles s'enfonçant dans ma chair.

— Oh, Annabelle..., tu vas me rendre fou !

Je me cambrai vers lui, augmentant le plaisir qu'il provoquait à chaque poussée. Il se mit à rugir, puis haleta :

— Je ne pourrai... pas tenir... bien longtemps...

Son corps m'écrasa de tout son poids, m'obligeant à revenir contre l'accoudoir. L'une de ses mains relâcha ma hanche, tira sur mon épaule avec force et griffa mon dos par inadvertance en essayant de me cambrer vers l'arrière. Son geste m'arracha un cri de douleur. Il cessa de se mouvoir pendant un instant, mais je tournai la tête et m'exclamai, impatiente :

— Encore !

—Anna…

—Plus fort, bon sang !

La poigne de Simon sur mon épaule revint immédiatement, plus ferme et plus rustre, obligeant mon corps à revenir vers lui chaque fois qu'il me pénétrait. Son déhanchement se fit plus rapide. La montée de son plaisir aussi. Il me secouait de la plus délicieuse des façons lorsqu'il s'épancha soudain en moi, dans un souffle bruyant, comme s'il se vidait de son souffle en même temps que du fruit de sa jouissance. Nos corps restèrent collés l'un à l'autre jusqu'à ce qu'il reprenne ses esprits.

—Merde ! grogna-t-il en se redressant.

—Quoi ?

—J'ai perdu la tête trop vite. Moi qui espérais qu'on se retrouve au sommet.

Il tomba à mes côtés sur le canapé et me serra dans ses bras. C'était étrange de le voir sans pantalon, encore vêtu de sa chemise et de ses chaussettes. Devant mon air moqueur, il eut un rire las et embrassa ma tempe avant de soupirer :

—Ç'aurait été parfait si tu avais perdu la tête avec moi…

—Oh, mais j'espère bien qu'on remettra ça très vite !

—Tout ce que tu veux, tant que tu me laisses d'abord prendre une douche ! Te voir comme ça…, chuchota-t-il, toujours essoufflé, le front contre le mien, pendant que tu te touchais…, je ne te dis pas à quel point c'était excitant.

— J'ai cru remarquer…

— Tu fais ça souvent ?

Surprise par sa question, je relevai des yeux inquiets vers lui, et il s'empressa d'ajouter :

— Ça ne me dérange pas, hein, seulement… je ne vais pas te mentir, ça m'étonne un peu. Surtout après la dernière semaine…

Il avait raison. Depuis le lancement du magazine, pas un jour ne s'était écoulé sans que nous fassions l'amour. À croire que plus il m'en donnait, plus j'en voulais.

— C'est ta faute. Tu m'as trop excitée, tout à l'heure, dis-je sans chercher plus loin.

— Si ce n'est que ça…

Il eut un sourire un peu forcé, et je compris qu'il sous-entendait autre chose. John, évidemment. Son retour dans ma vie, même de loin, influait-il sur la fréquence et l'intensité de nos ébats ? Chassant cette idée, j'ajoutai, en retrouvant un sourire coquin :

— Je crois aussi que l'écriture m'excite…

— Alors là j'avais remarqué ! rigola-t-il.

— Ne te moque pas ! J'ai même l'intention de m'inspirer de notre petite mise en scène pour mon prochain texte. Un gars qui entre et qui voit sa copine en train de se masturber…

Son regard pétilla de malice.

— Tu crois que la sodomie se prête bien à la ligne éditoriale de ton magazine ?

J'éclatai de rire en secouant la tête.

— Je suppose que je peux tricher sur certains passages…

— Y a intérêt !

Lorsque son rire s'estompa, je me redressai un peu plus.

— Ça te dérange que j'écrive des textes érotiques ? Et que je m'inspire de ce qu'on fait ensemble ?

Il haussa les épaules.

— Je suppose que tant que tu gardes ton pseudonyme… et tant que je suis le seul à t'inspirer…

— Tu m'inspires beaucoup, le coupai-je en riant. Surtout ce soir…

Ses mains se posèrent de chaque côté de ma tête, et il m'attira vers lui, plongeant son regard dans le mien.

— Anna, je veux que tu sois heureuse. Si ça te plaît d'écrire, alors continue. Je ne t'empêcherai jamais de faire quoi que ce soit.

Mon cœur se serra devant ses mots, si lourds de sens, si vrais aussi.

— Simon…, je ne me suis jamais sentie aussi libre. Ni aussi heureuse.

Je me jetai à son cou et l'embrassai avec force, surtout pour masquer le trouble qui me gagnait, comme chaque fois qu'il faisait allusion à la force de ses sentiments pour moi. Par moments, j'avais la sensation qu'il était véritablement prêt à tout pour que notre couple conserve cet équilibre parfait que nous avions construit. Son étreinte se raffermit autour de ma taille, et il demanda :

— Anna, si je devais m'inquiéter..., tu me le dirais, pas vrai ?

Je reculai pour vérifier son regard, intriguée par sa question.

— T'inquiéter ? Pourquoi ?

Son regard s'assombrit, et je fermai les yeux quand je compris qu'il parlait de John. Encore. Soupirant d'exaspération, je grondai :

— Qu'est-ce que tu vas t'imaginer ?

— En une semaine, c'est la deuxième fois que tu le vois. Et dans les deux cas, juste après, tu as eu ce que je pourrais appeler... disons... un besoin urgent... ?

— C'est juste un hasard. Ce soir, c'est à cause du texte que j'écrivais.

— Rien d'autre ?

— Rien d'autre, certifiai-je.

Il me scruta un instant, comme s'il s'attendait à ce que je reprenne ma parole, ce qui finit par me faire soupirer :

— Simon, je ne te mentirai jamais. Si j'avais le moindre doute, je te jure que je t'en parlerais.

— OK.

— Et, si tu veux vraiment tout savoir, je déteste son caractère condescendant ! Et le fait qu'il couche avec Lena aussi. Et ce n'est pas de la jalousie ! jetai-je sans lui laisser le temps de réagir. C'est juste que… on s'entendait tellement bien, elle et moi, avant qu'il débarque dans nos vies. Et encore je ne te parle pas de sa façon de vouloir me conseiller sur mes textes. À l'entendre, on dirait que c'est l'écrivain du siècle ! J'espère que mon texte passera le comité de lecture bien avant le sien !

— Je ne te savais pas si compétitive…

— Je ne le suis pas, dus-je admettre, enfin… sauf dans ce cas précis. J'ai bien envie de lui prouver que je n'ai aucun besoin de ses conseils. Je sais que ce n'est pas très professionnel mais, à choisir, je préférerais qu'on publie n'importe quel texte plutôt que le sien.

Simon resta silencieux un moment.

— Quoi ? demandai-je, inquiète.

— Je ne sais pas. Ça ne me plaît pas. J'ai l'impression que… qu'il te tourne autour.

— Mais non !

— Ne le sous-estime pas, Annabelle.

— Crois-moi, je ne ferai pas cette erreur, lui assurai-je.

— OK, redit-il en forçant un nouveau sourire sur ses lèvres.

Je plaquai un baiser rapide sur sa bouche pour essayer de le dérider.

— Simon, John a fichu ma vie en l'air une fois. Je ne le laisserai pas recommencer.

— Moi non plus, dit-il.

Je lui volai un autre baiser.

— Et, si tu veux vraiment m'aider, tu vas me faire perdre la tête tellement souvent, ce week-end, que j'aurai assez d'inspiration pour écrire cent textes.

— Cent textes ? Rien que ça ? se moqua-t-il.

— Oh, mais tu ne seras pas en reste, mon cher ! N'oublie pas comme ça m'excite d'écrire…

Mon corps se retrouva étroitement serré contre le sien, et il jeta, sur un ton léger :

— Je ne risque pas d'oublier le spectacle auquel j'ai eu droit, ce soir…

Quelques secondes plus tard, sa bouche dévorait déjà mon cou, et notre conversation fut reléguée au second plan.

14

La compétition

Dès que je revins au travail, le lundi suivant, je fis venir Claire à mon bureau et lui tendis non pas un mais deux textes de mon cru. Le second s'inspirait de notre petite scène de vendredi soir, mais je l'avais transposée dans la chambre à coucher. Une femme émerge d'un rêve érotique et se masturbe discrètement pour satisfaire ses désirs, quand son conjoint s'éveille. Évidemment, ils poursuivent à deux. Avec l'aide de Simon, j'avais retravaillé mes récits et j'en étais plus que satisfaite.

Avant que mon assistante me questionne sur leur provenance, je déclarai, en essayant de conserver un air impassible :

— Voici deux textes supplémentaires. En fait, c'est moi, Hélène, mais je te défends d'en parler à qui que ce soit dans ce département. Me suis-je bien fait comprendre ?

— Euh… oui. Bien sûr. Je… je ne dirai rien.

Elle récupéra les feuilles que je lui tendais en me regardant d'une drôle de façon. Je l'avais surprise. Brusquée, aussi, mais j'étais tellement nerveuse de devoir avouer mon petit secret que je n'avais pas su faire autrement.

— Je ne savais pas… euh… que tu écrivais, dit-elle, alors que le silence persistait.

— Moi non plus, admis-je en retrouvant un léger sourire. On avait besoin d'un texte pour le premier numéro, j'ai essayé, et puis… Lena a voulu qu'on le garde…

— Normal ! Il était super ! Enfin… je suis contente que tu en aies refait un. Y a pas mal de gens qui l'espéraient sur le forum. Je le passerai au comité de lecture, mais tu peux compter sur moi. Je ne dirai rien à personne.

Je me sentis soulagée.

— Merci, Claire.

Au même instant, Lena entra dans mon bureau et jeta un coup d'œil agacé en direction de mon assistante :

— Pardon, Claire, mais il faudrait que je discute avec Annabelle…

— En fait, l'interrompis-je, puisque vous êtes là toutes les deux, autant clarifier certaines choses. J'ai remis deux textes érotiques à Claire. Évidemment, elle a promis de ne pas dévoiler que j'en étais l'auteure aux autres membres de l'équipe, mais, comme je suis en conflit d'intérêts dans cette rubrique, je propose qu'elle fasse une première sélection.

— Si tu ne veux pas t'en occuper, je peux le faire, proposa Lena.

Je fronçai les sourcils.

— Pour que tu choisisses un texte de John Lenoir ? Pas question !

— Je sais être impartiale, se défendit-elle.

— C'est ma revue et j'ai décidé que ce mandat relèverait de Claire. En partie, du moins. Surtout que tu es autant en conflit d'intérêts que je le suis dans cette affaire.

Je me tournai vers mon assistante.

— Ça te pose un problème de t'occuper de ce dossier ?

— Euh… non, bafouilla-t-elle, un peu anxieuse devant le malaise qui planait entre Lena et moi.

— Bien. Lorsque tu auras cinq textes en présélection, Lena et moi les lirons avant que tu nous exposes tes choix définitifs. Trois avis valent mieux qu'un, après tout.

Je reportai mon attention sur ma supérieure :

— Des objections ?

— Euh… non. Ça me semble correct.

— Bien. Ce sera tout. Tu peux y aller, Claire. Je te rejoins à la salle de réunion dans cinq minutes.

Consciente de la tension qui emplissait l'air, mon assistante ne se fit pas prier pour sortir. Dès que la porte en verre se referma derrière elle, Lena se planta aussitôt devant mon bureau :

— Tu as bien préparé ton coup, on dirait.

— Tu m'as dit d'agir pour le bien de ce magazine. C'est ce que je fais. Tu ne peux pas dire l'inverse !

Elle ne dit rien pendant un moment, puis son visage perdit de sa sévérité, et je crus qu'elle allait acquiescer lorsqu'elle bifurqua sur un tout autre sujet :

— Annabelle..., je voulais m'excuser pour vendredi dernier...

La tristesse que je perçus dans le fond de sa voix me fit relever les yeux vers elle.

— C'est... Pas de problème, bredouillai-je, surprise par ses propos.

— Je ne pouvais pas savoir que tu serais encore là. John voulait seulement...

— Lena, c'est bon. On ne va pas en faire toute une histoire, non plus !

Nerveuse, elle jeta un coup d'œil à sa montre, sûrement pour jauger du temps qu'il nous restait avant la réunion. Elle posa les mains sur le rebord de la chaise, y prenant appui avant de se remettre à parler :

— Écoute, je ne suis pas du genre à tourner autour du pot, alors je vais le dire d'un coup : je trouve vraiment triste ce qui nous arrive. Si j'avais su que ça nous éloignerait autant...

— Arrête, la coupai-je en levant une main pour la faire taire plus rapidement. J'ai été honnête avec toi, je t'ai dit la vérité sur la nature de ma relation avec John...

— Mais tu as dit que tu te fichais complètement que je couche avec lui !

— Je m'en fiche, OK ? m'énervai-je. Tout ce que je demande, c'est qu'il reste loin de moi. Je ne veux ni le voir ni en entendre parler, je crois avoir été claire sur le sujet !

Elle souffla bruyamment et serra le siège entre ses doigts.

— Et merde ! siffla-t-elle au bout d'un long silence. Pourquoi c'est aussi compliqué, tu peux me le dire ? Est-ce que tu as la moindre idée de ce que ça me fait, à moi ? Tu es jeune, belle, en couple avec un gars génial… Je ne vois pas pourquoi je devrais me sentir coupable d'être avec ton ex !

— Je ne t'ai jamais dit de te sentir coupable ! Et John n'est pas mon ex, c'était mon Maître, Lena. C'est totalement différent !

Je me tus brutalement, contrariée d'avoir confirmé la théorie de Simon qui estimait que la nature de ma relation avec John était plus importante que ce que je voulais lui accorder.

— Anna, pourquoi tu me fais ça ? Tu ne te rends pas compte ? S'il y a quelqu'un qui peut comprendre ce que je vis, en ce moment, c'est bien toi !

Ce que ses paroles sous-entendaient me déplut. Était-elle en train de dire qu'elle vivait une relation particulière avec John ? J'aurais dû retenir ma question, mais elle franchit néanmoins mes lèvres :

— Merde, Lena, ne me dis pas que tu as accepté d'être sa soumise !

Elle étouffa un rire et secoua la tête :

— Alors là ! Certainement pas ! Qu'est-ce que tu vas t'imaginer, encore ? On s'amuse, c'est tout. Ça l'excite de me brutaliser un peu, alors je le laisse faire. Moi, tant que la baise est bonne, je me fiche un peu des détails...

Qu'elle parle ouvertement de ses ébats avec John me fit un choc plus grand que je ne l'aurais voulu. Malgré moi, je me laissai retomber sur ma chaise. Peut-être perçut-elle mon malaise, car elle s'exclama soudain :

— Hé, du calme ! On est loin d'être un couple ! Et puis, moi, les gars qui carburent à la petite pilule bleue..., ce n'est pas trop mon genre.

Je fronçai les sourcils et la questionnai du regard, ce qui la fit rire de nouveau.

— Allons, Annabelle, tu ne vas pas me dire que tu n'as jamais rien remarqué ! J'ai couché avec assez de gars dans ma vie pour savoir que celui-là a un petit problème de performance.

Je ne sais pas pourquoi, mais qu'elle rabaisse John, surtout au niveau de ses compétences sexuelles, me fit perdre tous mes moyens. Je la fixai sans dire un mot pendant de longues secondes, puis j'éclatai de rire, comme si je n'arrivais pas à y croire.

— Tu me fais marcher, là ? demandai-je.

— Oh non ! J'ai même jeté un coup d'œil dans sa pharmacie pour en être sûre ! Tu ne vas pas me dire que ton Simon bande autant ?

— Euh… eh bien… peut-être pas. Enfin… disons qu'il sait bien occuper les temps morts.

Elle se remit à rire, probablement parce que mes joues s'étaient mises à rosir. Quand le calme revint dans mon bureau, elle jeta de nouveau un coup d'œil à sa montre avant de soupirer :

— Il faut qu'on y aille, mais… la vérité, Annabelle, c'est que j'aimerais vraiment qu'il n'y ait aucun malaise entre toi et moi.

J'expirai bruyamment avant d'avouer :

— Il a déjà fichu ma vie en l'air, et je ne le laisserai pas recommencer. Sache que je n'hésiterai pas à abandonner ce travail pour le garder loin de moi.

Sa bouche s'ouvrit sous la surprise, puis sa main balaya l'espace qui l'entourait.

— Tu lâcherais tout ça à cause d'un homme ?

— Je ferais bien davantage, si nécessaire.

Elle cligna des yeux un bon nombre de fois avant de retrouver l'usage de sa voix :

— Bien… ça a le mérite d'être clair. Je suis contente que tu me l'aies dit. Je ferai attention.

Je compris qu'elle était sincère, et je profitai du silence qui suivit pour ajouter :

— Puisqu'on en est aux confidences, j'apprécierais… que vous ne parliez pas de moi entre vous.

— Alors là tu n'as aucun souci à te faire, m'interrompit-elle. Je lui ai déjà dit tout ça, bien avant qu'on couche ensemble. Je ne mange pas de ce pain-là.

Je la scrutai, étonnée de la façon dont elle avait l'air capable de tenir tête à John. Lorsqu'elle se leva, signe que nous étions sur le point d'être en retard à notre réunion, elle posa un dernier regard inquiet sur moi.

— Alors ? Est-ce qu'on peut se reparler comme avant ? Je peux te promettre de faire attention à ne pas aborder le sujet. C'est le mieux que je puisse faire.

Avec un sourire contrit, je hochai la tête.

— Ça me va.

— Super ! Et j'espère que tu vas me faire lire tes textes, petite coquine !

Je me levai en riant et la suivis hors de mon bureau, le cœur plus léger à l'idée que nous nous étions réconciliées.

En début de semaine suivante, l'appel à textes fut clôturé. Nous n'avions que la journée pour choisir parmi la présélection ceux qui seraient publiés dans notre prochain numéro, car Jessie les attendait pour pouvoir les illustrer, puis créer la maquette de sa rubrique.

Parmi les cinq textes retenus par le comité de lecture, il y avait l'un des miens, celui de la jeune femme qui se masturbait à côté de son mari. J'étais donc directement en conflit d'intérêts. J'en fus à la fois soulagée et anxieuse. J'étais passé au premier tour, mais je n'avais pas voix au chapitre pour la suite…

Me débarrassant de toutes mes obligations pour le reste de l'après-midi, je me calai dans mon fauteuil et entrepris de lire les autres textes pour régler la question une bonne fois pour toutes.

Le premier récit était un peu rustre : une femme attachait son mari à la tête du lit pour lui faire passer un agréable moment. Au passage, une fellation, quelques griffures et une chevauchée fort bien écrite. Je plissai les yeux. La scène était simple à visualiser, et il s'agissait du genre d'histoire qui me plaisait, du temps où je travaillais avec John. Était-ce l'un de ses textes ? Certes, il n'était pas aussi fort que ceux que j'avais l'habitude de lire, mais on pouvait y retrouver des éléments caractéristiques de ses goûts : un homme attaché, quelques griffures… Oui, j'étais de plus en plus sûre que ce texte était de sa plume. Croyait-il vraiment que je ne remarquerais rien, juste en plaçant la femme dans le rôle de la dominante ? En tout cas, les qualités d'écriture étaient indéniables. J'avais bien du travail pour parvenir à ce niveau.

Je fis tourner mon siège de gauche à droite, sans quitter le texte des yeux. Avais-je le droit de le refuser uniquement parce qu'il était de John ? Je soufflai, amère, et repris les feuilles restantes. Il fallait espérer que les autres récits soient tout aussi bons, voire meilleurs que celui-ci.

Le deuxième récit racontait une balade en voiture qui se terminait sur le bord de la route. Un couple échauffé allait terminer la soirée sur le siège arrière du véhicule. Classique, avec une écriture simple, et quelques tournures de phrases à revoir. Un amateur, probablement. Parce que ce texte ressemblait légèrement à celui que nous avions publié, dans le premier numéro, je le mis de côté, déçue qu'il soit moins bon que le précédent.

Le troisième relatait un déjeuner au lit qui devenait un jeu coquin alliant nourriture et sexe, le tout avec une touche d'humour. J'avais un petit sourire aux lèvres en le terminant. C'était léger, peut-être un peu trop, car je n'étais pas du tout excitée, mais l'idée m'avait donné matière à réfléchir : de la confiture sur le sexe de Simon ? Miam ! Voilà qui me donnait très envie de tenter l'expérience…

Je mis mon texte de côté et récupérai les trois feuilles restantes. Dès le début de ma lecture, je restai surprise devant les premières phrases : agréables, fluides, simples, mais efficaces. L'histoire d'une femme sous la douche et de son amoureux qui venait la rejoindre. Si la situation était banale, l'écriture ne l'était définitivement pas. Vers la moitié du texte, je relevai les yeux et sentis que mon souffle se faisait plus court, sans parler d'un léger trouble que je reconnaissais bien dans mon bas-ventre. *Merde !* Quelle idée de lire ce genre de textes au bureau ! Au lieu de poursuivre ma lecture, je la recommençai et analysai les premières phrases, à la fois suspicieuse et impressionnée. Impossible que ce texte ait été écrit par John. Il était talentueux, certes, mais ce n'était absolument pas son style. Et de là à se mettre aussi naturellement dans la peau d'une femme…

Je repris ma lecture en essayant de garder la tête froide, mais le reste de mon corps ne l'entendait pas de la même façon. Quand je reposai le texte, j'étais encore déstabilisée par ce qu'il avait provoqué entre mes cuisses.

Pour me raccrocher à la réalité, je relevai les yeux et échangeai un sourire avec un collègue qui passait devant mon bureau. Quelle idée de faire des parois en verre ! Me laissant tomber plus confortablement sur mon siège, j'essayai de faire le tri dans mes réflexions. Au moins, nous avions une belle sélection de textes. J'étais même étonnée que l'un des miens en fasse partie.

Ne sachant quoi en penser, je téléphonai à Lena.

— Tu as lu les textes ?

— Je viens de terminer. Et toi ?

— Pareil. Alors ?

— Alors on devrait vraiment se plaindre d'être dans des cages en verre, rigola-t-elle. Je ne te dis pas à quel point je me sens gênée d'être observée, là !

Même si je me défendis de l'admettre, j'étais tout à fait d'accord avec elle.

— Et sinon ? Tu as fait un choix ?

— Oui, mais… on va devoir attendre Claire, parce que… je suis en conflit d'intérêts.

Sa voix avait baissé d'un ton, et je percevais son malaise, même au bout du fil.

— J'ai reconnu son écriture, avouai-je.

— Ah ! Euh… évidemment. Et toi ? Tu es en conflit d'intérêts aussi ?

— Ouais.

La chaise de Lena grinça, signe qu'elle venait de se redresser.

— Sérieusement ? Lequel ?

— Lena…

— Quoi ? Bon sang, Annabelle, tu as vu la qualité de ces textes ? Bon, d'accord, puisque tu ne veux pas me le dire, je te donne mon classement. Déjà, celui de la voiture, je l'ai écarté. Il ressemble trop à celui que nous avons déjà publié.

Je souris sans répondre, contente que nous en soyons arrivées à la même conclusion, mais la longueur de mon silence l'inquiéta :

— Ce n'est quand même pas ton texte ?

— Non. Et moi aussi, je l'ai mis de côté. Pour la même raison que toi.

Elle pouffa de bon cœur, et je dus admettre qu'il était fort agréable de retrouver notre complicité des premiers temps.

— Et celui avec la bouffe ?

— Léger. Peut-être trop ? la questionnai-je.

— Ah oui ! Beaucoup trop ! Mais c'est bien écrit, ajouta-t-elle très vite. C'est juste qu'en comparaison les trois autres sont largement en avance. Tant au niveau du scénario que de l'écriture.

Sa remarque me flatta. Elle incluait donc mon texte dans le lot ? Je me rendis soudain compte que nous étions bel et bien en compétition, John et moi. Sans parler du troisième texte, que je jugeais bien meilleur que les nôtres.

— C'est le tien ? me questionna encore Lena.

— Euh… non plus.

— Attends, tu ne vas pas me dire que tu as écrit celui de la fille qui se caresse devant son petit ami ? Waouh !

Qu'elle semble si sûre d'elle me fit froncer les sourcils.

— Comment est-ce que tu peux savoir que c'est le mien ? (Un silence me répondit.) Attends…, ajoutai-je aussitôt, anxieuse, John a bien écrit celui du lit, pas vrai ?

— Et celui de la douche aussi. Ouais ! Il en a écrit deux, et les deux ont passé le comité de lecture. Impressionnant, hein ?

Même si je tentais de conserver mon calme, j'en eus le souffle coupé pendant un instant. Ses deux textes étaient donc arrivés en finale ? Pourquoi cela me dérangeait-il autant ? Je n'étais qu'une auteure amatrice et j'y étais parvenue, moi aussi. Et pourtant, au lieu d'en être flattée, j'en étais légèrement choquée.

— Tu n'avais reconnu que celui du lit ? me demanda Lena avec une petite voix.

— Ouais.

— Hum, eh bien… je trouve que celui de la douche est vraiment mieux, tu ne crois pas ?

— Si, répétai-je, non sans être troublée de devoir l'admettre.

Je remerciai le ciel que Lena ne puisse voir mon expression. Cette fois, les jeux étaient faits. John allait être publié dans mon magazine, et je venais d'être battue à mon propre jeu. *Merde* !

— Pourquoi on ne mettrait pas un texte de chacun ? suggéra Lena. Celui de la douche et le tien ?

Après un silence lourd de sens, j'annonçai simplement :

— Tu peux voter pour les textes de John. Si Claire est d'accord pour publier les deux, je ne m'y opposerai pas.

— Qu'est-ce que tu racontes ? Je comptais voter pour le tien avant de savoir qu'il était à toi ! s'emporta-t-elle au bout du téléphone. Il est bien meilleur que celui du lit !

— En fait, je n'ai pas envie d'être publiée avec John.

— Si tu ne voulais pas être publiée, alors il ne fallait pas envoyer de texte ! Bon sang, Annabelle, tu devrais plutôt voir le bon côté des choses ! C'est seulement ton deuxième texte et il est encore choisi ! Tu devrais être contente !

Je soupirai, les épaules de plus en plus lourdes, avant d'admettre :

— C'était mon troisième texte. L'autre n'a pas été retenu en sélection.

L'admettre me dérangea plus que je ne l'aurais souhaité. Pourquoi ? Parce que John avait plus de talent en écriture que moi ? N'était-ce pas normal, après tout ? C'était son métier ! Et pourtant j'aurais aimé lui clouer le bec une bonne fois pour toutes.

Je fus soulagée lorsque mon assistante entra dans mon bureau et interrompit notre conversation.

— Claire vient d'arriver. Tu nous rejoins ? Ce sera plus simple si on en parle ensemble.

Dès que je raccrochai, mon assistante s'installa devant moi et prit la parole :

— Tu sais, avant que Lena arrive, je voulais te dire… ce n'est pas parce que ton deuxième texte n'était pas bon. C'est juste que… il fallait faire un choix, tu comprends ?

— Pas de problème. Ta sélection était très bien.

Je forçai un sourire sur ma bouche.

— Je viens d'en discuter avec Lena, et on pense que tu devrais choisir les deux textes de John Lenoir. À mon avis, ils sont largement meilleurs que les autres.

Même s'il m'en coûtait de l'admettre. En face de moi, Claire perdit contenance.

— Mais… comment vous avez su que… c'était lui ?

— J'ai été l'éditrice de John.

Claire se mit à bafouiller :

— C'est que… je comptais… je m'étais dit que…

Alors que mon assistante cherchait ses mots en ouvrant son dossier, en équilibre sur ses genoux, Lena entra tel un coup de vent, une pile de feuilles entre les mains.

— J'ai manqué quelque chose ? Parce que je viens d'avoir une idée géniale !

Je m'empressai de la faire taire avant même qu'elle puisse prendre place sur une autre chaise.

— Voyons d'abord ce que Claire a décidé. Après tout, c'est son dossier, maintenant.

D'un signe de la main, j'encourageai mon assistante à poursuivre, ce qu'elle fit d'une toute petite voix :

— Bien… Je me disais que… qu'on pourrait publier le texte dans la douche et celui du couple dans le lit.

Je serrai les dents, puis posai les yeux sur Lena pour voir sa réaction. Ma supérieure fronça les sourcils.

— Tu parles duquel ? Celui où la fille attache son mec au lit ou celui où la fille se masturbe après un rêve érotique ?

— Celui de la masturbation, annonça Claire en tournant son visage vers moi.

Je me figeai, sidérée par son choix, surtout après ce que je venais de lui dire, juste avant l'arrivée de Lena.

— Je ne l'ai pas choisi parce que c'est le tien, se justifia-t-elle immédiatement.

— Bien sûr que non, insista Lena. C'est un sacré texte. Je pense qu'on peut ouvrir les paris sur la façon dont ça va jaser sur le forum avec les choix de ce numéro !

Lena riait, comme si tout était simple. La gorge sèche, je m'entendis rétorquer :

— On devrait plutôt prendre les deux de John. Ou celui avec la nourriture, tiens. On pourrait demander à l'auteur de faire quelques modifications pour que…

— Stop, gronda ma supérieure en levant la main pour me réduire au silence. Claire a choisi. Tu lui as donné carte blanche et tu n'es pas impartiale en ce qui concerne ton texte. Pour ma part, j'avais fait la même sélection. Et, maintenant que le choix est fait, écoutez l'idée géniale que je viens d'avoir !

Sans me laisser le temps de l'interrompre, elle se mit à parler du forum et de notre site Internet, qui étaient fort fréquentés depuis le lancement de la revue. Elle suggéra de mettre un ou deux textes supplémentaires en ligne, moyennant une rétribution plus faible aux auteurs, ce qui permettrait de fidéliser davantage nos lecteurs.

Claire sembla conquise par le projet, discutant déjà de la façon dont nous pourrions ainsi offrir une seconde chance à certains textes écartés pour la revue papier. Pour ma part, j'étais encore en train de me faire à l'idée que mon récit allait apparaître à côté de celui de John Lenoir. Qu'allait en penser Simon ? Soudain, j'eus très envie de changer de pseudonyme pour que John ignore qu'il s'agissait de mon texte…

— Il faut encore que j'en parle au conseil d'administration, poursuivit Lena, car ça pourrait générer des frais supplémentaires, mais je suis sûre qu'ils vont adorer l'idée ! Depuis le temps qu'ils nous rebattent les oreilles pour qu'on développe nos outils Web…

Je la laissai me convaincre sans trop de mal. De toute façon, lorsqu'elle était dans un tel état de frénésie, rien ne pouvait l'arrêter.

— Bien, reprit Claire en se levant pour prendre congé, je vais tout de suite envoyer les deux textes gagnants à Jessie pour qu'elle les illustre.

— Excellente idée, soutint Lena. J'enverrai un message au conseil pour leur demander ce qu'ils pensent de mon idée.

Dès que mon assistante sortit, ma supérieure, confortablement assise dans son fauteuil, posa de nouveau les yeux sur moi.

— Qu'est-ce qui se passe ? Tu n'es pas contente ?

— Je ne suis pas sûre, admis-je. Pour tout te dire, je ne pense pas qu'Hélène soumettra de nouveaux textes au magazine.

— Mais arrête ! Tu es vraiment douée, Annabelle ! Combien de fois je vais devoir te le dire ? Je suis persuadée que tu vas largement dépasser John d'ici à deux ou trois mois ! N'oublie pas qu'il a des années d'expérience en ce domaine…

Comment l'oublier ? Même s'il m'en coûtait de l'admettre, son texte m'avait vraiment impressionnée. Jamais je ne l'aurais cru capable d'écrire avec autant de douceur…

— Tu veux qu'on aille prendre un verre ? suggéra Lena.

— Euh… non. Sans façon.

Elle fronça les sourcils et insista encore :

— Allez, quoi ! Ça fait une éternité qu'on n'a pas papoté entre filles ! Et on pourrait en profiter pour développer l'idée des textes en ligne ? Je promets de ne pas parler de tu-sais-qui, jeta-t-elle encore.

Je levai les yeux au ciel et soupirai longuement. Un peu d'alcool. Du travail. Cela me parut bien simple, tout à coup. Forçant un sourire sur mes lèvres, je me levai.

— Tu as raison. Simon rentre tard, et j'ai bien besoin d'un verre…

15

La perfection

Contrairement à ce que je craignais, Simon fut ravi que mon texte ait été sélectionné. Il soutenait le même discours que Lena, à savoir que j'étais assez douée pour que l'on me place côte à côte avec un auteur d'expérience – et tant pis si ce dernier était John Lenoir. Dommage. J'aurais aimé avoir une excuse pour demander le retrait de mon texte.

Après ce fâcheux incident, je n'avais plus la moindre envie d'écrire. À croire que John pourrissait tout ce que je faisais. À quoi bon rivaliser avec lui en écriture ? Il était largement plus doué que je ne le serais jamais. Autant m'en tenir à la gestion du magazine. Là, c'était mon territoire, et je n'allais certainement pas le laisser empiéter dessus !

J'arrivai tôt au bureau, le lendemain matin. Pour une fois, j'avais envie de prendre un café devant mon agenda avant que les autres arrivent et que ce soit la folie autour de moi. Une fois devant mon ordinateur, ma gorge se serra lorsque le nom de John Lenoir apparut, en gras, dans ma boîte mail. Mon premier réflexe fut de le mettre à la poubelle sans le lire, mais, comme l'objet de son message était « Félicitations », je ne pus m'y résoudre sans y jeter un coup d'œil.

« Chère Annabelle, je suis très heureux que l'un de mes textes ait été retenu par ton comité de lecture et, crois-le bien, tout aussi honoré d'être publié à tes côtés. Je n'ai pas encore eu la chance de lire le tien, mais sache que j'ai hâte de le découvrir. Décidément, vous avez bien des talents, mademoiselle. Toutes mes félicitations, John. »

Je grimaçai devant l'utilisation du mot « mademoiselle ». Même par écrit il me déplaisait, mais peut-être était-ce juste parce que j'avais la sensation d'entendre sa voix dans ma tête ? J'essayai de garder la tête froide. Sous ces compliments se moquait-il de moi ? Comment pouvait-il se dire « honoré » d'être publié à mes côtés ?

Un peu revêche, je lui répondis à mon tour :

« Merci de tes bons mots, John, mais, comme tu peux le constater, il n'y a pas de quoi être honoré. Mon texte n'a absolument rien de particulier. »

J'ajoutai mon histoire en pièce jointe et l'envoyai immédiatement. Trois secondes plus tard, j'en eus le souffle coupé en prenant conscience de ce que je venais de faire.

Quelle imbécile! Pourquoi n'avais-je pas simplement ignoré son message? Autant lui dire qu'il était cent fois meilleur que moi, au passage!

Un peu déstabilisée de m'être laissé emporter, je fis tomber ma tête sur mon bureau en grognant. Alors que je me traitais silencieusement de tous les noms, Lena entra et me fit sursauter.

— Dure nuit?

— Hein? Euh… non. Juste…

Je fixai mon ordinateur un moment, mais, comme je ne voulais rien cacher à Lena, je finis par lui avouer:

— John m'a envoyé un mail pour me féliciter.

Lena afficha un brin de surprise, puis son sourire se figea.

— Ne me dis pas que je n'avais pas le droit de lui dire que tu avais gagné!

— Hein? Non. C'est seulement que… Je trouve que mon texte n'est pas à la hauteur, finis-je par avouer. Peut-être qu'on devrait publier autre chose?

Devant son expression amusée, je grondai:

— Ne t'avise surtout pas de lui répéter ça!

— Oh, du calme! Qu'est-ce que tu es dure avec toi-même! Il est génial, ce texte! Bien meilleur que ton premier, si tu veux mon avis…

— Mais je suis largement deuxième, tu ne peux pas dire le contraire!

Elle souffla d'exaspération, s'installa dans le siège devant mon bureau et reprit :

— Annabelle, tu te compares avec un auteur qui a déjà un nom dans le domaine ! Laisse-toi une chance ! Pour ta gouverne, je te rappelle que John avait proposé de t'aider, mais que tu l'as fichu à la porte de ton bureau.

Je la fusillai du regard, et elle tempéra aussitôt ses propos :

— D'accord ! Tu ne veux pas le voir, tu ne veux pas qu'il t'écrive, tu ne veux rien avoir à faire avec lui. J'ai compris. Mais, personnellement, je trouve que tu te fais une montagne de pas grand-chose ! Personne ne sait qui se cache derrière la belle Hélène.

Elle avait raison. À une exception près : John, lui, savait. C'était bien la dernière personne que j'aurais voulu voir au courant, d'ailleurs.

— Il t'a félicitée, tu ne vas quand même pas lui en vouloir pour ça, reprit-elle.

— Mais non. Je l'ai même remercié, ça te va ? Maintenant, changeons de sujet, tu veux ?

— Enfin ! dit-elle en se réinstallant plus confortablement dans son siège. Bon, j'ai rendez-vous à 14 heures avec Bill et Stef pour cette histoire de textes en ligne. Ils avaient l'air bien emballés par mon idée, mais ils doivent d'abord vérifier la faisabilité du projet. Tu pourrais m'accompagner ?

Reprenant mes esprits, je fouillai dans mon agenda et hochai la tête. À défaut de me traiter de tous les noms, autant plonger dans le travail. Là, au moins, je n'étais pas deuxième, mais bien première, et sur tous les plans !

Je dévorais un sandwich en vérifiant des maquettes quand le téléphone sonna. Je répondis sans quitter l'article des yeux :

— Annabelle Pasquier.

— Bonjour, Annabelle.

Pendant le bref instant de surprise qui me gagna, mes doigts se crispèrent sur le combiné.

— Bonjour, John, tu as dû faire une erreur : le poste de Lena, c'est le 2254. Veux-tu que je te transfère ?

Son rire inonda mon oreille, mais il ne se laissa pas décontenancer par ma remarque.

— C'est à toi que je voulais parler. De ton texte.

— C'est inutile.

— Annabelle, reprit-il d'une voix grave, j'ai été agréablement surpris. C'est excellent. Il y a juste… un léger manque de rythme, mais rien de bien terrible.

Un « léger manque de rythme » ? Ma bouche s'ouvrit et se referma mais, devant mon silence, il poursuivit :

— Si tu le voulais, nous pourrions corriger cela en moins de deux heures.

Je me crispai sur ma chaise. « Nous » ? Ce mot, dans sa bouche, faisait naître un sentiment de panique en moi. Je fermai les yeux. Je devais rester calme. À quoi bon m'emporter? Je respirai une fois. Puis deux. Avant de reprendre:

— Le problème, c'est que je n'ai pas le temps de le retoucher. Contrairement à toi, j'ai autre chose à faire de mes journées.

Mon ton résonna sèchement. C'était plus fort que moi, je n'arrivais pas à être cordiale avec John. S'il n'en avait tenu qu'à moi, j'aurais raccroché à la seconde où sa voix avait résonné dans mon oreille. Reprenant le peu de contenance qui me restait, je soupirai :

— Écoute, John, c'est une grosse journée et…

— Pas de ça avec moi, me coupa-t-il. Que tu ne veuilles pas me parler, je peux le comprendre. Mais tu vas au moins m'écouter : ce que tu m'as envoyé est un excellent texte. Tu as du talent, Annabelle ! Pourquoi refuses-tu de le voir ?

Je ne répondis pas. Pour cause ! Je ne trouvais rien à redire. Comment pouvait-il continuer de me complimenter alors que je le repoussais inlassablement ? Au bout d'un silence auquel je ne fis rien pour mettre un terme, il soupira bruyamment :

— Bien. J'ai annoté ta copie dans mon traitement de texte, je t'envoie mes propositions par mail. Libre à toi d'y apporter les corrections proposées. Mais, si tu veux mon avis, ce serait dommage de le publier tel quel, alors qu'il pourrait être bien meilleur.

Pendant qu'il parlait, je reçus son mail en direct et fronçai aussitôt les sourcils en lisant l'objet de son message :

— « Les points de tension » ?

— Oui, Annabelle. Ne t'en déplaise, c'est ce qui manque à ton texte.

— Je pensais que c'était une question de rythme ?

— C'est exactement ça. Seulement… je trouve que le concept est plus facile à comprendre de cette façon.

Malgré la curiosité qui m'animait, je ne dis rien. Il comprit que je n'avais pas l'intention de céder, et il soupira de nouveau :

— Bien, je ne vais pas te déranger plus longtemps…

Énervée, je jetai mon sandwich sur mon bureau et m'énervai :

— Écoute, même si je le voulais, je n'ai pas le temps de faire des modifications sur ce texte. Tout doit partir chez l'imprimeur demain, en fin d'après-midi.

— N'es-tu pas rédactrice en chef ? grogna-t-il. Annabelle, prends au moins trois minutes pour ouvrir le document que je viens de t'envoyer !

J'obtempérai. Pendant que mon traitement de texte s'ouvrait, ni lui ni moi ne brisâmes le silence, mais je blêmis lorsque le document apparut sous mes yeux.

— Tu veux que je change tout ça ?

— Ce ne sont que des suggestions. Ça te semble énorme, parce que j'ai beaucoup expliqué mes modifications. Tu verras que c'est tout simple, au fond.

Un autre silence passa durant lequel je volai rapidement de commentaire en commentaire. Ma bouche s'ouvrit de surprise. Il avait fait un travail colossal!

— Je peux savoir pourquoi tu fais tout ça pour moi? le questionnai-je franchement.

— Parce que tu as du talent, Annabelle, mais pas seulement pour ça. Si j'avais pu t'aider d'une tout autre façon, je l'aurais fait. Parce que je te dois au moins ça.

J'eus envie de siffler quelque chose de désagréable, mais les mots me manquèrent. John me semblait sincère au bout du fil, essayant réellement de réparer ses erreurs. Je fermai les yeux, agacée de percevoir de la douceur chez cet homme qui m'avait trahie, puis je lâchai, aussi froidement que possible:

— Merci. Je verrai ce que je peux faire.

Il y eut un autre silence. Interminable, celui-là. Puis il trancha:

— Bien. Je sais que tu es une femme très occupée, alors... bonne journée, Annabelle.

Je raccrochai sans attendre, les yeux rivés sur mon document plein de couleurs. Même si j'avais un nombre incalculable de choses à faire, je passai le reste de mon après-midi à corriger mon texte. De toute façon, je n'arrivais pas à me concentrer sur autre chose. Même s'il m'en coûtait de l'admettre, John avait raison: je devais le parfaire avant de l'offrir à mes lecteurs. N'était-ce pas ce que l'éditrice en moi aurait dû faire, dès le départ?

Bien qu'elles me paraissent extrêmement nombreuses, les corrections de John étaient relativement simples. Il avait l'art et le vocabulaire de décrire le sexe, mais à aucun endroit il n'avait glissé le moindre sous-entendu déplacé. Au contraire, même. Et, chaque fois qu'il me complimentait sur un passage, j'en éprouvais de la fierté. John était si exigeant. N'étais-je pas la première à le savoir ?

À la fin de la journée, j'étais fatiguée. Je relisais inlassablement mon texte, essayant d'avoir un regard neuf chaque fois que je recommençais ma lecture. Je ne voyais plus rien à force d'ajouter les fichus points de tension dont me parlait John. Alors que j'avais ressenti un vif plaisir à écrire le premier jet, voilà que j'en avais plus qu'assez de retravailler cette histoire. Ça n'avait plus rien d'excitant, bien au contraire.

Quand je ne trouvai plus rien à modifier, je décidai de m'arrêter et le renvoyai à John sans l'accompagner du moindre mot. Tant pis. J'étais épuisée, il était tard et je n'avais plus de temps à consacrer à ce texte. Je lui en avais déjà donné bien plus que prévu ! Qui plus est, j'étais en retard dans la correction des maquettes. Je décidai donc de les prendre avec moi afin de les corriger à la maison.

Là, installée sur le sol de mon salon, je grignotai en attendant le retour de Simon, les maquettes d'un côté et mon ordinateur portable de l'autre. Quand le mail de John apparut, j'eus peur de l'ouvrir. Peur qu'il exige d'autres modifications. Peur que tout soit à refaire. Et, pourtant, lorsque je lus son message, mon cœur se serra.

« Ce texte est parfait. Je suis très fier de vous, mademoiselle. »

16

Le territoire

J'ÉTAIS ENCORE SOUS LE CHOC DU MAIL DE JOHN lorsque Simon rentra du travail. Même si plus d'une heure s'était écoulée depuis que j'avais pris connaissance de son message, ses mots me revenaient toujours en tête. Dès que nos regards se croisèrent, il comprit que quelque chose n'allait pas. Son visage revêtit cet air inquiet que j'avais vu trop souvent, ces derniers temps.

— Qu'est-ce qu'il a fait, cette fois ? me questionna-t-il en venant s'asseoir à mes côtés, sur le canapé.

Je tournai mon ordinateur vers lui, ouvris les trois messages de John, les uns après les autres, en lui laissant le temps de les lire. Il prit le temps de digérer ce qu'il venait d'apprendre avant de reporter son attention sur moi.

— Tu as corrigé ton texte en t'appuyant sur ses conseils ?

— Oui.

Il serra les dents. Avais-je commis un impair ? Il se passa une main sur le visage, chassant tant bien que mal la fatigue de sa journée.

— Pourquoi il fait ça, à ton avis? finit-il par me demander.

Pendant une seconde, je crus que sa question était rhétorique, mais, comme il attendait sérieusement ma réponse, je me contentai de répéter les mots de John :

— Il dit qu'il me doit au moins ça.

— « Au moins ça » ? s'écria-t-il en se levant. Non, Annabelle, ce qu'il te doit, c'est respecter ta décision en sortant définitivement de ta vie !

— Peut-être que… c'est sa façon… de s'excuser ?

— Je ne veux pas qu'il s'excuse, je veux qu'il te fiche la paix ! s'énerva-t-il.

Il expira longuement pour reprendre son calme, puis tourna la tête vers moi.

— Annabelle, je ne veux pas qu'on se dispute à cause de lui.

— Je ne le veux pas non plus, mais tu voulais qu'on se dise tout, alors…

— C'est vrai. Et tu as bien fait de me le dire. Je suis désolé de m'être emporté, je…

Il ferma les yeux quelques secondes, comme s'il avait besoin de temps pour reprendre son calme, puis il jeta, déterminé :

— Anna, je ferais n'importe quoi pour toi.

Touchée par ces mots, je le pris par la nuque et attirai son visage près du mien.

— Rappelle-moi combien je suis à toi, ordonnai-je.

Sa réaction fut immédiate : il glissa les bras autour de ma taille et me tira jusqu'à ce que nous chutions ensemble sur le sol. Sa bouche fouilla la mienne, explora mon cou et mon décolleté tandis qu'il cherchait à me débarrasser de mes vêtements. Je m'empressai de m'asseoir sur ses cuisses, l'aidai à retirer ma chemise, puis me jetai contre lui pour mordiller sa peau salée. Sa sueur avait un léger goût de fumée, comme chaque fois qu'il revenait du restaurant. Je le léchai du cou à l'oreille, en cherchant à le libérer de ses habits. Il résista. Ces derniers temps, nous étions dans une lutte constante pour savoir qui prendrait le contrôle de nos ébats. Je le repoussai sur le sol. Au niveau force, je ne faisais pas le poids, mais une fois ma main autour de son sexe, il cessa de se débattre. Il ferma les yeux, et je profitai de sa docilité pour emprisonner sa lèvre inférieure entre les miennes, puis je laissai de petites morsures sur son menton et dans son cou. Ses bras me bloquèrent dans ma descente, et il chercha mon regard, le souffle court.

— Sais-tu à quel point je te veux ?

— Montre-moi, dis-je simplement.

Sa main plongea dans mes cheveux, les tira vers l'arrière et m'obligea à me cambrer. Je restai là, immobile, à sa merci, à savourer sa force pendant qu'il embrassait mon cou, puis il me fit basculer sur le sol et me fit sienne sans attendre. Malgré sa fougue, je gémis :

— Plus fort !

Il s'arrêta puis se retira, si vite que j'eus peur de l'avoir choqué. D'une main ferme, il me fit signe de m'installer à quatre pattes. Ravie par la position qu'il me faisait prendre, je remontai ma croupe vers lui et la fit tanguer sous son nez. D'une main lourde, il me caressa les fesses.

— Tu veux que ce soit fort ?

Ma réponse fusa sans la moindre hésitation :

— Oui !

Je sursautai lorsqu'il me griffa le bas du dos, si rudement que mon souffle se coupa. Peut-être à cause de mon silence, Simon recommença, partant de ma nuque et descendant dans un long mouvement jusqu'à ma fesse droite. Cette fois, je laissai une plainte franchir mes lèvres.

— Plus fort ? me défia-t-il.

J'hésitai. Je sentais toujours la trace de ses ongles dans ma chair et, pourtant, j'avais follement envie d'être possédée.

— Oui, lâchai-je d'une petite voix.

Sa main s'ancra plus fermement dans mes cheveux, et je le laissai me tirer vers l'arrière. Il lécha mon dos, puis sa langue suivit la trace de sa griffure. Sa main libre descendit jusqu'à mon sexe et entreprit de le caresser à bon rythme.

— Encore ? chuchota-t-il contre mon oreille.

— Oh oui !

Les caresses cessèrent, et une griffure traversa ma cuisse, m'arrachant un cri rauque. De toute évidence, j'avais mal compris sa question. Sa main revint sur mon sexe, et deux doigts s'enfoncèrent sans mal en moi tant j'étais trempée, puis ses caresses reprirent sur mon clitoris. Je fermai les yeux, mais mon accalmie ne fut que de courte durée. Simon me tira encore par les cheveux, collant mon dos à son torse, et sa voix résonna encore, menaçante :

— Encore ?

— Oui, dis-je sans l'ombre d'une hésitation.

Une autre griffure contourna ma cuisse, puis remonta vers ma fesse. Je rugis dans un mélange de douleur et d'ivresse. Simon marquait ma chair comme si c'était son territoire. Et moi, j'avais envie qu'il le possède entièrement. À cette idée, j'étais doublement excitée, et le fus d'autant plus lorsqu'il me repoussa vers l'avant pour forcer mon corps à se positionner à sa guise. Son doigt pénétra mon anus sans mal, puis il guida son sexe entre mes fesses. Dès qu'il fut en moi, je ne pus retenir mes cris de plaisir. Ses ongles se plantèrent dans ma cuisse, telles des serres qui me rappelaient que j'étais toujours une proie : la sienne. C'était délicieusement grisant.

Je sentais poindre l'orgasme, enivrée par les plaintes de Simon et la force de ses déhanchements. Ma chair hurlait, tant de douleur que de plaisir, et elle succomba à son assaut sans tarder. Je restai là, en position, pendant qu'il s'empressait de me rejoindre dans l'extase. Son cri résonna, puis il s'immobilisa pour reprendre son souffle. Lorsqu'il me libéra de sa poigne, je m'étendis sur le sol, et il s'allongea à mes côtés, son bras réconfortant posé sur ma taille. Nous restâmes longuement ainsi, silencieux, dans cette torpeur agréable.

— Anna ? souffla-t-il enfin.

— Hum ?

— C'était OK pour toi ?

Je souris, même s'il ne pouvait pas me voir dans cette position.

— Oui, le rassurai-je.

Un autre silence passa, puis il se releva et m'aida à me redresser à mon tour. Je titubai en grimaçant de douleur, et il me retint par les épaules, de nouveau inquiet :

— J'y suis allé trop fort ?

Je l'enlaçai et me collai contre son torse en sueur.

— C'est exactement ce dont j'avais besoin, ce soir.

Il me caressa les cheveux, puis proposa :

— Un bain, ça te dit ?

— J'adorerais !

Quand il s'éloigna de moi, je lui claquai une fesse avec force. Assez pour qu'il sursaute.

— Aïe ! s'écria-t-il en tournant la tête vers moi.

— Ce soir, c'est chacun à son tour, mon chéri ! me moquai-je.

Il éclata de rire, visiblement ravi de la façon dont je vivais tout ça. Sa main s'accrocha à la mienne, et il m'entraîna en direction de la salle de bains.

17

Invitation-surprise

Le deuxième numéro était parti chez l'imprimeur, et nous étions déjà dans la préparation du prochain. J'en avais un exemplaire tout juste maquetté mais non terminé sur le coin de mon bureau. J'en étais tellement fière que je voulais rapporter l'exemplaire à la maison pour le montrer à Simon.

Je me préparais à rentrer chez moi quand Jessie passa devant mon bureau et me jeta un regard interrogateur à travers la vitre. Je lui fis signe d'entrer et je récupérai la maquette que je fis danser dans une main :

— Encore une fois : chapeau pour les illustrations ! C'est magnifique !

Son visage s'illumina.

— Merci ! Je… je venais vous donner une invitation pour un vernissage.

Je pris le carton qu'elle me tendait et compris qu'il s'agissait d'une exposition de dessins et de sculptures. L'image de l'invitation laissait sous-entendre que l'érotisme y serait mis à l'honneur.

— Il y aura des dessins à toi, là-bas ? la questionnai-je.

— Oui. Une dizaine à peu près. Évidemment, si vous êtes occupée ou... si le nu ne vous plaît pas...

— Non. Enfin... je ne sais pas. Je ne suis jamais allée à ce genre d'exposition, admis-je.

M'installant contre mon bureau, je glissai le carton dans mon sac avant de reprendre :

— Voilà ce qu'on va faire. Je vais à ton exposition et tu me tutoies, on est d'accord ?

— OK, dit-elle en hochant la tête à répétition.

Elle sourit davantage et parut flattée que je l'autorise à me tutoyer. Pourtant, la plupart des gens de mon équipe le faisaient depuis le lancement du magazine. J'ignorais pourquoi elle n'avait encore jamais osé. Était-elle timide à ce point ?

— En plus, je vais essayer de convaincre mon petit ami de m'accompagner, ajoutai-je, histoire de la rassurer.

Alors que je terminais ma phrase, mes mots perdirent leur entrain. Mon trouble dut être évident, car Jessie suivit la direction de mon regard. Derrière elle, John se dirigeait vers mon bureau. Sans frapper, il entra, un sourire implacable accroché aux lèvres.

— Bonjour, Annabelle.

Il tourna la tête en direction de Jessie et la salua d'un signe de tête avant de reporter son attention sur moi :

— Tu as dix minutes ? me demanda-t-il.

— J'allais rentrer, dis-je froidement. Je peux savoir pourquoi la réceptionniste t'a laissé passer ?

— Tu me connais. Je sais être très persuasif.

À sa droite, Jessie le dévisageait. Peut-être le remarqua-t-il, car il se tourna vers elle pour lui tendre la main.

— Je suis John Lenoir.

— Oh ! Monsieur Lenoir…, je suis… Jessie. Jessie Boisvert.

Elle rougit en répondant à son geste, visiblement sous son charme. Pour ma part, je levai les yeux au ciel avant de m'interposer :

— Jessie est notre graphiste. C'est elle qui a fait les illustrations et la mise en pages des textes érotiques.

Comme si elle n'avait attendu qu'une invitation de ce genre, Jessie se jeta sur ma copie du magazine pour lui montrer son travail :

— J'ai opté pour des couleurs pâles, comme pour le premier numéro…

Elle pointa du doigt les divers éléments graphiques, pourtant peu nombreux sur la page, comme s'il ne pouvait pas les voir de lui-même. Je soupirai d'agacement, particulièrement lorsque je vis le sourire qu'il lui adressa en retour.

— C'est très joli, Jessie. Tu as vraiment beaucoup de talent.

— Merci, monsieur.

Elle se remit à rougir, puis sortit un autre carton de la poche arrière de son jean.

— Si l'art vous intéresse, j'ai quelques dessins qui seront exposés…

Je retins une exclamation de stupeur. Elle n'allait quand même pas inviter John à son vernissage ? Patiemment, il l'écouta en hochant la tête, récupéra le carton, puis l'interrompit :

— En fait, je suis venu ici dans l'espoir de parler avec Annabelle…

Très vite, elle se confondit en excuses :

— Oh, je… je vous demande pardon. J'étais heureuse de vous rencontrer et…

— C'est gentil, répéta John. Et merci pour l'invitation. J'essaierai d'aller y faire un tour…

Comme si je venais seulement de réapparaître dans mon bureau, Jessie se tourna vers moi, l'air confus, puis m'envoya un sourire gêné.

— Bien. Bonne soirée, Annabelle. À demain.

À la seconde où elle quitta la pièce, je croisai les bras devant moi et attendis que John m'explique la raison de sa visite. Avec un air satisfait, il fit danser le carton au bout de ses doigts.

— Intéressante, cette jeune fille.

— John, qu'est-ce que tu veux ? m'impatientai-je.

Au lieu de me répondre, il ouvrit le prochain numéro d'*Amoureux et Coquins* à la page de nos textes avant de poser un regard intrigué sur moi.

— Mon texte, il t'a plu ?

— Celui-là plus que l'autre, dis-je sans hésiter.

Il rit et arbora un air ravi.

— Dois-je comprendre que tu as lu les deux ?

Je me retins de grimacer.

— Lena ne t'a pas dit que tes deux textes étaient passés en sélection ?

— Lena me dit rarement ce que j'ai envie de savoir, dit-il d'un ton sec. Cela dit, je serais curieux de connaître tes impressions. Sur les deux textes.

— Le lit, j'ai deviné que c'était toi, annonçai-je sans attendre.

Son sourire se confirma.

— Pas la douche ?

Comme je ne disais rien, il ne tarda pas à en tirer ses propres conclusions :

— Voilà qui me fait plaisir ! Je ne te mentirai pas : j'avais envie de te surprendre avec ce texte. C'était un exercice intéressant, tout compte fait…

Je ne répondis pas, et il reprit après un silence :

— As-tu une idée de ce que tu écriras pour le prochain numéro ?

— Je n'écrirai rien. Je n'ai plus le temps pour ces bêtises. Je vais plutôt laisser leur chance aux autres…

J'en profitai pour terminer de ranger mes affaires, juste pour qu'il sache que son temps était compté, mais il insista :

— Tu as tort, Annabelle. Tu as un vrai talent.

Cette fois, je m'impatientai :

— Tu vas te décider à me dire pourquoi tu es là ?

— Pour t'emmener prendre un verre.

Ses paroles prirent un temps considérable à atteindre mon cerveau. Se moquait-il de moi ? Lorsque je repris mes esprits, je secouai la tête.

— Désolé, John, mais tu t'es trompé de bureau. Celui de Lena est plus haut.

Je m'approchai de lui et lui arrachai mon magazine des mains avant de l'enfouir dans mon sac, déterminée à partir sur-le-champ, mais sa voix résonna avant que j'atteigne la porte :

— Annabelle, il faut qu'on discute.

Sur le seuil, je m'arrêtai, mais ne me retournai pas.

— Je n'ai rien à te dire.

— Alors je ferai la conversation pour deux, siffla-t-il, visiblement agacé. Ne peux-tu pas m'offrir vingt minutes de ton temps ? Je te signale que j'ai passé plus de deux heures à revoir ton texte !

Je me retournai brusquement, mais, comme il s'était avancé, je me retrouvai nez à nez avec lui, ce qui m'obligea à reculer d'un pas, m'acculant à la porte vitrée de mon propre bureau.

— J'aurais dû me douter que tu ne le faisais pas gratuitement ! m'énervai-je.

Il soupira d'agacement.

— Écoute, je ne t'oblige à rien. Seulement... j'apprécierais que tu m'accordes ce temps.

Devant mon silence, il ajouta :

— Vingt minutes, Annabelle, je ne te demande pas la lune !

Je croisai les bras devant moi.

— Je t'écoute.

— Non. Pas ici.

— Pourquoi ? Tu as peur que Lena ne te voie dans mon bureau ? raillai-je.

— Ça n'a rien à voir. J'ai toujours détesté ce genre d'endroits, tu devrais le savoir depuis le temps. Et puis... après ce que je t'aurai dit tu auras besoin d'un verre.

Quelque chose m'effraya dans ses paroles, assez pour que je m'entende avouer :

— Je ne veux pas savoir ce que tu as à me dire.

Il pinça les lèvres, hésitant à poursuivre, puis lâcha :

— J'ai besoin qu'on discute de la thérapie que je suis.

Je forçai un rire à sortir de ma bouche, mais il sonna étranglé.

— Toi ? Tu suis une thérapie ?

— Oui.

Malgré la curiosité qui m'animait, la peur me vrillait le ventre. Ne pouvait-il pas me dire dès maintenant ce qu'il souhaitait et disparaître dans un nuage de fumée ?

— Un verre et vingt minutes de ton temps, c'est tout ce que je demande, insista-t-il.

Dans un geste plus nerveux qu'autre chose, je jetai un coup d'œil à ma montre, comme si le temps m'était compté. Pourtant, Simon ne rentrait pas avant 20 heures, ce soir.

— Vingt minutes, répéta-t-il.

— D'accord ! cédai-je avec énervement.

Je sortis de mon bureau la première, tremblante. Et pourtant, alors que nous attendions l'ascenseur, j'eus peur d'avoir fait une erreur en acceptant sa requête.

18

La thérapie

John resta silencieux pendant que nous marchions dans la rue. Il m'emmena dans une brasserie juste à côté de mon travail, où nous nous installâmes près d'une fenêtre. Sans attendre, il commanda deux verres de vin blanc. Je le repris aussitôt avant que le serveur s'éloigne :

— Plutôt du rouge, pour moi.

Il me jeta un regard surpris auquel je ne répondis que lorsque le serveur disparut :

— Quoi ? Je ne peux pas avoir envie de vin rouge ?

— Tu as toujours préféré le blanc.

— Comme tu vois, j'ai changé.

J'étais étrangement ravie de pouvoir le lui prouver par ce geste tout simple. Pour garder le contrôle de la discussion, je tapotai ma montre d'un doigt et insistai :

— Je te rappelle que le compteur tourne…

Il croisa les bras sur la table et y prit appui avant de se lancer :

— Comme je te le disais, je suis une thérapie. Depuis près de huit mois.

— C'est bien, dis-je en feignant un ton détaché. Mais quel est le rapport avec moi ?

— Mais, si je le fais, c'est justement à cause de ce qu'on a vécu, toi et moi, Annabelle… Même s'il m'en coûte de l'admettre, j'ai été un mauvais Maître pour toi.

— Et ça t'a pris huit mois pour en arriver à cette conclusion ? sifflai-je. Quelle arnaque ! Si tu m'avais téléphoné, je t'aurais réglé ça en dix minutes, top chrono.

Sa main s'approcha de la mienne, et je retirai prestement mes doigts pour éviter qu'il ne me touche. Un malaise plana entre nous pendant que je le scrutais, prête à bondir de ma chaise, mais il poursuivit, sans s'arrêter sur mon geste de recul.

— Ça ne t'intéresse pas de comprendre ce qui s'est produit entre nous ? me questionna-t-il. Savoir pourquoi j'ai fait… toutes ces choses ?

Malgré la curiosité qui m'animait, je me forçai à secouer la tête.

— Sans façon.

Devant son air ahuri, je me sentis contrainte d'expliquer :

— Ça ne changera rien à ce qui s'est passé.

John se rembrunit mais ne céda pas pour autant.

—En parler me libérerait certainement d'un poids considérable…

Je me levai brutalement.

—Trouve-toi une autre personne pour écouter tes histoires. Pour ma part, tu peux bien continuer à t'en vouloir pendant encore un siècle ou deux.

Sa main accrocha la mienne pour me retenir.

—Ce poids, tu le partages avec moi, Annabelle.

D'un geste vif, je m'arrachai à sa poigne.

—Je vais très bien !

Avant que je puisse m'enfuir, John haussa le ton, sans se soucier qu'une tierce personne l'entende :

—Annabelle, je veux juste que nous réglions cette histoire une bonne fois pour toutes.

—Pour moi, cette histoire est déjà réglée, certifiai-je.

—Tu mens et tu le sais, rétorqua-t-il sans la moindre hésitation. J'en veux pour preuve la façon dont tu te braques chaque fois que je t'approche.

Il leva les mains de façon à me montrer ses paumes, probablement pour me rassurer.

—Je ne peux m'en prendre qu'à moi-même. Je sais que je suis responsable de cette situation. Je veux juste… essayer de réparer mes erreurs…

—Je ne veux pas que tu répares tes erreurs, le coupai-je. En fait, je ne veux absolument rien de toi !

J'allais m'éloigner quand il gronda :

— On a dit vingt minutes, me rappela-t-il.

— C'est inutile. Ça ne m'intéresse pas.

— As-tu donc si peur d'entendre ce que j'ai à te dire ?

Sa question me fit réfléchir. Qu'est-ce qui m'effrayait à ce point ? Rien de ce que John pouvait me dire n'aurait pu me rallier à sa cause.

Le serveur arriva avec nos verres, et je profitai de sa présence pour me réinstaller sur ma chaise. John eut l'air soulagé, mais je l'incitai à se dépêcher en tapotant de nouveau ma montre.

— Dix minutes.

John porta son verre à ses lèvres avant de reprendre.

— Ma thérapie passe énormément par le biais de l'écriture, tu t'en doutes, lâcha-t-il en fixant le fond de son verre. Je tiens une sorte de journal de bord dans lequel je parle de mes regrets. Avec ma thérapeute, j'essaie de les analyser.

Je me mis à taper nerveusement du pied sur le sol, mais, lorsqu'il remonta les yeux sur moi, je m'immobilisai.

— Tu n'es pas obligée de me croire, Annabelle, mais la plupart de mes regrets te concernent.

— Oh, sur ça je te crois ! pestai-je. Si ça peut te rassurer, sache que la plupart de mes regrets te concernent aussi.

Il afficha un sourire contrit, presque triste, puis lâcha :

— Tu m'en vois désolé. À l'époque, je ne voyais pas que les sentiments que j'avais pour toi interféraient dans nos rapports de Maître à soumise.

Je levai les yeux au ciel, puis je sursautai lorsque sa main vint prendre la mienne. Il la serra assez fort pour que je ne puisse pas la retirer.

— J'étais amoureux de toi, mais je refusais de l'être, alors j'exigeais davantage de ta personne, uniquement pour me prouver que j'étais toujours un Maître digne de ce nom. Je ne voulais pas qu'on te touche. J'avais beaucoup de mal à le supporter. Je voulais ne t'avoir qu'à moi et je me punissais moi-même en te donnant à d'autres. J'essayais de garder le cap, de suivre le manuel de la parfaite relation Maître-soumise, tout ça parce que je sentais que les choses m'échappaient, mais en réalité… je ne faisais que briser tout ce qui rendait notre relation unique.

Un silence passa avant qu'il ajoute :

— Tu avais trop de pouvoir sur moi.

Malgré moi, un rire m'échappa.

— Bah voyons !

— C'est la stricte vérité. Je me sentais déstabilisé par notre relation et j'essayais de…

Pendant qu'il cherchait ses mots, je le dévisageai. Mon rire avait séché dans ma gorge, tant j'étais étonnée par tous ces aveux auxquels j'avais droit. John semblait avoir vraiment réfléchi aux raisons pour lesquelles tout avait si mal tourné entre nous. Le voir se remettre en question de cette manière me surprenait au plus haut point.

— Alors que j'exigeais ton corps, c'est ton cœur que tu m'offrais, Annabelle. Et j'ai refusé de voir que c'était ce que je désirais.

Je m'interdis de lui montrer combien ses mots me chamboulaient.

— Aujourd'hui, je ne veux pas seulement m'excuser, reprit-il doucement. Je veux t'aider à surmonter ta colère.

Je me levai avant de secouer la tête.

— Sans façon. Merci.

Il se leva à son tour et fit un pas de côté pour m'empêcher de partir, si vite que je me figeai, de l'autre côté de la table.

— Tu as besoin d'aide, reprit-il en détachant chacun de ses mots. Tu ne vois donc pas toute cette colère qu'il y a en toi ?

— À qui la faute ?

Il soupira avant de hocher la tête.

— J'ai déjà dit que j'étais responsable, rumina-t-il, le visage défait, c'est pourquoi je tiens à t'aider…

— Mais je vais très bien, persistai-je, cesse de te faire du souci pour moi.

— Tu ne vas pas bien, Annabelle. J'en veux pour preuve les marques qu'il y a sur ton corps.

Je portai machinalement la main à mon cou. Je savais que la griffure de Simon dépassait légèrement de mon haut.

Mais comment avait-il pu la remarquer et tirer de telles conclusions ?

— Crois-moi, Annabelle, je sais reconnaître les signes d'une ancienne soumise sur le point de faire une rechute et je ne pense pas que Simon soit prêt à devenir ton Maître de substitution…

— Tu délires complètement !

J'essayai de le contourner, et il me barra encore le passage.

— Annabelle, je peux t'aider. Fais cette thérapie avec moi. Simon n'a pas à le savoir, si tu préfères…

— Bien sûr ! raillai-je.

— Tu préfères qu'on l'implique ? Ça ne me gêne pas du tout. On peut l'inviter à nos séances…

Je m'emportai :

— Dans tes rêves, John ! Il n'y aura jamais plus de séances !

Il soupira.

— Tu vois ? De la colère. Encore et toujours. Comment allons-nous t'en débarrasser ?

Je fis mine d'arborer un air songeur.

— Laisse-moi réfléchir… Par le fouet ?

— Cela suffirait-il seulement ? Remarque, si tu me le demandais, je serais ravi de te servir d'exutoire…

Ses mots firent descendre un frisson le long de mon dos. Était-ce là le genre de thérapie qu'il avait en tête pour moi ?

Retrouvant son calme, il se laissa retomber sur sa chaise et récupéra son verre de vin.

— Crois-le ou non, Annabelle, le fouet ne m'effraie pas outre mesure. Et si ça pouvait te faire du bien je serais prêt à m'y soumettre.

— Très drôle, dis-je avec une voix étranglée.

Il releva la tête vers moi.

— Je ne plaisanterais pas sur un sujet aussi épineux. Ton père battait ta mère. Nos souvenirs d'enfance déterminent grandement ce que nous sommes, tu ne le sais donc pas ? Qui sait ? Peut-être as-tu cette capacité en toi ? Vu la colère qui t'anime, cela ne m'étonnerait pas le moins du monde.

Sa référence à mon passé me choqua, mais je fus forcée de reconnaître en moi-même que l'idée de le frapper jusqu'à ce que je n'aie plus de force me plaisait un peu trop.

— La douleur, c'est ton truc, pas le mien, jetai-je.

— À ta place, je ne parierais pas là-dessus.

Il semblait espérer que je revienne m'asseoir devant lui, mais j'étais plus que jamais déterminée à m'éloigner de cet endroit. Prestement, je saisis mon verre, le vidai d'un trait et le reposai bruyamment sur la table.

— Bien. Le temps est écoulé. Au revoir, John.

Je replaçai mon sac sur mon épaule et tournai les talons, faisant mine de ne pas entendre les mots qui s'élevèrent telle une promesse derrière moi :

— À bientôt, Annabelle.

Lorsque je sortis du bar, je tremblais comme une feuille.

19

Les risques

— Il a raison sur une chose : je suis folle de colère contre lui ! m'emportai-je en concluant mon histoire.

J'avais surgi au restaurant de Simon pour tout lui raconter, préférant ne rien lui cacher comme nous nous l'étions promis. Comme d'habitude, il m'avait entraînée dans son bureau, où il resta à me dévisager et à m'écouter comme si sa vie en dépendait.

— Il a parlé de moi comme d'un « Maître de substitution » ?

— Quelque chose dans le genre, oui.

J'avais du mal à rassembler mes idées. La seule chose dont je me souvenais avec clarté, c'était son offre de le rouer de coups.

— J'aurais dû accepter de le fouetter ! Je lui aurais fait ravaler son sourire, à ce petit prétentieux !

— Annabelle, calme-toi, me pria Simon.

Son regard suivait mes allers et retours dans son minuscule bureau. J'étais incapable de rester en place. Il me prit la main et m'attira contre lui.

— Écoute, tout ça ne devrait pas nous surprendre. On se doutait qu'il avait une idée en tête, pas vrai ?

Je haussai les épaules. À dire vrai, j'avais espéré que Simon se soit trompé. Que John m'avait oubliée et qu'il vivait une passion torride avec Lena. Pourquoi est-ce qu'il ne pouvait pas me laisser en paix ?

— Je peux lui téléphoner, si tu veux, me proposa-t-il encore. Lui dire que tu n'es pas prête à travailler avec lui. S'il insiste, je lui dirai qu'on va commencer une thérapie de notre côté…

Je m'échappai de ses bras et reculai pour le fusiller du regard. Les larmes me montèrent aux yeux.

— Je croyais que tu serais de mon côté, avouai-je tristement.

— Je suis de ton côté. Je l'ai toujours été et je le serai toujours, me certifia-t-il.

— Mais tu crois que j'ai besoin d'une thérapie.

— Je crois surtout que ce que tu as vécu avec John t'a traumatisée, Anna. Si tu t'étais remise de cette histoire, tu ne ressentirais certainement pas autant de colère à son égard. (Il se pencha et glissa une main sur ma joue.) Anna…, il a brisé quelque chose en toi. Pendant un certain temps, j'ai cru que tout était réglé, mais… visiblement j'avais tort.

— Je vais bien, grondai-je. Et c'est toi qui m'as sauvée, Simon. Toi qui m'as aidée à chasser le bordel qu'il avait mis dans ma vie.

Je me lovai contre lui.

— Simon, jamais je n'ai jamais été plus heureuse qu'aujourd'hui.

— Ça ne veut pas dire qu'il ne te manque rien, murmura-t-il.

Je me crispai entre ses bras.

— Je ne veux pas redevenir une soumise. Combien de fois je vais devoir te le dire ?

— Aussi souvent qu'il le faudra pour que tu y croies toi-même.

Sa remarque me blessa, et je m'échappai de son étreinte pour sortir de son bureau. Il bondit et me rattrapa de justesse, refermant dans un claquement assourdissant la porte que je venais d'ouvrir :

— Même si je déteste avoir à le dire, John a raison : tu as des signes de rechute.

Machinalement, je portai la main à mon cou.

— Tu dis ça à cause de ce que nous avons fait hier soir ?

— Je dis ça parce que ton corps a des besoins de plus en plus intenses. Pas seulement au niveau sexuel. Je parle de douleur.

Je détestais ce qu'il me disait.

— Je ne… je ne le ressens pas de cette façon, admis-je.

— Tu ne vois donc rien, Annabelle ? Plus John s'approche de toi, plus les symptômes se font sentir.

Il chercha mes mains et les serra doucement.

— Peu importe ce qu'il a en tête, Anna ; je ne te laisserai jamais tomber. Je t'en fais la promesse.

Je hochai la tête sans enthousiasme. L'idée que Simon doute à ce point de moi me donnait la nausée.

— Tu veux vraiment que je suive une thérapie ?

— On peut réfléchir à cette option, acquiesça-t-il, mais c'est important que la décision te revienne, Annabelle.

— Si ça ne tenait qu'à moi, je préférerais oublier que John Lenoir existe et reprendre notre vie d'avant.

Le visage de Simon s'assombrit, et je compris que je ne pourrai pas m'en tirer si facilement.

— D'accord, on ira voir un thérapeute, cédai-je, mais, avant d'entreprendre quoi que ce soit, je vais m'assurer que John ne s'approche plus de moi.

— Et de quelle manière comptes-tu t'y prendre ?

— Je ne sais pas, admis-je en toute honnêteté. Je vais déjà dire à la réceptionniste que s'il essaie de me voir et qu'elle le laisse passer, je la fiche à la porte.

Il sourit, mais d'un air peu convaincu. J'eus soudain la sensation que John continuerait de me hanter jusqu'à la fin des temps.

— Tu as une meilleure idée ? le questionnai-je.

— Tu ne veux pas que je lui parle ?

— Non. Je ne veux pas qu'on lui accorde trop d'importance. Je suis sûre qu'il n'attend que ça.

Simon prit un temps considérable avant d'opiner de la tête.

— Alors on fait comme ça. Mais je doute que John accepte d'être mis à l'écart aussi facilement…

— Je m'en fiche. Il n'a rien à voir avec nous. Promets que tu ne le laisseras jamais se mettre entre nous.

Le sourire de Simon ne fut pas aussi rassurant que je l'aurais souhaité, mais il me serra plus fort contre lui et chuchota dans mes cheveux :

— Personne ne se mettra entre nous, Annabelle. Personne.

20

Un bon Maître

Je sirotais mon deuxième café quand Jessie se planta devant ma porte. Ravie de faire une pause, je lui fis signe d'entrer, mais, avant même qu'elle se poste devant moi, je remarquai qu'elle avait le rouge aux joues.

— Hier… dans votre bureau…

— Hum…, je croyais qu'on se tutoyait, maintenant ? lui rappelai-je.

— Oh, euh… oui ! Pardon. Je voulais dire… dans ton bureau. Il y avait John Lenoir.

En prononçant son nom, elle leva un drôle de regard sur moi. Pour ma part, je sentis mon visage perdre son sourire.

— Je ne savais pas que vous… que tu… le connaissais…

— J'ai été son éditrice, tranchai-je très vite.

— Oui, j'ai vu sur Internet. Pour son troisième tome…

De toute évidence, elle avait fait des recherches sur John. Et sur moi. Étrangement, cela me contraria. Qu'est-ce qu'elle cherchait exactement en venant ici ? Essayant de maîtriser mon humeur, j'allai droit au but :

— Jessie, qu'est-ce que tu veux savoir ?

— Eh bien… c'est à propos de… de ce qu'il écrit…

Ses joues continuaient à rougir. Me doutant de sa question, je l'interrompis :

— Tu veux savoir s'il pratique le genre de sexualité auquel il fait référence dans ses livres ?

Elle se raidit, puis, après une brève hésitation, hocha simplement la tête. Décidément ! Chaque fois que John passait quelque part, la question résonnait sans cesse sur son sillage…

— Oui, dis-je en espérant conclure rapidement notre conversation. Enfin… à l'époque il le faisait.

Soudain, je n'étais plus certaine que ce soit encore le cas. Après tout, ne m'avait-il pas dit qu'il n'avait plus de soumise et que Laure appartenait à Maître Paul, désormais ? Le regard de Jessie dérapa dans le vide, puis un sourire se forma sur ses lèvres. De toute évidence, quelque chose l'avait séduite chez John.

— Ne me dis pas que tu es une soumise ! jetai-je sans réfléchir.

Cette fois, je la dévisageai sans vergogne, comme si une marque quelconque sur sa peau pouvait corroborer mes dires.

— Je ne suis pas soumise, admit-elle très vite. Enfin… je ne pense pas. J'aurais juste aimé… je ne sais pas… disons… essayer ?

J'en restai muette de stupéfaction, et Jessie porta une main à sa bouche.

— Oh, mon Dieu ! Comment est-ce que j'ai osé parler de ça avec vous… ? s'exclama-t-elle en repassant au vouvoiement sans réfléchir.

— Ne t'inquiète pas, je ne suis pas du genre à juger, l'interrompis-je. C'est juste que… c'est un peu délicat de parler de ça de cette façon.

Je passai sous silence le fait qu'elle était mon employée et moi sa patronne, et que nous nous connaissions très peu en dehors du travail qu'on accomplissait ensemble, mais cet état de fait sembla flotter un instant entre nous.

— Pardon, je… je suis désolée…

Elle me parut soudain très jeune et très naïve, et je me sentis obligée de trahir un secret pour lui ouvrir un peu les yeux.

— Tu sais qu'il couche avec Lena, au moins ?

Elle écarquilla les yeux.

— Mme Blouin ? Oh… euh… non !

Elle avait l'air terriblement déçue, et ma voix s'adoucit.

— Jessie…, je ne peux pas vraiment t'empêcher de le contacter. Mais, je t'en prie, avant de faire ça, réfléchis-y… As-tu vraiment envie de faire ce genre de choses ?

— Je sais ce que c'est, dit-elle en tentant de se justifier. J'ai lu des livres et… vu quelques vidéos sur Internet aussi… C'est juste que… maintenant que j'ai rencontré un vrai Maître… (Elle s'interrompit.) C'est un bon Maître, tu crois ? Parce qu'il paraît qu'il y en a de très mauvais…, que ce n'est pas toujours évident de choisir…

Je m'entendis lui répondre d'une voix sans timbre :

— C'est probablement un bon Maître, mais, s'il n'en tenait qu'à moi, je te dirais d'oublier jusqu'à son nom. John n'est pas tendre avec ses soumises. D'ailleurs, aux dernières nouvelles, il n'en avait plus, tires-en la conclusion qui s'impose. Et, comme il couche avec Lena, je trouve que ça te fait beaucoup d'obstacles…

Elle parut troublée par mes paroles. Tant mieux. C'est exactement ce que j'espérais.

— Je… Tu as peut-être raison, lâcha-t-elle enfin. Je vais y réfléchir.

Il y eut un silence pendant lequel je détaillai son visage et l'incertitude qu'il affichait, et puis l'instant passa, et soudain elle s'exclama, d'une voix un peu bravache.

— Oh, j'oubliais : je t'apporte la maquette de la couverture dès que je l'ai terminée.

Elle disparut pendant que je restais là, à la suivre du regard, de l'autre côté de la vitre. La peur me prit au ventre. Est-ce qu'en essayant de la dégoûter de John je ne l'avais pas poussée vers lui ? Et en quoi est-ce que ça me regardait, au fond ? Elle était jeune, mais c'était une adulte. Ce n'était pas à moi de veiller sur elle et encore moins sur sa vie personnelle.

Récupérant mon dossier, j'y plongeai pour me vider l'esprit. Hors de question que je prenne du retard dans mon travail, en plus !

Simon me prépara un repas que nous partageâmes dans mon bureau. C'était la première fois qu'il venait me voir depuis que nous avions emménagé dans nos nouveaux locaux. Je savourai sa soupe de poissons avec un plaisir non dissimulé, ce qui le fit sourire, surtout lorsque je me léchai les lèvres de façon coquine.

— Dommage que les murs soient en verre, dit-il en posant un regard de feu sur moi.

Pendant un instant, je songeai à tous les recoins possibles dans les environs pour que nous puissions partager un moment intime, puis je fis danser mes clés entre mes doigts et répondis à son sourire avec un air gourmand.

— Tu sais que j'ai accès à des toilettes privées maintenant ?

Il étouffa un rire et feignit d'être outré.

— Seriez-vous en train de me faire une proposition indécente, mademoiselle ?

Je léchai le dos de ma cuillère de façon très suggestive quand mon regard bifurqua vers la droite. Mon corps se raidit, et Simon fronça les sourcils, pivotant à l'instant même où John entrait dans mon bureau. Je lui aboyai dessus avant qu'il ait le temps d'ouvrir la bouche :

— Dehors !

John ne bougea pas et se tourna vers Simon.

— Je suis désolé d'interrompre votre tête-à-tête, mais il faut que je parle à Annabelle.

Je fis signe à Simon de rester en place, ce qui n'empêcha pas John de poursuivre, en portant sur moi un regard d'acier :

— Une certaine Jessie Boisvert m'a accosté dans les couloirs, alors que j'allais rendre visite à Lena. Ça te dit quelque chose ?

Je me figeai. Bon sang, elle n'avait pas perdu de temps ! N'avait-elle pas dit qu'elle y réfléchirait sérieusement ? Devant mon silence, John croisa les bras et afficha un air réprobateur :

— J'aurais aimé que tu me demandes mon avis avant de parler de mes… préférences sexuelles à cette jeune fille.

Simon me questionna du regard, et je bafouillai, un peu gênée de devoir l'admettre :

— C'est elle qui est venue dans mon bureau me poser des questions sur toi et… elle voulait… essayer, alors…

— Annabelle, ça ne se fait pas, confirma Simon. Pourquoi ne l'as-tu pas envoyée au bar de Maître Denis pour qu'elle se renseigne ?

— Je ne pouvais pas l'envoyer dans un bar où n'importe quel imbécile se serait jeté sur elle !

— Je ne suis pourtant pas le seul Maître que tu connais, rétorqua John.

— Non, mais tu es le seul qu'elle ait déjà rencontré.

— Cela justifie-t-il que je la prenne sous mon aile ?

— En voilà une drôle d'expression pour quelqu'un qui brutalise les femmes, sifflai-je.

Simon se pencha vers moi et posa une main sur mon avant-bras, me parlant d'un ton plus doux que ne l'étaient ses paroles :

— Annabelle, John a le droit d'être en colère que tu aies fait ça.

Je serrai les dents, agacé qu'il prenne son parti alors que j'avais besoin de son soutien. Déterminée à clore cette conversation, je jetai :

— Que voulais-tu que je fasse ? Elle avait des questions et j'y ai répondu, c'est tout !

Soudain John lâcha, sans me quitter des yeux.

— Tu lui as dit que j'étais un bon Maître.

— Pour ce que vaut mon avis, marmonnai-je.

— Tu lui as dit que j'étais un bon Maître, répéta John en détachant chaque mot, comme si je n'avais pas correctement entendu ses paroles, la première fois.

L'expression qu'afficha Simon me fit regretter qu'il soit présent dans la pièce. Avais-je vraiment dit une telle chose ?

J'avais du mal à retrouver les détails de ma conversation avec Jessie, et je finis par hausser les épaules pour me donner une contenance.

— Denis est mauvais amant, Paul est un sadique et, vu comme Jessie te bouffait des yeux, ça m'étonnerait qu'elle soit lesbienne. Alors... oui, j'ai dû lui dire... que tu étais le meilleur d'entre eux.

John tourna la tête vers Simon et afficha un sourire victorieux.

— Tu as entendu ça ?

Probablement pour être à sa hauteur, Simon se leva de sa chaise et lui fit face.

— Qu'est-ce que tu veux, John ? Pourquoi tu ne le dis pas franchement ?

— Je suis venu réparer mes erreurs. Annabelle a besoin d'aide, ça me paraît évident.

— Je n'ai besoin de rien, m'interposai-je.

— Je présume qu'elle t'a parlé de notre petite conversation ? poursuivit John.

— Elle m'a dit, oui.

John afficha un petit sourire en coin.

— Et tu as entendu ce qu'elle a dit : je suis un bon Maître. Je n'ai peut-être pas été le meilleur pour elle, mais j'ai bien l'intention de réparer mes erreurs. Et je suis tout à fait en droit de le faire.

— Tu ne peux pas aider quelqu'un qui ne le veut pas, soutint Simon.

Le regard que John posa sur moi me fit froid dans le dos.

— Oh, mais elle finira par accepter mon aide, ne crois pas que j'en doute un seul instant, mon ami !

Mon souffle s'accéléra.

— Dehors, ordonnai-je, et si jamais tu oses t'approcher encore de moi je te jure que j'appellerai la police !

Dès qu'il eut tourné les talons et quitté la pièce, je me mis en communication avec la réceptionniste et parlai si fort que tous les bureaux avoisinants durent m'entendre :

— Si jamais John Lenoir revient ici et que tu le laisses entrer dans mon bureau, tu retournes chez *Zap*. Me suis-je bien fait comprendre ?

Je raccrochai le téléphone avant qu'elle ait pu répondre. Si fort que j'en eus mal à la main. Simon contourna le bureau pour venir me prendre dans ses bras.

— Hé ! Du calme !

— Le salaud ! Tu as entendu ce qu'il a dit ?

— Il essaie de te mettre en colère, et tu réagis exactement comme il le souhaite. Pourquoi est-ce que tu lui donnes autant de pouvoir sur toi ?

Il avait raison. Pourquoi ? On aurait dit que c'était plus fort que moi. Le simple nom de John Lenoir me tordait l'estomac.

— Je suis désolée. J'aurais dû dissuader davantage Jessie ou lui défendre de l'aborder ainsi dans les couloirs.

Sa main caressa mon dos, et nous restâmes ainsi un long moment.

— Au moins, les choses sont claires, maintenant, dit-il soudain.

Je relevai un regard effrayé vers lui, ce qui le poussa à s'expliquer :

— Il a dévoilé une partie de son jeu.

Simon parlait comme si nous étions en train de jouer à une vulgaire partie d'échecs et tout ce qu'il proposait pour notre tour, c'était d'attendre. J'étouffai mon désir brutal de tout plaquer de nouveau. Tenais-je davantage au magazine qu'à mon poste d'éditrice chez *Quatre Vents* ? Je n'en étais pas certaine.

Mes doigts serrèrent la chemise de Simon. J'étais terrifiée. J'avais peur que John n'ait raison et que Simon ne soit pas suffisamment fort pour m'empêcher de déraper vers mon passé.

21

La rage au corps

Attendre le prochain mouvement de John était pire que tout. Et il le savait, assurément, parce qu'il ne se manifesta pas du reste de la semaine, et de la suivante non plus. Je me plongeai à corps perdu dans le travail pour éviter d'y penser. Chaque soir, Simon et moi faisions l'amour jusqu'à ce que mes craintes m'abandonnent et que le sommeil m'écrase sous une couverture de plomb.

Lorsque le vendredi arriva, j'en fus extrêmement soulagée. Simon était parvenu à prendre deux jours de congé pour passer le week-end avec moi. Il avait envie qu'on se retrouve, qu'on parte quelque part, juste tous les deux. C'est donc avec l'esprit léger que je me rendis au travail ce matin-là, avec la ferme intention de boucler tous mes dossiers pour ne rien avoir à faire ces deux prochains jours.

J'en étais à mon deuxième café quand Lena entra dans mon bureau avec une expression que je ne lui connaissais pas.

— On peut se parler, deux minutes ? s'enquit-elle.

— Je t'écoute.

Elle s'installa sur la chaise en face de moi et se mit à chercher ses mots pendant un petit moment. Je m'exclamai soudain :

— Ne me dis pas que c'est à propos de John !

— Lui et moi, c'est fini, annonça-t-elle en faisant fi de ma remarque. Il est fou, Annabelle. J'aurais dû t'écouter. Je n'aurais pas dû… je n'aurais pas dû.

Inquiète, je laissai mon regard glisser sur chaque parcelle de sa chair qui m'était visible.

— Qu'est-ce qu'il t'a fait ?

Elle secoua rapidement la tête.

— Oh non ! Il ne m'a pas frappée !

— Alors quoi ?

Ses doigts enserrèrent ses genoux, et elle baissa soudain la voix :

— Je ne savais pas… je te jure que je ne savais pas !

— Tu ne savais pas quoi ? m'impatientai-je.

— C'est que… je ne t'avais pas reconnue, tu comprends ?

— Merde, Lena ! Tu vas me dire ce qui se passe ?

Elle déglutit, tellement fort que je l'entendis de ma chaise. Enfin, elle se mit à me raconter que John l'avait invitée chez lui, hier soir, et qu'ils avaient baisé dans sa chambre…

— Lena, évite les détails, grimaçai-je.

— Y a pourtant un détail en particulier qu'il faut que je te donne. Tu vois, en haut de son lit, il y a cette photo… Ça ressemble à un poster, quelque chose de… de très sadomaso… mais *soft*, hein ?

— Tu pourrais faire plus court ?

— C'est toi sur cette photo ! m'avoua-t-elle à voix basse en se penchant plus avant vers moi. Toi, dans ce ruban rouge, couchée sur ce lit… et complètement à la merci de ce détraqué !

Je ne comprenais pas où elle voulait en venir.

— Tout ce temps où on baisait ensemble, lui et moi, il le faisait devant cette image de toi ! Tu te rends compte ? Et ce n'est pas une petite image, hein ? C'est un poster ! Un truc géant !

— Mais je… je ne me souviens pas de…

Je m'interrompis alors que les souvenirs de cette nuit-là me revenaient en mémoire : John me ficelant dans ce ruban rouge, me prenant en photo et me baisant à sa guise…

— Tu te rends compte ! reprit-elle. Pendant tout ce temps, il me baisait devant toi ! Je pensais que c'était un truc acheté, moi. Et puis, hier soir, il m'a demandé si ça me plaisait de me faire baiser devant mon employée.

Je n'arrivais pas à croire que John ait cette affiche de moi dans mon plus simple appareil. Pire encore : accrochée dans sa chambre et à la vue de tous. Imaginer le nombre de femmes qu'il avait pu baiser là, devant cette image, me souleva le cœur. La colère monta en moi d'un trait. Je me levai de ma chaise, récupérai mon sac à main et jetai un regard sombre à Lena.

— Prends le relais de mes dossiers pour aujourd'hui, s'il te plaît.

— Mais… qu'est-ce que tu fais ?

— Je vais récupérer cette photo, annonçai-je.

En réalité, j'avais envie de la faire avaler de force à John, mais, à choisir, je me contenterais de la déchiqueter en mille morceaux. Il n'allait pas en croire ses yeux !

Alors que je roulais en direction de chez John, mes pensées allaient dans tous les sens, ravivant sans cesse ma fureur. Comment avait-il osé utiliser ces images ? Elles appartenaient à un temps révolu. Un temps où nous étions intimes. Comment osait-il baiser Lena devant cette photographie ? N'avait-il donc aucune morale ?

J'entrai chez lui telle une furie, sans frapper, et je claquai la porte derrière moi avec fracas. Il apparut en haut de l'escalier, tout sourires.

— Bonjour, Annabelle. Entre, je t'en prie.

— Je t'interdis de m'adresser la parole ! sifflai-je en le pointant d'un doigt menaçant.

Sans attendre, je grimpai les marches, passai devant lui et me dirigeai vers sa chambre à coucher. Je restai saisie par l'image en question. Étonnée par le rouge criant de l'affiche et la façon dont mes jambes étaient mises en évidence, plus que le reste d'ailleurs.

Durant le bref instant où je m'arrêtai, sur le seuil de la pièce, John se planta derrière moi et chuchota :

— Joli, n'est-ce pas ?

Je tournai un regard sombre vers lui.

— Tu as perdu la tête ? Comment oses-tu mettre une photo de moi sur le mur de ton baisodrome ?

Alors que j'étais sur le point de perdre le reste de mes moyens, il se mit à rire :

— « Baisodrome » ? Mademoiselle ! Dans votre bouche, cette expression est tout à fait charmante…

J'entrai dans sa chambre et retirai mes chaussures pour grimper sur son lit, mais il continua de se moquer de moi :

— Tu sais, si tu en veux une copie, je serais ravie de te l'offrir. N'oublie pas que j'ai l'image en fichier numérique…

Le cadre entre les mains, je me tournai immédiatement vers lui.

— J'exige que tu me rendes ces fichiers !

Au comble de l'énervement, je fracassai la vitre sur la tête de son lit, avec un plaisir que je ne masquai pas. Je recommençai trois fois, jusqu'à ce que l'image, autant que le cadre, soient irrécupérables. Enfin, je laissai tout tomber en bordel sur le sol et descendis du lit. Du coin de la pièce, alors que je remettais mes chaussures, John m'applaudit lentement, avec ce sempiternel sourire condescendant accroché au coin des lèvres.

— Excellente performance, mademoiselle ! J'avoue que je m'attendais à moins spectaculaire. Mais c'est dommage pour la photo. Je suis sûr que Simon l'aurait bien aimée, lui aussi…

Cherchait-il à me provoquer davantage ? D'un pas décidé, je me ruai sur lui, mais il m'attrapa le poignet d'une main ferme, et l'expression de son visage se durcit.

— Si tu veux me frapper, ce sera en bas, et avec un fouet.

Avec rudesse, j'arrachai mon bras de sa poigne et le toisai du regard.

— Parfait. Va le chercher que je t'éclate la tête !

Il sourit, visiblement amusé. Me croyait-il incapable de le frapper ?

— John, je ne plaisante pas, le menaçai-je.

— C'est ce que nous verrons. Allons au sous-sol.

Dès que nous arrivâmes au sous-sol, je pointai du doigt la pièce où se trouvaient ses jouets et ordonnai :

— Va chercher ta cravache !

— À vos ordres, Maîtresse.

Ses mots, moqueurs, ne firent qu'attiser mon envie de le frapper.

Lorsqu'il revint avec sa cravache, je retins ma respiration avant de la saisir par la poignée. Chaque fois que je la lui avais apportée, je l'avais tenue au centre, comme si je n'étais pas digne de la brandir d'une autre manière, mais, au moment où elle tomba comme une extension de mon bras, je sentis un drôle de pouvoir m'envahir.

Devant moi, John détachait sa chemise, bouton par bouton, sans me quitter des yeux.

— Qu'est-ce que tu fais ? demandai-je, troublée.

— Tu ne vas quand même pas me fouetter par-dessus mes vêtements !

Je chassai résolument mon malaise et, pour lui prouver ma détermination, je me défendis de regarder ailleurs, même quand il fut torse nu et que ses doigts se mirent à défaire son pantalon.

— Tu peux garder le bas, dis-je. Je vais juste te frapper au niveau du dos.

— Si tu veux mon avis, c'est beaucoup plus gratifiant de le faire sur les fesses. Et le haut des cuisses est particulièrement sensible, aussi. Si tu le fais correctement, je ne pourrai plus m'asseoir convenablement pendant un jour ou deux. Enfin... si tant est que tu as suffisamment de cran pour y mettre la force qu'il faut.

Sa ceinture tomba sur le sol en cliquetant, puis son pantalon. Quand il fut nu devant moi, je ne pus que détourner le regard. Son érection me dérangeait. On aurait dit qu'elle me mettait au défi de m'exécuter et qu'elle me prouvait son courage. Où était donc le mien ?

Histoire de l'intimider, je fis jouer la cravache entre mes doigts pour en vérifier la souplesse, puis la pointai vers le sol.

— À genoux, maintenant !

Au lieu d'obéir, il s'approcha de moi, toujours avec cette expression de suffisance que je détestais, et, pendant un instant, je crus qu'il allait tenter de m'arracher l'objet des mains. Très vite, je le cachai derrière mon dos.

— Tu n'auras jamais d'autre occasion de me frapper, alors il vaut mieux que tu donnes tout ce que tu as. Me suis-je bien fait comprendre ?

— Ne t'inquiète pas pour moi, crachai-je.

— Je t'offre dix coups. Pas un de plus.

— Vingt, négociai-je. Et c'est peu cher payé pour ce que tu m'as fait.

Il serra les dents et, au bout d'un silence, trancha :

— Quinze. Si tant est que tu arrives jusque-là.

Je relevai la cravache, la fis siffler dans l'air en espérant l'effrayer.

— Tu l'as dit toi-même : c'est dans mes gènes.

Il recula d'un pas, fit glisser un œil admiratif sur moi avant d'ajouter :

— Si tu parviens jusqu'à quinze, je te redonnerai toutes les photographies.

Je tentai d'afficher un sourire plus bravache que je ne me sentais l'être réellement.

— Parfait. À genoux, maintenant !

John me tourna le dos, se laissa tomber sur le sol et arbora une position de soumis. Je clignai des yeux à plusieurs reprises, troublée de voir nos rôles naturels s'inverser ainsi. Je l'observai attendre mon premier coup en détaillant sa peau blanche, essayant de déterminer l'endroit où je devais le frapper. Alors que je ne pensais qu'à le rouer de coups cinq minutes avant, voilà que la cravache me paraissait drôlement lourde dans la paume de ma main.

— Puise dans ta colère, Annabelle, chuchota-t-il.

— Tais-toi !

Agacée par son intervention, je le frappai dans le bas du dos, et sursautai lorsque le bruit sourd résonna dans la pièce. Envahie par un tourbillon d'émotions contradictoires, je serrai la cravache contre moi. Ma main se mit à trembler.

John ricana :

— C'est tout ce que tu as dans le ventre ? Je suis déçu, Annabelle. Je te croyais plus forte.

Ses paroles attisèrent une nouvelle vague de colère en moi, et je mis brutalement fin à son rire en cinglant sa chair pour une deuxième puis une troisième fois. Il ne cilla pas, mais ses mains se relâchèrent quelques secondes, et il dut se replacer dans sa position initiale.

— Trois, compta-t-il.

— Mais tu vas te taire ? m'énervai-je.

Cette fois, le coup atterrit sur ses fesses, et il eut un sursaut qui me glaça le sang. Lui avais-je fait mal ? Je fixai son dos qui s'était mis à rougir, marquai une pause comme si j'attendais qu'il me supplie d'arrêter, quand sa voix résonna encore :

— Quatre.

Rugissant de rage, je décidai d'en finir et claquai l'arrière de ses cuisses par deux fois, puis retournai à ses fesses avant de m'acharner de toutes mes forces sur son dos. Dans un grognement, il tomba vers l'avant, sur ses mains.

Je serrai le cuir de la cravache contre moi, comme un objet rassurant.

— Dix, chuchota-t-il, la voix tremblante.

Il avala sa salive et se releva tant bien que mal pour reprendre sa position. J'avais un léger vertige. C'était comme si toute la colère qu'il m'avait inspirée jusque-là venait de s'envoler.

— John ? soufflai-je.

— Il te reste cinq coups, Annabelle. Et, si tu ne me les donnes pas, je promets de tapisser la ville entière avec ces photos.

Ce qui venait de disparaître reprit feu dans mon ventre, et je serrai les dents.

— Puisque tu insistes, dis-je en lançant le bras vers l'arrière.

Je mis toute la force que je pus rassembler dans le coup suivant. Il cingla l'arrière de ses cuisses, le faisant retomber à quatre pattes, et j'en profitai pour le frapper sur les fesses.

— Tu peux jouir, pestai-je.

Je claquai le bas de son dos dans un bruit sec. Alors que je relevais la cravache pour reprendre mon élan, un sanglot résonna, me faisant me figer.

— Encore ? demandai-je.

Ironiquement, j'aurais aimé qu'il me supplie d'arrêter, qu'il me dise que ça suffisait. Ma main transpirait sur le cuir, j'avais le souffle court et le corps en feu. On aurait dit que je venais de courir dix kilomètres.

— Expulse ta colère, Annabelle, dit-il avec une voix trouble. Donne tout ce que tu as.

Ses mots m'effrayèrent. Pourquoi avais-je l'impression que je faisais exactement ce qu'il désirait ? Pendant un instant, je restai immobile, glacée.

— Je ne te dis pas le nombre de fois où j'ai baisé Lena en te regardant, lâcha-t-il en essayant de contenir le tremblement de sa voix. Je me souvenais de ton cul qui s'ouvrait pour moi. De ta bouche qui suçait ma queue. J'aurais pu te faire tout ce que je voulais, rappelle-toi…

Sans prévenir, je me remis à le frapper comme si la cravache était une batte de baseball. De toutes mes forces, en hurlant de rage. Deux coups suffirent à le faire tomber au sol. Il s'écroula face contre terre.

— Quinze, dis-je d'une voix tremblante.

Mes doigts relâchèrent la cravache qui tomba dans un bruit que je perçus à peine. Mes oreilles bourdonnaient, ma main picotait, et je me sentis soudain très fatiguée. Devant moi, John prit un long moment avant d'arriver à se relever. Son corps tremblait autant que le mien, et les traces que je venais de laisser sur sa peau me sautèrent aux yeux.

— Oh, bon sang ! soufflai-je en portant les doigts à ma bouche. Qu'est-ce que j'ai fait ?

J'éclatai en sanglots.

22

La foudre

Alors que je pleurais comme une enfant, John vint soudain me prendre dans ses bras.

— Ce n'est rien. Ça va, chuchota-t-il dans mes cheveux.

Je secouai la tête, incapable d'évoquer de vive voix le trouble qui m'animait. J'avais été lui, lorsqu'il me battait, furieux. J'avais été mon père qui s'en prenait à ma mère. J'avais été toute la colère du monde pendant un court instant.

— C'était moi, hoquetai-je, ébahie devant mon propre constat.

— Je sais.

— Je t'ai… frappé.

— Oui, mais tu en avais besoin. Il fallait que tu évacues toute cette colère.

Je grimaçai en essayant de repousser son étreinte, et il laissa échapper un petit gémissement de douleur qui me ramena à la réalité.

— John, est-ce que ça va ?

Il fit jouer les muscles de son dos pour en assouplir la peau que je venais de rouer de coups. J'étais de nouveau prise de vertige. J'avais besoin de sortir de là et de prendre une énorme bouffée d'air frais. Je tentai de m'éloigner, mais mes jambes tremblaient.

— Il faut que… j'y aille, bafouillai-je.

— Annabelle…

La main de John se tendit vers moi et, comme son corps s'était légèrement courbé, je crus qu'il me demandait de l'aide. Sans réfléchir, je m'approchai de lui pour venir le soutenir, mais il me ramena brusquement contre son corps. Alors que je tentais de comprendre ce qui se passait, il repoussa ma jupe vers le haut et chercha à glisser une main entre mes cuisses.

— John, qu'est-ce que… ?

— Ne résiste pas, Annabelle. Tu en as besoin.

Je sursautai lorsqu'il s'attaqua à ma culotte, mais, dès qu'il me pénétra de ses doigts, je sentis une vague de plaisir s'infiltrer en moi. J'étais dans un état d'excitation inattendu, et ses caresses se firent plus rustres, comme pour me forcer à céder.

— Laisse-moi te détendre.

— John, arrête…

Ma protestation me parut bien faible, et il crispa les doigts sur ma hanche.

— Tu en meurs d'envie, murmura-t-il. Laisse ton corps relâcher la pression… Tu verras, le plaisir va chasser ta colère…

Sans ma permission, mon corps s'ouvrait sous son assaut, réagissant à chacune de ses caresses. C'est à peine si je remarquais qu'il malmenait ma jupe pour la remonter totalement sur mon ventre.

Je cherchai mollement à reculer, mais sa main dans mon dos me ramena prestement vers lui. Je tressaillis lorsque ses doigts augmentèrent cette délicieuse friction entre mes cuisses. *Merde* ! Je n'arrivais plus à lui résister.

Son regard rivé au mien, il annonça :

— Tu vas jouir.

— Non…

C'était une prière plus qu'une certitude, car, vu ce qui se passait dans mon bas-ventre, seule ma tête ne voulait pas que cela arrive. Je tentai de le repousser, mais il me tenait si fermement que je trébuchai et tombai à genoux, devant lui, mais son bras resta enroulé autour de ma taille. Ses doigts vinrent caresser mon clitoris, et je dus me faire violence pour ravaler le gémissement qui montait dans ma gorge.

— Ne résiste pas, souffla-t-il en plongeant de nouveau ses doigts en moi.

Je chuchotai un « non » à peine audible, mais mon sexe disait oui. Mille fois oui. J'étais à la fois si près et si loin d'atteindre l'orgasme.

Ma main chercha la sienne, se posa sur son avant-bras. Un râle quitta ma bouche, puis je me courbai vers l'arrière pour accueillir le plaisir qui montait à vive allure dans mon ventre. Un cri s'échappa de ma gorge, sèche et douloureuse, puis le plaisir explosa en moi, et ma tête vint rouler sur son épaule.

Le temps que je prenne conscience de la foudre qui venait de me tomber dessus, John était déjà en train de m'étendre sur le sol. Avec empressement, il chercha à me retirer ma culotte. Je sortis brutalement de ma torpeur.

— Arrête, maintenant !

— Je ne fais que commencer…

Il m'arracha mon sous-vêtement et le fit voler derrière sa tête avec un air satisfait. Sans que je le veuille, mes jambes s'ouvrirent pour l'accueillir. Paniquée contre la reddition de mon corps et le fait qu'il en profitait honteusement, je me tortillais pour me défaire de ses griffes, lorsqu'il lécha l'intérieur de ma cuisse jusqu'à remonter tout près de mon sexe.

— John…

Il écrasa la langue sur mon clitoris, et je serrai les dents, troublée par les sentiments contradictoires qui luttaient en moi. Ma tête protestait, mais mon sexe était si sensible qu'il vibrait à chacune des caresses que John lui prodiguait.

— S'il te plaît, le suppliai-je.

Lui demandais-je d'arrêter ou de continuer ? Je n'étais plus sûre de rien. Sa bouche prit fougueusement possession de mon sexe. Je fermai les yeux en ravalant une plainte.

Entre mes cuisses, sa tête se releva.

— S'il te plaît ? se moqua-t-il.

Avant que j'aie eu le temps de protester, sa bouche revint à l'assaut de ma chair. Je sursautai, puis me mis à gigoter dans tous les sens jusqu'à ce qu'il revienne capturer mon clitoris entre ses lèvres. Mon ventre hurlait. Sa langue allait et venait en moi, et mon corps céda. Je m'alanguis sur le sol, et mes mains s'échouèrent dans ses cheveux. Je laissai mon bassin accueillir l'orgasme qui s'annonçait. Alors que j'étais à deux doigts de perdre la tête, il s'arrêta brusquement. Je soulevai à demi mes paupières alourdies par le plaisir. Pourquoi me faisait-il cela ? J'étais pratiquement au bord du gouffre !

Il tituba en se relevant et se laissa tomber sur le fauteuil, en serrant les dents sous la douleur. Son sexe dressé captura toute mon attention, et il le caressa devant moi, sans aucune retenue.

— Tu n'es pas la seule à avoir des besoins, Annabelle. Ce genre de séance, c'est tellement… intense…, tu comprends ?

Il ferma les yeux, expira bruyamment et accéléra le rythme. Je ne pouvais plus penser qu'à sa queue, et à quel point je la voulais en moi. Tout de suite. Je bondis sur mes jambes, remontai ma jupe et grimpai sur lui. Sa main quitta son sexe pour venir se poser sur ma croupe pendant que je m'empalais sur lui. Je le chevauchai vite, surtout pour effacer cette brûlure qui ne quittait plus mon bas-ventre. Sa queue n'était qu'un objet que je possédais, et je fermai les yeux pour ne plus voir à qui elle appartenait. Sans surprise, mon corps céda rapidement, et je lâchai un soupir de soulagement en m'immobilisant, à bout de souffle.

— C'est tout ? se moqua John alors que je dérivais dans un état second.

Sa voix m'obligea à reprendre contact avec la réalité, et je fis un geste pour me retirer, mais ses mains me retinrent.

— Je n'en ai pas encore terminé.

Je frissonnai en prenant conscience de ce qui venait de se produire dans cette pièce. John dut percevoir l'angoisse dans mon regard car, d'un coup de boutoir, il tenta de chasser mes pensées en reprenant le contrôle de nos ébats.

— John… non…, je ne peux pas…

Ses yeux brûlants ne quittèrent pas les miens.

— Tu ne pouvais pas non plus il y a cinq minutes, et pourtant tu as fini par me sauter dessus.

Il clôtura ses mots d'un coup sec qui me fit tressaillir, puis recommença, encore et encore. Un souffle rauque s'échappa de mes lèvres, puis un petit cri de plaisir. Je ne contrôlais plus rien. Encore une fois, John s'arrêta. Sa main plongea dans mes cheveux et me fit me cambrer à sa guise.

— Ton corps meurt d'envie qu'on le possède, Annabelle.

D'un coup brusque, son sexe cogna en moi, et je tentai d'étouffer le cri qui remonta dans ma gorge. J'étais là, coincée sous son emprise, et sur le point de perdre de nouveau la tête.

— Demande-moi de te faire jouir encore, Annabelle.

Je secouai la tête, mais je ne bougeai pas, n'attendant qu'une chose : qu'il reprenne ses coups de reins et que le plaisir m'embrouille de nouveau. Amusé par mon obstination, John me repoussa et nous fit chuter, ensemble, sur le sol. Je lâchai un cri de surprise avant qu'il se repositionne entre mes cuisses et s'enfonce rudement en moi. J'étais docile, enivrée par le plaisir qu'il faisait jaillir par tous les pores de ma peau.

John poussa un grondement, la bouche près de mon oreille, puis il s'échoua à mes côtés. Pendant une bonne minute, seul le bruit de nos souffles troubla le silence, mais, dès que j'ouvris les yeux, la réalité s'abattit sur moi. Qu'avais-je fait ? Prise de panique, je me relevai et replaçai prestement ma jupe.

— Espèce de salaud ! m'écriai-je. Tu m'as tendu un piège !

Dans un rire, il me montra un minuscule écart entre ses doigts.

— Allons donc. Il était tout petit.

Les yeux embrouillés de larmes et la bouche aussi sèche qu'un désert, j'atteignis la première marche de l'escalier. J'avais failli. Dire que j'avais tout fait pour garder John le plus loin possible de moi et qu'il était quand même parvenu à m'attirer dans ses filets.

Alors que je remontais à la surface des Enfers, j'entendis John, resté en bas :

— Un corps reconnaît toujours son Maître, Annabelle.

— Va au diable ! pestai-je.

Je quittai sa maison en claquant la porte.

23

Sienne

Lorsque j'ouvris la porte de chez moi, je sursautai en apercevant Simon assis sur le canapé. N'était-il pas censé rentrer tard, le vendredi ? Il bondit sur ses pieds en me voyant et fit deux pas dans ma direction avant de s'immobiliser à un bon mètre de moi. Alors que j'avais cru avoir pleuré toutes les larmes de mon corps, une nouvelle vague refit surface, et je levai la main pour l'empêcher de s'approcher davantage.

— Reste où tu es. Tu ne veux pas me toucher après ce que j'ai fait…

Tout en reniflant, je marchai en direction de la chambre. Tant pis pour la douche dont j'avais tant besoin. Je jetai une valise sur le lit et me mis à y entasser des vêtements en vrac. Derrière moi, sa voix résonna, paniquée :

— Annabelle…, qu'est-ce que tu fais ?

—Je fiche le camp. Crois-moi, c'est mieux pour toi. Beaucoup mieux.

Cela me paraissait évident. Je ne méritais pas Simon. À la première occasion, j'avais cédé à John alors qu'il m'avait complètement détruite. Avant que j'ouvre le tiroir de mes sous-vêtements, les bras de Simon s'enroulèrent autour de moi.

—Arrête. Tu n'es pas en état d'aller où que ce soit.

J'éclatai en sanglots et retins ses mains sur moi. Leur chaleur me paraissait si loin, en ce moment. J'aurais tant donné pour revenir à ce matin, et m'empêcher d'aller chez John. Tout ça pour une stupide photo dont je n'avais rien à faire !

Simon me berça longuement, jusqu'à ce que j'arrive à contrôler ma crise de larmes. J'étais toujours dos à lui et je profitai du fait de ne pas avoir à croiser son regard pour lui avouer, d'une voix tremblante :

—J'ai couché avec John.

Je me forçai à laisser retomber mes mains de chaque côté de mon corps, pour libérer les siennes, mais ses bras restèrent là, autour de moi, comme s'il n'avait rien entendu. Au bout d'un long silence, il soupira lourdement contre mon oreille, puis murmura :

—Je m'en fiche.

Je le repoussai pour me retourner vivement et lui faire face.

— As-tu entendu ce que j'ai dit… ?

— Je m'en fiche, répéta-t-il, le plus sérieusement du monde.

Je vis que ses yeux étaient embués de larmes.

— Oui, ça me fait mal d'apprendre ça. Mais est-ce que c'est une raison suffisante pour qu'on se sépare ? Pas pour moi. Enfin… sauf si… si tu veux partir…

Une larme coula sur sa joue. Devant mon silence prolongé, il insista :

— Tu veux retourner avec lui ?

Mon sang se glaça dans mes veines :

— Bien sûr que non !

— Alors cette valise, c'est pour quoi ?

Ma voix se brisa :

— Parce que… tu ne veux pas d'une fille comme moi.

— Qu'est-ce que tu racontes ?

Dans un souffle, il me reprit dans ses bras, et je recommençai à pleurer contre son épaule.

— Je ne veux pas te faire du mal, Simon. Fiche-moi dehors, s'il te plaît.

— Jamais. Je t'ai dit qu'on vivrait ça ensemble, Anna, tu t'en souviens ?

— Mais pas comme ça ! Pas comme ça ! pleurai-je en secouant la tête.

Ses mains se posèrent sur mes épaules, et il me fit reculer pour mieux me voir.

— Peu importe comment ça se passe. Je suis là, d'accord ? Si tu es honnête avec moi. Et si… si tu veux encore de moi… alors John ne brisera pas ça. Je ne le laisserai pas faire.

Mes jambes cédèrent, et je me laissai glisser sur le sol. Le lit m'effrayait, je ne voulais pas souiller ce que nous y avions partagé de ma simple présence.

— J'étais… tellement en colère !

Tout en le disant, mes poings se serrèrent. John m'avait tendu un piège, et j'y étais tombé. Complètement.

Devant moi, Simon s'agenouilla et referma les doigts sur les miens.

— Raconte-moi tout, ordonna-t-il. Je veux savoir exactement ce qui s'est passé. Et n'essaie pas de me protéger !

J'avais l'impression qu'il me demandait de lui assener le coup fatal. Tant pis. Je ne me dérobai pas et je lui avouai tout. Je ne pouvais pas faire autrement. Peut-être finirait-il par voir que j'étais toujours cette pute que John avait faite de moi ?

Quand je terminai mon récit, je cherchai à me relever. Simon posa une main dans mon dos, que je chassai.

— Je vais être malade, avouai-je.

Je courus jusqu'à la salle de bains pour vomir le peu que j'avais mangé ce jour-là. Dans l'embrasure de la porte, Simon resta à attendre que je me rince la bouche et qu'une autre crise de larmes passe. Comme il ne disait rien, je finis par lui jeter un regard en coin.

— Est-ce que… je peux prendre ma douche avant que… tu me fiches dehors ?

— Je ne te ficherai pas dehors.

Mes larmes recommencèrent à couler.

— Simon, bon sang ! Je vais te briser le cœur !

Je me retrouvai de nouveau dans ses bras.

— Non, Annabelle. Ça n'arrivera que si je te laisse partir. Tant qu'on est ensemble, on peut s'en sortir.

— Tu n'as donc rien écouté de ce que je t'ai raconté ?

— J'ai tout écouté, et probablement tout vu dans ma tête. Et alors ? Dis-moi que tu l'aimes et je ne m'opposerai pas à ce que tu partes. Dis-moi qu'on ne partage pas plus que du sexe, toi et moi. Dis-moi qu'il va te rendre plus heureuse que moi. Alors là, et seulement là, je te laisserai partir.

J'étais lasse et probablement en état de choc, car je mis un moment à m'apercevoir que Simon pleurait en silence, en tenant mes mains contre sa poitrine.

— Je te fais couler un bain, annonça-t-il enfin.

Je le laissai se détacher de moi et j'entendis le bruit de l'eau qui coulait, puis la vapeur emplit l'air qui m'entourait. Mon corps me semblait rigide, incapable de bouger. Quand Simon revint se planter devant moi, il m'aida à retirer mes vêtements et me guida vers la baignoire, s'agenouillant à mes côtés pendant que je restais là, immobile, dans la chaleur de l'eau.

— Je t'aime, Anna.

Je tournai des yeux ébahis vers lui.

— Comment tu peux m'aimer encore après ce que j'ai fait ?

— Quand je t'ai connue, je savais que tu avais vécu une relation difficile avec John. Je connaissais les risques de m'engager avec une soumise et je t'ai quand même offert mon cœur, tu te rappelles ?

— Tu n'aurais pas dû, pleurnichai-je.

— Annabelle, est-ce qu'on n'est pas heureux, toi et moi ? Est-ce qu'on va laisser John détruire ce qu'on a vécu sous prétexte qu'il t'a tendu un piège pour se glisser entre tes cuisses ?

Je haussai les épaules, incertaine de la réponse que je devais fournir à cette question. En réalité, j'avais déjà la sensation d'avoir tout détruit…

— Tu veux qu'on se sépare ? me demanda-t-il.

— Non !

— Alors qu'est-ce qu'on fait ? On laisse John gagner ou on se bat contre lui ensemble ?

J'écrasai ses doigts entre les miens.

— Simon, je ne te mérite pas.

— Si tu m'aimes, Annabelle, tu me mériteras toujours.

D'autres larmes coulèrent sur mes joues, mais je ne les essuyai pas. Je laissai seulement ma tête retomber sur nos mains jointes.

— Simon, j'ai tellement besoin de toi.

— Je suis là, tu vois ?

Il se releva, et je l'observai retirer ses vêtements. Sans attendre, je m'avançai pour lui faire un peu de place dans l'eau, derrière moi. Une fois mon corps contre le sien, il me sembla que les choses allaient déjà mieux.

Il me frotta avec le savon et fit comme si je ne pleurais pas en silence. Il était doux, alors que j'avais envie de me gratter la peau avec force. Quand il eut terminé de nettoyer le haut de mon corps, il m'ordonna :

— Debout.

Je pris appui sur le rebord de la baignoire pour me redresser, le laissai me savonner les jambes, les fesses, puis détournai la tête quand sa main glissa sur mon sexe. Il s'arrêta, les doigts sur ma vulve, et croisa mon regard par-dessous.

— Il t'a touchée, c'est bien ça ?

— Oui, avouai-je en reniflant.

Il inséra doucement les doigts en moi, et je portai un poing à ma bouche.

— Je veux que tu jouisses, Annabelle, dit-il en débutant un va-et-vient rapide entre mes cuisses.

Ma main chercha un appui contre le mur, mais ma tête semblait incapable de relâcher la pression. Il insista, conscient que je restais de marbre.

— Tu ne veux pas jouir pour moi ?

— Simon…, tu sais bien que… (Je retins un petit râle qui sembla le ravir, puis je tentai de retrouver mon souffle.) je ferais n'importe quoi pour toi, repris-je.

Son sourire se confirma.

— Alors, jouis pour moi. C'est un ordre.

Pendant que ses doigts me caressaient plus fermement, son autre main se posa sur ma fesse et obligea mon bassin à suivre ses mouvements. Je fermai les yeux, oubliai John et me laissai entraîner dans le plaisir que m'offrait l'homme que j'avais choisi. Simon allait chasser le souvenir de John. Il y était déjà parvenu. Il y parviendrait encore. Comment pouvais-je en douter ?

Quand une vague de chaleur se fit sentir, je gémis sans me retenir.

— Oui. Continue, dit-il en accélérant ses pénétrations.

Je laissai un petit cri résonner dans la pièce quand j'atteignis l'orgasme, puis je restai là, hors du temps, à savourer cet état de bien-être. Alors que j'étais sur le point de me laisser glisser près de Simon, il me repoussa contre le mur.

— Il t'a léchée, aussi ?

— Oui, soufflai-je.

Il glissa son épaule sous ma jambe, obligea mes cuisses à s'ouvrir et entreprit de dévorer mon sexe. Je fus rapide à céder à ses coups de langue, le corps tendu, en équilibre, incapable de résister à l'oubli qu'il m'offrait. Tout en reprenant mon souffle, je me laissai tomber entre ses bras lorsqu'il me guida vers son sexe tendu. Je m'accrochai à son cou, encore haletante, mais je ne pus m'empêcher de chuchoter :

— Tu n'es pas obligé de…

— Chut. Je reprends mes droits sur ce qui m'appartient, dit-il tout bas. Tu veux que je m'arrête ?

Il s'immobilisa et attendit que je secoue la tête pour reprendre sa pénétration. L'eau tangua, éclaboussa le sol, mais Simon me prenait sans s'en soucier.

— Redis-le, suppliai-je.

Ses bras m'enserrèrent.

— Tu es à moi, Annabelle. À moi. Tu entends ?

— Oh oui !

Ses mots me faisaient un bien fou. Simon les répéta jusqu'à ce qu'il se laisse capturer par le plaisir à son tour. J'étais sienne. C'était là tout ce que j'avais souhaité entendre.

24

La proposition

Je somnolais alors que le soleil se couchait, baignant notre chambre d'une lueur orangée. Il y avait des vêtements partout sur le sol. Pour me faire l'amour dans notre lit, Simon avait repoussé ma valise d'un coup de pied, et tout s'était écroulé par terre. Notre couple avait survécu, mais la culpabilité me rongeait toujours. À mes côtés Simon semblait perdu dans la contemplation du plafond, en silence.

— À quoi tu penses ? osai-je enfin lui demander.

— À John, avoua-t-il. J'essaie de prévoir ce qu'il compte faire. Il doit s'imaginer que tu ne m'as rien dit et il s'apprête à te faire chanter…, ou il se doute que tu m'as tout raconté, et il espère que je te quitte.

Malgré le nœud qui me nouait l'estomac, je dis :

— J'étais sûre que tu me quitterais. Et je ne t'en voudrais pas si tu changeais d'avis.

Simon tourna des yeux sombres vers moi.

— On vivra ça ensemble, Annabelle. Je ne te lâcherai pas, tu m'entends ?

Ses mots m'étaient précieux, mais le doute subsistait dans mon esprit. Et si je chutais de nouveau ? Et si je n'étais pas digne de cette seconde chance ?

— John dit qu'un corps reconnaît son Maître.

Lentement, Simon se tourna pour me faire face dans le lit.

— Ne le laisse pas te mettre ce genre de doute en tête ! me gronda-t-il. John n'a aucun pouvoir sur toi, Annabelle. Il n'y a que toi qui puisses t'offrir à quelqu'un.

Je me glissai contre lui et posai la tête sur son torse.

— Je ne veux appartenir qu'à toi, chuchotai-je.

Un silence passa, puis la main de Simon glissa sur mes cheveux.

— Est-ce là une offre que tu me fais ?

Ce fut long avant que je comprenne le sens de sa question, et je me redressai pour mieux le voir.

— Simon..., qu'est-ce que... ? Tu n'es pas sérieux !

Il me caressa la joue du bout des doigts.

— Pourquoi pas ? Si tu devenais ma soumise, peut-être est-ce que tu cesserais de comparer ton lien avec John avec ce que nous vivons ?

— Je ne compare pas ! ripostai-je.

— Si, Annabelle. Depuis le début de notre relation, tu as la sensation que tu en donnais davantage à John.

Je pensais que nous avions dépassé ce stade, mais… peut-être que c'est encore là, dans ta tête ?

Étonnée par son analyse, je restai muette. Il avait raison. J'avais tout donné à John, tandis que Simon n'exigeait rien de ma personne. Pourtant, il méritait tellement plus, et tellement mieux qu'une femme comme moi. Comment avais-je osé le trahir à la première occasion ?

Voyant mes yeux se remplir encore de larmes, Simon me serra contre lui et gronda dans mes cheveux :

— Annabelle, ce n'était pas un reproche. J'essaie seulement de contrecarrer les plans de John.

— D'accord, murmurai-je.

— Je veux qu'on règle cette histoire ensemble, Annabelle, et qu'on chasse John de nos vies une bonne fois pour toutes.

Le soutien dont il faisait preuve me laissa sans voix. Puis, plongeant mon regard dans le sien, je lâchai :

— Fais de moi ta soumise.

Il sembla presque surpris que je me range si vite à son avis.

— Est-ce que c'est vraiment ce que tu veux ?

— Je ne suis pas sûre, avouai-je, mais je ferais n'importe quoi pour toi.

Ses doigts me caressèrent longuement la tête, et un sourire apparut sur ses lèvres.

— On peut faire un essai, déclara-t-il enfin. On a tout le week-end pour voir si notre couple s'épanouit dans une relation SM.

Soulagée, j'acquiesçai vivement de la tête, lorsqu'il ajouta :

— Tu dois comprendre que je serai un Maître très différent de John.

— Tant mieux, lâchai-je.

— Mais je n'en serai pas moins exigeant, insista-t-il.

Je retrouvai mon sérieux avant de confirmer :

— D'accord. J'accepte.

— Même si je te dis qu'après ce que tu as fait aujourd'hui je vais devoir te punir ?

Je tressaillis, surprise par son ton soudain glacial. Mais je ne me défilai pas :

— Oui.

— Bien. Va prendre une douche, je vais nous préparer de quoi manger.

Il se détacha de mon étreinte et se leva du lit. Surprise, je demandai :

— Quoi ? On commence maintenant ?

— Je n'ai que deux jours devant moi. Je ne pense pas qu'on ait de temps à perdre...

Sans attendre, il quitta la chambre, et je restai là, un peu anxieuse. J'ignorai ce à quoi je devais m'attendre avec Simon. Je ne l'avais jamais vu autrement que comme un invité lors des soirées de John. Avait-il déjà frappé quelqu'un ? Savait-il manier le fouet ? Le bondage ? Comment savoir ce qu'il me réservait ? Et, pourtant, cette situation me grisait. J'allais enfin pouvoir lui prouver à quel point je l'aimais. Voilà qui était la plus agréable de toutes les ivresses…

25

L'Essai

Quand je sortis de la douche, je m'installai à table comme d'habitude, mais je restai complètement nue. Je voulais montrer à Simon à quel point je pouvais être docile. Avec un petit sourire, il vint me servir mon plat, puis s'assit au comptoir pour manger, comme s'il voulait maintenir une certaine distance entre nous avant que notre séance débute.

Quand il repoussa son assiette devant lui et tourna la tête dans ma direction, je restai penchée sur mon plat, pratiquement vide. La situation m'excitait beaucoup.

— Tu as compris que c'était un essai, n'est-ce pas ? me questionna-t-il.

Souriante, je levai enfin les yeux vers lui.

— Oui.

— Veux-tu que nous établissions des limites ?

Je fis mine de réfléchir, puis secouai la tête.

— Non.

Il fronça les sourcils.

— Tu as le droit de refuser certaines choses, Annabelle.

Il me fit signe de venir à lui, et je m'exécutai sans attendre. D'un doigt sous mon menton il me fit relever la tête pour pouvoir jauger mon regard.

— Dois-je comprendre que tu me donnes carte blanche ?

Je bafouillai, étonnée par la dureté de son intonation :

— Je… Oui.

— Bien. Alors voici mes règles : je tiens au vouvoiement. Tu m'appelleras « monsieur » et tu auras droit au traditionnel « mademoiselle ». Cela me permettra d'instaurer nos jeux à n'importe quel moment.

J'opinai lorsqu'il ajouta :

— Avez-vous des réserves à émettre, mademoiselle ?

— Non, monsieur. (Je me redressai pour mettre ma poitrine en évidence.) Vous pouvez disposer de moi comme vous l'entendez, monsieur, ajoutai-je.

Devant mon petit affront, Simon réprima un rire, avant d'ordonner :

— Installez-vous au salon. J'arrive.

Je m'exécutai immédiatement, vibrante d'anticipation.

Pour nous offrir plus d'espace, la table basse avait été poussée dans un coin de la pièce. Au centre, je me mis à genoux, mains derrière le dos, en cherchant la position qui me serait la moins désagréable. Il y avait si longtemps que je ne m'étais pas tenue ainsi ! Et, contrairement au revêtement du sous-sol de John, le plancher de cette pièce était froid et dur.

J'entendais Simon qui se déplaçait dans la cuisine, rinçant les assiettes avant de les ranger au lave-vaisselle. Alors que je l'attendais, il s'enferma dans la salle de bains. Je restai là, bien en place, pendant qu'il se douchait. Je sentais déjà la douleur irradier dans mes genoux. Je n'avais plus l'habitude de rester aussi immobile, et il me tardait que Simon revienne s'occuper de moi.

Quand il sortit de la pièce du fond, il marcha dans ma direction, une simple serviette autour de la taille en guise de vêtement. Il s'arrêta tout près de moi et posa une main sur le dessus de ma tête.

— Étendez-vous sur le dos.

Son ordre me surprit. Son intonation aussi.

Alors que je m'exécutais, il se détourna et alla s'installer sur le canapé. Dans ma position, je ne le voyais plus. Soudain la télévision s'alluma, et je vis les canaux défiler sur l'écran.

— Écartez les jambes, voulez-vous ? Je voudrais avoir une jolie vue sur votre sexe.

Je n'en croyais pas mes oreilles ! Il voulait regarder la télé ? J'écartai les cuisses, détournai la tête et fermai les yeux pour ne pas être dérangée par la lumière qui scintillait au-dessus de ma tête. La musique et les dialogues d'un film chassèrent le silence de notre appartement. Ce fut long avant qu'une pause publicitaire commence et qu'il change de chaîne. Après un long soupir, il s'adressa à moi :

— Caressez-vous donc, cela me distraira un peu.

Je sortis de ma torpeur et posai rapidement ma main sur mon sexe. La chair extérieure était sèche à force d'être ainsi exposée à sa vue. J'enfonçai donc le bout de mes doigts à l'intérieur, les lubrifiai avant de revenir caresser mon clitoris dans de petits gestes lents. Je laissai mon autre main glisser sur mon corps et touchai ma poitrine pour la réchauffer un peu.

Je me doutais bien que je n'avais que peu de temps pour le convaincre de renoncer à son film pour venir s'occuper de moi, alors je m'activai : dès que je me sentis plus humide, j'accentuai mes caresses, jusqu'à ce qu'il gronde :

— Vous voilà bien pressée, mademoiselle.

Oui ! Après avoir été mise ainsi à l'écart, il me tardait d'attirer son attention, et je savais exactement comment l'obtenir. J'écartai davantage les cuisses, soulevai le bassin pour lui offrir une meilleure vue et laissai mes gémissements franchir mes lèvres.

Au-dessus de ma tête, la lumière s'éteignit, et le silence se réinstalla dans notre petit appartement. Cela ne fit qu'augmenter la vague d'excitation qui me gagnait, et je poursuivis plus rapidement, fermement décidée à perdre la tête sous les yeux de mon spectateur.

— Cela suffit. Arrêtez.

Je n'obéis pas tout de suite.

— J'ai dit : assez.

Il n'avait pas élevé la voix, mais, dans le silence qui régnait, la sécheresse de son ton suffit à me faire sursauter, et je retirai brusquement mes doigts. Je ne pus m'empêcher de grimacer. Dire que j'étais sur le point d'avoir un orgasme !

— Relevez-vous. En position, mademoiselle.

Mon corps était lourd et difficile à redresser, encore en proie à de douces sensations entre mes cuisses. J'obéis néanmoins et pus voir l'érection de Simon sous sa serviette. Il l'ouvrit et fit apparaître son sexe dressé.

— J'aimerais sentir votre bouche. Là. Tout de suite.

Je m'avançai vers lui et vins cueillir son sexe entre mes lèvres. Garder mes mains dans mon dos m'empêchait d'être rapide, mais Simon enfouit les doigts dans mes cheveux et m'aida à être plus souple dans mes mouvements. Au bout de plusieurs minutes, il instaura un rythme lent et langoureux, puis laissa retomber la tête contre le dossier du canapé, ses gémissements devenant de plus en plus bruyants. J'avais les genoux en feu et je m'empressais de le rendre fou : appliquant une succion supplémentaire pendant que j'enfonçais son membre vers ma gorge, la relâchant dans mes retours pour lui laisser une petite accalmie.

— Oh, Annabelle !

D'une main ferme, il me fit accélérer, puis retint ma tête contre lui dans un grognement libérateur. Son sperme, chaud et épais, se répandit dans ma bouche. Puis ses doigts se firent plus légers sur mes cheveux, me libérant de son emprise.

Ce n'est qu'à ce moment que j'avalai ce qu'il venait de m'offrir et m'affairai à le nettoyer doucement, avec de petits coups de langue que j'espérais taquins. Il ne dit rien et, dès que je cessai mes caresses, il me repoussa doucement.

— Retourne sur le sol. À quatre pattes et dos à moi.

Docile, je me positionnai comme il l'avait demandé, face au téléviseur éteint. Dans l'écran, je vis l'ombre de Simon qui se levait. Au lieu de se jeter sur moi, il quitta la pièce, et je l'entendis ouvrir les tiroirs de la cuisine. Il n'allait quand même pas me laisser ainsi ? Quelques minutes plus tard, il revint s'agenouiller derrière moi, puis posa une main lourde sur mes fesses. Sans un mot, il descendit pour jauger l'humidité de mon sexe en y glissant deux doigts. Je fermai les yeux, soulagée qu'il me touche enfin, quand tout s'arrêta brusquement.

— Voyons l'effet que cela produira.

Je n'eus pas le temps de comprendre ce que ses mots signifiaient qu'un coup atterrit sur ma fesse droite et me fit sursauter de surprise autant que de douleur.

— Il est temps d'être punie, mademoiselle.

Avant que je puisse protester, il recommença. Je dus me retenir sur le sol pour ne pas tomber tête la première vers l'avant. Ce n'étaient pas ses mains, mais un objet qu'il utilisait sur ma chair. Du bois, me sembla-t-il, car le bruit paraissait étouffé. Un troisième coup tomba, et je commençai à ressentir une vive douleur sur ma peau.

Enfin, il changea de côté, et je repris mon souffle avec bruit avant qu'il recommence. Le coup suivant arriva si fort qu'il m'arracha un gémissement.

— Allons, mademoiselle, un peu de retenue ! me disputa-t-il en frappant ma fesse gauche pour la deuxième fois.

Je me mordis la lèvre et fermai les yeux, mais au bout des trois coups, alors que j'espérais que les choses se calment, il revint au premier côté. Mes fesses me brûlaient, et il me fallut écraser ma bouche d'une main pour ne pas crier.

Soudain, il s'arrêta, et une spatule en bois apparut dans mon champ de vision.

— À quatre pattes, répéta-t-il. Dans cette position, vous perdrez bientôt l'équilibre.

La menace qu'il laissa ainsi planer m'effraya, et je redescendis prestement la main sur le sol. Aussitôt, Simon me frappa de nouveau, fort. Je me mordis la lèvre et sentis des larmes perler au bout de mes cils. Mes muscles me lâchaient petit à petit, et mes genoux n'en pouvaient plus.

Deux coups plus tard, mon corps s'écroula, et mes larmes se mirent à jaillir sans que je puisse les retenir. J'avais tellement retenu ma respiration que j'avais du mal à retrouver mon souffle. La spatule tomba sur le sol, dans un bruit qui me fit sursauter, puis Simon s'agenouilla près de moi et me prit dans ses bras.

—Anna?

Il me fit relever la tête vers lui et me détailla d'un regard inquiet.

—Est-ce que ça va?

—Oui.

Il garda une main sous mon bras comme pour m'aider à me relever, mais je me remis en position.

—Qu'est-ce que tu fais? demanda-t-il.

—Je peux en prendre davantage.

J'essuyai une larme qui tomba de mon œil droit avant de me racler la gorge.

—Je suis plus forte que ça, insistai-je. N'oublie pas que tu dois me punir.

Il sembla hésiter, mais j'avais vraiment envie qu'il me punisse plus sévèrement, parce que j'avais cédé à John. Parce que j'étais trop lâche pour quitter Simon, alors qu'il méritait tellement mieux que moi.

Feignant un air léger, j'ajoutai:

—Profitez de mon obéissance, monsieur. J'établirai peut-être certaines limites après cette séance.

Ma mise en garde sembla lui plaire, assez pour le convaincre de poursuivre. Quand il récupérera sa spatule en bois, je fermai les yeux et tentai de ne pas me contracter. Lorsqu'un autre coup tomba, je faillis être projetée tête la première vers l'avant. Décidément, il n'y allait pas de main morte ! Je déplaçais ma main pour reprendre mon équilibre quand un autre coup suivit, qui m'arracha un cri étouffé. Un troisième arriva sans délai, comme si Simon espérait en finir au plus vite. J'entendis la spatule tomber de nouveau au sol. Soulagée, je laissai mon corps céder, et mes larmes coulèrent sans la moindre retenue. Je tremblais, prise de petits soubresauts. Les bras de Simon me ramenèrent contre lui.

— Anna, dis-moi que ça va.

— Ça va. C'est à cause de mes genoux. Ce plancher, il est… Il faudra acheter un tapis…

— Un tapis, marmonna-t-il.

Il me caressa le dos, puis la croupe, qui me parut brûlante à son contact. Il retourna entre mes cuisses pour voir si j'étais toujours excitée – et, de fait, je l'étais.

— Pas mal pour une première fois. Êtes-vous en état de poursuivre ?

Il retira les doigts d'un geste brusque et attendit ma réponse. Je repensai à mes anciennes séances avec John. J'avais vécu bien pire avec lui et je me devais de faire la même chose, sinon plus, pour Simon. Il le fallait.

— Oui, monsieur, répondis-je en forçant la note pour paraître déterminée.

— Bien…

Sa main appuya sur le haut de mon dos, et il me poussa jusqu'à me plaquer la tête contre le sol, mes fesses relevées. La position était inconfortable, surtout à cause de mes genoux, qui brûlaient, sans parler de ma peau qui me tirait là où il m'avait frappée.

— Puisque vous insistez…

Il me claqua la fesse droite dans un bruit assourdissant. Je réprimai un gémissement de surprise et de douleur. Encore des coups ? N'était-ce pas l'instant où il devait me prendre sauvagement ? Il recommença, et je me sentis devenir rouge de honte dans cette position. Quand ses doigts retournèrent dans mon sexe dans un va-et-vient rapide, j'accueillis ses passages avec un étrange grognement. Mes yeux se fermèrent, et mes cris se transformèrent en râles délicieux. Mon corps lâchait. C'était si agréable que je ne retenais aucun des sons qui s'échappaient de mes lèvres. La main qui maintenait mon dos en place se retira, et je sentis Simon se positionner derrière moi, générant en moi une vague de désir qui me laissa pantelante. Ses mains se positionnèrent de chaque côté de mon cul, ses ongles griffant désagréablement ma peau trop sensible. Qu'attendait-il pour me prendre ? Je fermai les yeux en retenant mes larmes. Peut-être fut-il déçu que je n'aie pas de réaction plus audible, car il m'empoigna les fesses avec plus de force et les pinça jusqu'à ce que mon cri résonne, étouffé contre le sol.

Immédiatement, ses doigts revinrent en moi. Tous mes muscles se raidirent à ce simple contact. Quand son sexe chercha à envahir le mien, je l'accueillis en rugissant de joie. Ses pénétrations se firent rapides, et il me claquait fréquemment la fesse, toujours la même, s'assurant que mes gémissements de plaisir étaient constamment entrecoupés d'un cri de douleur. Son poids s'ajouta au mien, et mes genoux flanchèrent, mais je me défendis de m'écrouler. Je me concentrais sur la vague qu'il provoquait à chacun de ses passages. Sur le point de perdre la tête, je soufflai, en guise d'avertissement :

— Simon…

— Pas maintenant, gronda-t-il.

Je tentai de me retenir, mais à chacun de ses va-et-vient, mon corps se tordait délicieusement d'envie. Bientôt, mon souffle s'emballa. C'était trop fort. Tellement que je jouis brutalement, sans prévenir. Simon cessa de bouger pendant que je restais là, dans cette position ridicule, à essayer de retrouver mes esprits. Avait-il éjaculé ? Je n'en étais pas certaine. Pourtant, il s'était retiré et il haletait derrière moi. Pour ma part, mon corps était si lourd qu'il me paraissait soudé au sol. Lorsque je tentai de me relever, mes genoux me lâchèrent. On aurait dit que mes muscles ne m'obéissaient plus. Tant pis. Le bras de Simon me ramena près de lui, et je restai là, affalée contre sa peau, à savourer ce moment d'accalmie et de détente.

26

À MA MANIÈRE

SIMON FUT LE PREMIER À SE REDRESSER POUR ALLER À la salle de bains. L'eau coula un moment, puis il revint avec une serviette qu'il laissa tomber à mes côtés avant d'ordonner :

— Essuie-toi.

Avec des gestes lents, je me redressai pour lui obéir. J'étais courbaturée, et mes bras m'élançaient au moins autant que mes fesses. Je m'essuyai sans pudeur, encore dans un état second.

Assis sur le canapé, Simon attendit que je relève les yeux vers lui avant de prendre la parole :

— Considérez-vous avoir été suffisamment punie, mademoiselle ?

Je répondis sans hésiter :

— Oui, monsieur.

— Rappelez-moi la raison pour laquelle vous avez été punie ?

Je me sentis rougir de honte et je baissai piteusement la tête :

— Parce que j'ai donné mon corps à un autre homme.

— Mais c'était avant qu'il m'appartienne complètement, n'est-ce pas ?

Je fronçai les sourcils, incertaine.

— Annabelle, avez-vous compris que ce corps n'est plus le vôtre, désormais ?

Voilà qui me plaisait. Je ne pouvais plus utiliser mon corps comme je l'entendais. Cela instaurait une barrière supplémentaire entre John et moi. Affichant un sourire que j'espérais éclatant, je relevai les yeux vers lui :

— Oui, monsieur.

— Bien. Maintenant que nous en avons terminé avec cette punition, j'aimerais vous montrer le genre de Maître que je suis. Après quoi, si vous êtes toujours disposée à m'appartenir, nous devrons signer un contrat.

J'étouffai un rire.

— Simon ! C'est vraiment nécessaire, ce contrat ?

— C'est la règle, confirma-t-il avec un hochement de tête.

— Je n'ai aucune intention de te faire un procès pour coups et blessures, si c'est ce qui t'inquiète. Enfin… si c'est ce qui vous inquiète, monsieur, me repris-je, encore amusée.

Il fit la moue avant de répondre :

— John exigera certainement une preuve de ta soumission.

Je me raidis et lâchai les seuls mots qui me vinrent à l'esprit :

— Oh ! D'accord.

— Bien. Si vous n'avez plus d'autres questions, allez donc prendre une douche et installez-vous sur le lit. Je viendrai m'occuper de vous.

Il se leva et disparut dans notre chambre à coucher. J'eus du mal à me relever, mais, une fois à la verticale, mes mouvements me parurent moins douloureux. Sous le jet d'eau chaude, je m'empressai de me nettoyer, curieuse de connaître la suite du programme, et j'entrai ensuite dans la chambre, où Simon m'attendait, un bout de tissu dans une main.

— C'est douloureux ? me demanda-t-il.

— Un peu.

— Venez là.

Sa main tapota le lit, et je m'avançai dessus à quatre pattes, persuadée qu'après une telle séance il valait mieux pour moi que j'évite de poser les fesses quelque part. Il fit danser le bout de tissu noir sous mon nez.

— Maintenant, je vais masquer vos yeux.

Sans attendre ma permission, il enroula le bandeau à deux reprises autour de ma tête et serra jusqu'à ce que je ne distingue plus rien.

— Étendez-vous sur le ventre, ordonna-t-il.

Il me guida, et j'appréhendai d'exposer ainsi mes fesses à sa vue. J'espérais qu'il n'avait pas l'intention de recommencer ses coups ! Je sentis Simon quitter le lit et je tendis l'oreille pour le suivre à travers les pièces de la maison. Il fit un saut à la cuisine, ouvrit des portes de placard, puis revint dans la chambre.

Quand le lit bougea, je me figeai. Il posa la main sur l'une de mes fesses, et je sursautai, puis souris en comprenant qu'il promenait un glaçon sur ma peau. C'était paisible, sauf lorsqu'il le glissa sur mon dos, où le froid était plus saisissant. Mais, sur mes fesses brûlantes, cela faisait un bien fou.

— Agréable ? demanda-t-il.

— Oui.

Le glaçon se promenait régulièrement de mon dos à mes fesses, et des gouttes d'eau s'écoulèrent lentement jusqu'au lit. Au bout de plusieurs passages, il poussa le glaçon légèrement entre mes fesses et descendit jusqu'à mon sexe, où ses doigts écartèrent mes lèvres pour caresser mon clitoris, avant de revenir vivement à mes fesses.

Lorsqu'il recommença son manège, je soulevai mon bassin pour qu'il reste un peu plus longtemps sur mon clitoris. Ses caresses, si brèves, ne faisaient que me titiller, et je détestais qu'il me provoque de la sorte. Encore une fois, la glace remonta sur mon dos, glissa sur le côté de mon flanc, s'arrêta sur les parties endolories de mes fesses, puis revint plus bas. Quand il poussa le glaçon à l'intérieur de mon sexe, j'étouffai un cri de surprise, et il me pénétra de ses doigts, poussant le cube déjà petit le plus loin possible dans mon bas-ventre, l'eau du glaçon venant s'écouler le long de mes cuisses.

— Quelle chaleur, mademoiselle !

Une fois le glaçon entièrement fondu, il retira les doigts et cessa de me caresser. Je me tortillai pour l'inviter à poursuivre, mais il claqua ma fesse meurtrie. Je retins un grognement réprobateur et cessai mon déhanchement quand il frotta quelque chose que je ne reconnus pas sur la peau de mon dos. Quelque chose qui griffait un peu.

— Avez-vous confiance en moi, mademoiselle ?

En temps normal j'aurais dit oui sans hésiter, mais la sensation inhabituelle que je percevais me fit bafouiller :

— Je crois.

— Voilà qui ne me convainc pas beaucoup, dit-il d'un ton réprobateur.

L'objet descendit sur mes fesses et vint égratigner ma peau endolorie de façon très désagréable. Pas douloureuse, mais il s'en fallait de peu pour que ce ne soit le cas.

— Avez-vous confiance en moi, mademoiselle ?

— Oui, me repris-je rapidement, surtout par crainte qu'il n'appuie plus fort.

L'objet descendit sur ma cuisse gauche, griffa la peau vers l'intérieur et poursuivit sa route jusqu'à mon genou avant de remonter jusqu'à mon sexe. Je lâchai un gémissement d'excitation et, poussant sur mes bras, tentai de me remettre à quatre pattes. Immédiatement, il utilisa ce qu'il avait dans la main pour me taper sur la fesse. Pas fort, mais suffisamment pour me surprendre et me faire me raidir.

— Cessez de mouvoir ce corps qui m'appartient, m'ordonna-t-il en écrasant une main sur le haut de mon dos pour que je reprenne ma position initiale.

Je revins en place, et il recommença son numéro avec l'objet. Descendit jusqu'à mes pieds, ce qui me chatouilla. J'enfouis la bouche dans le matelas pour éviter de rigoler, puis il remonta. La griffure devenait légère, agréable, excitante. Mon corps se mit à attendre son passage, même si je me raidissais encore lorsqu'il traversait mon fessier. Je m'abandonnai à ces allers et retours en soupirant d'aise. Finalement, Simon jeta l'objet mystérieux au sol et m'ordonna :

— Ouvrez la bouche.

À peine m'exécutai-je qu'il poussa quelque chose d'autre, en plastique cette fois, entre mes lèvres, et je ne tardai pas à reconnaître sa forme nervurée : c'était mon vieux vibromasseur, celui que j'avais acheté après ma séparation d'avec John. Il y avait fort longtemps que je ne l'avais pas utilisé, celui-là ! Je le suçai en gémissant bêtement, espérant exciter Simon. Pourquoi ne remplaçait-il pas ce stupide bout de plastique par sa propre queue ?

— Continuez. Lubrifiez-le bien.

Il poussa et ramena le vibro dans un va-et-vient agaçant, puis le retira complètement. Je soulevai mon bassin lorsqu'il glissa une main sous mon ventre pour avoir un meilleur accès à mon sexe, lâchai un petit cri lorsqu'il y inséra l'objet, sans le mettre en route. Déjà, mes muscles palpitaient autour de ce corps étranger. S'ensuivit une étrange pénétration que je ne fus pas certaine d'apprécier. Le plastique me paraissait froid et dur en comparaison de son sexe. Je ne voyais pas pourquoi il s'évertuait à me prendre avec cette chose plutôt que de partager cet instant avec moi. N'avait-il pas envie de jouir, lui aussi ?

Au bout d'une dizaine de frottements, mon corps commença à prendre du plaisir malgré moi. J'essayais de retenir mes halètements, mais, chaque fois qu'il retirait le vibromasseur et qu'il le replongeait, cela m'était de plus en plus difficile de masquer le trouble qui grondait entre mes cuisses.

— Seriez-vous excitée, mademoiselle ?

— Je… Oui, monsieur.

Ma voix était déformée par les passages insistants du corps étranger. Je me mis à supplier :

— Monsieur, s'il vous plaît…

— Quoi donc ?

— Prenez-moi !

— N'est-ce pas ce que je fais ?

Plus il parlait, plus il accélérait le rythme. De toute évidence, ça l'amusait de me voir ainsi, sur le point de jouir, et le suppliant de me baiser.

— Avec votre queue, finis-je par articuler.

— Ce jouet ne vous plaît donc pas ? C'est pourtant vous qui l'avez acheté...

Comment pouvait-il faire la conversation alors que je me languissais ainsi ? Je tentai de m'avancer pour esquiver la profondeur de sa pénétration, mais sa main me claqua une fesse et obligea mon bassin à reprendre sa position initiale.

— Ceci est à moi, me rappela-t-il d'une voix sèche. J'en dispose comme bon me semble. N'est-ce pas ce qui était convenu ?

— Si. Oh si, monsieur ! haletai-je.

Je dus faire un effort considérable pour ne pas me tortiller lorsque le plaisir se diffusa sournoisement dans mon corps, mais je laissai mes gémissements fuser pour exciter Simon. Il finirait bien par s'impatienter d'être spectateur ! Pourtant, il poursuivait sans relâche, ralentissant, accélérant, selon son bon vouloir. Quand je sentis venir l'orgasme, toute réticence disparut de mon esprit. Que m'importait la chose qui me menait au septième ciel, tant qu'elle m'y menait ! Je me remis à le supplier, mais, cette fois, pour une tout autre raison :

— Oh, monsieur..., continuez ! Continuez s'il vous plaît !

Immédiatement, il retira le vibromasseur, et je mis quelques secondes à comprendre qu'il ne le remettrait plus. Je relevai la tête, le corps en feu, toujours aveugle, sans comprendre ce qui m'arrivait.

— Monsieur ? chuchotai-je.

Seul le silence me répondit. Pourtant, je ne l'avais pas senti s'éloigner ni quitter le lit. Il me semblait que je percevais encore sa respiration, tout près. Dans l'attente, je serrai la couverture entre mes doigts.

La main de Simon me claqua la fesse de nouveau, et je retins mon cri. De douleur, de surprise, mais aussi d'énervement. Est-ce qu'il allait oser me laisser dans un tel état ?

— J'ai bien envie de vous abandonner comme ça, dit-il soudain.

— Monsieur…, non !

Un autre coup tomba pour me punir de mon impatience. Simon laissa s'écouler de longues minutes, attendant que mon niveau d'excitation redescende avant de réintroduire le vibromasseur dans mon sexe. Lentement, il refit monter le plaisir et s'arrêta de nouveau alors que j'étais sur le point de perdre la tête. Le salaud ! Cette fois, j'étais choquée et je dus me mordre la lèvre pour ne pas protester vertement.

— L'avantage de si bien connaître votre corps, mademoiselle, c'est que j'ai déjà beaucoup d'idées pour le pousser à bout…

Je grimaçai. Au bout de trois ou quatre passages, il renfonça le vibromasseur bien au fond de moi et ordonna :

— Tenez-le ainsi.

Je cherchai à faire bouger l'objet en moi, et il me disputa aussitôt :

— Immobile.

Je grognai de frustration, avant de le sentir se mettre à caresser mon anus, puis glisser sa langue entre mes fesses, me lubrifiant délicieusement. À peine me laissa-t-il le temps de savourer ce geste empreint de tendresse qu'il se redressa pour me prendre d'un coup sec. Mon corps chuta vers l'avant, et je lâchai le vibromasseur pour me retenir. D'une main lourde, Simon me claqua la fesse et m'obligea à le remettre en place.

Dès que je fus de nouveau en position, Simon reposa les mains sur mes hanches et se renfonça en moi. La double pénétration était follement excitante, et je gémis bruyamment.

— Activez donc la vibration, mademoiselle, ordonna-t-il d'une voix essoufflée.

Je m'exécutai à tâtons, en essayant de ne pas basculer vers l'avant. Dès que le moteur du vibromasseur se mit en marche, un râle trahit le plaisir qui me submergeait.

— Oh oui, j'adore ! souffla-t-il en accélérant ses secousses. Mets-le à fond.

Je m'exécutai, et mon ventre se tordit.

— Oh, Simon ! laissai-je filtrer.

Dès que les mots franchirent mes lèvres, je me contractai dans l'attente d'une claque, mais il poursuivit son déhanchement, et je sentis un nouvel orgasme monter en moi. Mes muscles se serrèrent autour de lui, et il lâcha un cri qui me parut interminable pendant qu'il éjaculait, puis son corps écrasa le mien, et je chutai avec lui, sur le lit.

Dans le noir, je l'écoutai reprendre son souffle, puis, d'une main, il me retira le bandeau des yeux.

— C'était super, murmurai-je en me blottissant contre lui. Tu es un Maître incroyable.

Il fit mine de grimacer.

— Tu es une soumise exécrable ! Tu n'en fais qu'à ta tête !

— Tu n'as qu'à me punir !

Il brandit la fourchette argentée de notre ensemble de couverts à salade de façon faussement menaçante sous mon nez, et je compris qu'elle avait été sa complice pendant nos derniers ébats.

— Ne me tente pas !

Au lieu de craindre ses mots, je laissai ma tête retomber sur son torse avant de chuchoter :

— Je t'aime.

Son rire reprit.

— D'accord. Je te pardonne.

Nous partageâmes un rire complice.

27

L'appel

Je me réveillai le lendemain, le corps endolori mais merveilleusement heureuse. Dire que la journée d'hier avait tourné au pire des désastres avant de basculer de nouveau ! Et voilà que Simon était mon Maître et qu'il m'avait ramenée vers lui de la plus délicieuse des manières, la nuit dernière.

Alors que je me levais non sans mal et que j'enfilais mon peignoir, sa voix résonna depuis la cuisine :

— Un café ?

— Oui. Merci.

Une fois installée au comptoir, je grimaçai de la sensibilité de ma peau, ce qui fit naître un sourire moqueur sur le visage de Simon. Alors que je buvais une première gorgée de mon café, il poussa le téléphone dans ma direction, l'air de nouveau sérieux.

— Lena a téléphoné ce matin. Elle était inquiète. Je lui ai dit que tout allait bien, mais je me doute qu'elle n'a pas été la seule à vouloir te joindre, hier.

Soudain, la réalité me frappa de plein fouet. Lena, le travail, John… Anxieuse, je consultai mes messages, effaçant ceux de Lena, quand soudain la voix de John se fit entendre à mon oreille :

« Bonjour Annabelle. Sais-tu seulement à quel point je déteste quand tu t'enfuis de la sorte ? Rappelle-moi. J'ai toujours ta culotte. J'ai très envie de l'envoyer à Simon, tiens. Crois-tu qu'il apprécierait ? Bonne journée, ma belle, j'ai encore ton odeur sur moi. Mmmm… c'était délicieux… »

La menace qu'il laissait planer et cette voix faussement érotique qu'il prenait pour essayer de me remémorer notre matinée ensemble me dégoûtaient franchement. Devant l'air intrigué de Simon, je lui tendis mon téléphone et lui fis écouter le message de John. Quand il reposa mon appareil, il déclara :

— Donc, il pensait pouvoir te faire chanter…

— Comment a-t-il pu croire que je n'allais pas tout t'avouer ?

Simon haussa les épaules.

— Soit il s'imaginait que tu ne dirais rien, soit il espérait qu'on se sépare. Ça me paraît logique. (Il feignit un air triste.) Le pauvre…, il va être bien déçu… sur tous les plans.

Je tendis la main pour qu'il me donne la sienne et la tirai pour lui embrasser les doigts :

— Qu'est-ce que je t'aime, toi !

— Oh, mais je l'espère bien ! Allez, file à la douche. Ensuite, j'appellerai John.

Je fronçai les sourcils.

— Pourquoi ? grognai-je. Laissons-le mariner !

— Parce qu'il s'attend à ce que tu l'appelles, voilà pourquoi. Et, le connaissant, je me doute qu'il ne te lâchera pas aussi facilement. Crois-tu vraiment qu'il ait fait tout ça pour jeter l'éponge à la première difficulté ?

Consciente qu'il avait raison, je secouai la tête.

— Ne t'inquiète pas. Tu n'as plus à te soucier de lui, maintenant. Comme tu m'appartiens, c'est à moi de déterminer ce qu'il adviendra de toi. Et John n'aura d'autres choix que de se plier à mes règles.

Je hochai la tête et me glissai, tant bien que mal, en bas du tabouret. Comme j'étais soudain prise d'un doute, je m'arrêtai avant d'arriver à la salle de bains.

— Simon, tu ne vas quand même pas… me donner à lui, hein ?

Il me retourna un regard sombre.

— Si je le faisais, tu te devrais d'obéir, Annabelle.

J'en restai bouche bée. Il ne pouvait pas être sérieux ! Il fit un petit geste de la main pour m'inciter à presser le pas, et je finis par poursuivre ma route, troublée.

Dès que je sortis de la douche, je retrouvai Simon au salon, assis sur le canapé et regardant la télévision. Lorsque je m'avançai vers lui, il l'éteignit et ouvrit son peignoir pour me montrer son sexe au repos.

— Chère mademoiselle, que me suggérez-vous pour me remettre en forme ?

D'un geste lent, je défis ma serviette et la laissai tomber à mes pieds avant de m'agenouiller entre ses jambes, sur le tissu épais, espérant protéger mes genoux endoloris…

— Puis-je, monsieur ? demandai-je en léchant ma lèvre inférieure de façon suggestive.

— Avec joie.

Alors qu'il s'installait confortablement sur le canapé, je me penchai sur lui et pris son sexe dans ma bouche. Lorsqu'il se raidit entre mes lèvres, je vis Simon récupérer mon téléphone. Je m'immobilisai un instant, ce qui me valut un regard sombre de sa part.

— Poursuivez, mademoiselle. Ne m'obligez pas à vous punir, aujourd'hui. Votre cul n'apprécierait pas.

Je me remis immédiatement à la tâche, sentant un nœud se former dans mon estomac lorsque je l'entendis parler à son interlocuteur :

— Bonjour John, c'est Simon. Je suis désolé, Annabelle n'est pas en état de te parler pour l'instant, mais je me disais que ce serait plus simple si tu t'adressais directement à moi. Ah ! Et pour la culotte, tu peux la garder en souvenir. Je la préfère sans, de toute façon.

J'étouffai un rire, regrettant de ne pas pouvoir entendre la réponse de John, mais percevant clairement qu'il haussait le ton. Simon dut percevoir mon accès d'hilarité, car il me tapota le dessus de la tête :

— Mieux que ça, Annabelle. Pardon, John, tu sais comment elle est. Impatiente, un peu caractérielle… Bon, où est-ce qu'on en était ? Ah, je m'en souviens ! Si tu veux lui parler, ce sera en ma compagnie. Et sur un terrain neutre. Dans un café, par exemple.

Je m'appliquai plus que jamais à lui faire perdre la tête, et Simon soupira bruyamment, avant de chuchoter à mon intention :

— Vilaine ! Ça, tu vas me le payer !

Il tourna la tête pour ne plus me voir et tenta de se concentrer sur la conversation en cours :

— Pardon, John. Tu disais ? Oui, je connais ce café. À 16 heures ? D'accord. Nous y serons tous les deux. C'est ça. À demain. Au revoir.

Il raccrocha, et, sans arrêter ce que je faisais, je lui envoyai un regard curieux pendant qu'il jetait le téléphone plus loin, sur le canapé. Lorsqu'il reporta son attention sur moi, il plissa les yeux.

— Accélère, j'ai envie de jouir.

Je fronçai les sourcils, ce qui le fit sourire mais pas céder.

— Je te raconterai tout quand tu auras terminé.

Je remis immédiatement du cœur à l'ouvrage et, quand il éjacula en répétant mon nom, j'attendis qu'il me relâche les cheveux pour me relever. Je m'installai à ses côtés, sur le canapé, et ne lui laissai que peu de temps pour se remettre de ses émotions.

— Alors ? Qu'est-ce qu'il a dit ?

Il chassa la torpeur qui l'animait avant de tourner la tête vers moi.

— Je crois qu'il était surpris. Possible qu'il espérait que tu rappliques pour récupérer ta culotte.

J'affichai un sourire qui ne masquait pas une certaine fierté.

— On doit le rencontrer demain après-midi, poursuivit-il. D'ici là, il aura probablement un autre plan en tête. Et, connaissant John, ça ne risque pas de nous plaire.

Le peu de joie que je venais de gagner s'évapora sur-le-champ. Pour me rassurer, Simon passa une main derrière mon dos et me ramena contre lui pour poser un baiser rapide sur ma bouche.

— Sauras-tu être sage, Annabelle ?

— Oui, dis-je avec une grimace.

J'hésitai, puis je lui reposai la seule question qui m'importait vraiment :

— Tu ne vas pas me donner à lui ?

— Je ne sais pas. Et j'apprécierais que tu ne me poses plus la question.

Je restai silencieuse.

— Annabelle, je ferai ce qui est le mieux pour toi. N'en doute jamais.

— John n'est pas bon pour moi.

— Et pourtant tu t'es précipitée chez lui pas plus tard qu'hier.

Je reculai sur le canapé, blessée.

— Si c'est pour me remettre mon erreur sous le nez chaque fois qu'on en parle, il ne fallait pas me pardonner !

Simon m'empoigna par le bras et me força à revenir contre lui.

— Si tu as si peu confiance en moi, Annabelle, il ne fallait pas accepter de devenir ma soumise !

— Mais… je te fais confiance ! protestai-je.

— Alors obéis. Aveuglément, si je te le demande. N'est-ce pas ce que tu faisais pour John ?

Ses paroles me blessèrent de nouveau, probablement parce qu'elles étaient justes. Devant la façon dont je serrais les dents, il me défia du regard.

— Si tu veux changer d'avis… il est encore temps, lâcha-t-il.

Je dus me faire violence pour retenir mon éclat de voix.

— Va chercher ce fichu contrat qu'on règle la question une bonne fois pour toutes, pestai-je.

— Annabelle…

Je le fusillai du regard pour le faire taire, mais il garda son air sérieux.

— Tu es sûre que tu ne veux pas y réfléchir encore un peu ?

— Non.

Devant son inquiétude visible, j'insistai, adoucissant le ton de ma voix :

— Simon, être à toi est la chose que je souhaite le plus en ce monde.

Il posa un autre baiser sur ma bouche.

— Ça, c'est joli à entendre.

— Je t'aime. Ça te plaît de l'entendre, aussi ?

Il éclata de rire, et je me retrouvai serrée contre lui, sa bouche dans mes cheveux.

— Ces mots-là, je les adore, avoua-t-il.

— Moi aussi.

Il y eut un instant de silence avant que j'avoue :

— Ce n'est pas facile de redevenir une soumise. Même la tienne.

— Je sais. Et, si ça peut te consoler, ce n'est pas de tout repos d'être ton Maître !

Nous rîmes ensemble. Puis il chercha mon regard, retrouvant son sérieux.

— Demain, il faudra que tu arrives à prouver à John que tu es vraiment ma soumise. Tu me laisseras parler et tu ne t'emporteras pas, quoi que je dise. D'accord ?

Je pinçai les lèvres.

— D'accord, promis-je.

— Une confiance aveugle, tu te rappelles ?

— Oui. Je ferai ce qu'il faut.

— Bien…

Il retrouva un sourire confiant et me claqua la cuisse en me poussant hors du canapé.

— Maintenant, allons vérifier si tu es aussi docile que tu le prétends. Au lit, mademoiselle !

Je ne me fis pas prier pour obéir !

28

Le choix de Simon

Lorsque nous arrivâmes au café, John nous y attendait déjà ; calme et impassible, comme toujours. Je pris place à droite de Simon, avec précaution pour éviter de grimacer de douleur.

— Je suis content de vous voir. Tous les deux, affirma John en guise de préambule.

Simon posa la main sur mon genou pour me rassurer, et mes doigts se joignirent aux siens. John fit signe au serveur en nous questionnant du regard.

— Qu'est-ce que je vous offre ? Du vin ?

— Deux verres de blanc, annonça Simon.

— Aux dernières nouvelles, Annabelle préférait le rouge, dit John en me jetant un regard amusé.

— Peut-être, mais aujourd'hui ce sera du blanc, trancha de nouveau Simon.

Je ne dis rien et me contentai de baisser la tête pendant que le serveur prenait notre commande. Mon geste ne passa pas inaperçu.

— Tiens donc… Annabelle a donc décidé de devenir ta soumise…

— On ne peut rien te cacher, confirma Simon.

— Bah, je t'avoue que je m'y attendais un peu…

Je fronçai les sourcils, contrariée. Il avait même prévu cela ? Non ! Impossible ! Comment l'aurait-il pu ?

— Tu avais beaucoup de potentiel en tant que Maître, à l'époque, poursuivit John. J'espère que tu sais ce que tu fais.

— Ne t'inquiète pas pour moi, le rassura Simon.

— Ce n'est pas vraiment pour toi que je m'inquiète, commenta-t-il en jetant un regard dans ma direction.

— Comme tu vois, je vais très bien, dis-je en affichant un large sourire.

Le serveur revint et déposa nos verres devant nous. Sans attendre, je pris le mien et le portai à mes lèvres.

— J'espère que tu n'es pas en train de te forcer à endosser mon ancien rôle juste pour la garder, insista John en se tournant de nouveau vers Simon.

— Simon est tout sauf un pervers mégalo dans ton genre ! rigolai-je. D'ailleurs, tu serais surpris de voir à quel point il a de l'imagination.

John prit le temps de tremper les lèvres dans son verre de vin avant de me répondre :

— Chercherais-tu à attiser ma curiosité ?

— Bon. Si tu nous disais ce que tu veux ? s'interposa Simon.

— Quelle impatience ! s'amusa John en portant son verre à ses lèvres. Tu ne vois pas que je m'amuse avec Annabelle ?

Surtout pour lui rabattre le caquet, je lâchai :

— Dis-moi, John : tes fesses sont-elles encore sensibles ?

Au lieu d'être choqué par ma question, son rire résonna de plus belle, léger et insouciant.

— Les fesses, ça va, mais j'avoue que tu n'y es pas allée de main morte dans le bas du dos. (J'affichai un sourire de triomphe.) Je t'offrirais volontiers dix coups supplémentaires si cela ramenait ma bouche entre tes cuisses, ma jolie, ajouta-t-il alors.

Mon air joyeux se crispa, et je dus me faire violence pour ne pas m'emporter. Simon m'avait bien dit de ne pas me laisser dominer par ma colère. C'est elle qui m'avait trahie, la dernière fois, et John l'utilisait pour m'atteindre.

Reportant son attention sur Simon, il annonça :

— Voilà le premier point : je veux deux jours avec Annabelle.

Il prononça ces mots avec fermeté, comme si cela lui était dû. Je tournai la tête en direction de mon Maître en espérant qu'il refuse sans hésiter, mais il resta d'un calme exemplaire et se contenta de plisser les yeux.

— Et pourquoi donc est-ce que j'accepterais ça ?

— À ton avis ? Allons, Simon, Annabelle a un problème, tu ne peux pas le nier.

— Son plus grand étant qu'elle te déteste...

— Bien sûr. C'est pour ça qu'elle est venue chez moi et est repartie après trois orgasmes ? Ils étaient magnifiques, d'ailleurs.

Je retins ma respiration et détournai de nouveau la tête, honteuse. Simon me serra le genou, dans un geste qui se voulait réconfortant.

— Tu l'as piégée, dit-il enfin.

John hésita, puis je le vis hocher la tête :

— C'est juste, même si j'admets que je ne pensais pas qu'elle tomberait aussi rapidement dans ma petite mise en scène. En passant... (Il fouilla dans la poche intérieure de sa veste et posa sur la table une clé USB.) ce qui est dû est dû. Voilà tes photos.

Je faillis sauter sur l'objet, mais Simon le récupéra plus rapidement que moi. Pendant qu'il le rangeait avec calme, John reprit avec un air suffisant :

— Je veux aider Annabelle et j'en suis le seul capable. Il te suffit de me la confier. Deux minuscules petits jours.

— Deux jours ? répéta Simon d'un air surpris. Tu es en train de me dire que tu peux guérir Annabelle en seulement deux jours ?

— La guérir est un grand mot, mais disons… qu'elle sera plus apte à accepter ce qu'elle est. Une chose est sûre : je sais très exactement comment purger toute cette colère qu'il y a en elle.

— Je t'écoute.

— Oh, mais je n'ai pas l'intention de discuter de sa thérapie avec toi ! Ce qui compte, c'est qu'au bout de ces deux jours en ma compagnie Annabelle sera une tout autre personne.

Cette fois, je ne pus m'empêcher de rétorquer, sèche et ironique :

— Super, je vais redevenir une pute ! Quel programme excitant !

La main de Simon se crispa sur mon genou, me sommant de me taire, mais John poursuivit sans attendre, en faisant fi de ma remarque :

— Tout ce que j'exige, c'est que ton Maître te laisse libre de tes choix pendant ces deux jours en ma compagnie. Pour le reste, j'en fais mon affaire.

— Je n'en vois pas l'intérêt, avoua Simon.

— Tu veux un intérêt ? Alors voilà : après ces deux jours, je promets de ne plus intervenir dans la vie d'Annabelle. Elle sera libre. Libérée de toute la rage qu'elle ressent vis-à-vis de son passé, d'abord, mais aussi libre de me choisir à ta place, au final.

Devant le silence tendu qui s'installa, je serrai la main de Simon, crispée sur mon genou. J'espérais qu'il comprendrait à quel point je ne voulais pas qu'il cède à la requête de John. Celui-ci insista encore :

— Allons, Simon, tu sais qu'il y a encore quelque chose entre Annabelle et moi. N'est-ce pas évident ? Les liens entre un Maître et sa soumise vont bien au-delà de l'amour. Tu en es conscient, autrement tu n'aurais pas fait d'elle ce qu'elle est aujourd'hui. Qui plus est, tu as encore toute une semaine pour la faire tienne.

— Où est le piège ? questionna Simon, les traits tendus.

— Il n'y en a aucun, promit John. Je veux simplement régler cette histoire avec Annabelle. Qui sait ? Elle finira peut-être par me pardonner ?

— Alors, là, tu peux rêver ! sifflai-je.

— Deux jours, Simon, et tu en auras le cœur net, insista-t-il. Laisse-moi l'aider à se défaire de son passé. Après quoi, Annabelle pourra choisir pour de bon entre nous. Si elle décide de retourner avec toi, vous n'entendrez plus jamais parler de moi. Ni toi ni elle. En revanche, si elle souhaite revenir avec moi, tu devras accepter sa décision. Il y a peut-être un risque que tu la perdes, mais…

— Il ne me perdra jamais. Je suis à lui, maintenant ! m'énervai-je.

John me fit taire d'un simple coup d'œil.

— Dois-je te rappeler que tu n'as plus voix au chapitre, désormais ? (Il reporta son attention pleine et entière sur Simon.) À vous de trancher, Maître, lâcha-t-il.

Un silence passa durant lequel je les regardai boire tous les deux plusieurs gorgées de vin, tout en écrasant les doigts de Simon sous les miens pour le supplier de ne pas accéder à la requête de John.

— Deux jours ? répéta Simon.

Le sourire de John, déjà triomphant, me donna la nausée.

— Deux jours, confirma-t-il.

— Je refuse, m'exclamai-je en bondissant sur mes pieds.

— Annabelle, assise, ordonna Simon.

— Je ne veux pas y aller ! répétai-je.

Mon Maître se tourna vers moi et me fusilla du regard :

— Serais-tu en train de me désobéir ?

Il était visiblement furieux que j'ose me montrer aussi insubordonnée avec lui devant John. Troublée, je me laissai retomber sur mon siège et grimaçai de douleur.

— Et si tu lui faisais plus de mal que de bien ? s'enquit Simon au bout d'un moment.

— Fais-moi confiance, je sais ce que je fais.

— Permets-moi d'en douter. Dois-je te rappeler que tu l'as pratiquement détruite ?

John grimaça mais ne se laissa pas déstabiliser pour autant.

— Libre à toi de laisser la peur te guider et de refuser mon offre, mais tu me connais : je ne céderai pas, je reviendrai sans cesse à la charge pour la reconquérir. Qui plus est, tu ne sauras jamais la valeur de votre union.

Simon jeta soudain, sèchement :

— Deux jours. Après quoi, je ne veux plus jamais entendre parler de toi.

Visiblement ravi, John tendit la main par-dessus la table pour sceller leur accord.

— Deux jours, et Annabelle sera définitivement libérée de moi. Sauf si elle décide de me revenir, évidemment…

— J'ai confiance en elle, affirma Simon en serrant les doigts de John.

— Oh, mais moi aussi, mon ami ! Moi aussi.

Le choix de Simon m'avait complètement assommée. Je gardai les yeux rivés sur la table pendant que John prenait congé, et je serrai les dents lorsqu'il s'adressa à moi :

— À samedi, Annabelle.

29

La peur au ventre

Je refusai de parler à Simon pendant tout le trajet du retour, les pensées les plus confuses tournoyaient dans ma tête. J'étais incapable de comprendre comment il avait pu accepter un tel marché.

Une fois à la maison, je m'enfermai dans la salle de bains, et il vint frapper doucement à la porte.

— Annabelle, il faut que tu comprennes…

— Je ne veux rien savoir. Et je n'irai pas, compris ? Je ne peux même pas croire que tu me fasses une chose pareille !

— Annabelle, sors de là immédiatement, ordonna-t-il.

— Non !

Il frappa plus fort sur la porte et gronda :

— Sors ! Tu n'as décidément rien compris !

Je lui ouvris, rouge de colère, et lui criai dessus :

— Tu trouves ça drôle de me redonner à l'homme qui a détruit ma vie ? Tu ne vois pas qu'il essaie de m'arracher à toi ? Quoi ? Tu veux me punir parce que j'ai recouché avec lui ?

— Ça n'a rien à voir !

— Comment peux-tu m'envoyer là-bas ? Autant me quitter et me mettre tout de suite à la porte, tout simplement !

Je le repoussai pour sortir de la salle de bains, mais il me retint par le bras avant que j'atteigne la chambre.

— Tu pourrais m'écouter ?

— Je ne veux rien entendre ! Je ne veux pas aller chez John ! Tu le savais et tu as osé accepter sa fichue proposition !

Je craquai comme si mes os venaient de me lâcher, chutant à genoux devant lui. Je me mis à pleurer comme une idiote en secouant la tête.

— Je ne veux pas faire ça. Ne me demande pas ça. S'il te plaît…

Simon se laissa tomber à mes côtés et me serra contre lui. Très fort.

— Annabelle…, je veux ce qu'il y a de mieux pour toi, même si je dois te perdre. Ce n'est pas pour moi que j'accepte, mais pour toi. Si je prends ces risques, c'est parce que j'ai confiance en toi, et en nous. Quand tu me reviendras, on reconstruira notre vie, tu sauras ce que tu veux, et cette fois on sera débarrassés de lui. Pour de bon.

Sa main se posa sur ma nuque.

—Annabelle, je sais que notre relation est plus saine que tout ce que John pourra jamais t'offrir. Si je t'envoie là-bas, c'est parce que je sais que tu me reviendras et que tu seras à moi bien plus que tu ne l'as jamais été, après cette épreuve. Parce que tu auras enfin fini par comprendre que John ne te mérite pas.

—Si tu m'aimais, tu ne me demanderais pas ça.

—C'est justement parce que je t'aime que je te le demande, me contredit-il. Depuis le début, nous traînons le souvenir de John et de ta soumission dans notre couple. Tu dois régler cette histoire pour que la nôtre puisse s'épanouir.

Je me remis à pleurer. C'était ma faute si nous en étions là. J'avais cédé à John, et, à présent, Simon doutait de nous. J'étais coincée. Quand j'essuyai ma joue trempée, je chuchotai :

—Simon…, j'ai peur.

—C'est normal, mais j'ai confiance en toi, Annabelle. Tu me reviendras, et notre couple sera plus fort que jamais.

—D'accord, d'accord, finis-je par souffler en tremblant.

Je n'étais pas aussi convaincue que lui par l'issue de cette histoire. Lorsque ma respiration retrouva un rythme relativement normal, Simon se détacha de moi et reprit la parole :

—Il faut que les choses soient claires, Annabelle : je ne veux pas que tu y ailles parce que tu m'es soumise, mais de ton plein gré.

Je soupirai sans répondre.

— Et si tu y vas, insista-t-il, tu dois te soumettre à John comme il l'entend. Tu dois jouer le jeu, Annabelle, autrement tout cela n'aura servi à rien. Tu comprends ce que je dis ?

— Oui, acquiesçai-je simplement.

Il me scruta longuement, comme s'il attendait quelque chose de moi, mais seul mon silence lui répondit.

— Le feras-tu dans ces conditions ? insista-t-il.

Je choisis soigneusement les mots qui franchirent mes lèvres :

— Je ferai ce que tu veux.

Il m'emprisonna de nouveau entre ses bras.

— Tout ira bien. Je te le promets. Aie confiance, Annabelle.

Pendant qu'il essayait de me rassurer, j'angoissais déjà en imaginant tout ce que pouvait bien préparer John pour moi. Si Simon avait confiance, moi, je ne le pouvais pas. La peur me rongeait de l'intérieur.

Finalement, Simon se détacha et indiqua la chambre du menton.

— Puisque tu viens de dire que tu ferais ce que je veux, retire ces vêtements et va te mettre au lit.

Je le fixai d'un air ahuri.

— John aura deux jours, mais nous en avons encore cinq.

Je feignis un sourire, mais il était baigné de larmes.

— Avant de te donner à lui, c'est à moi que tu vas te soumettre, Annabelle. Et je peux te promettre une chose : quand j'en aurai fini avec toi, John pourra faire ce qu'il veut de ta personne, mon nom sera gravé partout sur ta peau. Et, après ces deux jours, nous aurons toute la vie juste pour nous deux, dit-il enfin.

— Tu me le jures ?

— Je te le jure, confirma-t-il en opinant de la tête.

30

Les amoureux

Tous les soirs de la semaine, Simon se plut à organiser de petits jeux de rôle pour pimenter notre vie sexuelle. Après des mois de relation où j'avais été sa reine, je me trouvais contrainte de me plier à sa volonté. Et, même s'il m'arrivait de grimacer devant ses exigences, je ne me serais jamais plainte de ce changement. Contrairement à John, Simon était un Maître fort attentionné et un amoureux d'une tendresse inégalée. Incroyable dans tous les domaines.

Alors que je me préparais à rentrer du travail le mercredi, il me téléphona au bureau :

— Qu'est-ce que tu portes ? me demanda-t-il sans préambule.

— Euh… mon tailleur gris.

— Celui avec la jupe ?

— Oui. Pourquoi ?

— Retire ta culotte et viens me rejoindre au restaurant.

Et il raccrocha sans attendre. Il voulait que je le rejoigne à son restaurant ? Une fois la surprise passée, je souris devant ce nouveau jeu annoncé et passai rapidement dans les toilettes privées de mon étage pour lui obéir.

Dès qu'il m'aperçut, Simon quitta la cuisine et fit signe à l'un de ses employés qu'il s'absentait. Il retira son tablier et vint plaquer un baiser rapide sur ma bouche.

— Salut, toi. Tu as faim ?

— Euh… plutôt oui, dis-je en espérant qu'il comprenne que je parlais d'une tout autre faim que de simple nourriture.

— Viens.

Il me tira en direction de la salle et me fit prendre place à une table avant de s'asseoir devant moi. Je le fixai sans comprendre : l'endroit était bondé ! Pourquoi m'avait-il fait retirer ma culotte si c'était pour m'inviter à dîner devant tout le monde ? Alors qu'il me tendait un menu, je proposai :

— Et si on allait dans ton bureau ?

— Je croyais que tu avais faim ?

— Eh bien…

Mes doigts triturèrent ma jupe sous la table. Du bout de son index, il tapota le menu :

— Je te suggère les moules. J'ai eu un bel arrivage, ce matin.

— D'accord, dis-je sans grand enthousiasme.

Il fit signe au serveur de s'approcher et commanda :

— Une bouteille de picpoul et deux plats du jour. Et demande à Charlotte de relever un peu la sauce.

— Bien, chef !

Il repartit aussi prestement qu'il était arrivé, et Simon se mit à jouer avec la cuillère à dessert avant de me questionner, sans relever les yeux vers moi :

— Alors... avez-vous suivi mes ordres, mademoiselle ?

Je me raidis. Instaurait-il vraiment le début du jeu ? Ici ? Malgré la nervosité qui s'installait dans mon ventre, je chuchotai :

— Bien sûr, monsieur.

Il fit danser l'ustensile devant lui en hochant la tête d'un air satisfait.

— Vous servir est à la fois un honneur et un plaisir, monsieur.

Je lui envoyai un sourire aguicheur, espérant qu'il cède rapidement à mes charmes. Avions-nous le temps de nous éclipser en douce dans son bureau pendant qu'on préparait notre repas ?

Le vin arriva. Déjà ? Ma parole, avait-il demandé à tout le monde de se dépêcher ? Je bus une longue gorgée et découvris que j'avais la bouche sèche. Devant sa mise en scène, je ne savais pas à quoi m'attendre et je détestais cela.

— Il te plaît ? Le vin ?

— Il est très bien, dis-je, même si je n'étais déjà plus certaine de me remémorer son goût.

— Dis-moi, Annabelle, serais-tu excitée ?

Alors que mon regard papillonnait dans la salle, je le reposai sur lui avec une étrange appréhension au fond du ventre.

— Un peu, finis-je par répondre.

— Un peu ? Et si tu allais vérifier ?

Ma respiration s'emballa.

— Ne fais pas ta timide. Touche-toi. Je voudrais m'en assurer.

Je lui jetai un regard anxieux.

— Quoi ? Ici ? Simon, tu n'es pas sérieux ?

— Dois-je comprendre que tu refuses de m'obéir ? me questionna-t-il en haussant un sourcil.

Je sursautai et secouai aussitôt la tête, troublée par son ton autoritaire. Ma main disparut sous la table et glissa sous ma jupe. Très vite et en évitant de jeter le moindre regard autour de nous, j'insérai mon doigt dans mon sexe et l'en ressortis trempé, les joues rouges de honte.

— Plongez ce doigt dans votre verre et portez-le à ma bouche, dit-il en affichant un air malicieux.

J'obéis, trempai mon doigt dans le vin et l'avançai vers lui. Simon attrapa mon poignet, passa mon doigt sous son nez et en huma l'odeur avant de le glisser entre ses lèvres. Devant son regard de feu, je fus incapable de retenir mes mots :

— Monsieur, vous m'excitez !

— Et vous m'en voyez ravi.

Il me relâcha la main, et je lui jetai un regard mutin.

— Si nous allions faire un tour dans votre bureau, monsieur ?

— Plus tard, promit-il. Pour l'instant, j'ai très envie de vous faire goûter le plat du jour. Je suis sûr que vous allez l'adorer.

— J'aime tout de vous, monsieur, dis-je en lui décochant mon plus beau sourire.

Il se pencha vers moi et reprit ma main pour l'embrasser de façon sensuelle.

— L'inverse est tout aussi vrai, mademoiselle.

Mon cœur s'emballa. Ça, c'était le Simon que j'aimais : coquin, passionné et surtout amoureux ! D'ailleurs, j'étais tout aussi folle de lui. Le voyait-il ? J'avais envie de me jeter sur lui et de le faire mien. Cette attente me rendait dingue !

— Quel regard vous portez sur moi ! dit-il avec un soupir plein d'envie. Si vous me disiez à quoi vous pensez ?

— Je pense que je suis follement amoureuse de vous, monsieur, et qu'il me tarde de vous le prouver.

Je léchai ma lèvre inférieure pour lui démontrer ce que j'avais en tête, et mes cuisses se serrèrent sous la table, mais il n'eut pas le temps de me répondre avant que le serveur vienne déposer nos plats devant nous.

— Voilà, les amoureux ! Bon appétit !

Je le remerciai d'un sourire figé, sans accorder la moindre attention au repas, mais Simon semblait pressé que j'y goûte.

— Vas-y, j'ai hâte de savoir ce que tu en penses !

Je mangeai deux moules sans grand enthousiasme et une poignée de frites avant de forcer un sourire sur mes lèvres.

— C'est très bon.

— Je trouve aussi. Tu as vu comme l'estragon relève bien le goût de la sauce ?

Je trempai le bout de mon doigt dans mon plat et le léchai avant de chuchoter :

— C'est sur toi que je voudrais déguster cette sauce…

Une moule à mi-chemin entre son plat et sa bouche, il me fixa en souriant, puis se lécha les lèvres :

— Quelle idée appétissante ! confirma-t-il avant de détacher le mollusque avec sa fourchette pour l'enfouir dans sa bouche.

Je suivais ses gestes avec attention, comme si je n'arrivais plus à le quitter des yeux.

— Tu devrais manger, me conseilla-t-il en posant un regard moqueur sur moi.

Je haussai les épaules, et il sembla réfléchir en se caressant la lèvre du bout de l'index.

— Puisque tu n'as pas faim, reprit-il, pourquoi tu ne te masturberais pas sous cette jolie nappe ?

Mon corps se raidit. En face de moi, Simon scrutait ma réaction autant que je détaillais la sienne. De toute évidence, il était sérieux ! Devant mon hésitation, il ajouta, non sans une pointe d'amusement :

— Dois-je l'ordonner, mademoiselle ?

— Je… Non, monsieur.

Ma main droite disparut entre mes cuisses, et j'approchai ma chaise le plus possible de la table pour que le tissu me cache davantage. Dans des gestes lents, je me caressai en fixant Simon droit dans les yeux et en me concentrant sur le rythme tremblant de ma respiration.

— Vous voilà bien silencieuse, dit-il en riant.

Sans répondre, j'inspirai, expirai, troublée par la chaleur qui m'animait et la vitesse à laquelle le plaisir se faufilait dans tous les pores de ma peau.

Devant moi, Simon poursuivait son repas en jetant régulièrement un regard intéressé dans ma direction.

— Vous avez des joues bien rouges, mademoiselle, dit-il en léchant sa fourchette devant moi.

Je sursautai lorsque le serveur revint se planter à ma gauche.

— Alors ? C'est à votre goût ?

— C'est très bon, répondit Simon sans me quitter des yeux.

Ma main s'était immobilisée sur mon sexe, et je me raclai prestement la gorge.

— C'est délicieux, bredouillai-je en portant plusieurs frites à ma bouche avec mes doigts libres.

Il nous resservit du vin avant de filer en douce, et Simon étouffa un rire devant mon air paniqué, avant de jeter :

— Je vous en prie, poursuivez, mademoiselle.

Malgré la gêne qui me tenaillait, je ne me fis pas prier pour reprendre mes caresses.

— Dis-moi, Annabelle, tout cela ne te rappelle donc rien ?

Alors que j'étais sur le point de jouir, il me demandait de réfléchir ? Je ralentis un peu le rythme et saisis soudain son allusion.

— Mon texte !

— Exact ! Mais je ne doute pas que les choses auraient été bien plus agréables si c'était moi qui t'avais caressée…

À ces mots, une nouvelle vague de plaisir me submergea, et je serrai le rebord de la table de ma main libre.

— Comment comptes-tu t'y prendre pour jouir discrètement au milieu de tous ces gens ? me questionna-t-il.

Je ralentis et le fixai, un peu perplexe.

— Tu ne vas pas… enfin, je veux dire… tu comptes… m'arrêter avant que… ?

J'avais de plus en plus de mal à parler, mais il secoua la tête.

— T'arrêter ? Pourquoi est-ce que je ferais cela ? Si tu voyais le magnifique spectacle que tu m'offres…

Ses pieds se refermèrent sur l'un des miens, et il le remonta pour pouvoir le poser sur sa cuisse. Alors que je luttais pour garder ma respiration silencieuse, Simon me déchaussa et se mit à masser le bas de ma jambe en reportant un regard de feu sur moi.

— Fais-toi jouir, maintenant.

Je fermai les yeux avant de murmurer :

— J'avais peur que tu ne dises ça.

— Ne me dis pas que tu n'en as pas envie.

— Oh, mais j'en ai envie ! m'exclamai-je en tentant de ne pas m'emporter, mais pas ici !

Je jetai un coup d'œil autour de nous, mais je n'arrivais plus à cesser mes caresses. Même discrètes, elles m'entraînaient irrémédiablement vers une chute délicieuse. Lorsque je fus sur le point de perdre tous mes moyens, j'agrippai la serviette, prête à l'écraser contre mes lèvres pour contenir mes gémissements.

— Dans notre chambre, une bien jolie musique serait sortie de votre bouche à ce moment précis, soupira tristement Simon.

Je ne répondis pas. Je n'avais ni le temps ni le souffle nécessaires pour le faire. Je ravalai mes plaintes en essayant d'oublier les gens autour de nous. Les doigts de Simon griffèrent soudain ma cheville.

— Maintenant, ordonna-t-il.

Étrangement, mon corps lui obéit. Je serrai les cuisses, écrasai mes doigts sur mon clitoris, qui se mit à pulser sur-le-champ. Mon pied reprit sa liberté un peu rudement, et mon genou se cogna sous la table. Très vite, la serviette se retrouva sur mes lèvres alors que j'essayais de retenir le cri que je ravalais depuis trop longtemps. Je me mis à toussoter tout en reprenant mes esprits.

De l'autre côté de la table, Simon se pencha et me tendit mon verre de vin.

— Bois un peu, ça ira mieux.

Je relevai un visage que je savais rouge vers lui, mais, comme je n'avais pas encore le plein contrôle de ma voix, je me jetai sur mon verre que je vidai d'un trait.

Visiblement amusé par le spectacle, Simon jeta sa serviette sur la table et fit signe au serveur de revenir vers nous.

— Tu peux nous mettre les restes dans un plat à emporter ? Annabelle est fatiguée. On terminera tout ça à la maison.

— Ah, les amoureux ! dit-il en riant. Un petit repas bien au chaud sur le canapé ? En voilà une bonne idée !

Dès que le serveur s'éloigna avec mon assiette, je jetai un regard perdu à Simon.

— Pourquoi tu ne m'invites pas dans ton bureau, tout simplement ? m'entendis-je lui demander, soudain impatiente de me jeter sur lui.

— Parce que j'ai envie de te faire hurler. Et pas qu'un peu, dit-il en affichant un sourire rempli de promesses.

Je me tortillai pour me rechausser et replacer ma jupe, mais je ne me fis pas prier pour le suivre hors du restaurant.

31

Un goût de paradis

Les jours passaient vite. Trop vite. Même si nous évitions d'en parler, John était toujours là, quelque part dans ma tête, comme une ombre désagréable. À chaque instant, j'imaginais que Simon pouvait encore revenir sur sa parole, me supplier de ne pas y aller ou m'emmener à l'autre bout du monde, là où John ne me retrouverait plus jamais.

Alors que je rentrais du travail, le vendredi soir, mon amoureux surgit sur le seuil de la porte et me guida en direction de notre chambre.

—Qu'est-ce que tu fais là ? demandai-je, surprise de le voir déjà à la maison.

—J'ai changé mon horaire. Je travaille demain au lieu de ce soir.

—Mais… pourquoi tu ne me l'as pas dit ? Je serais rentrée plus tôt !

— Parce que j'avais besoin de temps pour tout préparer…

Il me poussa dans la chambre, où des dizaines de chandelles avaient été allumées autour du lit, et je restai figée sur le seuil, le cœur lourd devant son attention.

— Trop romantique ? me questionna-t-il.

Je secouai la tête.

— Je peux te fouetter, si tu veux, proposa-t-il d'un ton moqueur, mais j'avais plutôt prévu de… de vérifier que tu m'étais bien obéissante…, puis de te faire l'amour.

Tentant de repousser l'émotion qui me gagnait de plus en plus, je soupirai :

— Aurais-tu une raison de douter de mon obéissance ?

— Non, mais comme tu seras avec lui, demain, je veux être sûr que tu saches à quel point je t'aime.

Je détournai la tête.

— Annabelle…

— Je ne veux pas y aller. Est-ce qu'on n'a pas passé une super semaine, toi et moi ?

— Si, confirma-t-il en hochant la tête, et nous en repasserons une aussi belle, la semaine prochaine. Et l'autre encore après.

Ma gorge se serra, et je déglutis avec difficulté en sentant perler des larmes au coin de mes yeux.

— Simon, je me sens… affreusement mal.

— Pourquoi donc ? C'est moi qui t'envoie à lui, Annabelle, comme je pourrais te donner à un inconnu lors d'une soirée dans un bar échangiste. John n'est qu'un homme comme les autres. Le seul pouvoir qu'il a sur toi est celui que tu lui donnes.

Je marmonnai :

— Et toi, alors ? Tu iras à une soirée ou… quelque part, ce week-end ?

Il ne dit rien pendant une longue minute, puis sa voix résonna contre ma tête :

— Tu te sentirais mieux si je baisais une autre femme, c'est ça ?

— Oui, admis-je tristement.

Son soupir se fit lourd.

— D'accord. Je trouverai une façon de passer le temps quand tu seras avec lui.

Peut-être aurais-je dû me sentir plus légère, mais il n'en fut rien. Ce n'était pas de la jalousie ni de la culpabilité, mais une énorme boule d'angoisse qui me serrait la gorge. J'avais peur de céder à John, peur d'y prendre du plaisir, peur de gâcher ma relation avec Simon… Peur de tout perdre, en somme.

Comme pour me détourner de mon malaise évident, il se mit à défaire lentement les boutons de mon chemisier.

— Puis-je avoir toute confiance en vous, mademoiselle ? Allez-vous bien suivre mes ordres ?

Je ravalai mes larmes.

— Je ne vous décevrai pas, monsieur, promis-je.

—Je sais, car vous ne m'avez jamais déçue, Annabelle. Pas une fois, me certifia-t-il en plongeant le regard dans le mien.

Incapable de répondre, je grimaçai. Comment pouvait-il dire ça après ce que j'avais fait ? Après ce que je m'apprêtais à faire ? Prestement, il me tira vers lui et me prit dans ses bras.

—Je n'ai pas peur, Annabelle. Tu vois ? dit-il en affichant un large sourire. Parce que j'ai confiance en nous. Pourquoi n'as-tu pas cette même confiance ?

Il continuait de me dévêtir pendant que je cherchais une réponse. La seule que je trouvai résonna enfin :

—C'est en John que je n'ai pas confiance.

—Alors ne crains rien. Il n'aura que deux jours, alors que moi, je t'aurai pour le reste de notre vie. Dis-toi que ça le rendra fou, parce qu'il aura échoué sur tous les plans…

Lorsqu'il eut fini de me déshabiller, Simon me plaqua dos au sol et se mit à me lécher la poitrine de sa langue délicieusement chaude. Descendant vers mon sexe, il s'arrêta pour vérifier l'effet de ses gestes sur ma respiration, puis attendit que je rouvre les yeux avant de poursuivre :

—Sois la femme la plus désirable, la plus vilaine, la plus excitante qu'il ait jamais vue, me demanda-t-il. Je veux qu'il goûte au paradis que tu es avant que tu me reviennes.

J'arborai un sourire ravi, étonnamment charmée par ce plan.

—Vous êtes bien cruel, monsieur, dus-je admettre.

— Voilà ce qu'il en coûte de toucher à la femme que j'aime.

Sa bouche fila entre mes cuisses, me dévora jusqu'à m'arracher un cri auquel je m'abandonnai avec joie. Décidément, ses mots m'avaient excitée plus que je ne l'aurais cru. S'arrêtant avant de me faire jouir, Simon retira prestement ses vêtements et grimpa sur moi avant de me faire entièrement sienne.

— Tu es à moi, Annabelle, répéta-t-il en me prenant avec force.

Je fermai les yeux sous ses coups de hanches possessifs et acquiesçai.

32

L'HONNÊTETÉ

J'ARRIVAI CHEZ JOHN À L'HEURE PRÉVUE, PRESQUE malade de nervosité. À la seconde où je fus devant sa porte, elle s'ouvrit. De toute évidence, il avait guetté mon arrivée. Et qu'il soit vêtu d'un peignoir me faisait déjà craindre le pire.

— Bonjour Annabelle, je suis content de te voir, m'accueillit-il.

Je ne répondis pas, l'air sombre. D'un pas lourd, j'entrai, et il m'indiqua l'escalier qui menait à l'étage.

— Je ne pense pas avoir à te montrer où se trouve ta chambre. Tu n'as qu'à y laisser tes affaires. J'ai pris la liberté de déposer un peignoir sur le lit. Enfile-le. Tu n'auras qu'à redescendre quand tu seras prête.

J'eus envie de rétorquer que je ne serais jamais prête, mais j'étais surprise qu'il me propose de porter un peignoir.

En tant que soumise, n'étais-je donc pas tenue d'être nue ? Devant mon air intrigué, il sourit :

— Dépêche-toi. J'ai une surprise pour toi.

Ses paroles ne me rassurèrent pas, et, avant de tourner les talons pour monter à l'étage, je jetai un coup d'œil rapide autour de moi. Rien de particulier n'accrocha mon regard. Si surprise il y avait, elle était probablement au sous-sol. Un endroit où, à choisir, j'aurais préféré ne jamais remettre les pieds.

Une dizaine de minutes plus tard, je revins vêtue de mon peignoir. Au lieu de me faire descendre au sous-sol, comme je l'avais craint, John me fit asseoir sur son canapé. Lorsqu'il prit place à côté de moi, je déglutis nerveusement.

— Comment te sens-tu ?

— À ton avis ? sifflai-je.

— Je suppose que tu as connu des jours meilleurs, mais tu t'en fais pour rien : je suis sûr que nous passerons un très bon moment ensemble.

Je grimaçai.

— C'est bon, John ; j'ai déjà promis à Simon que j'allais t'obéir, alors dis-moi ce que tu veux, qu'on en finisse…

Malgré la colère que je laissais transparaître dans ma voix, je ne pus retenir un frisson en anticipant sa première demande. Peut-être était-il plus sage de le laisser parler, tout compte fait, ne serait-ce que pour gagner du temps.

Quand la main de John se posa sur la mienne, j'eus un geste de recul qui ne le surprit pas, mais ses doigts ne relâchèrent pas les miens pour autant.

— Je ne vais exiger qu'une chose, Annabelle : ton honnêteté. Si tu veux te libérer de ta colère, il faut que tu parviennes à me refaire confiance.

— Alors là tu peux rêver !

Je chassai sa main de la mienne, mais il insista :

— Je veux sincèrement t'aider, Annabelle, et, si ça peut te rassurer, je te promets de ne pas te demander de coucher avec moi.

Je le fixai, ahurie. Ne m'avait-il pas piégée précisément dans ce but-là, celui de m'avoir à lui pendant tout un week-end ?

— Qu'est-ce que tu manigances ? lui demandai-je.

— Rien du tout, se défendit-il, mais, si tu es honnête avec toi-même pendant ces deux jours, tu verras que c'est toi qui auras envie de coucher avec moi.

J'éclatai de rire.

— Tu es complètement fou !

— Tu crois ça ? Je ne te laisse certainement pas si indifférente puisque tu as cédé si facilement, la dernière fois.

Mon rire s'évanouit.

— Tu m'as piégée, lui rappelai-je en sentant poindre la colère dans mon ventre.

— Un peu, je l'avoue, mais je ne t'ai pas violée.

Mon corps se raidit sur le canapé, et je ne pus m'empêcher de riposter :

— C'était tout juste !

Son regard s'assombrit.

— J'exige ton honnêteté, Annabelle. J'ai admis t'avoir piégée. Admets que tu avais envie de moi.

— Absolument pas ! J'étais folle de rage !

Il se pinça le nez et souffla :

— Décidément ! Nous n'arriverons à rien, comme ça !

Je croisai les bras, agacée par sa façon de me prendre de haut, et jetai en bloc :

— La Terre ne tourne pas autour de John Lenoir, tu sais ? Simon et moi, on fait énormément l'amour ces dernières semaines, j'avais les hormones en feu, c'est tout !

Il garda un regard impassible, puis, au bout d'un moment terriblement long, il hocha la tête.

— Soit. Admettons que cela soit vrai…

— C'est vrai ! m'énervai-je.

D'un doigt levé, il me réduisit au silence.

— J'ai dit : « Admettons que cela soit vrai… » Peux-tu me promettre d'être honnête avec moi pendant ces deux jours ? J'en ferai de même avec toi.

— Bien sûr, raillai-je.

— Tu ne me crois pas ?

— Que vaut ta parole, John ?

— Si tu ne me crois pas capable de franchise avec toi, tu n'as qu'à poser une question et voir par toi-même si je mens.

J'en trouvai une sans mal :

— Dis-moi, John : est-ce que tu te drogues ?

Visiblement, je le surpris, car il toussota avant de poser un regard trouble sur moi.

— Pardon ?

Plus confiante, je repris :

— Oh, je ne parle pas de drogues dures, tu sais ? Juste de petites pilules bleues. De celles qu'on utilise pour renforcer la virilité...

Ce fut à son tour de me surprendre, car il se mit soudain à rire à gorge déployée.

— Ah, Lena ! Je me doutais bien qu'elle avait jeté un coup d'œil dans ma pharmacie ! Eh bien..., puisque tu veux tout savoir, cela m'arrive, admit-il.

Je restai silencieuse, à le fixer sans comprendre. C'est probablement la raison pour laquelle il entreprit de se justifier :

— Tu sais, dans les soirées, il arrive qu'on ait plus ou moins envie de certaines personnes... Autant éviter de blesser les autres, tu ne crois pas ?

J'en restai bouche bée, et il en profita pour se moquer de moi :

— Mademoiselle, je vous choque !

— Mais... non ! me braquai-je.

— Honnêteté, Annabelle...

Je finis par concéder :

— D'accord. J'avoue que je ne m'y attendais pas…

— Au moins, tu l'admets ! Mais je te rassure : il n'y a pas beaucoup d'hommes qui auraient besoin de ce type de cachets avec toi.

Son rire résonna encore avant qu'il reprenne :

— Si tu continues à être aussi honnête, tout se passera pour le mieux entre nous. Cela étant dit, sache que, même si je ne te demande pas de coucher avec moi, je peux exiger de toi quelques petites choses au fil du week-end.

Que pouvait-il bien me demander qui ne soit pas rattaché à des faveurs sexuelles ? J'étais perplexe. Je ne savais vraiment plus ce que ces deux jours en sa compagnie me réservaient…

— Cette question étant réglée, reprit-il, passons à un sujet plus délicat…

Un silence passa avant qu'il se décide à demander :

— Depuis notre séance de la semaine dernière, es-tu toujours aussi en colère contre moi ?

— Toujours, affirmai-je.

— Saurais-tu déterminer si c'est à cause du piège que je t'ai tendu ou si ça vient de ce que je t'ai fait subir en tant que soumise ? Selon toi, où se trouve la source de ta colère ? Des erreurs que j'ai commises alors que j'étais ton Maître ? Du fait que je n'ai pas su te protéger correctement ? Du viol que tu as subi ? Ou peut-être de la trahison dont tu as cru être victime ?

Je serrai les dents pour essayer de garder mon calme.

— Qu'est-ce que ça change ? Tout ça…, c'est tellement loin !

— Pas si loin, apparemment. Dois-je te reparler de ces coups de fouet dont tu m'as si gentiment gratifié ?

— Arrête.

— Annabelle, tout ce que je veux savoir, c'est… pourquoi avais-tu tant envie de me frapper ?

Mes yeux revinrent sur lui, noirs de colère.

— Tu l'avais bien cherché !

— Je sais ce que j'ai fait pour y parvenir, mais toi, à quoi pensais-tu lorsque tu me frappais ?

— Et toi, est-ce que tu as vraiment fait tout ça dans le seul but de recoucher avec moi ? sifflai-je.

— Si tu réponds correctement à ma question, je répondrai à la tienne avec toute l'honnêteté que tu es en droit d'exiger de moi.

Mon corps se raidit sur le canapé.

— Je n'exige rien de toi, John. C'est là toute la différence entre toi et moi.

— Cesse de te défiler. Je veux une réponse.

Devant son insistance, je cédai et pris un moment pour replonger dans ces souvenirs douloureux. Je me remémorai la colère qui m'animait la semaine dernière, alors que je le rouais de coups, et pris un temps considérable pour analyser les pensées qui m'avaient traversée, ce jour-là.

— En fait, j'étais surtout en colère contre moi, avouai-je, non sans être troublée par mon propre constat.

— Pourquoi cela ?

— Parce que… je n'aurais pas dû te faire confiance. Parce que je savais que cette relation allait me détruire et que j'ai quand même choisi de m'y consacrer corps et âme.

— Mais tu étais bien en colère contre moi aussi, non ?

Je haussai les épaules, mais, devant le flou de ma réponse, il reprit :

— Les gens qui frappent les autres, Annabelle, ont souvent un problème face à leur propre image. Par exemple, ton père battait probablement ta mère parce qu'il savait que l'image qu'elle avait de lui le dégoûtait. C'est une sorte de transfert. Enfin… dans certains cas.

Qu'il dérive sur mon passé m'énerva, et je m'empressai de changer de sujet, mordante :

— Dois-je comprendre que tu n'aimes pas l'image que tu projettes, John ?

Il étouffa un rire et secoua la tête.

— C'est plus compliqué que ça.

— Évidemment, dis-je en laissant clairement transparaître l'ironie dans mon ton.

Il s'étira vers l'arrière et prit une longue inspiration avant d'admettre :

— Ton père battait ta mère ; le mien, c'est moi qu'il battait. Il ne voulait pas d'enfant, et ma mère m'avait quitté en même temps que lui. Et plus il se sentait coincé avec moi, plus il me battait. Ce n'est qu'au bout de vingt ans, quand j'ai été capable de le battre à mon tour, que j'ai compris que mon père, en deçà de ce qu'il m'avait fait subir pendant toute ma jeunesse, m'aimait. D'une manière très particulière, je l'admets, mais quand même…

Son aveu me rendit nerveuse et me toucha plus que je ne l'aurais imaginé. Probablement parce que, pour avoir vécu dans une famille dysfonctionnelle du même ordre, je me doutais de ce qu'on y ressentait…

— J'aime la souffrance, Annabelle, et je ne m'en suis jamais caché. Mais il y a des moments où…, quand je frappe une femme, c'est par amour. Comme mon père avec moi.

Je ne sais pas s'il s'attendait à ce que je dise quelque chose, mais je ne trouvai aucun mot, pas même de réconfort.

— Quand je t'ai attirée dans mon piège, comme tu aimes tant me le rappeler, ce n'était pas uniquement pour coucher avec toi, Annabelle ; autrement je ne me serais pas arrêté là, tu t'en doutes. C'était d'abord pour que tu saches que tu avais toujours envie de moi, et aussi pour voir le niveau de colère qui t'habitait.

Une fois le choc de ses mots passé, je retrouvai l'usage de la parole :

— Et ma colère était-elle assez intense pour toi ?

— Ce n'était pas mal, dit-il simplement, mais je dois admettre que tu es bien plus forte que je ne le pensais.

Je ne sais pas s'il avait espéré me faire plaisir par ces mots, mais je n'affichai aucune joie.

— Crois-tu que cette séance de fouet t'a libérée d'un peu de colère à mon endroit ? demanda-t-il encore.

— Si je dis oui, tu vas me permettre de te fouetter de nouveau ? lançai-je avec une pointe d'espoir.

Il rit longuement et secoua la tête.

— Je t'ai prévenue que tu n'aurais que quinze coups. À moins que tu ne me le demandes gentiment, mais, pour être tout à fait honnête, je t'avoue que je n'en vois pas l'intérêt…

— Oh, mais ça me ferait certainement très plaisir !

Son œil se mit à briller de malice.

— J'ai souvenir de bien des tensions qu'il m'a fallu évacuer de ce joli petit corps quand tu en as eu fini avec moi. Est-ce une envie secrète qui se cache derrière cette demande d'une autre séance ?

Je croisai les bras, mal à l'aise, et tentai maladroitement de justifier mes actes de la semaine dernière.

— Je te rappelle que c'était la première fois que je faisais… ce genre de choses. Je ne savais pas à quoi m'attendre, me défendis-je. Maintenant, je serais sûrement… moins nerveuse.

— C'est ce que nous verrons. Parce que tu vas retoucher à la cravache, aujourd'hui.

Mon corps se raidit, et je le toisai avec anxiété. Devant mon angoisse, il s'empressa de me rassurer :

— Oh, mais ne t'inquiète pas : c'est toujours toi qui la tiendras entre les mains.

— Mais... ?

— Non, je ne serai pas ta victime, confirma-t-il encore. Allons, Annabelle, n'es-tu pas fâchée contre d'autres personnes ? Suis-je donc le seul à t'avoir trahie, dans cette histoire ?

Sans réfléchir, je secouai la tête.

— Non. Vraiment... je ne vois pas...

Lorsqu'un visage en particulier apparut soudain dans mon esprit, le choc se peignit sur mes traits, mais John me réduisit au silence en posant l'index sur sa bouche.

— Chut ! Ne gâche pas la surprise, tu veux ? Allons plutôt manger. Tu sors peut-être avec un cuisinier, mais on dirait que tu as perdu du poids. Et, si tu veux un bon conseil, il vaut mieux que tu prennes des forces avant la séance de cet après-midi. Tu vas en avoir besoin...

33

Le doute

Je ne fus pas étonnée lorsque Laure arriva. J'avais donc bien deviné. Cela pouvait sembler logique : après tout, elle avait joué un rôle majeur dans ma rupture avec John. Et, pourtant, je ne lui en voulais pas. Son geste était compréhensible : elle était jalouse. Ne l'avais-je pas été, moi aussi ?

Fidèle à son habitude, John alla l'accueillir directement dans l'entrée, et je ne pouvais les voir de la cuisine. Au lieu de venir me saluer, Laure descendit directement au sous-sol. Mon repas me parut fade, soudain. J'avais la gorge sèche et je bus deux verres d'eau pour essayer de calmer mes angoisses.

Lorsqu'il revint, John reprit place sur sa chaise, comme si personne ne nous attendait en bas.

— Nerveuse ? demanda-t-il.

— Oui. John, je ne veux pas faire ça.

— Faire quoi ? se moqua-t-il.

— Lui donner des coups, dis-je en étouffant le son de ma voix pour éviter que Laure ne m'entende.

Il se pencha vers moi et me fixa avec sérieux.

— C'est important que tu le fasses, Annabelle. Important pour toi, pour moi et pour Laure.

Face à mon regard perdu, il insista :

— N'est-ce pas évident ? Laure se sent coupable de ce qu'elle t'a fait. De ce qu'elle nous a fait, rectifia-t-il.

Je grimaçai.

— C'est inutile. Je lui ai déjà pardonné.

— Je sais. Et tu ne lui as plus donné aucune nouvelle. C'est dire à quel point tu étais sincère ! railla-t-il.

— Ça n'a rien à voir, je voulais sortir du milieu !

J'avais haussé le ton, mais il était évident à son air que John ne céderait pas.

— N'oublie pas que je pourrais te l'ordonner, Annabelle, mais ce ne serait pas aussi efficace. Laisse sortir toute la colère qu'il y a en toi. Si tu ne le fais pas, je serai obligé de trouver un autre moyen pour que tu le fasses et, crois-moi, je trouverai. Ça, c'est la méthode douce.

Je hochai lentement la tête, effrayée par sa menace.

— Tu me l'as fait et je n'en suis pas mort, tu vois ? ajouta-t-il sur un ton plus léger. Et, au cas où tu ne t'en souviendrais pas, Laure adorait ma cravache. Je suis certain qu'elle est déjà dans tous ses états à l'idée de ce qui va suivre.

Me remémorant les séances que j'avais pu partager avec Laure, je rougis. Allais-je devoir la faire jouir après l'avoir frappée ? John étouffa un rire devant mon expression.

— Si tu ne peux pas accomplir ta tâche jusqu'au bout, je me chargerai de la seconde partie, annonça-t-il. Même si ce ne sera pas la même chose. La jouissance est plus forte lorsque c'est la main du bourreau qui l'administre, mais, puisque c'est moi, je ne pense pas que Laure s'en formalisera…

Je posai une main sur ma poitrine pour essayer de calmer ma respiration.

— Je n'y arriverai pas, soufflai-je.

— Bien sûr que si ! Rappelle-toi que tout cela n'est qu'un jeu.

— Un jeu cruel.

— Un jeu hautement excitant durant lequel toutes les parties prendront du plaisir.

Je fronçai les sourcils, ce qui le fit aussitôt éclater de rire.

— Si tu n'as pas envie de jouir, après la séance, tu peux très bien t'abstenir, mais il vaut mieux que Laure complète le cycle : après punition, il doit y avoir réconciliation. C'est le but, après tout.

— Tout ça est ridicule !

—Annabelle, pour obtenir ton pardon, Laure a accepté de recevoir dix coups de fouet de ta main. En contrepartie, il faut que tu lui pardonnes. C'est important pour elle. Et, même si tu ne le sais pas encore, ça l'est pour toi aussi.

Je bondis de ma chaise.

—John, je n'ai pas besoin de la frapper pour lui pardonner !

—Mais tu le feras, dit-il d'une voix grave.

Je marchai de long en large dans sa cuisine, et il reprit.

—Qui sait, peut-être vas-tu te révéler en tant que Maîtresse ? Il n'est pas rare qu'une soumise devienne l'une des nôtres, tu sais ?

Je m'immobilisai pour le fusiller du regard.

—Je ne suis pas comme ça.

—Tu as pourtant pris du plaisir, la dernière fois... Oserais-tu me mentir à ce sujet ?

Je me défendis de répondre et croisai les bras devant moi. Devant la longueur de mon silence, John se leva et me fit face. Il posa la main sur mon bras et pinça les lèvres lorsqu'il s'aperçut que je tremblais.

—N'oublie pas que je serai là. Si tu sens que tu craques, tends-moi la cravache, et je terminerai la séance avec elle. Ce qui compte, c'est d'essayer. Je veux que Laure comprenne que vos différends sont bien réglés. Pour de bon, cette fois.

Je hochai la tête, mais je n'en étais pas moins effrayée pour autant. Comme si j'étais une gamine qui partait en colonie de vacances, il me pinça la joue et ajouta, sur un ton plein d'entrain :

— Allez ! On y va !

Il me poussa en direction de l'escalier, et, même si j'avais peur de ce qui s'annonçait, je descendis au sous-sol.

34

Le pardon

Nue et en position de soumise, Laure nous attendait au sous-sol. Même si elle garda la tête baissée, j'aperçus un sourire illuminer son visage, et John, d'une main lourde, lui caressa la tête.

— Laure, si tu saluais ta Maîtresse ?

Au lieu de se lever, Laure avança vers moi à quatre pattes et colla la tête sur mes pieds.

— Maîtresse, c'est un honneur de vous revoir ! Je suis ici pour que vous puissiez obtenir réparation pour ce que je vous ai fait.

Mal à l'aise, et ne sachant trop quoi faire, j'imitai simplement John en posant une main sur ses cheveux, lorsqu'elle insista :

— Punissez-moi, madame. Je jure que je me sentirais mieux si vous me punissiez.

À ma gauche, je vis le sourire de John qui s'affirmait.

—Maître John, puis-je emprunter votre cravache ? demandai-je.

—Avec grand plaisir, madame.

Il s'éloigna dans la pièce du fond.

—Merci, madame ! Je serai forte, je vous le promets.

—Je sais, Laure, dis-je en essayant de contenir le tremblement qui déformait ma voix.

John revint, se pencha légèrement pour me tendre sa cravache en me jetant un regard malicieux. Tout cela n'était encore qu'une mise en scène pour me piéger. Il n'allait peut-être pas me demander de coucher avec lui, mais il ferait en sorte que je me jette à ses pieds, exactement comme Laure le faisait avec moi, à cet instant précis.

Étrangement, une fois que j'eus la cravache en main, mon angoisse chuta d'un coup, remplacée par un sentiment de puissance. Peut-être John s'en était-il rendu compte, car il ne me quittait plus des yeux et arborait un air ravi. Du bout de la cravache, je désignai le coin de la pièce.

—Place-toi là, ordonnai-je à Laure. À genoux et les mains derrière la tête.

Ma soumise galopa à quatre pattes à l'endroit indiqué et se positionna docilement selon ma requête. Malgré moi, je ne pus m'empêcher de sourire devant son obéissance, et John le remarqua.

—On dirait que vous avez fait ça toute votre vie, madame.

Alors que je me dirigeais vers Laure, il se planta à mes côtés.

— Puis-je me permettre quelques suggestions ?

Il se glissa derrière moi et agrippa mon poignet droit pour contrôler la main qui tenait la cravache. Lentement, il bougea mon bras pour m'apprendre quelques mouvements de base.

— Laisse glisser. Comme ça, tu vois ? Et sois ferme. Il n'y a rien de plus désagréable qu'un coup de cravache hésitant. Si le fouet permet une certaine latitude, la cravache exige la précision. (Guidant ma propre main, il désigna le dos de Laure.) Frappe ici et ici. Ce sont deux endroits particulièrement sensibles. Ah, et pour Laure… (Du bout de la cravache, il lui caressa la croupe et descendit à la frontière de ses fesses et de ses cuisses.) Dans cette zone, c'est le succès assuré. Je suis même déjà arrivé à la faire jouir comme ça. N'est-ce pas, ma jolie ?

— Oui, monsieur, souffla-t-elle.

Elle paraissait déjà excitée par la situation, et je dus admettre que son enthousiasme me consternait. Quand John me relâcha la main, je me déplaçai lentement autour d'elle. J'avais souvent assisté à ce genre de séances, j'avais même déjà été à sa place à elle. Je savais pertinemment le genre de rituel qu'il imposait. Doucement, je laissai traîner le bout de la cravache sur son corps.

— Rappelle-moi pourquoi je devrais te punir ? la questionnai-je.

— Parce que je vous ai trahie, madame.

Son regard fixait le vide, et le mien ne la quittait plus. Qu'espérais-je ? Qu'elle craque ? Qu'elle me supplie de ne pas la frapper ? Qu'elle alimente ma colère ?

— Comment m'as-tu trahie ?

— Je vous ai parlé de l'autre éditrice, dit-elle à voix basse.

Les souvenirs me revinrent en mémoire. Je me rappelais très bien cette scène et tout ce qui en avait découlé. John m'avait punie, moi, parce que j'avais exigé des réponses. Et, même si je perçus l'accélération de mon rythme cardiaque, je me défendis de céder à la colère.

— Pourquoi avoir fait ça, Laure ?

— J'étais jalouse, madame.

Je me remis à tourner autour d'elle en hochant la tête. Cela, je ne pouvais que le comprendre. Ne l'avais-je pas été tout autant ?

Ce fut long. Assez pour que John s'impatiente et fasse un geste pour m'inciter à poursuivre. Pour l'heure, j'étais tenue de la punir. Je m'accrochai à ces souvenirs douloureux et serrai plus fermement la cravache entre mes doigts. Et pourtant, avant de m'exécuter, je tournai les yeux vers John, dont les yeux pétillaient.

— Dix coups, c'est bien ce qui a été convenu? le questionnai-je.

— Dix coups, confirma-t-il. Cela vous suffira-t-il pour obtenir réparation ?

Je caressai la croupe de Laure du bout de ma cravache et l'observai tressaillir, troublée par sa réaction.

— Je crois que ça ira. Bien, je crois qu'on peut commencer.

Le dire provoqua une onde d'excitation et de puissance dans tout mon corps. Probablement parce que j'avais déjà usé de la cravache sur John, elle ne m'intimidait plus autant qu'avant, et Laure semblait déjà très excitée par ce que je m'apprêtais à lui faire subir.

Sans attendre davantage, je visai l'endroit que John m'avait montré, à la limite des cuisses et des fesses, et frappai un coup, très sec. Elle eut du mal à garder sa position, mais se replaça sans rechigner. Je la fixai pendant de longues secondes, dans l'attente d'un mot de sa part, puis je recommençai. Plus fort.

Posant le dessus de ma cravache sur le haut de son dos, je la poussai vers l'avant.

— Mettez-vous donc à quatre pattes, mademoiselle.

Elle se laissa tomber vers l'avant, et je fis une pause, juste pour la faire languir. Je me rappelais à quel point je détestais ces moments d'attente lorsque j'étais à sa place. J'avais l'impression que la pièce changeait de parfum, qu'elle était lourde de la peur et du désir de Laure. J'osai jeter un coup d'œil du côté de John pour vérifier que je m'y prenais correctement. Derrière son hochement de tête je lus son admiration et son excitation.

— Poursuivez, je vous prie, dit-il d'un ton avide.

Je me replaçai, caressai les fesses de Laure, toujours avec le bout de ma cravache, la glissai sur l'arrière de ses cuisses, eus envie de la remonter vers son sexe, retins mon geste, puis lançai de nouveau mon bras. Deux coups plus tard, elle émit une sorte de plainte sourde.

— Cela plaît-il ? demanda John.

Laure répondit aussitôt, d'une voix enrouée de larmes :

— Oui, monsieur !

— Et à vous, madame ?

Je serrai la cravache dans ma main et dus admettre que cette séance me plaisait beaucoup. Peut-être était-ce le sentiment de puissance qu'elle me proférait ? Peut-être était-ce de sentir Laure à ma merci ?

— Ce n'est pas désagréable, dis-je prudemment.

Je le pointai de ma cravache et lui servis un regard moqueur.

— On dirait que je ne suis pas la seule à y prendre plaisir...

Il écarta les pans de son peignoir pour afficher l'érection qu'elle masquait et hocha la tête dans un geste lent.

— On ne peut rien vous cacher, madame.

Peut-être croyait-il que cela me gênerait, mais il n'en fut rien. J'étais comme dans un rêve, le sang gorgé d'adrénaline. Je lançai de nouveau mon bras et frappai le cul de Laure à deux autres reprises. Le bruit cingla dans la pièce.

— Oh, madame !

Son gémissement était faible, mais sa position, elle, était en tout point parfaite. J'y avais mis tout mon cœur, et elle n'avait pas bougé. Décidément, elle était plus résistante que je ne l'étais, à l'époque. Pour la soulager un peu, je glissai la cravache entre ses cuisses et remontai lentement vers le haut.

— Cela t'excite-t-il, Laure ?

— Oh, madame, si vous saviez…

Je pressai un peu la cravache contre son sexe, et elle se cambra, tremblante.

— La douleur avant le plaisir, madame, me gronda John.

Je pris une longue inspiration et retirai l'objet.

— Finissons-en, voulez-vous ? s'impatienta John à côté de moi.

Il avait raison. Il fallait en finir, même si ce sentiment de toute-puissance m'était fort agréable. Concentrant ma force dans les coups restants, je fis claquer la cravache sur les fesses de Laure jusqu'à ce que le nombre exigé soit atteint. Quand je relâchai mon arme, j'étais à bout de souffle, et ma main était légèrement douloureuse.

— Dix, annonçai-je.

Ce n'est qu'à ce moment précis que je remarquai que Laure pleurait. Aussitôt, je repris contact avec la réalité et je la contournai avant de venir poser la main sur sa tête.

Visiblement soulagée par mon geste, elle me saisit les doigts et se mit à les embrasser avec ferveur.

— Je vous demande pardon, madame. Je ne voulais pas vous trahir, je vous le jure !

— Je te pardonne, Laure, chuchotai-je. (Je me laissai tomber devant elle, essuyai ses larmes du bout des doigts.) Je ne suis plus en colère contre toi.

Mes mots étaient on ne peut plus sincères. Laure se remit à pleurer, de satisfaction ou de douleur, je ne sais pas, alors je l'attirai à moi et la serrai dans mes bras.

— Madame, je ne voulais pas…

— Je sais, la calmai-je en lui caressant les cheveux.

Son corps ondulait contre le mien, excité. Pour ma part, je ne pouvais nier que j'étais dans un drôle d'état. J'aurais pu demander à John de terminer la séance, mais je comprenais à présent à quel point c'était ma responsabilité. Je l'avais frappée, c'était donc à moi de l'apaiser. Je l'embrassai doucement, un baiser auquel elle répondit telle une affamée, écrasant sa bouche sur la mienne et s'empressant d'y glisser la langue. J'enfonçai bientôt la main entre ses cuisses et me mis à la caresser, vite. Fort. L'heure n'était pas à la tendresse, mais aux résultats. Son corps s'arqua vers l'arrière, et j'accélérai, guidée par son souffle rauque. Ce fut rapide, explosif, et bientôt elle cria en s'accrochant à mon cou.

— Oh, madame ! souffla-t-elle en revenant chercher ma bouche.

Elle semblait en vouloir davantage, essayant de repousser mon peignoir pour pouvoir me toucher. À côté de nous, John nous dévorait du regard tandis que je repoussais Laure avant de l'étendre sur le sol. Ses cuisses s'ouvrirent devant moi, et je claquai des doigts pour ramener John à la réalité.

— Maître, voudriez-vous calmer cette jeune femme ?

Il tomba à genoux, à mes côtés, et ses mains se firent brutales sur les jambes de Laure pour les maintenir écartées. Elle était tellement excitée qu'elle ne restait plus en place. Au lieu de se jeter sur ce sexe en feu, John tourna le visage vers moi.

— Je serais ravi de vous calmer toutes les deux, madame.

Peut-être espérait-il me faire réagir, mais je n'avais qu'une seule idée en tête : apaiser Laure, dont le corps me paraissait brûlant. Je lui fis signe de se dépêcher, et il disparut entre ses cuisses. Elle poussa un cri suave, les bras lourdement étendus au-dessus de la tête et se tortillant sous les coups de langue de John. Sa jouissance me fit envie, mais je refusai de céder. Pas comme ça. Si piège il y avait, je n'avais certainement pas l'intention de tomber dedans comme la dernière fois.

La main de Laure me chercha et me tira vers elle. Je l'embrassai sans hésiter et ne fus pas mécontente que sa main s'aventure sous mon peignoir pour me caresser la poitrine.

— Oh, madame, je suis tellement heureuse de vous revoir ! Je m'en voulais tellement !

Elle hoquetait, partagée entre le plaisir et le chagrin.

— Chut, la calmai-je en lui caressant le front.

C'était étrange de me sentir à ce point responsable de l'état dans lequel elle était. Résolument, je chassai John du sexe de Laure et m'y jetai à mon tour. Sans un mot, il avait compris et s'était éloigné pour me la confier de nouveau. En ce moment précis, Laure m'appartenait, et j'étais responsable d'elle. Son corps était si fébrile que je la menai sans mal à l'extase. Lorsque je me redressai, entre ses cuisses, je soupirai de satisfaction. Un drôle de sentiment m'habitait. Je me sentais détendue. En paix.

35

Un moment de détente

Alors que je laissais le calme revenir en moi, la main de Laure se fit lourde sur mon ventre, puis elle m'embrassa l'épaule.

— Madame, est-ce que je peux… ?

Je n'ouvris même pas les yeux pour lui répondre :

— Je suis bien, Laure, je t'assure.

— Mais j'ai très envie de vous.

Comme si elle cherchait à me le prouver, sa main s'aventura à la frontière de mon sexe et frotta mon bas-ventre en attendant ma permission.

— Vous m'avez bien pardonnée, n'est-ce pas ? insista-t-elle.

Qu'elle pose la question me fit rouvrir les yeux. Était-elle en train d'exiger une preuve ? Je cherchai le regard de John qui n'avait pas bougé. J'hésitai à lui demander de l'aide, puis je refermai les yeux avant de chuchoter :

— Fais ce dont tu as envie.

Ses doigts descendirent sur mon sexe, et elle me caressa avec douceur jusqu'à ce que je tressaille. Dans des gestes lents, elle glissa sur moi pour joindre sa bouche à cette danse délicieuse. Je m'abandonnai à ses soins. Il n'y avait plus rien de rustre ou d'urgent, tout n'était que plaisir. J'étais envahie d'un véritable sentiment de plénitude.

Ce fut long. J'aurais pu jouir plus rapidement, mais je la laissai faire monter la pression dans mon corps, répondant à ses gestes par de petits gémissements d'invite, puis, quand j'en eus assez de contrôler mon propre plaisir, je vidai ma tête et cédai à ses lèvres. L'orgasme m'envahit, doux et puissant à la fois. Ma main se posa sur la tête de Laure qui continuait à embrasser mon sexe. Lourdement, je cherchai John du regard et ordonnai, bien que ma voix soit lasse :

— Baise-la.

Son visage s'illumina, et il se redressa prestement.

— Enfin ! J'ai bien cru que dans ta cruauté tu allais me maintenir à l'écart de ce magnifique tableau !

Je réprimai un rire et l'observai se dénuder avec empressement. Son peignoir tomba par terre, et le corps de Laure fut très vite courbé vers l'arrière lorsqu'il lui empoigna les cheveux pour la soulever. Elle gémit de douleur et se tut à la seconde où il la remonta sur moi.

— Permettez que je vous place ensemble ? me questionna-t-il.

Avant même que je puisse lui répondre, Laure posa la bouche sur la mienne, et son souffle trembla pendant que John la touchait de façon indécente. Quand il la prit, elle releva la tête avec un plaisir non feint. Pour ma part, je croisai les bras derrière la mienne pour observer la scène qui se déroulait au-dessus de moi. John paraissait fébrile, excité, secouant la jeune soumise avec un feu au fond des yeux. De toute évidence, notre petite séance l'avait bien inspiré, lui aussi. Laure criait et jouissait. J'étais aux premières loges de leurs ébats.

— Oh, monsieur !

Laure se mit à chanter de plaisir, même si quelques larmes s'étaient échappées de ses yeux. C'était à la fois troublant et magnifique. Quand tout s'arrêta, elle retomba lourdement sur moi, le souffle bruyant et le sourire aux lèvres.

— Oh, monsieur, chuchota-t-elle dans mes bras, comme vous m'avez manqué !

Entre nos jambes, il lui caressa la croupe en souriant, puis hocha la tête.

— Toi aussi, tu m'as manqué, Laure.

Ses yeux cherchèrent les miens, et il afficha un sourire heureux.

— Vous m'avez manqué. Toutes les deux.

Laure roucoula dans mes bras, et il se laissa tomber à nos côtés. Ce n'était pourtant pas le lieu le plus confortable de la pièce. À choisir, je me serais plutôt étalée sur le fauteuil, mais, en réalité, peu m'importait où j'étais. Tout ce que je voulais, c'était que John ne me touche pas en traître. Au bout d'un long silence paisible, Laure releva la tête vers moi.

— Où étiez-vous, madame ? Avez-vous… un autre Maître ?

— Crois-le ou non, Laure, Annabelle est en couple avec Simon. Tu te souviens de lui ? Il assistait à nos petites soirées, à une époque…

— Le beau blond ? Waouh ! Vous en avez de la chance !

Je ris d'un air qui ne cachait rien de ma fierté.

— Je sais.

— Il est devenu Maître ? Vous êtes sa soumise ?

J'hésitai. Je ne devais surtout pas lui dire que Simon était devenu Maître uniquement pour contrecarrer les plans de John. Autant peindre en toutes lettres qu'il le craignait ! J'allai donc au plus simple :

— Je suis d'abord sa petite amie et, à l'occasion, sa soumise.

Elle se redressa.

— Il en cherche d'autres, vous croyez ?

— Laure, la gronda John, Simon et Annabelle sont… pratiquement exclusifs.

En disant cela, il m'envoya un clin d'œil complice auquel je ne répondis pas. Oui, nous étions « pratiquement exclusifs ». Nous l'aurions d'ailleurs totalement été sans le retour de John.

— Dommage, admit Laure, il avait de sacrées mains !

— Oh, mais il les a toujours, dis-je en riant de nouveau.

Elle retomba à mes côtés, et sa tête pivota vers John.

— Monsieur, vous allez me reprendre, un jour ?

John haussa un sourcil inquiet.

— Tu ne te plais donc pas avec Maître Paul ?

— Eh bien… si, mais…

Sa voix se fit soudain plus étouffée :

— J'étais bien avec vous, aussi.

Il ne répondit pas. Peut-être ignorait-il quoi dire. Quand Laure comprit qu'il n'ajouterait rien de plus, ses yeux revinrent sur moi.

— Et vous songez à… revenir avec Maître John ?

— Alors là il peut toujours rêver ! rigolai-je.

— C'est pourtant un bon Maître, le défendit Laure, visiblement choquée par ma réponse.

Je la scrutai en souriant. De toute évidence, Laure était toujours aussi amoureuse de John.

— Désolée, dis-je simplement. J'ai trouvé mieux.

Elle soupira, comme si ma réponse la rendait triste. Lentement, je me redressai. Je remis mon peignoir, puis me tournai vers John :

— As-tu prévu autre chose ? Parce que j'ai envie de prendre une douche.

— Mais faites donc, madame.

Alors que je me dirigeais vers l'escalier, la voix de Laure résonna :

— Merci, Annabelle.

Je me figeai sur la première marche et lui envoyai un sourire franc :

— C'est moi qui vous remercie, mademoiselle.

36

L'aveu

Lorsque je sortis de la douche, je me figeai en entendant les pleurs de Laure à l'entrée. Je restai là, immobile, à l'écouter se confondre en excuses et à supplier John de la reprendre à son service. Il essayait de la calmer, de lui dire qu'il ne se sentait pas prêt à redevenir Maître, mais il lui répéta qu'il avait été heureux de la revoir.

— J'aurais voulu… faire davantage pour vous, monsieur, dit-elle en reniflant.

— Vous avez fait énormément, mademoiselle, croyez-le bien.

— Mais vous… vous auriez voulu… vous espériez… qu'elle vous revienne, n'est-ce pas ?

Il laissa filtrer un petit rire.

— Oh, ma petite Laure, ne sois pas si triste ! Tu sais bien que je n'ai pas encore dit mon dernier mot…

Je grimaçai. Il n'avait pas dit son dernier mot ? Je cherchai l'heure du regard. Il ne lui restait que vingt-quatre heures avant que je puisse m'enfuir d'ici !

À la seconde où Laure quitta la maison, je me plantai en haut de l'escalier, toujours vêtue de mon peignoir.

— Est-ce que je peux m'habiller ? demandai-je sèchement.

— Pourquoi ? Tu n'es pas bien, comme ça ? Viens plutôt ici qu'on discute.

Il m'encouragea d'un signe de la main, et j'obéis, furieuse contre lui après ce que je venais d'entendre. Lorsque je m'installai sur le canapé du salon, il demanda :

— Dis-moi : étais-tu contente de revoir Laure ?

Je mis quelques minutes à répondre.

— Très contente, avouai-je.

— Tant mieux. J'espérais bien que ça te fasse plaisir...

Dès que le silence revint entre nous, je le questionnai :

— Pourquoi n'es-tu plus son Maître ? Parce que, de toute évidence, tu lui manques.

— De toute évidence, acquiesça-t-il.

Il se perdit un instant dans ses réflexions avant de reporter son attention sur moi :

— J'étais devenu un mauvais Maître pour elle. Elle ne s'en est pas plainte, mais il fallait que j'arrête avant que les choses dérapent.

Je sentis que ça lui en coûtait de me dire ça.

— Vois-tu, Annabelle, quand tu es partie, j'en ai beaucoup voulu à Laure. C'est elle qui t'avait mise cette idée ridicule en tête. Et au cas où tu te poserais toujours la question : non, je ne collectionnais pas les éditrices ! Mais comment suis-je censé leur résister lorsqu'elles sont magnifiques ? Jade avait envie d'essayer, alors que toi…, je ne te dirai pas le contraire, je voulais que tu cèdes. Je n'ai jamais désiré une femme autant que toi.

Son aveu me troubla, et je détournai la tête pour éviter de le lui montrer. Au lieu de laisser le silence devenir inconfortable, John eut un geste de la main comme s'il espérait effacer les mots qu'il venait de prononcer.

— Bref, quand j'ai compris que je me vengeais sur Laure, j'ai décidé de mettre un terme à notre relation. Depuis, je lui ai pardonné, évidemment, mais ça ne change rien aux faits : je ne me sens toujours pas prêt à assumer ce genre de responsabilités. Du moins… pas tant que je n'aurai pas réglé les choses avec toi.

Je buvais littéralement ses paroles. Combien de fois avais-je désiré savoir si je n'avais été qu'un jouet pour lui ? Voilà qu'après tous ces mois John m'ouvrait son intimité avec un calme étonnant.

Je déglutis en essayant de garder un air impassible.

— Je sens que nous sommes sur la bonne voie, Annabelle, et que notre séance de cet après-midi a porté ses fruits. Qu'en penses-tu ?

— Ça a été, dis-je simplement.

Il sourit.

— Allons ! N'essaie pas de me mentir : j'ai vu le plaisir que tu as pris.

Je haussai les épaules d'un air détaché.

— Je n'ai pas détesté ça. J'étais même... plutôt en contrôle.

— Oui, confirma-t-il en hochant la tête. À croire que tu as fait ça toute ta vie. Décidément, tu me surprendras toujours.

Son compliment me fit plaisir, mais je me défendis de le lui montrer. Je ne voulais pas savoir que j'avais ce genre de pulsions en moi. Encore moins en parler de façon aussi détendue avec John Lenoir.

— Dis-moi, John, en prenant Laure ainsi, devant moi, comme tu le faisais souvent, avant..., tu n'espérais quand même pas que je te tombe dans les bras ?

— Cela aurait été vraiment trop facile ! rigola-t-il. Mais j'avoue que je n'aurais pas refusé ton corps si tu me l'avais offert.

Dès que son rire s'estompa, il reprit :

— À toi de répondre à la question, maintenant : est-ce que ça t'a plu, ce qu'on ressent quand on est Maître ? Quand on a la responsabilité d'une personne ? De sa douleur autant que de son plaisir ?

Il plissa les yeux, visiblement avide de connaître ma réponse, et je soupirai, anxieuse de devoir le lui avouer :

— C'était... je ne pensais pas que c'était aussi fort.

Il se caressa la lèvre inférieure du pouce. Je détournai la tête et j'ajoutai, avant qu'il insiste davantage :

— Ça n'avait rien de sexuel. On aurait dit que c'étaient… des sentiments à l'état brut.

— C'était surtout magnifique à voir.

Je pinçai les lèvres.

— C'était malsain.

— Tu as tort. Tout était sous contrôle. J'étais là, prêt à intervenir à la moindre déroute, tu te rappelles ? Et tu as pu laisser jaillir ta colère à travers ce simple jeu.

Choquée, je haussai le ton :

— John, tout ça n'a rien d'un jeu !

— Faux, Annabelle : c'est un jeu. Ça en a toujours été un. Mon erreur a été de te faire croire que c'était plus que ça.

Les mots que je voulais lui dire séchèrent dans ma bouche. À quoi bon lui rappeler que j'avais été amoureuse de lui et que tout ça était loin d'être un jeu pour moi ? Que ça n'en avait jamais été un ? Il me dévisagea longuement, en attente d'une réaction qui ne vint pas, avant de m'assener le coup de grâce.

— Cela ne change rien, Annabelle. Je te veux. Et je te veux exactement comme tu es. Soumise ou dominante, selon tes désirs… N'est-ce pas ce que tu voulais de moi, avant ? ajouta-t-il. Une relation qui prime sur toutes les autres ?

— Mais… c'était… bien avant ! bredouillai-je. Depuis… je suis en couple.

Il serra les dents. Retenant son mécontentement, il expira avant de reprendre la parole :

— Tu es avec lui depuis quoi ? Presque un an, c'est ça ?

— Un peu plus que ça.

— Et tu es sûre que c'est cet homme que tu veux pour le reste de ta vie ?

Je le fusillai du regard.

— John, où est-ce que tu veux en venir ?

— Simon a eu un an. Il a eu trois cent soixante-cinq jours pour te donner tout ce que tu désirais. (Il eut un petit rire presque triste.) Moi, j'ai failli ne demander qu'un jour… Heureusement que j'en ai exigé deux, au final. Je m'en serais voulu de ne pas avoir une nuit en ta compagnie.

Son sourire me fit froid dans le dos, et je m'emportai aussitôt :

— Ah ! Je savais bien que tu ne tiendrais pas parole ! Tu vas m'obliger à coucher avec toi !

Il secoua la tête sans se départir de son sourire.

— Ce soir, Annabelle, je vais effectivement exiger quelque chose de toi, mais ça n'a rien à voir avec ce que tu imagines. Je veux simplement que tu laisses libre cours à tes envies et que tu affrontes tes fantasmes.

— Quoi ? C'est ça, ton plan pour me récupérer ? raillai-je.

— Ça, c'est surtout un plan pour passer une excellente soirée avec toi. Pour le reste, rien ne sert de forcer la note. Nous dînerons d'abord ici, puis nous irons nous amuser au bar de Maître Denis…

Je frissonnai en entendant ce nom.

— Vraiment, John…, je ne comprends pas ce que tu essaies de faire…

— J'essaie simplement de te libérer. De toi, de moi et de tout ce qui t'entrave. Pour une fois dans ta vie, j'aimerais que tu te sentes totalement libre.

— Et qu'est-ce que t'y gagnes, toi ?

Son sourire devint lumineux.

— Toi, si tu décides de me choisir, évidemment.

Croyait-il vraiment que j'allais me jeter à son cou sous prétexte qu'il allait m'emmener dans un lieu de débauche ? Un lieu dont je ne gardais pas de très bons souvenirs…

— John, vraiment… tu perds ton temps.

— Peut-être, en effet, mais dans tous les cas nous aurons passé une très bonne soirée.

Je ne répondis pas, et mon silence sembla lui suffire, car il frappa des mains et se leva en mettant fin à notre discussion :

— Bon, tu m'excuseras, mais je dois préparer le dîner. C'est que j'ai une bien jolie jeune femme à éblouir, ce soir. Surtout que celle-ci habite avec un cuisinier, alors… tu comprends… j'ai intérêt à mettre les bouchées doubles.

Je ris un peu de sa plaisanterie. Il fit mine de repartir en direction de la cuisine, puis se tourna de nouveau vers moi, le doigt en l'air :

— Oh, et je te suggère de faire une sieste. Nous allons rentrer tard, et je serais triste que tu ne sois pas en pleine forme pour profiter de cette soirée. Et j'ai pris la liberté de t'acheter une tenue pour l'occasion. Je l'ai accrochée derrière la porte de ta chambre. J'espère qu'elle te plaira, car tu ne pourras porter que ça. Sans aucun sous-vêtement, il va sans dire.

Il bonifia ses propos d'un clin d'œil entendu avant de filer en cuisine. John m'avait acheté une robe ? Voilà qui était fort étonnant ! Connaissant ses goûts en la matière, je m'empressai de regagner ma chambre.

37

Un autre John

Après une courte sieste, j'enfilai la tenue que John m'avait offerte avec beaucoup d'enthousiasme. Je m'étais attendue à une robe de mauvais goût, mais c'était loin d'être le cas : elle était noire, longue et élastique. Elle était dos nu et complètement fermée sur le devant au niveau du col. En bas, elle s'ouvrait sur le côté et montrait subtilement ma jambe droite lorsque je me déplaçais. Jolie, sexy, mais rien d'inconvenant. N'était-ce pas trop sage pour aller au bar de Maître Denis ?

Même si je savais que John préférait mes cheveux détachés, je les remontai sur ma nuque tout en laissant quelques mèches retomber de chaque côté. Satisfaite du résultat, je redescendis.

J'eus du mal à masquer ma surprise lorsque j'arrivai à l'étage inférieur : la maison baignait dans une ambiance tamisée, avec des chandelles allumées ici et là. Sur la table basse du salon, il y avait une bouteille dans un seau, des verres, ainsi qu'un plat rempli de bouchées. J'observais la pièce avec étonnement quand John surgit de la cuisine, un nouveau plat entre les mains. Il s'arrêta net quand il me vit. Il était vêtu d'un costume noir. Le premier bouton de sa chemise était détaché, et sa cravate pendait autour de son cou.

— Déjà là ? C'est que… je n'étais pas tout à fait prêt, avoua-t-il dans un rire.

— Tu veux que… ?

— Mais non ! Approche ! J'espère que tu as faim !

Il alla déposer son plat sur la table basse, puis s'empressa de refermer sa chemise avant de nouer sa cravate avec une facilité déconcertante. Comme je restais plantée là, il indiqua le canapé d'une main.

— Je me suis dit que nous serions plus à l'aise ici pour prendre l'apéritif. Ça ne te dérange pas, j'espère…

Il sortit la bouteille de vin du seau et me questionna du regard.

— Un peu de blanc ? J'ai une bouteille de rouge aussi, si tu préfères…

— Non, euh… du blanc. Ça ira.

Je pris le verre qu'il me tendait en scrutant la pièce autour de moi. Dans cette lumière, je ne la reconnaissais pas.

John fit en pas en direction de la cuisine.

— Tu me donnes cinq minutes ? Il faut que je mette le repas au four.

— Bien sûr, oui.

— Installe-toi. Je reviens tout de suite.

En dix pas, il avait disparu de la pièce. Je me détendis légèrement, puis me laissai tomber sur le canapé pour porter mon verre à mes lèvres. Malgré la faim qui me tenaillait, je n'osai toucher à rien.

Lorsqu'il revint au salon, il paraissait plus à l'aise. Je le suivis des yeux pendant qu'il me resservait du vin, puis, une fois qu'il eut son verre en main, il s'installa à mes côtés.

— Voilà. Tout est sous contrôle, annonça-t-il. Je t'avertis : je n'ai rien fait de bien complexe. Du veau avec une sauce dont tu me diras des nouvelles.

Je forçai un sourire sur mes lèvres auquel il répondit, puis il tendit sa coupe dans ma direction pour trinquer et, avant que je réponde à son geste, il la baissa brusquement. Son regard s'attarda sur moi, et un drôle de sourire apparut sur son visage.

— Décidément, je manque à tous mes devoirs ! Annabelle, tu es magnifique !

Sous son regard appréciateur, je fronçai les sourcils :

— John, à quoi tu joues ?

— Mais… je ne joue pas, se défendit-il. Je ne peux pas dire à quel point tu es belle dans cette robe ? Après tout, j'ai pris un temps considérable pour la choisir.

Sans attendre ma réponse, il avança de nouveau son verre vers moi, et je trinquai en lui jetant un regard suspicieux. John essayait de me charmer à l'ancienne. C'était tellement surprenant que j'avais du mal à y croire.

— Tu sais, je sens que je vais faire bien des jaloux, ce soir, ajouta-t-il en étouffant un rire.

Une gorgée de vin plus tard, il récupéra un plat qu'il tendit vers moi :

— Tu as faim ?

Malgré ma gêne, je pris une bouchée et la portai à ma bouche. Comme c'était délicieux, je m'empressai d'en reprendre une autre en souriant.

— C'est toi qui as fait ça ?

— Oui, madame ! confirma-t-il fièrement. N'ai-je pas dit que je voulais te surprendre ?

— C'est réussi !

Bientôt, je me régalai sans complexe. Il me tendait un plat, puis un autre…, et, à cause de ma nervosité, je bus mon verre plus vite que je ne l'aurais dû. Quand John voulut me resservir, je refusai et posai mon verre sur la table.

— Je crois que je vais arrêter là l'alcool.

Il bondit sur ses jambes :

— Je vais te chercher un peu d'eau…

Je grondai :

— John ! Tu peux arrêter deux minutes ? Tu m'étourdis !

Il se figea, debout, devant moi, déjà prêt à filer en cuisine. Je lui indiquai la place qu'il venait de quitter et j'attendis qu'il s'y réinstalle avant de jeter :

— Mais qu'est-ce qui te prend de faire ça ? Ça n'a aucun sens ! Tu n'es pas obligé de me séduire ! Tu n'as qu'à m'obliger à coucher avec toi, qu'on en finisse !

Il me scruta avec étonnement.

— Tu crois que je fais tout ça pour coucher avec toi ?

— Pour quoi d'autre ?

D'une main, je lui montrai la pièce qu'il avait complètement métamorphosée.

— Ça, John ! Ce n'est pas toi !

— Bien sûr que c'est moi ! C'est seulement une partie de moi que je laisse rarement émerger, c'est tout.

Je grimaçai pour lui montrer que je n'y croyais pas du tout, et, au lieu de s'en offusquer, il me sourit.

— Si je voulais coucher avec toi, Annabelle, je n'aurais pas eu besoin de tout ça. Il m'aurait suffi de me mettre à genoux et de te redonner une cravache.

Je ne réagis pas à sa plaisanterie, et il soupira. Au bout d'un silence, il jeta, comme on largue une bombe :

— Je suis amoureux de toi, Annabelle. Est-ce que ce n'est pas évident ?

Sous le choc, je restai muette quelques instants, mais, quand je retrouvai l'usage de ma voix, elle résonna avec force dans son salon :

— C'est une blague !

— Pas le moins du monde.

— Mais... tu ne me connais même pas ! finis-je par lâcher.

— Je ne suis pas d'accord avec ton affirmation. Je te connais sous des angles bien plus particuliers que Simon. Pas les mêmes, j'en conviens, mais je te promets de découvrir le reste.

Je restai là, au bout du canapé, à ne pas savoir quoi dire. Soudain, je regrettais mon verre vide. J'avais envie de me soûler jusqu'à ce que les mots de John Lenoir disparaissent complètement de mon esprit.

— Je ne te demande rien, Annabelle, si ce n'est de simplement vivre ce moment avec moi, ce soir. J'aimerais que tu voies ce que pourrait être notre vie si... si nous étions un couple.

Son aveu me bouleversait bien plus que je ne l'aurais voulu, et je me trouvais tellement lâche ! Pourquoi est-ce que je ne lui riais pas au nez, tout simplement ? Il était amoureux de moi ? Parfait ! J'allais lui briser le cœur et puis voilà ! N'était-ce pas le plan de Simon, après tout ?

Je pointai mon verre du doigt :

— Je crois que j'ai besoin d'un peu de vin.

Il s'empressa de me tendre une coupe pleine, mais en me mettant en garde :

— Ne te soûle pas, tu veux ? Je ne voudrais pas que tu m'accuses ensuite d'avoir abusé d'une femme qui n'était pas réellement consentante parce qu'elle avait trop bu.

Je grimaçai avant de porter mon verre à mes lèvres.

— Qu'est-ce que ça change, puisque tu as le droit de faire ce que tu veux avec moi ?

Son regard se fit plus dur.

— N'oublie pas que nous allons au bar de Maître Denis. Si tu t'offres à quelqu'un, je veux que ce soit de ta propre volonté.

Ses paroles eurent l'effet escompté. Assez pour que je repose mon verre et me défende d'y retoucher. Il s'empressa alors de me tendre des plats remplis de nouveaux amuse-bouche. À défaut d'être soûle, je serais gavée, mais c'était là le dernier de mes soucis.

Le repas était délicieux, et, les sujets de conversation s'allégeant, je commençai à me détendre et à passer un bon moment. Pendant le repas, John me parla de livres qu'il avait lus et d'une idée de roman qu'il avait envie d'écrire. Je n'avais que rarement l'occasion de parler ainsi littérature, et, même si Simon faisait des efforts considérables pour lire davantage, c'était loin d'être son passe-temps favori.

Alors qu'il desservait et que je le suivais du regard avec un sourire accroché aux lèvres, il me lança un regard moqueur :

— Je vous surprends, madame ?

— Un peu, je l'avoue, confirmai-je.

— Parce que je suis normal ou parce que j'essaie de vous charmer ?

— John… je voudrais vraiment que tu comprennes que tu perds ton temps. Pourquoi tu ne reprends pas Laure ou… une petite minette de vingt ans pour passer le temps ?

— Je prendrai une minette de vingt ans si cela vous sied, madame, et si vous m'aidez à la mater, ajouta-t-il en m'envoyant un clin d'œil complice.

— Ce n'est vraiment pas mon genre…

— Tu t'en sortais pourtant très bien avec Laure, ce matin. À nous deux, nous ferions des merveilles, tu ne penses pas ?

Je lui lançai un regard moqueur.

— C'est donc ça, ton idée du couple ? Le week-end, on s'amuse avec des soumises, et la semaine, on se fait des dîners romantiques ?

— Tout ce que je veux, c'est que tu gardes l'esprit ouvert. Je ne dis pas qu'on doit prendre une soumise, même si Laure serait ravie de revenir ici, mais nous pourrions faire quelques soirées à l'occasion.

Les yeux au ciel, je secouai la tête.

— Vraiment, John, tu me connais mal.

— Arrête de dire ça, me gronda-t-il. Tu n'es pas forcée de vouloir les mêmes choses toute ta vie, Annabelle.

— Pas celles-là !

— Écoute, ne repousse pas cette possibilité sous prétexte que c'est différent de ce que tu voudrais être. Je t'ai dit que tu pourrais prendre ta décision demain, et je te promets de la respecter, mais, pour le faire correctement, cela implique que tu vives l'expérience à fond, ce soir.

Je levai des yeux anxieux vers lui.

— Qu'est-ce que je dois comprendre ? Que tu veux que je couche avec n'importe qui ?

— Pas avec n'importe qui, me contredit-il avec un air réprobateur. Avec tous ceux dont tu auras envie. Et librement. Ce soir, je te veux sans entraves, Annabelle.

Ma gorge se serra, et je commençai à craindre ce qui s'annonçait. Il profita de mon silence pour ajouter :

— Nous avons tous un côté sombre en nous. Tu connais déjà le mien. Mais toi, Annabelle, je crois que tu n'as pas suffisamment laissé s'exprimer cette partie de toi. Ce soir, je vais te donner la chance de le faire. De ton propre chef, et non en tant que soumise. C'est très différent, tu sais ?

Je ne répondis pas, mais je commençais enfin à comprendre. C'était bien plus simple d'obéir et de rejeter la faute de ses actes sur une tierce personne. Là, il me demandait d'être à l'origine de gestes que j'allais probablement regretter le lendemain et avec lesquels j'allais devoir apprendre à vivre.

— Ce n'est pas le week-end auquel je m'attendais, finis-je par dire en espérant changer de sujet.

— Je m'en doute, mais, comme j'ai très peu de temps, je voulais te montrer qui j'étais.

— Je sais déjà qui tu es, rétorquai-je un peu sèchement.

D'un geste, il engloba toute la pièce arrangée pour la mise en scène de son dîner romantique.

— Ça aussi, c'est moi, Annabelle. Nous sommes des êtres complexes et multiples. Nous avons des rêves, des fantasmes, des désirs. Tout ça compte, tu sais ? Moi, ce que je t'offre, c'est une vie à notre image : riche et différente…

Voilà justement ce qui m'effrayait. John espérait que je plonge, non pas dans son lit, mais dans un côté sombre que j'avais expressément chassé de ma vie.

— Tout ce que je demande, c'est que tu essaies, insista-t-il. Un soir. Après, tu pourras retourner à ta vie normale, je ne t'en empêcherai pas. De toute façon, c'est ce que je suis, et je serais incapable de partager ma vie avec une femme qui n'accepterait pas toutes mes facettes.

Un peu vite, je déclarai :

— Je ne pourrais pas accepter ça.

— Tu étais prête à le faire, il n'y a pas si longtemps. Un soir, Annabelle, c'est tout ce que je demande.

Il s'approcha de moi et me caressa la joue du bout des doigts.

— Ne m'oblige pas à te l'ordonner, tu veux ?

Je détournai la tête pour lui démontrer que je n'avais pas envie qu'il me touche, puis je me relevai et feignis un air enthousiaste :

— Bien. Si tel est ton souhait, allons nous vautrer dans la luxure !

John éclata de rire, et j'essayai tant bien que mal de retrouver ma bonne humeur. Je devais laisser mes préjugés de côté. J'avais promis à Simon que je vivrais ce moment tel que John le souhaitait, ne serait-ce que pour lui prouver qu'il faisait fausse route à mon endroit. Ce n'était plus le moment de reculer.

C'était probablement ma dernière épreuve. Et je comptais bien la réussir.

38

Plaisir sur banquette

Je fus surprise de la foule qui se pressait au bar de Maître Denis, mais il est vrai que j'y avais rarement mis les pieds, et jamais le week-end. Des regards curieux se posèrent sur nous. Était-ce ma robe ou parce que j'étais au bras de John ? Dans tous les cas, je n'étais pas rassurée.

Alors qu'il me guidait en direction d'une table libre, John susurra les règles à mon oreille :

— N'oubliez pas : ce soir, vous êtes une Maîtresse, Annabelle. Surtout, ne détournez pas les yeux. Soyez provocante. Ordonnez. Acceptez ou refusez les offres que l'on vous fait. Vous êtes totalement libre de vos choix.

Il me sourit pour me rassurer, puis m'indiqua ma place. Lorsque je fus installée sur une banquette, John se glissa à ma gauche et se pencha vers moi.

— N'ayez pas peur. Je ne serai jamais loin. Je vous protégerai.

Un homme arborant un collier passa près de nous, et John lui ordonna, d'un ton sec :

— Apportez-nous une bouteille de champagne.

— Tout de suite, Maître.

Dès que le serveur s'éloigna, John tourna vers moi un visage lumineux.

— Tu vois ? Tout est dans l'attitude.

Je hochai la tête sans conviction.

Quand la bouteille arriva devant nous et pendant que le serveur remplissait nos flûtes, le soumis demanda :

— Y a-t-il autre chose que je puisse faire pour vous plaire, Maître ?

— Pas pour moi, mais peut-être pour madame ?

Je gardai la tête froide en récupérant ma flûte, puis je fixai le soumis sans sourciller.

— Pas maintenant. Mais peut-être plus tard ?

— J'en serais ravi, madame.

Il s'inclina et prit congé. John me fit trinquer avec lui.

— Peut-être plus tard, répéta-t-il avec un air amusé.

Je rougis, puis trempai les lèvres dans le champagne. Assis à ma droite, John me dévorait des yeux.

— J'adore te voir comme ça.

— Comment ? demandai-je en soutenant son regard.

— Sûre de toi. Libre.

Je bus une petite gorgée avant de déposer mon verre devant moi.

— Pour l'instant, ça ne me paraît pas trop difficile.

Discrètement, il récupéra un comprimé qu'il glissa dans sa bouche et le conserva entre ses dents pour me le montrer avant de l'avaler. J'écarquillai les yeux.

— Quoi ? Tu as besoin de ça ? Maintenant ?

Il balaya la salle d'une main.

— Il y a tant de femmes à combler. J'ai besoin d'aide !

Je ne pus m'empêcher de rire.

— Tu es fou !

— Il faut bien qu'un homme profite des bonnes choses de la vie. C'est facile pour toi, de dire ça ! Dès que tu es excitée, tu es prête ! Mets-toi un peu à ma place !

— Je ne veux pas me mettre à ta place ! rigolai-je. Tu as beaucoup trop de pression !

Il se pencha soudain un peu trop près de moi. Son souffle parcourut ma peau, et sa voix chuchota, près de mon oreille :

— Il y en aura toujours pour toi. Avec ou sans cachet.

Je levai les yeux au ciel et soupirai :

— C'était presque romantique.

— Il n'y a rien de plus romantique que de te voir jouir, ma jolie. Et j'espère bien assister à un très joli spectacle de cet ordre, ce soir…

Généralement, son air prétentieux m'énervait, mais de l'avoir vu prendre ce cachet avait abaissé une sorte de barrière entre nous. C'était comme si John était devenu plus humain à mes yeux.

— Et ça prend combien de temps avant de faire effet ? m'entendis-je demander.

— Un peu moins d'une heure. Mais, si tu veux qu'on passe directement aux choses sérieuses, je suis tout à fait disposé à te satisfaire sur-le-champ.

Son doigt caressa mon épaule nue, et le frisson que son geste m'inspira me déplut. Je pris ma flûte de champagne et en bus une bonne rasade avant de me forcer à rire :

— Je ne suis pas encore assez soûle pour coucher avec toi !

Il me lança un regard entendu, et, docile, je repoussai le verre en guise de bonne volonté.

— C'était pour te faire marcher. Je ne suis pas soûle du tout.

— Bien.

Il tourna la tête pour contempler ce qui nous entourait, et cela me soulagea. Je l'imitai, consciente qu'il y avait toujours quelque chose à regarder, dans ce genre d'endroits. J'observai certains couples qui dansaient, la plupart de façon franchement provocante, puis m'amusai à différencier les Maîtres des soumis. Parfois, j'apercevais une main qui se faufilait entre des cuisses, puis, au loin, j'aperçus une femme qui discutait avec des hommes et qui se faisait lécher par une autre femme, à quatre pattes sous la table.

— Dis donc, il y a de l'action ! lançai-je pour essayer de banaliser l'effet que cela produisait sur moi.

John me sourit.

— Tu sais, tout ça est plutôt redondant, à la longue, dit-il en faisant un geste vague de la main.

Je le toisai du regard, un peu surprise.

— Si tout ça t'indiffère, pourquoi est-ce que tu viens encore ?

— Parce que j'aime le sexe, me répondit-il tout bonnement, et qu'il arrive que certaines scènes m'inspirent plus que d'autres. (Il se pencha plus près de moi.) Et, ce soir, j'espère bien que tu en joueras une ou deux pour moi…

— Avec toi ou avec d'autres ?

— Avec qui tu voudras. Quoique je serais honoré de faire partie des élus, ajouta-t-il enfin.

Je fis tourner mon verre d'un air absent entre mes doigts, songeant que je devrais peut-être accepter de coucher avec d'autres hommes ce soir, sous les yeux de John et sans jamais le laisser faire, lui. Peut-être finirait-il par comprendre que son idée de m'amener dans ce bar était ridicule ?

D'un signe discret, John fit venir une soumise à notre table et la fit tourner sur elle-même afin que nous puissions la contempler. Il se pencha vers moi.

— Elle te plaît ?

Je me raidis.

— Pourquoi ?

— Parce que je vais lui demander de me sucer. À moins que tu ne préfères le faire à sa place, se moqua-t-il.

J'étouffai le malaise qui me gagnait et feignis l'indifférence en haussant les épaules :

— Si tu en as envie… amuse-toi !

— Oh, mais j'y compte bien !

Il fit signe à la soumise de passer sous la table.

— Venez, mademoiselle. Montrez-moi donc ce que vaut cette jolie bouche dont vous êtes pourvue.

À ma gauche, son corps se cala plus confortablement sur la banquette, et j'étais plutôt contente que la table masque ce qui se passait dessous. Quand il soupira et que je compris qu'elle venait de le prendre entre ses lèvres, il tourna un visage serein vers moi.

— Elle n'est pas mal. Pas aussi douée que toi, évidemment, mais, si ça t'intéresse, je suis sûre qu'elle sait lécher les chattes, aussi.

Je retins une grimace.

— Je préfère les hommes, John. N'est-ce pas une preuve que tu ne me connais pas tant que ça ?

— Oh, mais il y a ici deux ou trois jeunes hommes qui m'ont l'air pas mal. Malheureusement, pour satisfaire ce genre de besoins, tu devras te contenter d'un soumis. Les Maîtres ne s'agenouillent pas sous une table, tu t'en doutes.

Ses derniers mots tremblèrent, et il ferma les yeux pour se laisser bercer par les caresses qu'on lui prodiguait. Je serrai les dents. Pendant trois secondes, j'en avais oublié jusqu'à la présence de cette femme sous cette table. Quand l'attention de John se reposa sur moi, il retrouva un large sourire.

— Allez, Annabelle ! Fais-toi plaisir ! Si ça te gêne d'ordonner, je peux le faire pour toi.

Il leva un bras pour appeler quelqu'un, et je retins précipitamment son geste.

— John, arrête !

— Quoi ? Ose me dire que la situation ne t'excite pas ? Et ne mens pas ! ajouta-t-il en fronçant les sourcils. (Sa main se posa sur ma cuisse, par-dessus ma robe, et il appuya doucement.) Si tu es trop timide, je peux aussi te faire jouir sans trop de mal…

Ses doigts se raffermirent sur ma cuisse, et je compris qu'il était sur le point de perdre la tête. Troublée aussi bien par ses mots que par le fait d'assister à cette scène, je chassai sa main et fis signe au premier soumis qui passait.

— Toi, à genoux, retire mes souliers et masse mes pieds !

L'homme se débarrassa du plateau qu'il tenait entre les mains et obtempéra sur-le-champ. Je fus surprise de sa promptitude et encore plus du sentiment qui m'animait lorsqu'il s'exécuta. Alors qu'il me caressait le pied avec soin, John tourna un regard amusé vers moi. Avant qu'il se moque, je répondis, le plus sérieusement du monde :

— Sache que ces escarpins sont tout sauf confortables. Leurs pointes sont étroites et ce sont de vraies échasses !

— Dois-je espérer que la robe ne le soit pas non plus ?

Je ne répondis pas et laissai ma tête retomber vers l'arrière.

Lorsque la soumise se releva, John la remercia et lui fit signe de s'en aller, puis il pivota sur la banquette pour mieux m'observer.

— Alors, il est doué ?

— Assez pour que je songe à le laisser me lécher les orteils, dis-je avec un sourire.

— Jeune homme, procédez ! ordonna John. Léchez-lui les orteils. Si vous le faites correctement, elle vous laissera peut-être lécher autre chose.

Je sursautai lorsque les lèvres de l'homme se refermèrent autour de mon gros orteil.

— Agréable ? demanda John, des yeux remplis de malice posés sur moi.

— Ça chatouille, admis-je en me retenant de me tortiller.

— Je ne vous connaissais pas des fantasmes de cet ordre, madame.

Lorsque le soumis changea de pied, je laissai échapper un franc éclat de rire.

— Soyez plus doux, plus… sensuel ! le disputa John. On ne vous a donc rien appris ?

Dans la seconde, le soumis se remit à me caresser les pieds, remonta les mains le long de ma cheville, puis de mon mollet tout en m'embrassant les orteils. Mon rire cessa comme par enchantement, et John me demanda aussitôt :

— Mieux ?

— Beaucoup mieux, confirmai-je.

— Continuez comme ça, ordonna John en haussant la voix.

Je fermai les yeux, mais John s'avança plus près de moi et glissa une main sur ma cuisse.

— Annabelle, ordonne-moi de te faire jouir, murmura-t-il près de mon oreille. Personne ne le remarquera. Et je suis sûr que tu en crèves d'envie, toi aussi…

Je lui jetai un regard que j'espérais noir, mais la façon dont il me fixait me rappela brutalement la promesse que je lui avais faite de ne pas mentir. Avais-je envie de jouir ? *Oui !* À la seconde où il avait permis à cette fille de lui faire une fellation, j'avais ressenti une pointe d'agacement et une vive chaleur entre les cuisses, mais il était hors de question que John me touche. Ne m'étais-je pas promis de le rendre fou, ce soir ? J'écartai les jambes et ordonnai de la voix la plus ferme possible.

— Jeune homme, montrez-moi si vous léchez les chattes un peu mieux que les orteils. Je vous donne cinq minutes et pas une de plus.

Le soumis tira immédiatement sur mon pied pour mieux positionner mon bassin. Prestement, il m'écarta les cuisses et se glissa sous ma robe avant de jeter la bouche contre mon sexe. J'avais espéré garder le contrôle, mais je perdis le souffle sur-le-champ. Il était visiblement déterminé à remporter le pari.

John jeta un coup d'œil à sa montre :

— Je chronomètre, jeune homme, et je vous fouetterai moi-même si vous ne comblez pas les attentes de cette dame.

Un râle s'échappa de mes lèvres. L'ordre de John avait donné plus de raisons qu'il n'en fallait au soumis pour s'appliquer, et je dus admettre que j'avais fort envie de céder à cette bouche.

— Tu pourrais résister un peu, me gronda faussement John, voyant le plaisir que j'y prenais.

Je déglutis avec difficulté.

— Dois-je comprendre que tu as envie de le fouetter ?

— Que ne ferais-je pas pour toi…, dit-il en frottant son nez sur mon épaule.

Je détournai la tête loin de la sienne pour essayer de trouver un peu d'intimité, mais, dès que j'étouffai un râle, John grogna :

— Mais laisse-moi te regarder !

— Oh ! Fiche-moi la paix !

Probablement parce qu'il sentait que les intrusions de John ralentissaient mon plaisir, le soumis insista de plus belle, me serrant si fort les cuisses que je crus qu'il allait me faire chuter sous la table. Me voyant en train de glisser, John me passa un bras autour de la taille et me colla contre lui.

— Oh, Seigneur ! dis-je, sur le point d'exploser.

— Lâche tout, chuchota John.

J'obéis sur-le-champ, étouffant mon cri pour ne pas déranger tout le monde. Dans de petits soubresauts agréables, je me laissai revenir à la réalité et je ne me rendis compte que le soumis avait quitté mes jambes, toujours écartées et en feu, que lorsqu'il fut debout, devant notre table.

— Ai-je été à la hauteur de vos attentes, madame ?

John jeta un coup d'œil rapide à sa montre.

— Quatre minutes et demie. Pas mal.

— C'était délicieux, admis-je, en me redressant sur mon siège.

John fit signe au soumis de disposer. Je laissai ma tête retomber en arrière pour retrouver mon calme, mais John ne me quittait pas des yeux.

— Arrête, grognai-je.

Je chassai son bras de ma taille et récupérai mon verre. Soudain, j'avais soif. Terriblement soif. Et je n'étais pas sûre que le champagne puisse suffire à combler ce besoin qui m'habitait.

— Serais-tu à ce point cruelle, pour ne pas me laisser admirer tes orgasmes ?

J'évitai soigneusement de le regarder.

— Peut-être que je suis plus douée pour la cruauté que je ne le pensais, tentai-je de plaisanter.

John éclata d'un rire franc.

—Alors là je n'en doute absolument pas.

Il se pencha de nouveau vers moi et reprit, d'une voix suave :

—Et je suis prêt à souffrir bien des affres si cela me mène à ton cœur, Annabelle.

—John, le grondai-je en essayant de ne pas paraître déstabilisée par ses propos.

—Ma déclaration te troublerait-elle ?

Je lui jetai un regard sombre.

—La vérité, John, c'est que je ne pense pas que tu sois capable d'aimer.

Son visage s'assombrit, et il riposta aussitôt :

—La vérité, Annabelle, c'est que tu n'as jamais connu un amour aussi grand que celui que je t'offre. Et je crois même que c'est précisément ce qui t'effraie.

39

Vilaine

Les salles à l'arrière semblaient bondées. On voyait régulièrement des gens y entrer ou en sortir. Cet endroit m'angoissait. Je ne pouvais m'empêcher de songer à ce que j'y avais vu, lors de ma première visite. Lorsqu'il remarqua où mes yeux ne cessaient de se perdre, John se pencha vers moi.

— Aimeriez-vous m'y accompagner, madame ?

— Pas maintenant, dis-je précipitamment.

Un homme passa devant nous en tenant une femme qui semblait avoir du mal à garder son équilibre. Il la poussa en direction des salles au fond, et, dès qu'ils eurent disparu de l'autre côté du rideau noir, John héla quelqu'un au loin. Maître Denis apparut, tout sourires.

— Maître John !

— Maître, je crains qu'une invitée loin d'être consentante ne vienne de franchir votre rideau.

Maître Denis fronça les sourcils.

— Alcool ou drogue ?

— Je l'ignore, mon ami, mais je te suggère d'intervenir, et vite.

D'un pas lourd, l'homme se dirigea immédiatement vers les salles en question, et, devant mon expression intriguée, John m'expliqua :

— Une femme qui n'est pas en état de marcher n'est certainement pas en état de choisir l'homme avec qui elle a envie de coucher.

Il vérifia aussitôt l'état de ma flûte de champagne.

— J'espère que tu n'es pas soûle !

J'arborai un petit sourire moqueur.

— Si c'était le cas, est-ce que tu me sauverais du grand méchant loup ?

John éclata d'un rire franc et secoua la tête.

— J'en doute, ma chère, puisque le loup, c'est moi, et que j'ai fort envie de te dévorer.

Il fit claquer les dents dans ma direction, avant de retrouver un air plus sérieux.

— Cela dit, si tu étais soûle, je serais obligé de mettre un terme à cette soirée. Et je trouverais dommage qu'elle se termine si tôt.

— Donc… si je veux partir d'ici soit je me soûle à mort, soit je couche avec quelqu'un, c'est bien ça ?

Il pinça les lèvres.

— Si je t'ai amenée ici, c'est pour que tu y prennes du plaisir. Que tu réalises tes fantasmes. Simon en ferait-il autant pour toi ?

Je fus vivement contrariée qu'il évoque mon amoureux en des termes aussi déplacés et je ripostai sèchement :

— Simon ne m'obligerait pas à venir ici.

— Peut-être parce qu'il ne connaît pas bien la femme qu'il aime, soutint-il. Allons Annabelle, c'est ta dernière soirée de liberté ! Demain, si tu le souhaites, tu retourneras auprès de ton prince charmant et tu n'entendras plus jamais parler de moi. D'ici là, puis-je te demander d'en profiter un peu ?

Je récupérai ma flûte et avalai une bonne gorgée de champagne. Pas assez, malheureusement, car j'avais toujours les idées claires.

— Je n'en ai pas vraiment envie.

Ce n'était vrai qu'à moitié. Depuis que ce soumis m'avait léchée sous la table, je ressentais une excitation constante entre les cuisses. Et, partout où je posais les yeux, des scènes torrides accrochaient mon regard.

— Je te rappelle que je n'ai que cette soirée, Annabelle. Tu as souvent essayé d'imaginer ce que serait une vraie relation entre nous, lorsque j'étais ton Maître, n'est-ce pas ?

Je le fixai sans répondre et il ajouta :

— La vérité, s'il te plaît.

— Eh bien… oui, c'était ce que je voulais à l'époque, mais… je n'avais jamais pensé que les choses pourraient être… comme ça.

— Comme quoi ? Comme une totale égalité entre toi et moi ? Avec moi, tu serais libre d'assouvir tes rêves les plus fous. Mais en aurais-tu seulement le courage ?

Étais-je seulement capable de vivre le genre de relation qu'il évoquait ? J'en doutais. C'était à l'opposé de l'idée que je me faisais du couple. Mais j'avais promis, à Simon comme à John, de jouer le jeu ce week-end, et ce soir c'était ce qu'on attendait de moi, m'imaginer dans ce rôle…

Chassant mes réserves, je récupérai mon verre que je vidai d'un trait.

— Bien… Puisque tu veux que je baise avec quelqu'un d'autre, allons faire un tour derrière le rideau, lâchai-je.

Alors que je me levai, il me retint par le bras :

— Annabelle, crois-moi, tout ça n'a rien à voir avec mes désirs, autrement nous n'aurions pas quitté ma chambre de la journée ou de la nuit. Pas même pour manger.

Il me dévorait des yeux. Jamais je ne l'avais vu afficher un tel désir pour moi, et, comme j'affichais un air à la fois troublé et surpris, il insista :

— Je te veux libre, Annabelle. Je veux que, juste pour ce soir, tu embrasses toutes les facettes de ta personnalité. Douce, vilaine, cruelle et magnifiquement toi. Me suis-je bien fait comprendre ?

— Vilaine ? répétai-je.

— Oui. (Devant la moue que j'affichai, une lueur de malice traversa son regard.) Vas-tu oser ? demanda-t-il.

Je relevai fièrement le menton.

— C'est ce que nous verrons, monsieur.

Je dégageai mon bras, qu'il tenait, et commençai à me diriger vers le fond de la salle. John se faufila devant moi pour m'ouvrir galamment le rideau. Le couloir était bondé, et, de toute évidence, à entendre les gémissements qui résonnaient de partout, les différentes pièces étaient bien occupées, elles aussi. Quelques portes étaient closes, mais plusieurs personnes se pressaient devant celles qui étaient restées ouvertes. Je devais étirer le cou pour essayer d'apercevoir quelque chose au travers des curieux. Quand j'y parvenais, John me questionnait du regard, et je secouais simplement la tête.

Une fois que nous fûmes arrivés au bout du corridor, où il y avait moins de monde, l'air me parut plus respirable. Je restai un moment devant une salle où un homme prenait une femme en levrette sur un lit. Dans l'autre coin, une autre femme, à genoux, suçait un homme soumis dont les poignets avaient été attachés à des chaînes.

— Classique, se moqua John.

Je haussai les épaules. En réalité, je n'avais pas beaucoup aimé ces chaînes quand Maître Denis m'y avait attachée et je me demandais si John accepterait de s'y soumettre.

Si j'étais libre de faire ce dont j'avais envie, avait-il prévu de m'obéir en tout ?

— Ces chaînes, je vous y verrais bien, monsieur, tentai-je.

Son sourire s'étira, et ses yeux se posèrent sur moi, ravis.

— Me feriez-vous une offre, madame ?

J'observai l'homme éjaculer dans la bouche de la Dominatrice et remarquai les traces qu'il arborait aux poignets lorsqu'il tomba sur le sol. Je ne pus m'empêcher de sourire en imaginant les mêmes sur John. Il se mit à jubiler devant mon expression.

— Madame, on dirait bien que vous avez une vilaine pensée…

— C'est possible, acquiesçai-je. Aimeriez-vous y prendre part ?

Il se courba vers l'avant en une étrange révérence.

— Je ne saurais vous refuser quoi que ce soit, madame.

Avant qu'il change d'avis, j'agrippai son poignet et le tirai rudement à l'intérieur. Je pris immédiatement possession des chaînes. Sans me soucier du couple qui baisait sur le lit, je plaquai John contre le mur et profitai de son obéissance pour lui faire lever les bras. Ses yeux lançaient des éclairs, et il paraissait follement excité de se trouver à ma merci. Peut-être espérait-il que je lui fasse une fellation ? Et pourtant mes préoccupations étaient d'un tout autre ordre. Lorsque je me mis sur la pointe des pieds pour l'attacher, nos visages se frôlèrent.

— Voilà ta vraie nature, Annabelle.

— Vraiment ? dis-je en profitant du fait qu'il était prisonnier des chaînes pour lui défaire sa cravate, que je laissai tomber sur le sol.

Lentement, je détachai les boutons de sa chemise en gardant les yeux rivés aux siens. Ils étaient remplis d'un désir non masqué, et cela me plut. Énormément. John était à mon service. Je me sentais de nouveau investie d'un immense pouvoir. C'était John que je tenais en laisse. Jamais je n'aurais osé rêver d'un pareil moment.

Du coin de l'œil, je vis des gens entrer et prendre place sur des chaises. En plus de mon plan machiavélique, fallait-il que je m'assure que le spectacle soit bon ? Je n'avais pas le temps de m'en soucier. À ma gauche, l'homme sur le lit avait fini par jouir, et, lorsqu'il se leva, la femme resta étalée, cul en l'air, comme si elle attendait qu'un autre homme vienne poursuivre la chevauchée. D'une main lourde, je caressai l'érection de John au travers de son pantalon.

— On dirait que vos cachets font effet, monsieur.

— Si j'avais su que j'aurais eu à subir vos affres, madame, je n'en aurais point pris.

Son ton était léger, et il ne semblait pas particulièrement anxieux d'être à ma merci. M'agenouillant devant lui, je descendis son pantalon et laissai jaillir sa queue aux yeux de tous, mais, au lieu d'en user moi-même, je me tournai vers l'assemblée et pointai du doigt une femme à genoux sur le sol et portant un collier de soumise. Je questionnai son Maître, assis derrière elle :

— Puis-je emprunter cette jolie personne, monsieur ?

Le visage de l'homme s'illumina, et il poussa sa chienne du pied vers moi.

— Va voir la dame.

Je m'adressai immédiatement à elle :

— Suce cette queue, petite, et fais en sorte qu'il se tortille bien au bout de cette chaîne.

Elle se jeta sur l'offrande, et John me regarda d'un air moqueur.

— Vilaine !

— Mais tu n'as encore rien vu, mon cher !

Pendant qu'il se faisait sucer par une parfaite inconnue, je m'installai sur le lit, près de la femme qui ne bougeait toujours pas. Je relevai une jambe et remontai ma robe jusqu'à dénuder mon sexe. Je jetai un coup d'œil en direction des gens présents dans la salle.

— Y a-t-il des intéressés ?

Deux hommes, dont le Maître qui venait de me prêter sa soumise, bondirent en même temps, et je réprimai mon rire de les avoir fait réagir aussi prestement. Les chaînes cliquetèrent. John était coincé. Je n'avais qu'une envie : qu'il m'observe pendant que j'allais me faire baiser à un mètre de lui. Il m'avait traitée de vilaine ? J'allais l'être pour lui ! Devant mes deux prétendants, je fis mine de réfléchir.

— S'il y en a pour un, il y en a certainement pour deux, annonçai-je en leur faisant signe de s'approcher.

Je vérifiai la réaction de John, dont les yeux restaient rivés sur moi. Il paraissait fasciné par la scène que je m'apprêtais à jouer. Les hommes s'approchèrent et attendirent que je leur donne des ordres. C'étaient pourtant des Maîtres, mais il était évident à leur comportement que je dirigeais la séance, ce soir-là. À cette idée, je jubilais. D'un air hautain, je leur fis ouvrir leur pantalon et jaugeai leur queue à tour de rôle. Au niveau de la taille, il n'y avait guère de différence ; alors, un peu au hasard, je récupérai un préservatif et le tendis à celui dont le sexe me paraissait plus gros.

— Vous, derrière.

Alors que je m'installais à quatre pattes sur le lit, je fis signe au second Maître de s'approcher devant moi. Bonne joueuse, je déroulai un préservatif sur son sexe dressé, puis me jetai sur sa queue sans hésiter pendant que l'homme derrière moi enfilait le sien. Quand il y arriva, il me tira vers l'arrière pour me prendre d'un coup sec. Tout mon corps se raidit, et je relâchai l'homme devant moi pour savourer mon plaisir. Une main ramena ma tête vers le sexe en attente, et je me laissai guider sans rechigner. Alors que j'étais présentement Maîtresse, je me soumettais de plein gré à leur bon vouloir.

Quand je fus sur le point d'exploser, je m'accrochai aux fesses devant moi et m'acharnai sur ce sexe gonflé avec plus de ferveur. Des râles résonnaient dans la pièce, et, bientôt, la queue entre mes lèvres perdit de sa fermeté. Déjà ? Aussitôt, je repoussai l'homme et lâchai un cri rauque pendant que l'on me prenait plus rudement. Quand je jouis, en même temps que le Maître derrière moi, je m'affalai sur le lit, comblée, et je pris un moment pour profiter de cet instant d'accalmie. Quand je rouvris les yeux, je cherchai John du regard. Ses mains étaient toujours enchaînées et ses yeux toujours braqués sur moi. En revanche, la soumise avait bel et bien disparu de son entrejambe. Son érection aussi.

Mollement, je me redressai et tentai de replacer ma robe quand un homme s'avança d'un pas.

— Puis-je vous offrir d'autres plaisirs, madame ?

Je refusai d'un geste de la main et me dirigeai vers John. Je me trouvais bien cruelle de l'avoir exclu de mon scénario, mais j'avais toujours très envie de le voir tomber à mes genoux, poignets endoloris, à mon service. Pourtant, une fois devant lui, je ne pus m'empêcher d'afficher un petit sourire en coin.

— Vous êtes bien agréable à regarder, comme ça.

— Et vous seriez bien plus jolie nue, me répondit-il sans hésiter.

D'une main, je détachai le haut de ma robe, qui tomba vers l'avant et dévoila ma poitrine dans la seconde.

— Comme cela ? questionnai-je en glissant les doigts entre mes seins.

— Oui.

Sa voix n'était qu'un souffle, mais elle laissait transparaître toute son excitation. Je fis mine de me caresser sous son nez avant de lui demander, sur un ton moqueur :

— Alors ? Suis-je assez vilaine pour toi ?

Les chaînes claquèrent au bout de ses bras.

— Détache-moi, et on verra lequel des deux est le plus vilain.

Ses mots étaient à la fois effrayants et excitants. Suffisamment pour que je craigne de le libérer. Son regard ne mentait pas : à l'instant où je le ferais, il se jetterait sur moi et me ferait hurler de plaisir. Et, cette fois, je n'étais plus certaine d'avoir la force ou même l'envie de le repousser.

Je reculai vers le lit, et il dut comprendre que je n'avais pas l'intention de défaire ses entraves, car il chuchota, sur un ton presque menaçant.

— Reviens, ma jolie…

Je profitai de ses attaches pour m'asseoir sur le matelas et glisser la main le long de l'ouverture de ma robe. Même si le tissu masquait mes gestes, John comprit que je venais d'atteindre mon sexe, car j'entrepris de me caresser sans gêne devant lui.

Un homme se leva et fit un pas, mais John le fusilla du regard.

— Désolé. C'est à mon tour.

L'homme me jeta un coup d'œil comme pour vérifier, mais John avait déjà reposé les yeux sur moi.

— Annabelle, si tu ne me détaches pas, je retirerai moi-même ces chaînes et là je t'avertis : je ne répondrai plus de moi.

Je retins un rire. J'adorais la façon dont ses yeux me lançaient des éclairs. Je me laissai choir totalement sur le lit et me touchai sans vergogne. Les cliquetis des chaînes se firent entendre, puis un corps se rua sur moi. Dans un cri, je le repoussai, des mains emprisonnèrent les miennes au-dessus de ma tête, puis le visage de John apparut dans mon champ de vision.

— Qu'est-ce que… ? Comment… ?

— Tu ne pensais quand même pas qu'il n'y avait pas de mécanisme pour se détacher seul ? Je viens souvent ici et je connais tous les petits secrets des instruments, tu sais…

Sa bouche se posa sur ma poitrine, et tout mon corps se souleva lorsque sa langue glissa sur ma peau. Je n'avais qu'une envie : qu'il me prenne sur-le-champ. Mais, au lieu de répondre au grognement qui s'échappa de mes lèvres, il releva les yeux vers moi.

— Demande-le-moi, Annabelle.

Je grondai :

— Non. C'est moi qui vais te baiser !

Parfaitement obéissant, il me relâcha les mains, et je le repoussai sur le lit. Il s'y étendit prestement et entreprit de ranimer son érection en se caressant sans vergogne devant moi. Sans prêter attention aux autres couples qui s'ébattaient dans la salle, je grimpai sur lui. D'une main, il remonta ma robe, empoigna mes cuisses et guida mon bassin pour que je m'empale sur lui. Cette pénétration fut rude, mais il m'immobilisa contre lui lorsque nous ne fûmes qu'un seul corps. Son émotion était perceptible, et il m'attira contre lui avant de souffler à mon oreille :

— Oh, Annabelle…, j'attends ce moment depuis si longtemps !

Il m'embrassa la joue, je crois qu'il espérait atteindre ma bouche, mais je luttai contre son geste pour pouvoir me déhancher sur lui. Ses mains m'empêchaient de glisser hors de son sexe. Heureusement d'ailleurs, car j'étais trop excitée pour gérer ma chevauchée convenablement. Je voulais jouir, vite et fort, ce que je fis sans attendre, dans un cri que je n'essayai même pas d'étouffer. Enfin, à bout de forces et haletante, je m'effondrai sur lui.

40

Toutes les facettes

Alors que je baignais dans une torpeur délicieuse, tout s'enchaîna très rapidement. John rattacha le haut de ma robe, m'aida à me redresser, puis m'entraîna hors des salles du fond. En moins de cinq minutes, nous avions quitté le bar de Maître Denis. Si vite que j'eus peur d'avoir commis un impair. Avais-je manqué de respect à un Maître ? Je n'en avais pas l'impression.

Une fois à l'extérieur, alors que l'air frais me faisait reprendre mes esprits, je tirai sur son bras pour le ralentir dans sa course.

— John ! Qu'est-ce qu'il y a ? J'ai fait quelque chose de mal ?

Il s'arrêta d'un trait et se tourna vivement vers moi.

— Quoi ? Non !

— Alors pourquoi on part aussi vite ?

— Parce que tu vas bientôt te rendre compte de ce que tu viens de faire et que ce sera peut-être un choc pour toi.

Je fronçai les sourcils avant de rétorquer :

— Qu'est-ce que tu racontes ? J'ai fait bien pire quand j'étais ta soumise !

— Mais ce soir tu étais libre de tes choix. C'est très différent. Et je te rappelle que c'est même toi qui as tout orchestré.

Je faillis secouer la tête, puis me ravisai. Étais-je vraiment responsable de ce qui s'était produit dans les salles du fond ? Oui et non. Je présume que, si John ne m'avait pas amenée dans ce bar et s'il ne m'avait pas mise au défi de laisser jaillir mon côté sombre, je ne l'aurais pas fait. Pourtant, cela ne m'avait pas déplu. Pour une fois que j'étais aux commandes, cela avait été plutôt agréable.

Lorsque je compris la raison de notre départ précipité, je lui jetai un regard sombre.

— Tu espères que je me vais me sentir coupable, c'est ça ?

Il s'empressa de secouer la tête.

— Bien au contraire ! J'espère que tu sauras accepter ce que tu as fait, ce soir. Parce que c'est ce que tu es, Annabelle. Tu es une femme pleine de fougue, de fantasmes et de rêves. Ce que j'ai vu, c'était magnifique ! Tu as pris le contrôle des opérations, tu t'es amusée et tu as joui comme jamais. Oserais-tu me dire le contraire ?

Les images de la soirée me revenaient en tête, et je comprenais soudain pourquoi John m'avait entraînée hors du bar. Je prenais conscience de ce que j'avais fait, et je n'étais déjà plus certaine de pouvoir le supporter. Bon sang, j'étais tombée dans le piège de John sans même le remarquer!

— C'était donc ça, ton but! l'accusai-je. Tu croyais qu'en baisant avec toi ou des inconnus j'allais prendre conscience que Simon ne me suffisait pas! Alors sache que ça ne changera absolument rien entre lui et moi. Demain, je vais retourner à ses côtés, et son corps va effacer tous les autres. Toi y compris.

Il serra les lèvres si fort qu'il en grimaça.

— Cesse de te leurrer, Annabelle: Simon ne va rien effacer du tout! À la limite, quand j'étais ton Maître, tu pouvais toujours rejeter tes actions sur moi, puisque tu ne faisais qu'obéir. Mais ce soir tu es seule responsable de tes actes! Je n'ai fait que te donner la chance de goûter à ce qu'on ressent quand on est maître de soi.

Je détestais la façon dont il remettait ce qui s'était produit sur mes épaules. Dans un soupir, je détournai la tête pour essayer de faire le vide.

— Ce n'est pas plus agréable que ça, dis-je sèchement. Bien. Maintenant que tu as vu ce que tu voulais voir, on peut rentrer?

Le vent s'était levé, et j'avais froid. Je tentai de repartir en direction de la voiture, mais John me retint de nouveau, cette fois par la taille. Ses bras m'enlacèrent par-derrière, et il vint coller son torse contre mon dos.

—Annabelle, il y a tellement de magnifiques facettes en toi. Tu sais être douce, soumise, généreuse, sensuelle…, mais tu es aussi cette autre fille : cruelle, dominante…, vilaine.

Je grimaçai, et il soupira encore.

—Crois-moi, Annabelle : je sais ce que c'est que de découvrir des facettes de soi qu'on préférerait ne pas avoir, mais il y a des façons bien plus terribles de les utiliser, tu ne penses pas ?

Je chassai ses bras pour lui refaire face. Qu'est-ce qu'il me disait ? Qu'il aurait aimé ne pas être ce qu'il était devenu ? Devant ma question muette, il sourit tristement.

—Si je n'étais pas devenu Maître pour libérer toutes ces pulsions, qu'aurais-je été ? Comme mon père ? Ou le tien ? Quand on y pense, j'ose croire que je ne m'en suis pas trop mal tiré.

—Pas trop mal, en effet, admis-je, à contrecœur.

—Tout ce que je veux pour toi, c'est que tu ne te voiles pas la face comme le font la plupart des gens. Tu es passée de l'autre côté, Annabelle. Tu as vu que l'humain avait de nombreux côtés sombres et que tu en avais, toi aussi.

J'essayai de rester calme lorsque je jetai :

—Et alors ?

—Et alors ? répéta-t-il en haussant le ton. Je veux que tu les acceptes !

— Je les accepte, dis-je en espérant clore la discussion.

Il se pinça le nez, choqué que je tente d'esquiver toute réflexion sérieuse sur le sujet, puis reprit, d'un ton las :

— Puisque tu refuses de coopérer, je vais faire au plus court : tu ne t'acceptes pas, Annabelle. La seule facette que tu aimes chez toi, c'est la femme comblée, rédactrice en chef et en couple. C'est le côté normal de ta vie. Et encore je ne parle pas de cette relation ennuyeuse que tu entretiens avec Simon.

— Je t'interdis de dire ça !

Je m'étais emportée, suffisamment pour que les gens qui passaient près de nous se mettent à nous jeter des regards curieux. Agacé par nos spectateurs, John me tira plus près de la voiture. Pendant une seconde, je crus que nous en avions terminé, mais, devant ma portière, il se replanta devant moi.

— Demain, si c'est vraiment ce que tu veux, tu pourras te voiler la face de nouveau et te répéter que c'est ça, la vie que tu souhaites : si belle, si parfaite, si « normale » ! Mais ce soir, je voudrais que tu te voies comme je te vois : avec tes zones d'ombre et ces facettes qui font de toi la femme sublime que tu es.

— Je veux rentrer, grognai-je.

— Je n'ai pas fini ! riposta-t-il. Bon sang, Annabelle ! Tu crois vraiment que je t'aurais amenée là-bas si je ne pensais pas que c'était important pour toi ?

Je le fusillai du regard et j'élevai la voix sans me soucier de l'endroit où nous étions :

— Si tu voulais vraiment faire quelque chose pour moi, John, tu serais resté hors de ma vie jusqu'à la fin des temps !

Je tournai les talons, déterminée à le laisser là et à rentrer chez moi, en taxi. J'en avais assez vu et, surtout, bien assez fait ! J'avais à peine fait deux pas que la main de John s'accrocha à mon bras et que je me retrouvai plaquée contre sa voiture, sa bouche sur la mienne, dans un baiser si fougueux que j'en oubliai ma colère. Quand il libéra mes lèvres, il vint poser son front contre le mien.

— Je t'aime, Annabelle, et j'essaie de faire au mieux avec le peu auquel j'ai droit. Ne va pas croire que je n'ai pas conscience de ce que je t'ai fait. Tu remarqueras que je n'ai jamais exigé ton pardon. Et je ne le ferai jamais, parce que je sais que certains des gestes que j'ai commis à ton endroit sont impardonnables.

Son aveu me coupa le souffle, et j'eus du mal à poser ma question sans me mettre à trembler :

— Alors… qu'est-ce que tu veux ?

— Je veux que tu saches que c'est possible qu'on t'aime complètement, sans avoir à choisir une facette de ta personnalité. Et, même si tu ne veux pas l'entendre, je ne pense pas que Simon soit capable de te combler comme tu le mérites…

Je le fusillai du regard tout en ravalant difficilement mes larmes. John se redressa, libérant mon corps, qui frissonna, loin de la chaleur du sien. Je croisai les bras et me frottai les épaules pour tenter de les réchauffer.

— Cette fois, je crois que j'ai tout dit, jeta-t-il simplement.

Il déverrouilla la portière de sa voiture, et je ne me fis pas prier pour m'y réfugier. Ses paroles ne cessaient de tourner dans ma tête et de se superposer avec les images de cette soirée. Je me recroquevillai sur mon siège et fermai les yeux.

41

Libre

Après un retour des plus silencieux, je m'enfermai à l'étage pour prendre un bain sans demander la permission à John. J'avais toujours froid et, pendant que l'eau continuait de couler, je profitai du bruit que faisait le jet pour pleurer en silence. Il y avait un vide à l'intérieur de moi. Était-ce parce que j'étais triste d'avoir cédé à sa requête et de m'être laissé entraîner dans les salles du fond ? Était-ce la peur de la réaction de Simon lorsqu'il saurait ce que j'avais fait ? J'étais pourtant étrangement confiante : je savais qu'il pouvait m'accorder son pardon. Et moi, alors ? Serais-je de nouveau capable de me regarder dans un miroir ?

Je sursautai quand John frappa à la porte et je m'essuyai prestement le visage pour y effacer les larmes. De l'autre côté de la paroi, sa voix résonna, douce :

— Annabelle ? Tu es toujours fâchée contre moi ?

Je déglutis pour m'éclaircir la voix.

— Oui.

— Pour quelles raisons, exactement ?

Je me penchai pour m'asperger le visage d'eau chaude et pliai les jambes pour déposer la tête sur mes genoux.

— Pour tout, dis-je enfin.

— Mais encore ?

Un glissement se fit entendre, et je compris qu'il venait de se laisser tomber sur le sol, de l'autre côté de la porte. Mon corps se détendit lorsque je compris qu'il n'avait pas l'intention d'entrer sans mon aval.

Comme il persistait à attendre une réponse, j'allai au plus court :

— Pour avoir le culot d'être revenu dans ma vie après ce que tu m'as fait !

Une note de chagrin filtra dans mes paroles. Au lieu de hausser le ton, John parut surpris :

— Du culot ? Moi qui espérais que tu verrais dans mes gestes un acte de courage !

— Du courage ? répétai-je à mon tour. Où ça ?

— Crois-tu qu'il soit simple pour moi de revenir dans ta vie et de t'avouer que je t'aime ? Surtout après ce que je t'ai fait, justement ?

Je foudroyai la porte du regard.

— Je ne veux pas que tu m'aimes ! pestai-je.

— Crois-tu que je le veuille davantage ?

Sa voix était triste, et elle m'empêcha de lui jeter une réplique acerbe. J'avais l'impression de rêver. John Lenoir était là, à me répéter qu'il m'aimait. Qu'aurais-je donné pour obtenir ces mots-là, il y a un peu plus d'un an ?

Avec des gestes lents, je relâchai mes jambes et m'étendis dans la baignoire pour essayer de retrouver un peu de quiétude dans la chaleur de l'eau.

— La vérité, Annabelle, c'est que ça a été un long processus avant que je veuille admettre mes sentiments pour toi. C'est la thérapie que j'ai suivie qui m'a fait prendre conscience que je n'arrivais pas à me remettre de notre histoire.

— Je ne te savais pas si long à la détente, lâchai-je sur un ton faussement léger.

Je l'entendis rigoler, puis reprendre :

— Ça va te paraître bizarre, mais… j'ai vécu une situation difficile en tant que Maître avec toi.

— Vraiment ? Je n'ai pas le souvenir d'avoir été très coriace à mater, ironisai-je.

— Je parle de mon ressenti de Maître, expliqua-t-il avec sérieux. C'était la première fois que j'étais réticent à donner l'une de mes soumises à d'autres hommes. Rappelle-toi comme ça a été long avant que je cède. À mon mentor, à Denis, à Paul aussi…

Je fermai les yeux. J'aurais aimé qu'il se taise et qu'on ne reparle jamais de ces moments difficiles.

— Annabelle, nous vivions une relation… tellement unique.

— Oui, et tu as tout gâché, sifflai-je, heureuse de le lui reprocher.

— Je sais. Et j'en suis pleinement conscient.

— Tant mieux. Parce que tu as détruit ma vie, John. Sans toi, elle aurait été drôlement plus simple !

— Plus simple ? répéta-t-il. Elle aurait été bien plus triste, oui ! Regretterais-tu déjà de ne plus être en couple avec Steven ? Je te rappelle que, sans moi, tu serais mariée avec lui, à l'heure actuelle. Je me trompe ?

Je serrai les dents et fus forcée d'avouer :

— Tu as raison, je ne regrette pas Steven. Et je n'oublie pas que c'est aussi grâce à toi que j'ai rencontré Simon.

— Et que tu as décroché ce poste de rédactrice en chef, ajouta-t-il.

— C'est bon, je te dois toute ma vie. Tu es content ? jetai-je sèchement. C'est ça que tu voulais m'entendre dire ?

— Non, admit-il d'une voix grave. Ce n'était pas ce que je voulais, mais je suis quand même content d'avoir pu contribuer à ton bonheur, même si je voulais… le faire différemment.

Je levai les yeux au ciel avant de grogner :

— Pour l'amour du ciel, John, qu'est-ce que tu veux ?

— Annabelle…, je crois qu'il reste toujours quelque chose entre nous.

Ma réponse fut aussi triste que sèche :

— Entre nous, il n'y a que de la colère et de la déception, John.

— Je dois avoir un problème de vision, parce que je n'ai vu aucune colère dans tes yeux quand tu m'as chevauché, tout à l'heure.

Au lieu de m'offusquer, j'acceptai de lui concéder calmement ce point :

— Ouais. Peut-être que tu m'as guérie de ma colère, tout compte fait…

— Merci de l'admettre. Ça représente beaucoup pour moi.

Je calai ma tête plus confortablement sur le rebord de la baignoire et fixai le plafond avant d'ajouter :

— Je crois que… ça va mieux, admis-je prudemment.

Le silence s'installa entre nous, si long que je me demandais s'il s'était endormi de l'autre côté de la porte quand sa voix résonna de nouveau :

— Moi, je ne suis toujours pas guéri de toi, Annabelle.

Je reportai mon attention vers la porte et la scrutai avec la même intensité que s'il était dans la pièce lorsqu'il reprit, sur un ton plus joyeux :

— Je commence sérieusement à regretter de ne pas m'en être tenu à ma première idée : me guérir de toi plutôt que de te guérir de moi.

— Et en quoi consistait cette idée, je peux savoir ?

— À t'attacher à mon lit et à te baiser jusqu'à ce que tu me supplies d'arrêter. Si tant est que ce soit possible que je m'arrête.

Je pouffai de rire avant d'admettre :

— Tiens… c'est exactement ce que j'avais imaginé que tu ferais ! Oh, mais je te rassure : tu m'as quand même bien surprise avec ton repas aux chandelles. Et puis remarque, tu as encore le temps de changer d'avis, dis-je en faisant clapoter l'eau sous mes doigts.

Aussitôt dit, je portai une main à ma bouche en prenant conscience des mots qui venaient d'en sortir. Très vite, sa question fusa :

— Serais-tu… sur le point de me faire une offre, Annabelle ?

Ma respiration s'emballa, et je m'empressai de lui répondre :

— Ce n'est pas à moi de proposer quoi que ce soit, John. Tu as exigé deux jours, et Simon te les a accordés. À toi d'en user comme bon te semble.

Toujours de l'autre côté de la porte, John soupira.

— J'avais espéré que tu t'offres à moi de ton plein gré.

Ma gorge se noua. Cette idée que John me voulait réellement libre, soumise ou dominante, à lui ou à qui je voulais, sage ou vilaine, me donna le vertige. Soudain, il me paraissait tellement plus simple d'être soumise et de ne pas avoir à réfléchir à mes propres envies.

— Et sache que si tu t'offres à moi, Annabelle, je n'ai absolument pas l'intention de te « baiser ».

— Comment ça ? m'exclamai-je, intriguée malgré moi.

— J'ai l'intention de te faire l'amour, évidemment !

Sous le choc, j'éclatai de rire.

— Ah, John ! Décidément, tu ne cesseras jamais de me surprendre !

John amoureux ? John qui voulait faire l'amour avec moi ? C'était à la fois incroyable et ridicule !

— Pardon, John, je ne peux pas m'en empêcher, m'excusai-je.

— Je présume que c'est bien fait pour moi, dit-il sans paraître choqué par ma réaction.

Je pris deux bonnes inspirations pour retrouver mon calme, mais n'y arrivai pas. Même dans mes rêves les plus fous, John me baisait. Était-il seulement capable de faire autre chose ? Je fermai les yeux. Combien de fois avais-je imaginé John totalement mien ? Trop pour pouvoir les compter. Ce soir, j'avais la sensation qu'il m'offrait de goûter au fruit défendu. Lui, complètement à moi, pendant une nuit. Et, même si j'étais légèrement effrayée par cette idée, je réussis à garder mon ton détaché :

— D'accord, John, tu m'as eue, je veux absolument voir ça !

Il bougea, car son corps fit craquer la porte contre laquelle il était probablement adossé. Mais il n'entra pas, et le silence dura. Peut-être hésitait-il ? Peut-être s'était-il convaincu que j'allais refuser ou peut-être qu'il n'avait aucune idée de ce que faire l'amour impliquait…

— Ordonne-moi, Annabelle, et j'obéirai.

Je me crispai et serrai les mâchoires. Il voulait un ordre ? Bien sûr. Ma liberté impliquait que j'accepte les responsabilités de mes actes. Retenant mon souffle, je chuchotai :

— Entre, John, et viens me faire l'amour.

42

La déroute

Quand la porte de la salle de bains s'ouvrit, l'angoisse augmenta. Le regard de John était troublant. Il trahissait autant son désir que sa nervosité. Avais-je pris la bonne décision en lui ordonnant d'entrer ? Je n'en étais plus certaine. Pourtant, Simon m'avait demandé d'aller au bout de mes sentiments pour John. Alors pourquoi étais-je si effrayée ?

Malgré la peur qui s'installait dans mon ventre, je me forçai à ne pas détourner les yeux, même lorsque ses vêtements tombèrent un à un sur le sol. Devant son érection, je retrouvai un semblant de sourire.

— Encore le petit cachet bleu ?

— Avec ou sans lui, le résultat serait le même. J'espère que tu n'en doutes pas.

John s'approcha de la baignoire, et je glissai vers l'avant pour qu'il puisse s'installer derrière moi. Sans un mot, il enroula les bras autour de ma taille. Contre ma tête, son souffle s'accéléra bruyamment, et je pouvais sentir son érection dans le bas de mon dos. Même si je tentais de rester détendue, tout mon corps se raidit à son contact. Il dut le remarquer, car il relâcha partiellement son étreinte.

— Je suis trop rapide ? me questionna-t-il.

— Je… Non.

D'une main, je ramenai ses bras autour de moi et fermai les yeux pour essayer de retrouver mon calme. Lentement, ses doigts glissèrent sur ma peau et remontèrent vers mes épaules pour les masser.

— Je suis nerveux, avoua-t-il à voix basse.

Même si je partageais son sentiment, je laissai un rire franchir mes lèvres.

— Merde, on a baisé il n'y a pas une heure ! Pourquoi est-ce qu'on est comme ça ? demandai-je sans réfléchir.

— Parce qu'on ne va pas « baiser ». Voilà pourquoi.

La moquerie dont je faisais preuve, il y a quelques minutes, se volatilisa prestement. John rendait notre conversation sérieuse. Trop sérieuse. Et, comme je restais silencieuse, il augmenta la force de son massage avant d'ajouter :

— Le sexe, c'est un jeu, Annabelle, mais l'amour…, c'est autre chose.

Énervée par son préambule, je me braquai :

— Tu vas me sortir tes bêtises toute la nuit ? Je te signale qu'il est tard et que le compteur tourne, chéri…

Le corps de John se raidit, puis il se pencha pour venir m'embrasser le lobe de l'oreille. Ses mains relâchèrent mon cou, contournèrent mes épaules et allèrent directement entre mes cuisses. Je me sentis bêtement soulagée devant cette accélération du rythme, comme si nous en revenions à une étreinte plus habituelle entre nous.

— On va déjà évacuer tout ce stress…

L'une de ses mains écarta l'une de mes cuisses tandis que la seconde se frayait un chemin vers mon sexe. Je sursautai, autant à cause de sa rapidité que de la sensibilité qui trahissait mon corps.

— Que de tensions, madame, se moqua-t-il avant de se mettre à lécher l'arrière de mon oreille.

Peut-être parce que son « madame » venait d'instaurer le jeu ou que ses doigts étaient déjà en moi, mon corps s'abandonna aussitôt. Quand il comprit que mes jambes resteraient ouvertes à ses caresses, il utilisa sa main libre pour venir me caresser les seins, et je me sentis happée par une délicieuse chaleur. J'eus un petit sursaut de plaisir, et ma bouche laissa très vite filtrer un premier râle. Les doigts de John se firent plus insistants. Alors que j'avais cru qu'il allait me faire languir, voilà qu'il s'acharnait à me mener prestement à l'orgasme. Mon corps s'arqua entre ses bras, et je brisai le silence d'un cri langoureux que je ne retins pas. Dès que je me laissai choir contre lui, il m'embrassa la tempe.

— Madame se sent-elle plus détendue, maintenant ? se moqua-t-il doucement.

— Oh… oui !

Je savourai ses caresses délicates, qui prolongeaient mon état de bien-être, puis je chassai ma torpeur et pivotai dans le bain pour me placer face à lui. Ma main plongea sous l'eau pour attraper sa queue. Un éclair de malice traversa son regard.

— Ne me tentez pas ainsi, madame… Qui sait ce qui pourrait survenir ?

— Me voilà bien effrayée, monsieur, le narguai-je en le masturbant de plus belle.

Mon effronterie le fit sourire. Sans lui laisser le temps de réagir, je grimpai sur ses cuisses et guidai son sexe vers le mien, étrangement pressée. Dès qu'il fut en moi, John me serra contre lui et nous immobilisa l'un contre l'autre. Sous son regard scrutateur, je me sentis gênée. Luttant contre sa poigne, je m'activai sur son corps, me déhanchant sans vergogne afin de raviver ce feu au fond de mon ventre.

— J'aime beaucoup ton petit côté dominant, souffla-t-il.

Je glissai les doigts dans ses cheveux et serrai quelques mèches pour lui montrer que j'avais effectivement le contrôle de la situation. Dès que l'eau commença à tanguer dangereusement, je ralentis mes gestes, mais, d'un coup rustre, John ramena prestement mon corps contre le sien. La plainte qu'il m'arracha me fit perdre tous mes moyens.

N'étais-je pas censée être celle qui dominait ? Pour le ramener à l'ordre, je le tirai par les cheveux jusqu'à ce qu'il bascule la tête en arrière. Il rugit sous mon geste, mais je ne cédai pas : je poursuivis ma chevauchée sur son sexe avec une fougue de tous les diables, cherchant à provoquer mon propre orgasme sans tarder, et, lorsque je me cambrai dans un cri délicieux, John se mit à rire alors que je restai là, perdue dans le plaisir.

À son tour, il remonta la main dans mes cheveux, les tira et força mon corps à suivre son geste. *Aïe !* Il était bien plus rude que moi ! Me plaquant le dos contre le carrelage, John inversa les rôles à la seconde où il me pénétra de nouveau.

— C'est à mon tour, alors…

À chacun de ses déhanchements, je glissais contre le mur froid. Au lieu de précipiter sa jouissance, John garda un rythme lent et conserva les yeux rivés dans les miens. Troublée par ce contact visuel, je détournai la tête pour tenter de me concentrer sur le plaisir.

— Annabelle, regarde-moi.

Alors que son corps s'imposait rudement au mien, sa voix était douce. Je ramenai les yeux vers lui, même si je n'étais pas certaine de pouvoir soutenir son regard très longtemps. Ses mouvements s'accélérèrent, et je ravalai un premier cri de plaisir. Ma main lui enserra la nuque et, quand il comprit que j'étais sur le point de jouir, John sourit.

— Viens, Annabelle…, chute avec moi.

Son ordre déclencha une houle délicieuse dans mon corps. Ou peut-être était-ce sa façon de me dévisager ? On aurait dit qu'il ne pouvait plus détacher les yeux de moi. Je laissai mes gémissements envahir la pièce, sentant les soubresauts de mon corps se faire de plus en plus puissants chaque fois qu'il plongeait en moi. Le cri qu'il m'arracha fut vif, extatique, et le sien résonna presque aussitôt. Nos souffles se mêlèrent pendant quelques minutes, puis John posa son front contre le mien.

— J'avais oublié à quel point tes orgasmes étaient divins à regarder…

Je lâchai un rire nerveux avant de lui répondre :

— Oh, mais les avoir, ce n'est pas mal non plus !

Profitant de notre proximité, John se pencha vers moi, et sa bouche se posa sur la mienne. Il m'embrassa furtivement. Je clignai des yeux à quelques reprises, surprise par son geste. C'était la seconde fois qu'il m'embrassait, ce soir. Quand je lui étais soumise, ces marques d'affection étaient rares, et j'étais souvent celle qui les initiait. John continua de me scruter, puis m'avoua, d'un ton grave :

— Je suis décidément très amoureux de toi.

Je restai muette devant sa déclaration. Certes, il avait utilisé des mots similaires de l'autre côté de la porte, mais sous son regard et dans cette position intime j'étais incapable d'en rire. John reprit ma bouche dans un baiser que je ne lui refusai pas. Sa langue était douce et chaude contre la mienne, et, quand il libéra mes lèvres, j'étais étourdie. Je le contemplai, à bout de souffle et toujours troublée par son aveu, quand il recula dans la baignoire pour me rendre ma liberté. Lorsque je baissai les yeux, je retrouvai un rire nerveux en voyant son érection qui ne faiblissait pas.

— C'est une blague !

— Les joies du progrès, madame, dit-il en répondant à mon rire.

Récupérant la savonnette, il se nettoya rapidement devant moi, et je l'imitai, étonnée de voir ce sexe toujours dressé après ce que nous venions de vivre. L'eau de la baignoire n'était plus que tiède, et je frissonnai en m'enroulant dans une serviette.

— Tu veux un peignoir ? proposa John.

— C'est tout ce que tu as à proposer pour me réchauffer ? le narguai-je.

Sa main vint s'accrocher à la mienne pour m'entraîner en dehors de la pièce.

— Vos désirs sont des ordres, mademoiselle.

43

Sans masque

John me tira dans sa chambre avec empressement. J'espérais qu'il me jette sur son lit sans attendre, mais il m'arrêta avant que je puisse l'atteindre. Devant moi, il me détailla du regard comme si c'était la première fois qu'il me voyait. Sa main, toujours sur mon poignet, me ramena contre lui, et je me retrouvai dans ses bras, ses doigts sur ma joue et son nez contre ma tempe.

— Annabelle, j'ai l'impression de rêver.

— C'est peut-être le cas, me moquai-je.

Il me lança un regard réprobateur, mais je ne bronchai pas. J'avais besoin de rire pour chasser le côté solennel qu'il essayait d'imposer à nos ébats. Quand il posa la bouche sur la mienne pour m'embrasser, je fus soulagée qu'il passe à l'action, surtout quand ses doigts glissèrent doucement sur mon ventre. Je retins mon souffle en espérant que son geste se déplace plus bas, mais il se contenta de tracer des cercles lascifs autour de mon nombril, sans jamais descendre. Espérait-il que je le supplie ? Ravalant un grognement impatient, je dis d'une voix ferme :

— Je veux ta bouche.

Il se lécha la lèvre supérieure en arborant un large sourire.

— On dirait que ça te plaît de donner des ordres.

— En effet, confirmai-je en durcissant mon regard et en pointant le sol d'un doigt pour qu'il s'exécute.

Sans me quitter des yeux, John posa un genou par terre, visiblement amusé par la situation. Je l'étais tout autant. Jamais je ne m'étais sentie aussi puissante en sa présence, et c'était plutôt enivrant de le voir se positionner ainsi, devant moi.

Alors que je tentais de reculer pour m'étendre sur le lit, il me retint par la taille et me ramena prestement vers l'avant. Quoi ? Il voulait que je reste debout ? D'une main ferme, il m'écarta les jambes avant de jeter la bouche contre mon sexe. Je poussai un cri d'étonnement lorsqu'il jucha ma jambe sur son épaule et, durant les premières secondes, me concentrai sur mon équilibre. Mais, dès que la langue de John devint inquisitrice, je me mis à tanguer de plaisir. Comme je peinais à rester droite, il me fit chuter sur le sol avant de replonger vers mon intimité. Étendue et offerte, je perdis le fil des événements sans tarder et le laissai m'offrir un nouvel orgasme. Alors que je rouvrais les yeux, il rigola :

— Toujours aussi rapide, à ce que je vois.

Son menton était posé sur mon ventre, et il m'observait. J'étais lasse et détendue, et j'aurais probablement pu m'endormir ainsi, mais John chassa ma torpeur en remontant lentement, laissant traîner sa langue sur ma peau. Décidément, il savait comment faire remonter mon désir en force ! J'attendis que sa bouche soit proche de la mienne pour l'embrasser avec fougue, nouant les bras autour de son cou, ondulant sous lui pour qu'il me prenne sur-le-champ, mais John se redressa légèrement et resta un moment à m'observer, un sourire flottant sur ses lèvres.

— Tu essaies de me faire languir, c'est ça ? lui demandai-je.

Contre ma cuisse, je sentais son érection qu'il frottait doucement, et je soulevai un peu mon bassin, espérant qu'il se glisse enfin en moi. Comme il continuait de me toucher sans hâte, je grognai :

— Bordel, John ! Qu'est-ce que tu attends pour me baiser ?

Agacé, il se redressa pour me foudroyer du regard.

— Tu ne vois pas que j'essaie de te faire l'amour ? Mais combien d'orgasmes te faut-il pour que le masque que tu portes tombe ?

— Mais… je ne porte aucun masque, me défendis-je mollement.

— Bien sûr que si ! Tu as tellement peur de t'abandonner que tu te caches derrière ton nouveau rôle de dominante !

Lorsque je le sentis s'éloigner de moi, un nœud se forma dans mon ventre. Quoi ? Il partait ? Sans réfléchir, je me relevai partiellement en m'accrochant à son bras.

— John ! Qu'est-ce que tu me fais, là ?

Il ne tenta plus de fuir, mais son soupir fut long, et ses mots me parurent tristes :

— Écoute, je n'ai pas envie de jouer. Dans d'autres circonstances, cela ne m'aurait pas gêné, mais ce soir… j'ai besoin de plus que ça.

— John, je ne porte aucun masque, certifiai-je. C'est juste que… ça me plaît bien de te dire quoi faire, c'est tout.

— Ce n'est pas dans ce que tu dis ou dans ce que tu fais que tu portes un masque, Annabelle, c'est… dans ce que tu dégages…

Il me scrutait avec intensité, comme s'il espérait que ces explications me suffiraient. Ce qui était loin d'être le cas.

— Je ne suis pas sûre de comprendre ce que tu veux, finis-je par admettre.

— Je veux que tu sois toi. Que tu ne te caches pas derrière un ordre ou un rôle, quel qu'il soit. J'ai envie qu'on partage un véritable instant d'intimité tous les deux.

C'était bien là tout le problème, et je le savais : John espérait m'atteindre, mais étais-je seulement capable de lui offrir une place qui était réservée à un autre ? Même pour une seule nuit ?

Quand il se pencha pour déposer un baiser sur ma bouche, je commençai par me raidir, comme par crainte qu'il ne parvienne à traverser mes défenses, puis je cessai de me braquer et répondis à son geste avec plus de naturel.

— Laisse-toi aller, Annabelle, chuchota-t-il entre deux baisers. Juste pour cette nuit.

Ses mots résonnèrent en boucle dans ma tête. Une nuit. C'était à la fois si peu et beaucoup trop. Peut-être comprit-il que je réfléchissais encore, car sa bouche dériva dans mon cou pendant qu'il répétait, tout bas : « Juste cette nuit. » Je n'étais pas certaine de pouvoir lâcher prise de la façon dont il l'entendait, mais, sous ses baisers, je laissai mon corps se détendre. John se montrait très doux, et ses caresses se faisaient délicates. Sur mes seins, d'abord, puis tout près de mon sexe.

À la seconde où ses doigts effleurèrent mon clitoris, je soupirai de soulagement, puis je remontai une main sur sa nuque pour me retenir à lui. J'étais fébrile, peut-être parce que j'étais persuadée que John allait me faire languir. Observant ma réaction, il sourit avant de reprendre mes lèvres. Ses gestes se précisèrent et devinrent plus fermes. Je fermai les yeux, déjà sur le point de défaillir.

— John, c'est… c'est trop fort, haletai-je avant de sursauter contre lui.

Il secoua la tête.

—Au contraire, Annabelle. C'est absolument… parfait.

Son sourire s'écrasa sur ma bouche, et je perdis le souffle pendant que ses doigts se déchaînaient entre mes cuisses. Son baiser étouffa mon cri, mais son bras me serra plus fermement contre lui pendant qu'il me menait à l'orgasme.

Je n'eus pas le temps de reprendre mes esprits que John cherchait déjà à me faire basculer sur lui.

—J'ai envie d'être en toi, dit-il en nous positionnant.

Son désir était urgent. Je le sentais dans ses gestes, plus rustres et plus empressés. À la seconde où il me pénétra, il grogna de plaisir. La preuve que je n'étais pas la seule à être aussi fébrile…

Les mains sur mes fesses, John se mit à onduler sous moi, contraignant mon corps à descendre sur le sien à un bon rythme. Il reposa la bouche sur la mienne, mais mes propres gémissements m'obligeaient fréquemment à interrompre nos baisers. Lorsque je fus sur le point d'exploser, il ralentit la cadence, me laissant juste au bord de l'orgasme, et je marmonnai, suppliante :

—Non… non…

—J'adore quand tu es comme ça. J'adore être en toi, murmura-t-il avant de se mettre à me lécher le cou.

C'était exquis. Délicieux de le sentir ainsi en moi. À moi. Oui. Cette nuit, John était mien. À cette idée, je sentis mon excitation s'emballer et je serrai très fort sa chair sous mes doigts. Sa bouche chercha la mienne, encore et toujours. Nous partageâmes un baiser brûlant, et je hoquetai quand il reprit ses déhanchements, plus empressés que jamais.

— John !

Je fus incapable de soutenir son regard. J'étais partagée entre le désir de le supplier de me mener à l'orgasme ou celui de le forcer à prolonger ce moment. Un moment parfait. Un moment comme nous n'en avions jamais vécu et où nous étions tous les deux sans masque. Peut-être perçut-il mon trouble, car il s'arrêta brusquement, ses yeux scrutateurs braqués sur moi.

— Que veux-tu, Annabelle ?

— Que ça ne s'arrête pas, dis-je sans hésiter.

Son visage s'illumina, puis il me fit basculer dos au sol avant de glisser ma jambe sur son épaule. Mon corps sursauta dès sa première pénétration. Cette fois, il me prenait tout entière, et il plongea son regard dans le mien, comme s'il était en attente d'un ordre de ma part. Pourtant, les seuls mots qui quittèrent ma gorge n'avaient rien d'un ordre :

— John…, soumets-moi.

Il s'arrêta brusquement, et ce n'est qu'à ce moment précis que je compris ce que je venais de dire.

— Je ne voulais pas… je ne sais pas… pourquoi j'ai dit ça, bredouillai-je.

Le sourire qu'il afficha fut lourd et rempli d'émotions.

— Parce que tu es toi, répondit-il soudain. Et parce que ça fait partie de toi.

Ses doigts s'enroulèrent dans mes cheveux. Doucement, il tira ma tête vers l'arrière et termina son geste d'un coup de boutoir brusque qui m'arracha un cri délicieux.

— C'est ça dont tu as envie ? me questionna-t-il.

— Oui !

Il recommença. Deux, puis trois fois, m'arrachant des cris de plus en plus suaves.

— Plus fort ? vérifia-t-il.

Ses yeux me scrutaient avec attention. Ainsi coincée sous lui, je léchai ses lèvres avant de hocher la tête.

— Beaucoup plus fort.

Je vis son air satisfait un bref instant avant d'être redressée, puis durement plaquée contre le lit. Je fermai les yeux, en proie à des sensations intenses que j'avais cru perdues depuis longtemps.

John me dévora le cou pendant qu'il me pénétrait, s'arrêtant chaque fois que tout était sur le point de s'emballer. À croire qu'il n'avait pas la moindre envie que ce moment s'arrête.

— Encule-moi, dis-je à bout de souffle.

John cessa de se mouvoir, puis me relâcha les cheveux pour pouvoir croiser mon regard.

— Voilà un ordre que j'attendais avec impatience, admit-il avec un sourire ravi.

Il recula et laissa sa queue se glisser entre mes fesses, s'y frottant avec une lenteur qui me fit rugir. D'un doigt, puis d'un second, il vérifia que j'étais prête à l'accueillir.

— Bordel, John !

Ravi par mon impatience, il plongea son sexe en moi, et je hoquetai de plaisir. Observant ma réaction, il plaqua un baiser rapide sur ma bouche avant de revenir plus vivement en moi. Mon corps lâcha prise quand John gémit contre mes lèvres, puis émit un râle interminable contre mon oreille. Sous mes doigts, sa peau en sueur frissonna, et il chuchota, sans relever les yeux vers moi.

— Merci, amour.

Mon cœur loupa un battement, et je fus contente qu'il ne puisse pas voir mon trouble. Je n'avais plus du tout envie de me moquer. J'étais même foudroyée par ce mot. « Amour. » John m'aimait. Autant c'était impensable, autant je pris conscience, en le sentant aussi fragile entre mes bras, que c'était la pure vérité.

Son masque était tombé.

Et je n'étais plus certaine de pouvoir remettre le mien.

44

Entre nous

J'ÉTAIS LASSE ET, POURTANT, JE M'OBSTINAIS À FIXER LE plafond de la chambre de John. Dès l'instant où je m'endormirais, la nuit serait fichue, et le matin nous ramènerait bien vite à la réalité. Étrangement, j'avais envie de baigner encore dans cet espace intemporel, avec lui.

— À quoi penses-tu ? demanda-t-il.

— Je pense que c'est bizarre, d'être là. (Je tournai les yeux vers lui.) On dirait que j'ai fait un saut dans le temps, tentai-je d'expliquer.

Sa main, posée sur mon ventre, bougea et se mit à caresser nonchalamment la zone entre mon nombril et mes seins.

— La situation est différente. Maintenant, c'est moi qui suis amoureux de toi. C'est plutôt ironique, quand on y pense…

Il feignit un rire que son regard rendit triste, et, pendant un instant, je me sentis étrangement coupable des sentiments qu'il éprouvait pour moi.

— John, tu devrais arrêter de me le dire. Ça me gêne.

Il prit appui sur son bras pour se redresser partiellement, m'observant d'un peu plus haut.

— Qu'est-ce que ça te fait de le savoir ?

— Je ne sais pas, mentis-je en détournant la tête.

— Tu y crois ! Forcément ! Sinon, tu ne serais pas aussi troublée d'en parler…

Je plongeai les yeux dans les siens, consciente qu'il détaillait chacune de mes expressions, dans l'attente d'une faille, que je n'avais pas l'intention de lui offrir.

— Le problème, John, c'est qu'il y a aussi quelqu'un qui m'aime et qui m'attend à la maison. Et il se trouve que je l'aime aussi.

— Mais tu as fait l'amour avec moi…

— Faux, me défendis-je en le pointant du doigt. Toi, tu as fait l'amour avec moi.

Son expression se durcit. Aussitôt, je compris qu'il essayait de remettre son masque, surtout lorsqu'il me lança un regard ironique.

— Écoute, je suis contente que tu aies des sentiments pour moi. Pas que je veuille les encourager, dis-je très vite, mais ça prouve que tu es humain.

Il fronça les sourcils.

— C'est ça, ta révélation ? Que je suis humain ?

J'eus la sensation, au ton de sa voix, de l'avoir frappé en plein cœur. Je posai une main sur son visage.

— Tu m'as demandé d'être honnête. Je le suis.

Sa colère laissa transparaître sa tristesse. Une tristesse si vive qu'elle me noua la gorge.

— Écoute, tu ne peux pas m'en vouloir d'avoir cru l'inverse après ce que tu m'as fait, repris-je doucement. Je t'offrais tout sans rien attendre en retour, et tu as passé ton temps à vouloir me piéger.

Il tourna un visage défait vers moi.

— Quand je suis parti de chez moi, adolescent, je me suis fait la promesse de ne plus jamais être faible.

Étonnée qu'il me reparle de son enfance difficile, je hochai rapidement la tête.

— Je comprends.

— Mais avec toi, Annabelle, je me sentais redevenir faible et j'ai détesté cela. Alors je me suis fait ferme…, de plus en plus ferme, il est vrai.

— Cruel, précisai-je avec une pointe d'amertume au fond de la voix.

Il pinça les lèvres et soupira.

— Je devais m'assurer que tu étais toujours la soumise, et moi, le Maître. Tu exigeais tant, Annabelle, et je sentais que mon emprise sur toi s'effritait.

Choquée par ses mots, je sursautai.

— Qu'est-ce que tu racontes ? Je n'exigeais rien du tout, tu aurais pu faire ce que tu voulais de moi ! m'emportai-je.

Il leva une main pour essayer de me ramener au calme.

— J'ai pris de mauvaises décisions, c'est vrai, admit-il, mais tu dois essayer de me comprendre : j'essayais de me convaincre que tu n'étais qu'une soumise comme une autre.

Le visage rougi par la colère, je m'écriai :

— Je me suis sentie comme une moins que rien !

Des larmes me montèrent aux yeux, et je détournai la tête.

— Annabelle, je sais que j'ai fait des erreurs. Et encore tu n'as pas vu toutes celles que j'ai faites quand tu es partie.

— Je préfère n'en rien savoir, dis-je, la voix enrouée.

Au lieu de se taire, il poursuivit :

— J'étais dans un sale état, tu sais ? J'étais furieux contre Laure et… contre ces hommes qui t'avaient fait du mal.

Je fermai les yeux, et une larme roula sur ma joue.

— Tais-toi, le suppliai-je.

— J'ai fait n'importe quoi, Annabelle. Ça m'a pris un bon moment avant de comprendre que tout ça ne rimait à rien. Que j'étais surtout furieux contre moi-même. Et que le trou que tu avais laissé dans ma vie refusait de se refermer.

Ses doigts se posèrent sur ma joue et essuyèrent les larmes que j'avais versées sans m'en rendre compte.

— Redonne-moi ma chance, Annabelle. Cette fois, ce sera complètement différent.

Je reculai pour chasser sa main de ma joue.

— Je ne peux pas. Et tu le sais.

— À cause de Simon ? Je suis sûr qu'on pourrait trouver un compromis, lui et moi. Pourquoi devrait-il t'avoir de façon exclusive ?

Je le fixai un moment, surprise de la façon dont il simplifiait les choses, avant d'éclater de rire.

— Il t'a laissée revenir vers moi ! C'est un signe, pas vrai ? Ça veut dire qu'il est capable de partager. On pourrait dire… un week-end sur deux ?

— John !

— Sur trois ? négocia-t-il aussitôt. Annabelle, je suis prêt à faire un tas de concessions, s'il le faut. Avec lui, tu aurais la vie normale dont tu as envie, mais avec moi…

Je levai la main pour le faire taire.

— Stop ! Je ne veux pas !

Il fronça les sourcils.

— Pourquoi ?

— L'entente, c'était deux jours, lui rappelai-je. Tu les as eus. Ça s'arrête là.

Il retrouva un air sombre.

— Tu cherches à te venger, c'est ça ?

— Ça n'a rien à voir. J'aime Simon !

Son visage défait me fit de la peine, et, d'une main douce, je lui caressai le bras.

— Je ne te mentirai pas, John : ça m'a beaucoup aidée de passer cette journée avec toi.

— Moi aussi, avoua-t-il.

Ses doigts se posèrent sur les miens, et il se pencha lentement vers moi.

— Je ne veux pas te perdre, Annabelle. Dis-moi ce qu'il faut que je fasse... Je suis prêt à tout pour te retrouver.

Qu'espérait-il entendre ? Que j'allais quitter Simon ? C'était hors de question !

— John, je... vraiment je ne sais pas quoi te dire, bafouillai-je.

— Dis que tu vas y réfléchir, au moins !

Je restai silencieuse. À quoi bon gâcher nos dernières heures ensemble en nous disputant ? Alors que j'espérais qu'il change de sujet, John poursuivit, déterminé à me convaincre :

— Vois tout ce que nous avons accompli en seulement quelques heures ! Comment peux-tu songer à tout arrêter maintenant ?

Je pinçai les lèvres en détournant le regard. Je n'avais qu'une seule réponse en tête : Simon. J'étais venue pour me libérer de John, mais je savais que des liens s'étaient reformés entre nous. Et, pourtant, quelque chose de très fort me rattachait à la vie que je menais avec Simon. Il me tardait de le revoir et de m'assurer que cet intermède avec John n'avait rien effacé de nos sentiments.

Énervé par mon silence, il chassa mon bras du sien.

— Tu as changé, Annabelle, et je ne veux pas que tu retournes chez toi en faisant fi de ce que nous avons vécu ! Je ne le permettrai pas !

— J'ai respecté ma part du marché. Respecte la tienne.

Malgré moi, ma voix s'était emballée devant sa menace, et John changea aussitôt de stratégie.

— Que pensera Simon de ton petit côté dominant ?

— Ne t'inquiète pas. On gérera tout ça.

— Avec moi, tu n'aurais pas à « gérer tout ça », siffla-t-il. Tu pourrais être… tout ce que tu veux !

— John, je veux retourner avec Simon et retrouver la vie qu'on a construite.

— Quelle vie ? grogna-t-il. Tu ne vois donc pas que c'est un leurre ! Même cette soumission que tu partages avec lui…, ça n'a rien de réel !

Sa main récupéra la mienne et me tira jusqu'à ce que je me retrouve dans ses bras. Il me caressa le visage du bout des doigts et se remit à parler, vite, visiblement à bout de ressources pour me convaincre.

— Annabelle, nous avons partagé une relation… tellement intense, toi et moi ! Je ne peux pas croire que tu n'aies pas envie de revivre ça. Ou que tu ressentes quelque chose d'aussi fort avec Simon.

Même si j'eus envie de protester, je n'en fis rien. Je n'étais pas certaine de pouvoir le faire sans mentir. Ma relation avec Simon était parfaite, mais était-elle aussi puissante que celle que nous avions vécue, John et moi ? Probablement pas, mais c'était essentiellement ma faute. Cette histoire m'avait tellement brisée que j'étais incapable de m'offrir complètement à un autre homme. Même à Simon qui l'aurait mérité bien davantage et qui, ironiquement, ne l'avait jamais exigé.

— Ce que je vis avec Simon me convient parfaitement, dis-je en choisissant chacun de mes mots.

— Bien sûr ! Je te rappelle que ce que tu vivais avec Steven te convenait aussi lorsque nous nous sommes rencontrés !

— Les deux situations ne sont absolument pas comparables ! le contredis-je sans attendre. Simon est incroyable ! Et il m'aime comme personne ne m'a jamais aimée !

— Alors là j'en doute, pesta-t-il.

Je le ramenai à l'ordre d'un simple regard. Comment osait-il mettre ma parole en doute ? Pire encore : les sentiments de Simon à mon endroit ?

— Que dois-je faire pour te prouver l'inverse ? me questionna-t-il encore. Les chandelles, le repas..., ça ne te suffit donc pas ?

— L'amour n'est pas dans ce genre de choses, John ! L'amour, c'est... c'est savoir que Simon m'attend, en ce moment même, alors qu'il sait avec qui je suis et ce que je fais.

Après un silence, il ramena son nez près de mon épaule et laissa son souffle chaud caresser ma peau.

— Amour, avec moi, tu n'aurais jamais à choisir entre tes différentes facettes. Tu pourrais être tout ce que tu veux...

Son nez dériva plus bas, sur mon sein, dont la pointe se dressa à son passage et qu'il se mit à taquiner du bout de la langue.

—John, tu triches ! grognai-je, consciente que mon corps était sur le point de me trahir.

Il releva les yeux vers moi en soupirant. De toute évidence, il n'avait plus envie de discuter, lui non plus, mais, comme je n'avais pas encore cédé, il s'impatienta :

—Je suis là, à te supplier de m'accorder une chance..., et toi..., tu ne vas même pas réfléchir à mon offre ?

—J'ai respecté ma part du marché, dis-je simplement.

Il grimaça.

—Annabelle, si tu pars... je n'aurai plus le droit de te contacter.

—Je sais.

—Je ne veux pas te perdre, chuchota-t-il.

Je percevais son angoisse, mais je savais déjà que je ne pouvais pas l'apaiser. Prenant ses doigts dans les miens, je les serrai avec force.

—C'est comme ça que tu veux qu'on passe nos dernières heures ? À parler ?

Il soupira, et j'insistai, en essayant de rendre mes propos moins tristes :

—Il nous reste quelques heures avant l'aube...

Retrouvant une fougue subite, il m'étendit prestement sur le lit et se positionna sur moi, me bloquant les mains au-dessus de la tête et emprisonnant mon corps sous le sien.

— Tu as raison. Trêve de bavardages. Je vais tellement bien t'aimer, pendant les heures qui restent, que je laisserai ma marque partout en toi.

D'un geste déterminé, John se glissa en moi et, pour le reste de la nuit, il s'affaira à me rendre ivre de plaisir.

45

La dernière offre

Lorsque je m'éveillai, il faisait clair et froid dans la pièce. Je vérifiai l'heure sur la table de chevet : presque 11 heures. Alors ça y était ? Malgré la nuit dernière, je n'avais pas craqué. Un sourire se dessina sur mon visage. Malgré tous ses efforts, John n'était pas parvenu à me faire promettre quoi que ce soit. J'allais bientôt rentrer chez moi et revoir Simon.

Je me glissai hors du lit, m'arrêtai devant la salle de bains, où je perçus le bruit de l'eau qui coulait. Après une hésitation, j'entrai sur la pointe des pieds et jetai un petit coup d'œil derrière le rideau de douche, espérant contempler le corps de John une dernière fois. Je me figeai lorsque je l'aperçus : assis sous le jet d'eau chaude et la tête sur les genoux.

— Ça ne va pas ? demandai-je.

Surpris, il sursauta et pivota pour mieux me voir. Mon ventre se noua en apercevant ses yeux rougis par les larmes. Je le dévisageai, la bouche ouverte. John ne pleurait jamais.

— Je ne savais pas que tu étais déjà réveillée, dit-il avant de se racler la gorge.

Il se releva en prenant appui sur le mur. Et moi, je restai là, comme une idiote, à fixer son expression triste, qu'il tenta de chasser en se passant une main lourde sur le visage.

— J'en ai pour cinq minutes, annonça-t-il avant de me tourner le dos. Après, j'irai nous préparer quelque chose à manger.

Il referma le rideau d'un trait, et j'entendis son corps bouger derrière. Je restai là, immobile, à maudire le malaise qu'il venait de créer en moi. Je me sentais responsable de son chagrin. John, mon ancien Maître. Comment en était-il arrivé à devenir aussi humain ?

Sans réfléchir, je me faufilai derrière lui, dans la douche, et le pris dans mes bras alors qu'il était toujours dos à moi. Il ne réagit pas. Je collai la joue à son dos humide et le serrai fort, sans dire le moindre mot.

— Tu es adorable, murmura-t-il en posant les bras sur les miens. Si douce et si cruelle à la fois. Tu ferais une Maîtresse redoutable, tu sais ?

Il essayait de tourner la situation à la plaisanterie, mais je ne fus pas dupe. Ce fut long avant que lui ou moi bougions.

Quand il se retourna, ce fut à mon tour d'être dans ses bras. Il renifla dans mes cheveux avant de chuchoter :

— Je déteste les adieux.

Je ravalai un sanglot. Autant j'avais souhaité ne plus revoir John, autant je détestais la culpabilité qui me vrillait le ventre. D'un trait, il me relâcha avant d'annoncer :

— Tu dois avoir faim. Je vais préparer le repas.

Il chercha à quitter la douche, mais je le retins près de moi.

— Il y a des façons plus douces de se dire au revoir.

Sans attendre, je posai un baiser rapide sur son torse et laissai glisser la main sur son ventre jusqu'à ce que son sexe se retrouve prisonnier entre mes doigts. John retint sa respiration pendant quelques secondes, et je sentis son érection se raffermir sous mes caresses. Au fil de mes attentions, sa queue se tendit fièrement, et John chercha à m'acculer contre le mur. Je le repoussai subtilement. J'étais aux prises avec des sentiments partagés et je me sentais beaucoup trop fragile pour le laisser me faire l'amour de nouveau. J'allai donc au plus simple : je me laissai tomber à ses genoux et glissai son sexe entre mes lèvres. C'était le seul moyen de m'offrir à lui sans que j'aie à remettre mon masque.

Sous mon geste, son corps se tendit, puis se relâcha d'un coup. Ses doigts s'enfoncèrent dans mes cheveux. Alors qu'il était généralement silencieux dans sa jouissance, ses râles envahirent la pièce.

— Oh, amour ! Tu es exquise ! murmura-t-il.

Son souffle s'emballa, et il éjacula dans un cri avant de me caresser doucement les cheveux. Alors qu'il reprenait ses esprits, je restai à genoux devant lui. Je me sentais à la fois soumise et Maîtresse malgré ma position. J'aurais pu lui ordonner n'importe quoi, j'étais persuadée qu'il m'obéirait sur-le-champ, mais je savais que l'inverse était aussi vrai. Comme j'avais coutume de le faire lorsque j'étais sienne, j'attendis un ordre, qui ne vint jamais.

— Prends le temps qu'il te faut. Je vais préparer le repas.

Son corps se glissa hors de mon champ de vision, et j'expirai en silence avant de me relever pour me positionner sous le jet d'eau chaude.

Quand ses pas s'éloignèrent, je laissai quelques larmes tomber.

Nous mangeâmes en silence. J'étais soulagée qu'il n'essaie plus de me supplier ou de me retenir. Soudain, j'avais hâte de retourner chercher mes affaires et de ficher le camp d'ici. Hâte que ce nœud dans mon estomac se détende. Hâte de m'éloigner de John. Cette attente m'épuisait.

Dès la fin du repas, je remontai à ma chambre, où mon sac m'attendait. Sur le coin du lit, John avait déposé la robe qu'il m'avait offerte. Je caressai le vêtement du bout des doigts, mais je savais déjà qu'il resterait là. Hors de question que je rapporte le moindre souvenir de John avec moi.

Il m'attendait au bas de l'escalier.

— Es-tu en état de conduire ? me questionna-t-il.

— Oui.

Je m'avançais vers la porte quand sa main se posa sur ma taille pour m'arrêter dans ma course. Me serrant contre lui, il chuchota, visiblement anxieux de me voir sur le point de quitter sa vie sans avoir pu obtenir une quelconque promesse de ma part :

— Annabelle…, dis-moi que tu vas réfléchir à ma proposition…

Je lui jetai un regard sombre.

— John, ce que tu proposes, c'est de foutre ma vie en l'air.

— Non, dit-il en secouant la tête. On ira doucement…, on fera tout ce que tu veux.

Il jeta ses derniers mots sur un ton presque suppliant.

— J'ai envie de rentrer chez moi, avouai-je. Envie de retrouver Simon.

En fait, je n'étais pas sûre d'être complètement honnête, mais une chose était certaine : il fallait que je sorte d'ici avant que la culpabilité m'étrangle. Les yeux de John s'assombrirent puis s'embuèrent, et il m'ouvrit simplement la porte sans chercher à me retenir davantage.

Une fois à l'extérieur, je marchai en direction de ma voiture en me défendant de me retourner. Hors de question de lui jeter ne serait-ce que le moindre regard. J'avais peur de craquer si je me retournais et j'étais déterminée à ne pas perdre mes moyens. Surtout pas maintenant, devant John.

Je roulai longtemps sans regarder où j'allais. Je m'arrêtai dans une rue où je me sentis en sécurité, loin de John et de son amour. Loin de tout. Enfin seule, je cognai ma tête contre le volant et je pleurai.

46

La triste vérité

À la seconde où je rentrai à l'appartement, Simon bondit de notre canapé et me fixa avec un air anxieux. Gênée, je m'avançai pour poser mes sacs.

— Salut, dit-il, visiblement avide de briser le silence.

— Salut.

Au lieu de venir me prendre dans ses bras, il resta debout, devant le meuble. Je fis quelques pas dans sa direction, mais il me questionna avant que j'arrive jusqu'à lui :

— Alors ? Comment c'était ?

Je m'immobilisai. Je n'osais pas me jeter à son cou après ce que j'avais fait. Pourtant, les choses auraient été plus faciles à dire sans devoir soutenir son regard. Lorsqu'il perçut mon hésitation, il s'impatienta :

— La vérité, Annabelle.

— C'était… très bien.

Les mots m'irritèrent la gorge, même s'ils étaient sincères. Consciente que ce n'était pas la réponse que souhaitait entendre Simon, je me laissai tomber à genoux et me remis à pleurer. Moi qui espérais avoir vidé mon réservoir de larmes dans la voiture ! Sans attendre, Simon me rejoignit sur le sol et me prit enfin dans ses bras. Son étreinte m'apaisa. Quand je daignai relever les yeux vers lui, mon cœur se brisa en voyant qu'il pleurait avec moi.

— Oh… Simon ! dis-je en caressant sa joue humide.

Il renifla avant de se racler la gorge.

— Alors… il a réussi ? me demanda-t-il dans un souffle. Tu vas… retourner avec lui ?

Je sursautai entre ses bras.

— Quoi ? Non !

Il me dévisagea, clairement perdu, et je m'empressai d'insister :

— Je n'ai pas l'intention de retourner avec lui !

D'un trait, le corps de Simon se détendit. Ses épaules tombèrent de soulagement, et il esquissa un drôle de sourire avant de m'attirer dans ses bras.

— Bon sang, Anna ! Tu m'as fait une de ces peurs !

Sa bouche chercha la mienne, l'embrassa avec rage, et ses larmes épicèrent notre baiser. À bout de souffle, il me serra de nouveau contre lui.

— J'ai cru que je t'avais perdue, avoua-t-il.

— Jamais tu ne me perdras, Simon. John voulait…

— Je ne veux rien savoir. Pas maintenant.

Il caressa mes cheveux encore humides de la douche que j'avais prise chez John, posa quelques baisers sur mes lèvres, puis descendit dévorer mon cou. Alors que j'étais sur le point de fermer les yeux, heureuse de le retrouver, Simon se redressa pour me questionner du regard. Il semblait incertain de la façon dont j'allais réagir. Sans hésiter, je basculai mon tee-shirt par-dessus ma tête et revins l'embrasser. Sous ma bouche, je perçus un soupir de soulagement. Avec empressement, il me retira mon soutien-gorge avant de m'étendre sur le canapé. Il me remonta ma jupe et m'arracha ma culotte, me tirant une grimace de douleur. Il défit la braguette de son jean et se positionna entre mes cuisses pour me prendre sans attendre.

— J'avais tellement besoin qu'on se retrouve, expliqua-t-il en restant immobile, logé tout au fond de moi.

Il frotta le nez contre mon front, puis me parsema le visage de baisers légers. Mes pieds repoussèrent tant bien que mal son jean, qui était resté en place, puis je tirai sur son pull jusqu'à ce qu'il valse dans la pièce à son tour. Au lieu de s'activer entre mes cuisses, il resta un moment à me contempler, immobile et les yeux luisants.

— Anna, dis-moi que tu m'aimes encore.

— Je t'aime encore, dis-je sans aucune hésitation.

Il poussa un soupir de soulagement, puis reposa les lèvres sur les miennes, dans une douceur qui contrastait avec l'impatience de notre étreinte. Lorsqu'il se mit à se mouvoir en moi, je me cambrai, heureuse de cette proximité que nous avions retrouvée, et avide qu'il chasse le souvenir de John de ma peau.

Je me laissai glisser dans l'extase avec un plaisir non feint, mais, alors que j'étais sur le point de jouir, il s'arrêta, à bout de souffle, et gronda :

— Tourne-toi !

Son ordre provoqua une onde de plaisir dans mon bas-ventre. Je m'exécutai et m'accrochai à l'accoudoir. Aussitôt, Simon vint frotter son gland contre mon anus. Quand il s'enfonça en moi, il poussa un rugissement. Je fermai les yeux et me laissai emporter par ses coups de reins brusques. Simon reprenait ses droits sur mon corps. Et, malgré la rudesse de ses gestes, il n'y avait aucune distinction à faire : Simon me faisait toujours l'amour. Mon cœur s'emballa, et j'atteignis l'orgasme, coincée entre l'accoudoir et son corps massif. Son râle résonna derrière moi, puis il se glissa à mes côtés pour me reprendre dans ses bras, le souffle court et le torse en sueur collé contre mon dos.

Une fois que le silence fut complet dans la pièce, il chuchota :

— Maintenant. Dis-moi tout.

Soulagée d'être dos à lui et de ne pas avoir à croiser son regard, je débutai mon récit. Je parlai vite, sans oublier le moindre détail : ma séance avec Laure, ce que j'avais fait au bar de Maître Denis. Si je n'eus aucun scrupule à lui raconter mes frasques, là-bas, il en fut autrement de mes ébats avec John. Il fallut que je lui explique la façon dont il m'avait exprimé ses sentiments, à maintes reprises. Je n'omis rien, pas même notre dernier rapport, ce matin, dans la douche. Nos adieux, en quelque sorte.

À aucun moment, Simon ne brisa mes silences ou ne s'impatienta pour obtenir la suite de mon récit. Il ne posa pas la moindre question. Peut-être avait-il besoin de ce calme pour absorber la teneur des mots qui sortaient de ma bouche.

— J'ai roulé un moment pour me vider la tête. J'ai pleuré. Puis je suis rentrée, terminai-je, la gorge serrée.

À mon tour, j'attendis. Le temps s'étira avant qu'il reprenne la parole, et j'eus peur d'en avoir trop dit.

— Merde ! finit-il par lâcher.

Même si je crevais d'envie de me retourner pour observer sa réaction, je ne le fis pas.

— J'aurais préféré qu'il te prenne en tant que soumise, avoua-t-il. Qu'il essaie de te briser. Tout plutôt que ça.

Ses bras se raffermirent autour de ma taille.

— C'est aussi ce que j'espérais, admis-je piteusement.

— Merde ! répéta-t-il.

Agacée de ne pas le voir, je me tortillai pour lui faire face sur le canapé et lui jetai un regard inquiet.

— Tu es fâché contre moi ?

— Non. Contre lui. Et même pas, en fait ! Tout ça, c'est ma faute. C'est moi qui t'ai laissée y aller, après tout. J'aurais dû me douter qu'il avait une idée derrière la tête. Il nous a totalement manipulés, toi et moi !

Je ne répondis pas, mais je n'étais pas tout à fait d'accord avec lui. John m'aimait, et ce paramètre changeait tout. Il avait peut-être brouillé les cartes pour m'attirer chez lui, mais je ne pensais plus que l'homme que j'avais vu, ce matin, était le manipulateur sans vergogne que j'avais cru qu'il était. Et pourtant, les choses auraient été drôlement plus simples si cela avait été le cas…

— Il savait que je ferais de toi ma soumise, Anna. Il savait que tu n'oserais pas aller chez lui de ton propre chef et que, s'il semait le doute dans ma tête, c'est moi qui t'ordonnerais d'y aller. Merde, j'ai vraiment été bête !

— Simon, arrête. J'y suis allée et j'en suis revenue.

— Mais il t'a troublée ! Je le vois bien ! Bon sang, Annabelle, s'il y a une chose que je voulais, c'était que ça cesse ! Pas qu'il s'insinue davantage dans ta tête !

Je repoussai ses bras et me redressai tant bien que mal sur le canapé.

— Il ne s'est pas insinué dans ma tête. OK ?

— Alors qu'est-ce qu'il a fait ? me questionna-t-il, énervé.

Je déglutis nerveusement avant de répondre :

— Écoute, je ne m'attendais pas à ça, c'est vrai, mais…

Je fermai les yeux avant d'ajouter, un peu gênée de devoir l'admettre :

— Il n'a rien fait que je ne voulais pas. Il m'a laissée libre. Et, chaque fois, il s'est assuré que c'était bien ce que je désirais.

Quand je me décidai à reporter mon attention sur Simon, c'est lui qui ferma les yeux :

— Pitié, ne me dis pas ça, me supplia-t-il.

— Mais qu'est-ce que tu voulais que je fasse ? Que je le repousse ? Tu m'as dit que je ne devais pas fuir et qu'il fallait que je tire cette histoire au clair !

— Et c'est ce que tu as fait, tu crois ?

Ses yeux étaient revenus sur moi, inquisiteurs. En avais-je définitivement terminé avec John ? Je n'en étais pas certaine, mais je savais que je ne voulais plus lui donner la moindre chance, alors je hochai la tête.

— Je suis revenue pour être avec toi, affirmai-je, sans répondre directement à la question. Ça ne compte pas ?

Il me scruta, hésitant. Mon cœur se serra devant son expression de doute. Aurais-je dû éviter de lui parler aussi ouvertement ? Je quittai le canapé où nous venions à peine de faire l'amour, me réfugiant dans la chambre avec la ferme intention de retourner me changer pour aller rouler en voiture une bonne heure ou deux. Simon surgit derrière moi, anxieux :

— Qu'est-ce que tu fais ?

— Je m'habille. J'ai besoin de prendre l'air.

— Je ne veux pas que tu partes.

Je lui jetai un regard sombre.

— Je pense, au contraire, que tu as besoin de réfléchir. Peut-être que tu n'es pas prêt à me pardonner. Que ça prendra plus de temps ou…

— Non !

Il secoua la tête et me fit reculer jusqu'à ce que je heurte la commode derrière moi.

— Annabelle, je t'aime. John pourrait dire ou faire n'importe quoi, il ne changera jamais rien à ce fait. Et, même s'il y croit dur comme fer, jamais il ne t'aimera autant que moi.

— Je te crois.

— Et lui, tu le crois quand il te dit qu'il t'aime ?

Je pinçai les lèvres avant d'acquiescer. Oui, je le croyais. J'aurais largement préféré que ce ne soit pas le cas, d'ailleurs. Les choses étaient tellement plus simples quand je m'en moquais !

— OK, dit-il en essayant de garder son calme. Alors… qu'est-ce que tu as prévu pour la suite ? Tu comptes le revoir ?

— Non ! tranchai-je sans la moindre hésitation.

Son soupir fut lourd, et ce fut long avant qu'il ose reporter son attention sur moi.

— Écoute, c'est vrai que... dans le pire des cas... si c'est vraiment ce que tu veux... je pourrais te partager. Quoique je préférerais que ce soit avec n'importe qui plutôt qu'avec lui, mais... Anna, si tu m'aimes, tout ça n'a que peu d'importance, au fond.

Je me hissai sur la pointe des pieds et posai les fesses sur la commode contre laquelle Simon m'avait plaquée, profitant de ma hauteur pour enrouler les bras autour de son cou.

— John voulait que nous réglions nos différends. C'est fait, annonçai-je. Mais il voulait aussi... me montrer le genre de relation qu'il voulait construire avec moi. Et, Simon, je t'assure que sa vision du couple ne me convient pas du tout. Je suis allée là-bas, j'ai fait ce qu'il voulait et je l'ai laissé m'atteindre. Mais c'est terminé. Je suis revenue pour être avec toi.

Il hésita avant de demander :

— Pourquoi est-ce que sa vision ne te convient pas ?

— Parce que je ne me vois pas vivre quelque chose de sérieux avec lui. En revanche, je... je me vois vivre... et vieillir avec toi aussi, avouai-je timidement.

Simon releva les yeux vers moi, et son visage s'illumina.

— Oh, Anna ! C'est vraiment la plus belle chose que tu pouvais me dire !

Il ramena ma tête contre la sienne et m'embrassa longuement, avec une tendresse qui me fit chaud au cœur. Dès que nos lèvres s'éloignèrent, il soupira :

— J'ai cru t'avoir perdue.

— Ça n'arrivera pas, promis-je.

J'attendis qu'il se détende davantage, puis je lâchai :

— Mais on va avoir un petit problème.

Simon se détacha de moi et me dévisagea comme si j'étais sur le point de lui annoncer la fin du monde.

— Je ne veux plus être ta soumise, annonçai-je. D'après John, il paraît que j'ai un petit côté dominant. Je t'avoue que j'ai hâte de te montrer ça…

Il eut l'air paniqué.

— Tu ne songes quand même pas à me soumettre !

— Non ! Quoique… Qui sait ?

Je pouffai, ce qui sembla le rassurer. Ses mains glissèrent sous mes fesses, et il me souleva pour me jeter sur le lit.

— On fera ce que tu veux, dit-il simplement.

— Oh, mais quel soumis tu fais ! me moquai-je.

Je me redressai, puis le fis basculer dos au matelas, et il se laissa faire sans broncher. Une fois assise sur lui, je profitai de ma position pour lui ordonner :

— À toi, maintenant. Dis-moi ce que tu as fait, hier.

Il pinça les lèvres et hésita avant de me répondre :

— J'étais fatigué, alors… je suis resté ici.

Ses paroles me soulagèrent et vinrent tout à la fois ajouter un poids supplémentaire sur mes épaules. Je le dévisageai avec une expression presque choquée.

— Anna, tu étais avec lui. Je n'avais vraiment pas la tête à ça.

— Tu m'avais dit que tu irais à une soirée ! m'emportai-je. Que tu ferais des bêtises avec d'autres filles !

— Mais… qu'est-ce que ça change ?

— Ça change tout ! grondai-je.

Je fermai les yeux en me remémorant la facilité avec laquelle je m'étais donnée à deux parfaits inconnus, au bar de Maître Denis.

— Anna, je m'en fous. Je te jure que c'est vrai.

— Je t'interdis de dire ça ! Tu sais, ça me gêne énormément de penser que moi, j'ai… et j'aurais vraiment préféré que toi, tu… On aurait été quittes, tu comprends ?

— Quoi ? Tu veux que je couche avec n'importe qui uniquement pour qu'on efface nos ardoises à tous les deux ?

— Peut-être, oui, acquiesçai-je d'un murmure.

Il me dévisagea pendant que j'essuyais une larme qui venait de s'échapper de mon œil.

— D'accord, concéda-t-il. Je vais y réfléchir, et puis… on trouvera une solution. (D'un mouvement rapide, il me ramena contre lui.) Bon… tu me le montres, ton petit côté dominant ? Autrement, je veux bien te montrer le mien !

Je pouffai et laissai sa bouche effacer mon malaise. Je ne voulais plus songer aux autres. Je voulais que Simon reprenne toute la place dans mon corps et mon esprit.

47

Jeux de rôle

Comme promis, John ne donna plus signe de vie. Je repris donc le travail avec plus d'assurance, déterminée à effacer cet intermède avec mon ancien Maître et à reprendre ma vie en main. Pour ce faire, il fallait non seulement que je me démène à la revue, mais – et surtout – que je retrouve la stabilité de mon couple avec Simon.

Un soir, je m'arrêtai acheter une jolie robe en cuir avant de rentrer à la maison. Quelque chose de court et de moulant, qui retenait suffisamment ma poitrine pour ne pas avoir à porter de soutien-gorge. Du fond de mon placard, je sortis une paire de bottes de bonne hauteur, qui convenait très bien pour le jeu que je prévoyais. Devant le miroir, je trouvai que ma tenue me donnait un air de dominatrice très convaincant. Il ne restait plus qu'à espérer que cela plaise à Simon.

Lorsqu'il rentra, un peu plus tôt que d'habitude, il posa le repas sur le coin du comptoir avant de tourner la tête vers moi.

— Joli costume, dit-il en s'approchant de moi.

D'un simple coup d'œil de ma part, Simon comprit qu'il n'avait pas le droit de me toucher. Avant que je puisse démarrer le jeu, il avoua, contrarié :

— Je ne suis pas sûr de faire un très bon soumis…

— Tu me laisses vérifier ? proposai-je.

Il parut hésitant :

— Tu n'oserais pas me donner la fessée, quand même ?

Je fis mine de réfléchir.

— Je n'y avais pas songé, mais maintenant que tu en parles…

— Anna !

— Quoi ?

Il croisa les bras devant lui.

— Je ne suis pas sûr d'avoir très envie de jouer…

Ma main glissa à l'intérieur de ma botte, et je sortis un ruban noir que je fis tournoyer devant moi.

— Tu crois ça ?

Il cligna plusieurs fois des yeux.

— Tu comptes m'attacher ?

— T'attacher pour mieux abuser de ton corps, rectifiai-je, c'est dans mes projets, oui.

Il hésita encore.

— Je ne sais vraiment pas à quoi m'attendre…

— Il n'y a pas trente-six façons de le savoir.

Dans un soupir, il retira sa veste, qu'il laissa tomber sur le sol. Il jouait le jeu. *Enfin !* Je l'observai d'un air gourmand. D'un doigt, je lui fis signe d'aller dans la chambre et je le suivis avant d'ordonner :

— Retire ton pantalon.

— Avec joie.

Il me fit face pour s'exécuter et soutint mon regard avec une pointe d'amusement. Malgré les rôles que j'essayais d'imposer, il ne put s'empêcher de plaisanter :

— Dois-je t'appeler « madame » ? Ou te vouvoyer ?

— Non, mais dépêche-toi, le grondai-je, j'ai hâte de te chevaucher.

Son sourire s'illumina, et il parut oublier ses craintes, car il s'étendit sur le lit et se laissa attacher les mains de chaque côté de la tête. Vu son érection plus que naissante, il ne pouvait nier que la mise en scène lui plaisait. Pendant que je le ligotais, sa bouche frôla mes seins, et je me levai, tant bien que mal, pour me positionner debout, sur le lit, au-dessus de lui. J'essayai de garder l'équilibre avec ces fichus talons, mais, de cet angle, il avait tout le loisir de voir que je ne portais aucun sous-vêtement.

— Elle te plaît, ma robe ? demandai-je.

— Tu seras toujours mieux sans elle, lança-t-il, les yeux rivés sur moi.

Mes talons s'enfonçaient dans le matelas, et je peinais à rester droite. Néanmoins je maintins ma position et commençai à me caresser doucement.

— Ça, c'est très cruel, dit-il.

— Je croyais que ça te plaisait de me voir me masturber ?

— Ce que j'aime, c'est de te voir jouir. D'ici, je ne vois pas bien ton visage, se plaignit-il.

Je me penchai pour lui servir un sourire ravi.

— Il faut bien que tu souffres un peu…

Il gigota sous moi avant de faire mine de s'avouer vaincu.

— D'accord. C'est le genre de souffrance que je peux endurer…

Je remontai ma robe un peu plus haut, frottai plus rapidement mon clitoris tout en essayant de ne pas perdre l'équilibre, mais, à la première vague de chaleur, je sus que je n'arriverais jamais à jouir dans cette position. À bout de souffle, je me laissai tomber sur lui et me cambrai, mon sexe tout près de son visage. Pendant que je me caressais plus vite, Simon se jeta vers l'avant pour se rapprocher, mais ses liens l'en empêchèrent.

— Laisse-moi te toucher ! Tu vas me rendre fou, comme ça ! grogna-t-il en luttant pour tenter de défaire le ruban qui le retenait prisonnier.

Il se tortilla dans tous les sens alors que j'essayais de me concentrer sur mon plaisir.

— Simon ! Si tu n'arrêtes pas je recule, et tu ne verras plus rien, le prévins-je.

Il me toisa du regard, probablement pour vérifier si j'étais sérieuse, puis cessa de se débattre avant de reporter les yeux sur ma main. Il n'eut nul besoin de me demander de poursuivre, j'en crevais d'envie. Sous son regard, je me masturbai avec fougue, imaginant sa bouche sur mon sexe et ses doigts tout en moi. Je me menai à l'orgasme rapidement, puis restai un instant dans un épais coton, jusqu'à ce qu'il chuchote :

— Annabelle…, approche !

Je glissai mes doigts humides entre ses lèvres, et il les suça avec un regard brûlant de désir. Dire que cet homme magnifique était à moi !

— Approche ! Je veux te goûter ! s'impatienta-t-il.

Je me remémorai le rôle que je devais tenir. D'un coup de reins vers l'avant, je lui offris mon sexe, qu'il lécha avec le bout de la langue avant de grogner de nouveau :

— Plus proche !

Je lui retirai ce plaisir avant qu'il puisse y goûter davantage.

— Anna !

— Décidément, tu es un très vilain soumis ! me moquai-je.

— Mais je suis un très bon dévoreur de chattes, laisse-moi te montrer, rétorqua-t-il en me scrutant avec envie.

— Oh, mais je connais bien ton talent, me moquai-je, mais j'ai envie de diriger, aujourd'hui. Pourquoi tu ne me laisses pas faire ?

Je changeai de position, en faisant attention à ne pas le toucher de mes bottes qui, tout compte fait, me causaient plus d'inconfort que de plaisir. M'agenouillant entre ses cuisses, je léchai doucement son gland avant de me redresser pour mieux le voir :

— Et ça ? Ce n'est pas bien ?

— Bordel, Anna, tu veux me rendre fou ?

Sa voix démontrait son impatience, et son bassin se soulevait vers le haut, son sexe tentant de venir à la rencontre de ma bouche.

— C'est mon intention, dus-je admettre, en faisant mine de ne pas voir son empressement.

Décidant de ne pas tester davantage les limites de sa patience, je reposai ma bouche sur son sexe, le glissai à l'intérieur, le suçai quelques secondes avant de relever de nouveau la tête.

— Oh non, ne t'arrête pas !

Sans ses doigts dans mes cheveux, cette fellation me paraissait moins agréable, mais ses supplications étaient adorables, alors je me concentrai pour ne pas sourire et le fixai avec un air faussement sérieux.

— Tu n'es pas très résistant.

— Détache-moi. On verra qui de nous deux l'est le moins, me menaça-t-il.

J'étouffai un rire, reposai les lèvres sur sa queue et attendis qu'il se remette à gémir avant de m'arrêter de nouveau.

—Anna! rugit-il en se débattant contre ses liens.

—Je te signale que tu es à mon service, lui rappelai-je.

—Défais ce nœud et tu verras à quel point je le suis!

J'avais du mal à ne pas rigoler et je dus pincer les lèvres pour qu'il ne remarque pas mon air moqueur.

Se remémorant mon désir initial, il proposa sans attendre:

—Viens sur moi. Tu ne voulais pas me chevaucher?

—Si, admis-je.

Je m'installai sur lui et laissai son sexe se lover tout au fond de moi. Je fermai les yeux pour profiter de ce moment où nous ne faisions plus qu'un. Simon donna un coup de bassin qui me fit réprimer un cri, et je le réprimandai du regard:

—Hé! Je ne t'ai pas donné la permission!

—Anna, ça me rend fou de ne pas pouvoir participer!

Ses mains se remirent à tirer sur leur ruban, et je ne pus m'empêcher de le prendre en pitié. Jamais je n'aurais cru que lui retirer l'usage de ses mains allait autant le contrarier.

Prenant appui sur son torse, j'entrepris de le chevaucher doucement, en rivant mes yeux brûlants aux siens. Il quémanda un baiser que je ne lui refusai pas. Une fois sa langue sur la mienne, mon corps se déhancha davantage, puis je me jetai en arrière pour que les sensations soient plus fortes. Ses mains me manquaient. Incapable de rester immobile, Simon complétait ma chevauchée en soulevant le bassin dans des gestes brusques. Bien que délicieux, ce mouvement m'obligeait constamment à me retenir pour ne pas perdre l'équilibre.

— Libère-moi, me supplia-t-il en essayant de tendre la bouche vers ma poitrine.

J'avais tellement envie de sentir ses mains sur moi que je ne réfléchis pas : je me penchai vers lui pour défaire ses liens. Une fois libre, il se rua sur moi comme si je l'avais privé de mon corps depuis trop longtemps, et je me retrouvai plaquée contre la tête de lit, ses mains sous mes fesses et sa bouche dans mon cou. Simon venait de reprendre le contrôle de tout : de la situation, de moi et du plaisir qui grimpait dans mon ventre. Nos corps reprirent leur danse lascive, et je perdis la tête sans attendre, il me rejoignit après quelques déhanchements supplémentaires. Lorsqu'il fut enfin calmé, il m'entraîna avec lui sur le matelas, et je me retrouvai dans ses bras, haletante et heureuse.

— Je suis un très mauvais soumis, rigola-t-il. (Il plaqua un baiser sur ma bouche en feignant un air triste.) Pardon, Maîtresse.

J'éclatai de rire avant d'avouer :

— J'adore quand tu reprends le contrôle.

— Je croyais que tu avais un petit côté dominant ?

Je lui montrai un faible écart entre mes doigts.

— Oh, mais il est tout petit ! Et c'est juste pour corser un peu les choses, tu sais ?

Il se tourna vers moi, glissa une main sur ma cuisse, puis caressa doucement ma botte avant de grimacer.

— J'aime mieux sans ça. Je suis content qu'on se soit retrouvés, Anna.

— Moi aussi.

Une hésitation plus tard, il demanda :

— Il n'a pas… essayé de te contacter ?

— Non. Et il n'a pas intérêt à le faire.

J'avais délibérément utilisé un ton ferme pour qu'il comprenne que j'étais sérieuse. Un silence passa avant qu'il reprenne la parole.

— Cette histoire de coucher avec une autre fille, reprit-il, c'était sérieux ?

J'en eus le souffle coupé. Si je trouvais avant que c'était la meilleure façon de remettre les compteurs à zéro, voilà que, ce soir, cette idée m'était devenue intolérable. Et pourtant j'étais coincée. Simon m'avait pardonné ce que j'avais fait avec John, et je devais lui démontrer que je pouvais en faire autant.

— J'étais sérieuse, oui, finis-je par dire.

Après un bref moment de réflexion, il commenta :

— Je vais essayer de régler la situation le plus rapidement possible. J'en ai assez qu'on traîne cette histoire.

La gorge nouée, je hochai la tête. Quand il me serra contre lui, je fus soulagée qu'il ne puisse plus voir mon visage. J'étais terrifiée.

48

En couple

C'était un jeudi après-midi, et je revenais d'une réunion avec Serge, nouvellement employé pour gérer la partie en ligne de notre revue. Je lui avais donné carte blanche pour notre portail interactif. Pour ma part, la seule chose qui m'intéressait, ce jour-là, c'était de rentrer tôt. Simon s'était fait remplacer toute la soirée, au travail, et j'avais hâte de boucler mes dossiers pour aller le retrouver.

Pendant que je rangeais mes documents, une alerte sonore m'indiqua que je venais de recevoir un nouveau mail. Je tournai les yeux vers l'écran de mon ordinateur et serrai les dents lorsque le nom de « John Lenoir » apparut, en gras. Énervée, je pris un moment avant de me décider à ouvrir son message.

« Chère Annabelle, je sais que je transgresse toutes les règles en t'écrivant de la sorte, mais ton silence me rend fou, et quand je suis dans un état pareil je ne sais faire qu'une chose : écrire. J'avais envie de soumettre ce texte à ta revue, mais je crains que tu ne sois pas d'accord puisqu'il traite d'un souvenir commun. Comme je ne peux pas te téléphoner, j'ai décidé de laisser son destin entre tes mains. Soit tu le remets à ton comité de lecture, soit tu l'effaces du serveur comme tu m'as effacé de ta vie. J'espère qu'il recevra un peu d'attention de ta part. Si tel est le cas, sache que je l'envie. Si tu savais comme je voudrais avoir la même chance. Avec tout mon amour, John. »

J'aurais dû me douter que John ne respecterait pas sa parole. Furieuse et le cœur battant trop vite, j'ouvris son texte que je parcourus du regard : il relatait notre soirée de samedi dernier au bar de Maître Denis. Au bout de trois paragraphes, je fronçai les sourcils : ce texte ne cadrait absolument pas avec la ligne éditoriale de ma revue !

Dans un soupir, je l'imprimai et allai le poser sur le bureau de Claire.

— C'est de John Lenoir, mais ça ne rentre pas dans notre créneau. Tu peux lui envoyer le baratin de refus ?

— Euh… tu permets que je le lise, avant ?

— Hein ? Oh, bien sûr ! Je ne voulais pas interférer dans ton dossier, m'excusai-je aussitôt. Bon, il faut que je file.

— Tu rentres déjà ? me questionna-t-elle en jetant un coup d'œil à sa montre.

— Oui. J'ai rendez-vous avec mon amoureux.

Je partis sans attendre sa réponse, bêtement heureuse de parler de Simon en ces termes. Mon « amoureux ». N'était-ce pas le plus beau mot du monde ? Alors que j'étais à quelques pas de la sortie, je me heurtai à Jessie qui m'arrêta à son tour.

— Oh, Anna…, on se voit toujours, ce soir ?

Je clignai des yeux avant de me remémorer la date du jour.

— Oh ! C'est ton expo, c'est ça ?

— Euh… oui. (Elle rougit avant d'essayer de prendre un air détaché.) Mais si tu as autre chose de prévu ce n'est pas grave… Je comprendrai.

Je fouillai dans mon sac pour vérifier que j'avais encore son carton d'invitation.

— Écoute… J'essaierai de passer un peu plus tard, promis-je, contrariée de voir mes plans tomber à l'eau en partie.

À la faiblesse de son sourire, je sus qu'elle était persuadée que j'allais me défiler.

— Jessie, insistai-je, je ne resterai pas longtemps, mais je viendrai faire un tour.

Devant ma promesse, je la sentis plus rassurée et je quittai les bureaux du magazine, déterminée à me rendre chez moi le plus rapidement possible. Avec de la chance, j'aurais le temps de me gaver du corps de Simon avant de le convaincre de m'accompagner à cette soirée.

J'arrivai chez moi plus heureuse que jamais d'être enfin rentrée à la maison. Et, pourtant, mon sourire se figea lorsque Simon se leva pour venir à ma rencontre.

— Ah, Anna, te voilà ! C'est drôle, je pensais que tu arriverais un peu plus tard, dit-il en venant m'embrasser sur la joue.

Mon regard resta rivé sur la jeune femme blonde, assise à notre comptoir de cuisine, un verre de vin blanc entre les doigts. Je questionnai Simon en silence, passai ses derniers mots en revue dans ma tête : il pensait que j'allais rentrer plus tard ? Qu'est-ce que je devais comprendre ? Qu'il voulait baiser cette fille chez nous ? Avant que j'arrive ?

— Viens que je te présente Camille.

Comme une idiote, je me plantai devant elle sans un mot et lui serrai la main pendant que Simon faisait les présentations. Elle était décidément beaucoup trop jolie pour me plaire. De façon un peu trop directe, elle me jeta un regard appréciateur avant de sourire à Simon. Passant une main sur ma hanche, il chuchota :

— Camille va passer la soirée avec nous.

— Oh, euh…

Je tâchai de contenir ma surprise, même si je pensais qu'elle devait être inscrite noir sur blanc sur mon visage. Simon se dégagea, contourna le comptoir et me proposa du vin que je me hâtai d'accepter. Avec un rire nasillard, Camille se pencha vers moi.

— Ne t'inquiète pas, ce n'est pas la première fois que je baise avec un couple.

Même si j'avais compris la raison de sa présence, qu'elle le dise de vive voix me contraria. Possible que Simon l'ait remarqué, car une fois que j'eus reposé mon verre, déjà à moitié vide, il demanda :

— On peut se parler deux minutes ?

Je ne me fis pas prier pour le rejoindre dans notre chambre, le laissant s'excuser, seul, auprès de son « invitée ». Je fus rassurée qu'il referme la porte derrière nous, mais, pour éviter de perdre mes moyens, j'attendis qu'il soit le premier à prendre la parole.

— Tu voulais que je baise une autre fille, me rappela-t-il sans autre préambule.

— Ouais, eh bien…, j'aurais préféré que tu m'en parles avant, avouai-je en essayant de ne pas avoir un ton plein de reproches.

Je passai sous silence le fait que je détestais savoir qu'il allait baiser une autre femme. Surtout ici. Chez nous.

— Si tu veux, je peux revenir plus tard, proposai-je.

— Tu ne comprends pas, Anna. J'aimerais que… qu'on fasse ça ensemble.

Je me rembrunis, et il s'énerva :

— Qu'est-ce que je dois comprendre ? Que tu l'aurais fait pour lui, mais pas pour moi ?

Je lui décochai un regard sombre qu'il me rendit dans la seconde. Pourquoi fallait-il qu'il me mette ainsi dos au mur ? Et pourquoi comparait-il constamment notre relation avec celle que j'avais vécue avec John ? Les deux n'avaient rien à voir !

— J'aurais préféré... que tu le fasses sans moi, finis-je par admettre. Je ne suis pas sûre d'être capable de...

Ses yeux me foudroyèrent et m'empêchèrent de terminer ma phrase. Soudain, je compris que mon refus le choquait. Pour John, j'aurais fait bien pire que ça, mais pour Simon... ça me rendait déjà folle de rage qu'une autre ait le droit de s'approcher de lui.

— C'est toi qui as insisté pour tout ça, dit-il encore.

— Je sais, mais... j'ai une collègue qui... je dois aller à un vernissage ce soir, bredouillai-je.

Ce plan pour lequel je m'étais engagée et qui me contrariait autant encore une heure auparavant me semblait désormais la meilleure des aubaines, m'offrant une excuse toute trouvée. Et, pourtant, Simon parut mettre ma parole en doute.

— C'est la stricte vérité, m'énervai-je. Tu t'en souviens, je t'ai parlé de Jessie ! Elle fait du nu et elle participe à une exposition dans une galerie.

Le visage de Simon se détendit. Dans le meilleur des pires scénarios, il me laisserait partir. Ainsi, il ferait ce qu'il voulait avec cette blonde, et nous n'en reparlerions jamais.

Déjà, j'aurais préféré ne jamais savoir à quoi elle ressemblait et me l'imaginer comme je l'entendais. Elle devait avoir moins de vingt-cinq ans. En comparaison, je me sentais affreusement vieille !

— Ce n'est pas obligé que ce soit très long, dit-il au bout d'un long silence. Je la paie à l'heure.

Je le questionnai du regard, et il se contenta de hocher la tête. Il avait pris une prostituée ? Devant mon air surpris, il s'expliqua :

— Je ne voulais ni une ex ni quelqu'un du réseau.

— Oh, bien !... Je comprends. C'est... c'est une bonne idée.

À la seconde où je laissai ces mots sortir de ma bouche, je les regrettai. Une « bonne idée » ? Et puis quoi encore ? Simon récupéra ma main dans la sienne et la serra très fort.

— Anna, je t'aime. Je ne veux pas faire ça sans toi.

Ces mots-là, dans la bouche de John, je les aurais adorés. Mais dans celle de Simon c'était tout sauf charmant. Je fermai les yeux pour essayer de me raisonner. Après tout, si j'étais là, c'était uniquement ma faute. Et j'avais fait tellement pire pour John ! Comment pouvais-je refuser quelque chose d'aussi ridicule à Simon ?

— OK, finis-je par dire, avec la gorge aussi sèche qu'un désert.

Il sourit, puis plaqua un baiser rapide sur ma bouche. Au lieu de me serrer contre lui, alors que j'en avais tellement besoin, il rouvrit la porte pour que nous retournions à la cuisine. Toujours au comptoir, Camille se resservait un verre de vin et nous jeta un regard curieux.

—Alors ? Elle est réglée votre petite dispute, les amoureux ?

—On ne s'est pas disputés, la rassura Simon.

Ses doigts relâchèrent les miens, et je me jetai sur la bouteille de vin à mon tour. À peine avais-je porté le verre à mes lèvres que la blonde s'impatienta :

—Bon, les amoureux, vous êtes gentils, mais... l'heure tourne, alors...

Simon me jeta un regard incisif. Je me levai pour indiquer la direction de la chambre à notre « invitée », et elle vida son verre de vin avant de s'y diriger. Je mis quelques secondes à la suivre, mais Simon attendit que je passe devant lui. Ça valait mieux. J'avais envie de m'enfuir à toutes jambes.

Quand j'aperçus Camille qui retirait ses vêtements pour les laisser tomber sur le sol de notre chambre, j'eus un léger haut-le-cœur. Qu'étions-nous en train de faire ? À la limite, baiser dans un bar, dans un hôtel ou au salon m'aurait paru moins terrible, mais ici, c'était notre chambre ! J'avais l'impression que nous étions sur le point de la souiller.

Ne gardant que ses sous-vêtements, Camille se jeta soudain sur moi et posa sa bouche sur la mienne, rude et empressée. Sa langue força mes lèvres, et je répondis maladroitement à son baiser pendant qu'elle essayait de défaire mon chemisier. Pour ne pas la repousser trop abruptement, j'indiquai Simon d'un doigt.

— Tu m'aides à lui retirer ses vêtements ?

Camille se rua sur lui avec la même rapidité, et j'eus du mal à ne pas détourner la tête quand sa bouche se posa sur celle de Simon. Tenant la jeune femme contre lui d'un bras, il me tendit la main, et je me retrouvai dans son étreinte. Nous lui retirâmes ses vêtements ensemble, et il se laissa faire sans opposer la moindre résistance.

— Hmmm, que c'est appétissant ! minauda Camille en empoignant le sexe de Simon.

Je détournai la tête pour chasser la colère qui m'animait. Visiblement aguichée par la queue de Simon, Camille se jeta à ses pieds et récupéra son sexe dans sa bouche. Malgré la main de Simon sur ma hanche et son nez dans mes cheveux, je reculai. Il chercha mon regard, et je me raclai la gorge avant de marmonner :

— J'ai besoin de… il faut que j'aille aux toilettes.

La blonde cessa sa fellation pour tourner la tête vers moi, un large sourire aux lèvres.

— Dépêche-toi ! Il n'y en aura pas pour tout le monde !

Elle avait raison. Il n'y en aurait pas pour moi. Cela me frappa comme une évidence. Je tournai les talons et quittai la chambre en évitant le regard de Simon. Une fois seule, je rattachai mon chemisier, récupérai mon sac en quatrième vitesse et quittai la maison sans me retourner.

J'étais à bout de souffle, et ma tête tournait lorsque je pris conscience de ce qui était en train de se passer dans notre chambre. C'était peine perdue. Je ne pouvais pas faire ça. Je ne pouvais pas regarder une autre toucher ce corps qui était mien. C'était au-delà de mes forces !

En bas de l'immeuble, je ravalai mes larmes et pris un moment pour me calmer. J'hésitai à remonter pour me confondre en excuses, mais Simon n'avait peut-être même pas remarqué mon absence. Il était probablement en train de jouir dans une bouche qui n'était pas la mienne. Voilà qui me rendait folle. Autant ficher le camp et revenir plus tard. Quand tout serait fini. Quand cette fille serait partie. Simon serait certainement furieux, mais je me promettais de tout lui expliquer plus tard.

49

Le mauvais moment

Je roulai sans but pendant près de vingt minutes, puis je m'arrêtai près de la galerie où se tenait l'exposition à laquelle participait Jessie. Au fond de mon sac, je retrouvai le carton d'invitation, mais pas mon téléphone. Où l'avais-je encore mis, celui-là ? Probablement dans les poches de ma veste, que j'avais oubliée à la maison. *Et merde !* Simon ne pouvait pas me joindre. Voilà qui risquait d'être délicat…

Je jetai un coup d'œil à ma montre. Simon m'avait dit qu'il payait cette fille à l'heure. Deux suffiraient-elles ? Je l'espérais. Pour ma part, cela me donnait le temps de faire un saut au vernissage avant de revenir chez moi.

Je m'attachai les cheveux, me mis un peu de rouge sur les lèvres pour essayer de chasser mon air sombre, puis marchai en direction de la galerie. C'était petit et chaleureux. Les gens se massaient devant des toiles et des sculptures. Au bout de dix pas, Jessie surgit devant moi et me prit dans ses bras, les yeux brillants de joie.

— Tu es là ! C'est incroyable !

— Mais… euh… je t'avais dit que je viendrais, lui rappelai-je, un peu gênée par son exubérance.

— Oui, mais… euh… j'ai vu que… tu ne pourrais pas.

Elle repoussa une mèche de cheveux derrière son oreille, visiblement mal à l'aise.

— J'ai eu une grosse journée, dis-je pour m'excuser.

Et elle est loin d'être terminée, songeai-je lugubrement.

Un serveur passa près de nous, et Jessie récupéra deux verres de vin, dont un qu'elle me tendit aussitôt. Espérant que l'alcool améliorerait mon humeur, je le pris sans hésiter. Jessie m'entraîna à travers la foule, visiblement heureuse de me présenter à tout le monde : ses parents, ses amis et d'autres artistes qui exposaient en sa compagnie. Dès qu'elle s'absorba dans une discussion, je m'éloignai en espérant pouvoir filer en douce. Je vérifiai ma montre. Cela ne faisait pas tout à fait deux heures que j'étais partie de l'appartement, mais je devais rentrer. Cette attente me rendait folle.

Rendant mon verre vide à un serveur, je marchai en direction de la porte lorsque John se planta devant moi, si rapidement que je faillis le percuter.

— Annabelle, dit-il avec un large sourire.

— John, quelle agréable surprise, mais je m'en allais. Bonne soirée.

Avant que je puisse le contourner, il posa une main sur mon bras et m'arrêta, avec un regard scrutateur.

— Ça ne va pas ? Où est Simon ?

Je ravalai ma colère. Il était hors de question que je lui dise où se trouvait Simon en cet instant précis. Et encore moins ce qu'il faisait !

— Il est occupé. J'allais justement le rejoindre.

Alors que je tentais de l'éviter, il me bloqua de nouveau le passage.

— Tu ne peux même pas m'accorder trois minutes ?

Je lui jetai un regard sombre.

— Tu as promis de ne plus m'importuner.

— Je ne t'importune pas. On s'est retrouvés par hasard à un événement mondain, siffla-t-il, visiblement agacé par le ton dont j'usais.

— Je suis pressée, marmonnai-je entre mes dents.

— Annabelle…, je suis venu ici uniquement dans l'espoir de te voir. Tu pourrais au moins être polie !

Sans attendre, je le contournai et marchai en direction de la sortie, espérant que le message était assez clair, mais, lorsque je fus à l'extérieur, la voix de John me rattrapa :

— Annabelle, attends ! Tu ne m'as même pas dit ce que tu avais pensé de mon texte !

Je m'arrêtai pour faire volte-face, déterminée à l'envoyer balader une bonne fois pour toutes, quand je fus brutalement interrompue dans mon élan. Simon se tenait à quelques pas, immobile et silencieux. Je fus d'abord balayée par une vague de soulagement, avant de me rendre compte qu'il avait les yeux rivés sur John derrière moi.

— Je peux tout t'expliquer, lui dis-je.

Il me regarda.

— Je ne préfère pas, refusa-t-il.

— Simon…

— Je ne veux rien savoir.

Sans attendre, il fit ce que je n'aurais jamais cru possible : il me tourna le dos et repartit sur ses pas. Je fis un geste pour le rattraper, mais John posa une main sur mon épaule. Énervée, je pivotai avant de lui crier au visage :

— Mais tu vas me foutre la paix, oui ?

Sans lui laisser le temps de répondre, je courus en direction de Simon qui venait d'atteindre sa voiture. Je l'empêchai d'y monter en claquant la portière sous son nez.

— Laisse-moi au moins t'expliquer ! dis-je, essoufflée.

Il posa un regard sombre sur moi.

— Je ne suis pas prêt à t'écouter, insista-t-il.

— Alors c'est tout ? Tu vas t'en aller, juste comme ça ?

— Je te rappelle que c'est toi qui es partie, Annabelle.

Me remémorant ma fuite de l'appartement, je baissai tristement les yeux.

— Pardon.

— Tu m'as laissé en plan sans aucune explication. As-tu la moindre idée de ce que ça m'a fait ? J'étais fou d'inquiétude !

Il indiqua la galerie du doigt.

— Et voilà où je te retrouve : avec lui !

— Non ! me défendis-je. Ça n'a rien à voir ! John était là par hasard.

— Quand il s'agit de John Lenoir, il n'y a jamais de hasard, Annabelle.

Je fronçai les sourcils.

— Je ne suis quand même pas responsable de ses allées et venues !

Il pinça les lèvres de contrariété, puis son regard dériva au-dessus de mon épaule. Quand il serra les dents, je compris que John était toujours là, quelque part derrière moi.

— Il a fichu le bordel dans nos vies, et le voilà à attendre que je lui cède gentiment la place, lâcha-t-il avec une pointe d'amertume.

— Je ne retournerai pas avec John.

Simon croisa les bras devant lui et me regarda dans les yeux.

— La vérité, Annabelle, c'est qu'il n'y a que toi qui croies encore cela.

Son aveu me blessa, et je ne tentai même pas de le masquer.

— Comment peux-tu dire une chose pareille ? Je suis revenue pour être avec toi !

Une larme roula sur ma joue, et je m'empressai de l'essuyer du bout des doigts.

— Est-ce qu'on pourrait en parler autre part ? Je ne veux pas que John s'imagine que… les choses vont mal entre nous.

— Qu'est-ce que ça change ? Il n'aurait pas tort, siffla-t-il.

Bouleversée par sa froideur, je posai une main sur son torse. Devant son silence, je bafouillai :

— Mais… non, enfin… on a juste… un petit différend.

— Un « petit différend » ? Tu m'as laissé en plan avec cette fille, Annabelle !

— Tu l'as invitée sans m'en parler !

— C'est toi qui voulais que je baise quelqu'un d'autre ! Moi, je voulais juste qu'on le fasse ensemble !

— Chez nous ? Dans notre lit ?

Je refermai la bouche, consciente que je venais de m'emporter en pleine rue et que tout le monde pouvait assister à ma dispute avec Simon. *Merde !* Comment les choses avaient-elles pu déraper à ce point ? Dire que nous venions à peine de nous retrouver !

— Peut-être que ce n'était pas l'endroit approprié, finit-il par avouer, mais cela n'excuse pas ce que tu as fait.

Je ravalai mes larmes, avant de tenter de me justifier.

— J'ai paniqué, dis-je tristement. Je n'étais pas prête à… à te partager avec une autre…

Au lieu de se calmer, Simon s'énerva de plus belle.

— Bien sûr ! Moi, je peux accepter que tu te tapes d'autres types, mais pas toi !

— Non, je… Ce n'est pas ce que je voulais dire…

— Oh, et j'oubliais : avec lui, tu peux coucher avec une autre fille sans aucun problème, bien sûr !

— Simon…, non. Tu ne comprends pas, tentai-je de le raisonner.

Il leva une main pour clore la discussion.

— Tu as raison, je ne comprends pas, me coupa-t-il. Et pour être honnête, en ce moment, je ne suis pas certain d'en avoir envie.

Je fis un pas vers lui, mais les yeux de Simon dérivèrent par-dessus mon épaule, et la voix de John s'éleva derrière moi, enjouée :

— Que vois-je ? Une crise de jalousie ?

Je m'apprêtais à pivoter pour rembarrer John lorsque Simon me devança. En trois pas, il l'intercepta avant qu'il nous rejoigne et, au beau milieu de la rue, il le frappa sans autre préambule. J'en eus le souffle coupé en voyant John tomber à genoux, une main sur son nez, visiblement surpris par la violence de Simon. Paniquée, je m'écriai :

— Mais qu'est-ce que tu fais ?

Sans se soucier des grognements de John, il me répondit en me jetant un regard noir.

— Ce que j'aurais dû faire il y a longtemps.

Il se détourna et marcha vivement jusqu'à sa voiture.

— Simon ! l'appelai-je.

Il ouvrit sa portière avant de m'indiquer John d'une main tremblante.

— Cette relation est en train de nous détruire, Anna. J'en ai assez, tu comprends ?

Je baissai piteusement les yeux en direction du sol.

— Il vaut mieux qu'on se sépare, dit-il encore.

Sous le choc, je relevai la tête et le fixai, comme si je ne pouvais pas croire que ces mots soient sortis de cette bouche-là.

— Tu as besoin de te retrouver, Annabelle. J'espérais que… (Il s'interrompit avant de secouer tristement la tête.) Peu importe. Je n'y arrive plus.

Je lui jetai un regard perdu, mais son image se brouillait déjà à travers mes larmes quand il me tourna le dos. Simon s'engouffra dans sa voiture et démarra dans la nuit. Et moi, je restai là, à attendre qu'il fasse demi-tour. En vain.

Simon m'avait quittée.

Alors que je pleurais en silence, une main se posa sur ma hanche.

— Chut. Je suis là, chuchota John en essayant de me prendre dans ses bras.

Aveuglée par ma colère, je le repoussai.

— Fiche le camp !

— Annabelle…

Il fit un pas dans ma direction, et je reculai pour maintenir de la distance entre nous.

— Reste loin de moi, compris ?

Je filai avant qu'il tente de me rattraper. Une fois dans ma voiture, je me brisai comme du verre, la tête contre mon volant.

50

Le refuge

J'atterris chez Lena, les yeux secs mais le visage défait. Espérant couper court à la discussion, j'allai au plus direct :

— C'est fini avec Simon.

— Je sais, avoua-t-elle. John m'a téléphoné.

Ces mots me firent sortir de mes gonds :

— Évidemment ! Cet idiot est incapable de se mêler de ses affaires !

Lena me fit signe d'entrer dans son appartement avant de lâcher :

— Si ça peut te faire plaisir, il se plaint d'avoir le nez gonflé. Il paraît que Simon n'y est pas allé de main morte.

— Tant mieux !

Malgré l'ironie que je laissai filtrer dans ma voix, j'étais loin de me sentir soulagée ou amusée. Je me fichais bien de John, ce soir. Tout ce que je voulais, c'était une chance de récupérer Simon. Je ne pouvais pas croire que c'était fini…

Lorsque je fus installée sur le canapé de Lena, la tristesse me frappa brutalement, et je ne refusai pas le scotch qu'elle me proposa. Debout près de moi, elle attendit que je vide mon verre pour m'en servir un second. Enfin, elle se cala dans le fauteuil, de l'autre côté de la table basse.

— Tu veux qu'on en parle ? proposa-t-elle en se versant un verre.

— Pas vraiment.

Je fixai le liquide ambré en soupirant lourdement. Comment étais-je censée avouer à Lena toutes les étapes qui m'avaient menée à ma rupture avec Simon ? Et surtout ce que j'avais fait avec John ! Peut-être que Simon n'avait pas tort, après tout, et qu'il valait mieux pour lui qu'il me quitte.

La gorge serrée, je dis :

— Je ne le mérite pas.

— Allons donc ! Tu as fait une bêtise, ce n'est pas la fin du monde non plus ! D'après ce que je sais, Simon était au courant et consentant !

Je relevai la tête, intriguée. Que savait-elle de cette histoire ? Ramenant son verre à ses lèvres, elle eut un sourire triste avant d'ajouter :

— Eh ouais, je suis au courant ! Je suis passée devant la maison de John, le week-end dernier. J'ai vu ta voiture…

Tout mon corps se raidit.

—John ne voulait rien me dire, lâcha-t-elle encore, mais… je lui ai piqué une crise, alors…

Elle me fit cet aveu avec une moue agacée, puis laissa échapper un rire nerveux. Pour ma part, je me sentis prise de remords. Pas seulement parce que j'avais couché avec John, mais pour ce que j'avais perdu dans l'histoire, et aussi parce que j'avais certainement blessé Lena. Je n'y avais pas pensé une seconde avant de me précipiter chez elle ce soir.

—Je l'ai mal pris, je l'avoue, admit-elle encore. C'est con, parce que… enfin… je voyais bien que John te tournait toujours autour ! Et il ne devait pas t'être indifférent vu tout ce que tu faisais pour le garder hors de ta vie !

—Arrête ! Ce week-end-là, c'était juste une histoire de prêt entre Simon et lui.

—Peut-être, mais ça n'empêche pas que John est déterminé à te récupérer. Tu sais ce qu'il m'a dit : « Nous deux, c'est agréable, mais autant que tu le saches : tu passeras toujours après Annabelle. »

Je grimaçai.

—Quel imbécile !

Lena poussa un soupir et vida le fond de son verre avant de reporter les yeux sur moi.

—Il a quand même de bons côtés.

Je posai un regard réprobateur sur elle.

—Lena, tu mérites mieux que lui.

Elle lâcha un rire amer.

— C'est facile de dire ça, pour toi ! Tu es jeune, jolie, tu as même deux types qui se battent pour tes faveurs. Ce n'est pas à moi qu'un truc pareil arriverait !

Mon expression s'assombrit.

— Vois où ça m'a menée : John m'a détruite, et j'ai perdu Simon.

Lena pinça les lèvres et se pencha pour remplir son verre. Je n'hésitai même pas lorsqu'elle me tendit la bouteille de scotch. J'avais hâte que l'alcool fasse effet et qu'il chasse le chagrin qui se logeait dans mon ventre.

— Alors ? Qu'est-ce que tu vas faire ? me questionna-t-elle. Te battre pour récupérer ton blondinet ?

Si je n'avais pas autant de remords, peut-être envisagerais-je sérieusement de me rendre à l'appartement pour supplier Simon de me reprendre, mais méritais-je vraiment une seconde chance ? Alors qu'il avait promis de rester à mes côtés quoi qu'il arrive, voilà qu'il avait lui-même jeté l'éponge. N'était-ce pas plus simple de le laisser partir ?

— Tu comptes retourner avec John ? me demanda Lena.

Je lui jetai un regard sombre.

— Alors ça, non ! Jamais !

Elle parut sceptique.

— Tu dis ça maintenant, mais les choses vont bien finir par se tasser. Et tu ne peux pas nier que John a des atouts considérables…, et il est amoureux de toi.

Je laissai ma tête tomber en arrière et fixai le plafond avant de gronder :

— Je me fiche de John, Lena. C'est le cadet de mes soucis, en ce moment.

— Mais il est déterminé.

Agacée par son insistance, je me redressai pour lui décocher un regard noir.

— C'est son problème.

— Tu as l'air bien sûre de toi !

— Je le suis. Dire que j'ai compris trop tard que j'avais avec Simon ce que je pensais vouloir avec John, à une certaine époque !

Serrant mon verre vide contre moi, je me remis à pleurer. Depuis le début, je m'étais sentie coupable de ne pas partager un lien aussi intense avec Simon que celui que j'avais vécu avec John. Et, maintenant qu'il était rompu, il me paraissait finalement bien plus fort que tout ce que j'avais connu. Je fixai mon verre à travers mes larmes et commençai à croire que le scotch me rendait la vue. D'une main, je récupérai la bouteille pour me resservir.

— Ho, du calme ! On travaille demain !

— J'aurai la gueule de bois, répondis-je comme si cela ne me gênait pas le moins du monde.

Et je vidai de nouveau mon verre.

— Si tu veux récupérer ton mec, utilise la méthode simple : demande pardon. S'il t'aime, il finira bien par céder.

J'imaginais sans mal cette scène, mais elle me paraissait du domaine de l'irréalisable.

— J'ai fait tellement d'erreurs, pleurnichai-je. Il mérite tellement mieux qu'une fille comme moi.

— Quel pessimisme ! se moqua mon amie. Tu as fait une connerie, ça arrive ! Si tu l'aimes vraiment, tu dois au moins essayer d'arranger les choses !

Je n'avais pas le courage d'argumenter davantage et je relevai des yeux immensément tristes sur elle.

— Je peux dormir ici ?

— Évidemment ! J'ai une chambre d'amis. Mais, à ta place, je prendrais un peu d'eau et de l'aspirine avant d'aller au lit ! me conseilla-t-elle.

Sans écouter ses conseils, je me dirigeai vers la chambre en question et me laissai tomber sur le lit sans même retirer mes vêtements. À quoi bon prévenir la gueule de bois qui viendrait ? Ça ne pouvait pas être pire que le reste. Et, dans le meilleur des cas, elle me forcerait à me concentrer sur autre chose que sur la perte que je venais de subir.

Lena passait sa garde-robe en revue pour essayer de me dénicher des vêtements. Elle songeait à un tas de petits détails qui m'indifféraient complètement, comme le fait d'avoir une tenue adéquate pour affronter la journée qui commençait pour que tout le monde ignore que j'avais dormi chez elle.

— Si ça se sait, tu vas devoir passer la journée à répondre aux questions, insista-t-elle en brandissant deux ensembles devant moi. Et, crois-en mon expérience, tu n'as pas envie de ça, aujourd'hui.

Je détaillai les vêtements, puis me laissai retomber sur le lit en fermant les yeux.

— C'est trop compliqué. Je ne viens pas.

— Anna, on va mettre notre nouveau site en ligne aujourd'hui ! Il faut que tu sois là !

— C'était ton idée. Occupe-t'en.

Je gémis devant la douleur lancinante qui me vrillait la nuque. La bouche pâteuse, je marmonnai :

— Il faut que j'aille récupérer mes affaires chez Simon.

Avec la gueule de bois que j'avais, je n'étais pas certaine de pouvoir le faire, mais le prétexte était parfait pour rester seule. Même si la liste de tout ce que j'avais à faire me paraissait interminable : trier mes affaires, sortir de la vie de Simon, me trouver un nouvel appartement…

— Mauvaise idée, soutint Lena. Donne-lui deux ou trois jours avant de retourner chez vous. Laisse-lui le temps de réfléchir…

Je n'avais aucune envie d'attendre. Je préférais en finir au plus vite. Je me sentais tellement mal que je songeais même à abandonner toutes mes affaires là-bas. Je ferais au plus simple en prenant uniquement mes vêtements et mes livres. Cela ne ferait que cinq ou six cartons. Après quoi, je n'aurais qu'à trouver un appartement meublé. Je l'avais déjà fait à cause de John, je pouvais facilement recommencer.

— Allez, habille-toi ! me somma Lena en jetant une tenue sur le lit.

— Non, grognai-je, la tête enfouie dans l'oreiller.

— Annabelle, je te rappelle que je suis ta patronne et je t'ordonne d'aller au boulot !

Malgré le ton léger derrière sa fausse menace, je me braquai comme si elle avait été sérieuse.

— Tu n'as qu'à me renvoyer ! Ce ne sera pas la première fois que ma vie fout le camp et que je dois tout recommencer à zéro ! Foutu John Lenoir ! J'espère qu'il ira pourrir en enfer !

— Alors là ça ne m'étonnerait pas, rigola Lena. Bon, puisque tu ne veux pas venir au bureau, mange au moins quelque chose. Et essaie de te ressaisir un peu, OK ? De prendre soin de toi.

Je ne lui dis pas au revoir lorsqu'elle partit. J'étais déterminée à rester dans ce lit jusqu'à la fin des temps. Ou jusqu'à ce que Lena me fiche à la porte. Ce qui ne devrait pas prendre trop longtemps, vu l'état lamentable dans lequel je me trouvais...

Contre toute attente, dès que je fus seule, je me levai. Rester couchée alors que le sommeil me désertait, en tête à tête avec mes remords, ne me disait rien du tout. Je me douchai et me forçai à avaler un bout de pain avec de la confiture en laissant passer le temps. Il était déjà 11 heures lorsqu'on sonna à la porte. Enveloppée dans le peignoir de Lena, j'ouvris, et je m'emportai dès que je vis John.

— Qu'est-ce que tu veux, encore ?

— Je suis passé à vos bureaux. J'ai vu Lena. C'est elle qui m'a dit où tu étais. Et que tu avais une sacrée gueule de bois. (Il leva à hauteur de mes yeux un sac duquel émanait une odeur d'épices.) Je t'ai pris une soupe vietnamienne pour te remonter le moral. Je suis sûr que ça te retapera en moins de deux. Si tant est que tu aies pris de l'aspirine.

Avant que je puisse lui répondre, il m'écarta du passage et se dirigea vers la cuisine. Je perdis immédiatement patience :

— Hé, je ne t'ai pas invité à entrer !

— D'abord, ce n'est pas chez toi, ici, et puis tu as besoin qu'on te force à manger quelque chose.

Il récupéra un bol dans lequel il versa la soupe. Après l'avoir regardé faire, je claquai la porte avec bruit. Malgré ma mauvaise humeur, j'obéis lorsqu'il me désigna une place à table et je m'installai là où il déposa la soupe. J'y goûtai. Après une légère hésitation, John se laissa tomber sur la chaise à ma gauche.

— C'est bon ? demanda-t-il.

— Ça va.

Il attendit que j'avale plusieurs cuillerées avant de poursuivre son interrogatoire :

— Alors… comment tu te sens ?

Je le fusillai du regard.

— À ton avis ?

— Tu veux qu'on en parle ?

— Sans façon, merci.

Pour éviter son regard inquisiteur, je plongeai dans ma soupe, mais John ne lâcha pas l'affaire pour autant :

— Qu'est-ce que tu comptes faire ?

Je relevai un visage sombre vers lui et j'annonçai, sans l'ombre d'une hésitation :

— Je ne vais pas revenir avec toi. Compris ?

Il fronça les sourcils.

— Pourquoi pas ?

— J'aime Simon !

— Annabelle, tout ce qu'il te faut, c'est un peu de temps…

Je le fis taire d'un geste et j'usai de toute ma patience pour garder mon calme.

— John, merci pour la soupe, mais, si tu pensais me trouver prête à t'accueillir les jambes écartées, tu as fait fausse route.

Il se raidit sur sa chaise et s'exclama, choqué :

— Je suis venu pour t'aider ! Comme un ami l'aurait fait !

— C'est exactement ce que le loup dirait au mouton.

D'un trait, il bondit de sa chaise, et sa voix laissa transparaître toute sa colère lorsqu'il dit :

— Je vois que tu as vraiment très mal pris ta séparation, elle était pourtant inévitable. Il vaut mieux que je revienne un autre jour…

— Ne te donne pas cette peine, raillai-je.

— Annabelle, tu finiras bien par digérer cette histoire avec Simon. Peut-être même verras-tu enfin que c'est une bonne chose pour toi.

Je relevai immédiatement des yeux furieux sur lui.

— Tu devrais suivre ton propre conseil, John.

— Allons, amour ! Notre relation n'a absolument rien à voir avec ce que tu vis avec Simon…

Je me levai pour pouvoir le toiser.

— Ce que je vivais avec Simon surpasse largement tout ce que j'ai jamais vécu avec toi. Fais-toi une raison : je ne reviendrai pas.

— Tu dis ça maintenant, mais…

— Dehors ! gueulai-je, exaspérée par son insistance.

Alors qu'il se dirigeait vers la sortie, il laissa filtrer un petit rire.

— Tu as toujours trop dramatisé, Annabelle, mais ça a un certain charme, je te l'accorde.

Il fila sans insister davantage, et j'attendis que la porte se referme derrière lui avant d'aller la verrouiller à double tour.

51

C'est tout

J'attendis que Simon débute son quart de travail au restaurant avant de quitter l'appartement de Lena. J'avais besoin de vêtements ainsi que de mon téléphone, et j'étais surtout décidée à sortir de sa vie au plus vite. À quoi bon attendre et espérer qu'il me pardonne ? Ne l'avais-je pas suffisamment déçu ?

J'entrai dans ce qui avait été notre maison, le cœur serré. La bouteille de vin blanc, toujours à moitié pleine, traînait encore sur le comptoir de la cuisine. Repoussant mon chagrin, je récupérai un sac-poubelle et j'y jetai tout ce qui m'appartenait : crèmes, shampooing, rasoirs, serviettes hygiéniques : tout ce qui prouvait que j'avais déjà habité ici en disparaissait petit à petit.

Lorsque je fus sur le seuil de la chambre, mon cœur s'arrêta en songeant à cette fille que Simon avait invitée, hier soir. Pourquoi avais-je réagi de façon aussi extrême? Évitant de regarder le lit, je jetai mes habits dans deux valises.

Dernier arrêt, mais non le moindre: je récupérai un sac à dos dans lequel j'empilai mes livres préférés. Tant pis pour le reste. Il n'aurait qu'à en faire ce qu'il voulait. Une fois l'essentiel empaqueté, je portai le tout à ma voiture en plusieurs trajets. En en fermant le coffre, je ressentis une vive émotion. Dire que ma vie tenait en si peu de chose… et qu'il y manquait ce qui comptait vraiment!

Je sursautai lorsque je reconnus la voiture qui se garait derrière la mienne. Dès que Simon marcha dans ma direction, je m'exclamai, anxieuse:

—J'ai pris ce que j'ai pu. Tu peux jeter le reste.

—Alors c'est tout? Tu te pointes et tu fiches le camp sans un mot?

Je me sentis inexplicablement gênée.

—Que voulais-tu que je fasse d'autre?

Pendant une fraction de seconde, je me pris à espérer que la nuit lui avait porté conseil et qu'il avait changé d'avis, mais il jeta:

—Rien. Tu as raison. C'est sûrement la façon la plus simple.

Les yeux embués de larmes, je secouai la tête.

—Ce n'est pas moi qui te quitte, c'est toi qui veux rompre, Simon!

Il détourna la tête, comme s'il ne voulait plus me regarder.

— C'est gentil de ne pas avoir fait traîner les choses, finit-il par dire.

Des larmes tombèrent de mes yeux, et je n'essayai même pas de les essuyer. De toute façon, Simon ne me voyait déjà plus. Il persistait à fixer un point imaginaire, loin de moi.

— Je suis désolée, soufflai-je avant d'ouvrir ma portière.

— Moi aussi, Anna.

Les regrets que je perçus dans sa voix me retournèrent l'estomac.

Je me laissai tomber sur mon siège. Simon ne bougea pas. Je démarrai ma voiture et comptai jusqu'à cinq, avec le fol espoir qu'il me retienne, comme dans tous ces films ridicules. Devant son immobilité, je partis avant de ne plus avoir le courage de le faire. Et, pourtant, je savais qu'une partie de moi resterait ici à tout jamais.

52

Le grand ménage

Le week-end fut interminable. Même si Lena essayait de me remonter le moral, je peinais à sourire. La seule chose dont j'étais capable, c'était de boire jusqu'à sombrer dans un profond sommeil, d'avoir la gueule de bois, et de recommencer. J'avais promis à ma patronne de revenir au bureau lundi matin, et je comptais bien rester dans un état second le plus longtemps possible avant ça.

Alors que j'espérais un message de Simon, c'est John qui me téléphona sans arrêt. Comme je ne lui répondais pas, il contactait Lena qui lui disait que j'allais mieux. C'était complètement faux : j'étais toujours incapable de dire trois mots sans me mettre à pleurer. Autant dire que pour tenir une conversation c'était loin d'être l'idéal.

J'émergeai de mon état lamentable le dimanche après-midi, avec une idée en tête : me trouver un appartement.

Je passais toutes les petites annonces au peigne fin. Lena me disait de ralentir, d'attendre, que ça ne la dérangeait pas que je reste chez elle encore un peu. Elle osait sous-entendre que Simon allait finir par comprendre son erreur… Je chassai cette idée. Je ne voulais plus espérer. Simon n'avait pas téléphoné. Il avait rompu. C'était déjà un miracle qu'un homme comme lui ait été amoureux de moi si longtemps.

Je passai la semaine suivante à éviter soigneusement John. Je n'avais rien à lui dire hormis le fait que tout était sa faute. Ce qui était un pur mensonge. Au fond, j'avais plus que ma part de responsabilité dans cette histoire, mais je préférais crever que de l'admettre devant lui !

Le bon côté des choses, c'est que j'avais un boulot fou, et je m'y plongeai corps et âme. Je mangeais sur place, bien en sécurité dans mon bureau de verre. John n'avait aucun moyen de me joindre : la réceptionniste passait son temps à l'éconduire, et de douze à quinze messages par jour au début j'en étais arrivée à cinq ou six à la fin de la semaine. Il y avait du progrès !

Lena m'en parlait souvent, elle aussi. À croire qu'il essayait de me contacter par tous les moyens.

— Tu vas le tenir à l'écart encore combien de temps ? me demanda-t-elle un soir.

— Jusqu'à ce qu'il arrête.

Elle fit la moue.

— Et Simon ? Tu as eu de ses nouvelles ?

— Non, dis-je en arborant une tête d'enterrement.

— Et pourquoi tu ne l'appelles pas au lieu de te morfondre ?

Je ne répondis rien. En réalité, j'étais trop lâche pour prendre un tel risque. Depuis notre séparation, je me sentais faible et brisée de partout.

— Il n'attend peut-être que ça ! insista-t-elle, agacée par mon mutisme.

— J'en doute.

Mon regard bifurqua sur l'heure et j'ajoutai, tristement :

— De toute façon, il travaille.

— Tu as fini de te chercher des prétextes ? s'énerva-t-elle. Annabelle, il faut que tu te ressaisisses ! Tu ne peux pas passer ta vie à broyer du noir !

Je la foudroyai du regard.

— Je me ressaisis, la contredis-je en haussant le ton, je fais le ménage dans ma vie. D'ailleurs, j'ai trois appartements à visiter, la semaine prochaine...

— Rien ne presse, tu sais ? Tu peux rester ici, mais il faut vraiment que tu te reprennes ! Tiens, demain soir on sort ! Ça te fera du bien de te changer les idées.

— Sans façon, refusai-je.

— Oh, allez quoi ! Tu es libre ! C'est l'occasion de faire la fête ! Tu pourrais trouver un beau garçon pour la soirée ?

Je grimaçai sans répondre. Comment osait-elle me proposer d'oublier Simon aussi vite ? J'avais bien d'autres soucis en tête ! Et il était plus que temps que je reprenne le contrôle de ma vie. Tout ne pouvait pas déraper chaque fois que cet idiot de John Lenoir surgissait !

Il était tard, mais je n'arrivais pas à dormir. Les mots de Lena tournaient en boucle dans ma tête. Simon espérait-il vraiment que je fasse le premier pas ? Lui téléphoner me terrifiait, et je n'étais pas sûre de pouvoir supporter sa froideur de nouveau.

Pourtant, je composai le numéro de la maison à deux reprises avant de me décider à laisser la sonnerie résonner au bout du fil. Au bout de trois coups, je raccrochai. Simon n'était pas là. Il était pourtant 23 heures. Est-ce qu'il ne rentrait pas vers 22 h 30, généralement ? Peut-être était-il sorti ? Après tout, il pouvait user de sa liberté, désormais… Mon cœur se serra. M'avait-il déjà oubliée ?

Je sursautai lorsque le téléphone vibra dans ma main.

— Allô ?

— Tu as téléphoné ?

La voix de Simon à mon oreille fit s'emballer les battements de mon cœur.

— Qu'est-ce qu'il y a ? s'impatienta-t-il.

— Oh, euh… je te dérange ? Je peux rappeler demain, si… ?

— J'étais sous la douche. Qu'est-ce que tu veux, Annabelle ?

Sa question me parut sèche. De toute évidence, il n'avait pas très envie de me parler. Je ravalai ma déception jusqu'à ce que je retrouve le prétexte ridicule qui m'avait décidée à lui passer cet appel :

— Je crois que… j'ai oublié ma jupe rouge. Tu sais celle qui va avec… enfin… la rouge, quoi.

— Tu m'as dit que je pouvais tout jeter, me rappela-t-il vivement.

Je ravalai un sanglot. Avait-il jeté nos souvenirs en même temps que mes vêtements ? Comment arrivait-il à continuer sa vie alors que j'étais complètement perdue, de mon côté ? Je me raclai la gorge pour éviter que ma voix ne tremble avant de lancer :

— Ce n'est pas grave. Je comprends.

Alors que j'étais sur le point de raccrocher avec une vague formule de politesse, Simon reprit :

— La vérité, c'est que… je n'ai pas encore fait le tri dans l'armoire. Je peux essayer de jeter un coup d'œil. Tu veux que je te fasse livrer ce qu'il reste quelque part ? Chez lui, peut-être ?

Sa question me fit relever la tête. Simon croyait-il vraiment que j'étais retournée avec John ? D'une voix moins ferme que je ne l'aurais voulu, j'annonçai, en espérant que cela suffise :

— En fait, je… j'habite avec Lena.

Comme il ne répondait pas, je me sentis obligée de combler le silence qui persistait :

— C'est temporaire, évidemment, le temps que… que je me trouve un appartement.

— Peu importe. Je te les enverrai au bureau.

Le peu d'espoir auquel je m'étais accrochée s'évanouit d'un trait. En me faisant livrer mes affaires, Simon tenait certainement à me dire qu'il ne voulait plus me voir. Essayant de contenir les larmes qui enrouaient ma voix, je soupirai :

— Comme tu veux.

Je ne dis plus rien pendant un moment, et il fit de même. À croire que nos silences faisaient la conversation à notre place. Voyant qu'il ne tenait pas plus que moi à raccrocher, je chuchotai :

— Simon, est-ce que… tu vas bien ?

— Ça va, merci. Tu as besoin d'autre chose ?

Comme je n'avais plus d'excuse en réserve, je bafouillai :

— Euh… non.

— Tu devrais recevoir tes affaires dans le courant de la semaine prochaine. Salut.

Sans attendre, il coupa la communication d'un coup sec. Je restai là, au bout du fil, bouleversée par la rudesse de sa voix. *Et merde !* Après avoir pris presque une heure pour rassembler mon courage afin de pouvoir lui téléphoner, voilà que Simon avait réduit tous mes efforts à néant.

Le téléphone serré contre ma poitrine, j'analysai chacune de ses paroles comme si elles camouflaient un espoir que je n'avais pas su entendre. Je ne comprenais plus rien de l'homme que je croyais connaître. Il m'avait paru triste et en colère, mais n'avait fait aucun geste vers moi… Il ne m'avait même pas demandé comment j'allais !

Tout compte fait, je n'étais peut-être pas la seule qui cherchait à faire le grand ménage dans sa vie…

53

Le déni

Quelques jours plus tard, je rentrai du travail un peu plus tôt que d'habitude. Je me figeai en voyant John et Lena en train de cuisiner ensemble. Je n'arrivais pas à le croire ! Ma propre amie n'avait quand même pas osé me tendre un tel piège ? Furieuse, je lui décochai un regard meurtrier et j'annonçai en reculant d'un pas :

— Je reviendrai plus tard.

John bondit à mes côtés et referma la porte derrière moi.

— Annabelle, ça suffit ! Je crois t'avoir laissé suffisamment d'espace…

— Ce que tu fais, c'est pire que du harcèlement !

— À qui la faute ? Tu ne réponds jamais à mes appels !

— Je n'ai rien à te dire !

Il soupira avant de me montrer la table de la main.

— Est-ce qu'on pourrait discuter calmement ? Tu ne risques rien. Lena restera présente tout du long…

Je le toisai d'un regard hautain.

— Parce que tu crois que j'ai peur de toi ?

— Pourquoi refuserais-tu de me voir, autrement ?

Je levai les yeux au ciel. Avais-je vraiment besoin d'une raison ? Pour lui prouver mes dires, je laissai tomber mon sac sur le sol et pénétrai dans le salon.

Mon amie me servit un verre de vin, et je m'installai dans le canapé, pendant que John prenait place devant moi. Il me scruta de la tête aux pieds, et je perdis patience.

— Crache le morceau, qu'on en finisse.

— Je croyais que tu allais mieux.

Il jeta un regard noir à Lena, et je compris qu'il lui en voulait de lui avoir menti. Mon état était-il visible à ce point ? Inquiète, je m'examinai pour tenter de comprendre ce qu'il avait vu de si terrible.

— Tu as maigri, dit-il d'un ton lourd de reproches.

— Pas tant que ça, me défendis-je.

— Tu vas jouer les victimes combien de temps, dis-moi ?

— C'est Simon la victime, annonçai-je.

Je serrai les lèvres en ressentant une vive culpabilité.

— Tu peux me dire ce qui s'est vraiment passé avec lui ? insista John, déterminé à me faire passer un interrogatoire en règle.

— Ça ne te regarde pas.

— Bien sûr que ça me regarde ! C'est certainement à cause de moi !

J'eus un rire à la fois triste et amer.

— Au cas où tu ne le saurais pas encore, John, le monde ne tourne pas autour de ton nombril.

Il se pencha vers moi.

— Si je n'y suis pour rien, alors explique-moi pourquoi cet idiot t'a quittée.

Son ton doucereux m'horripila, et plus encore la façon dont il traitait Simon, mais je fis mine de ne rien avoir entendu et je tournai la tête vers Lena.

— C'est prêt ? Je meurs de faim.

— Annabelle, insista John. Parle-moi…

Mes yeux se reposèrent dans les siens, et je parlai d'une voix calme, déterminée à clore la discussion le plus vite possible :

— Il n'y a rien à dire, John. Simon m'a plaquée, et je comprends pourquoi il l'a fait. Et, encore une fois, je ne reviendrai pas avec toi. Maintenant que tout a été dit, est-ce que tu pourrais me laisser tranquille une bonne fois pour toutes ?

Il serra les dents.

— Pourquoi il t'a quittée ? Tu vas me le dire, à la fin ?

— Si tu tiens tant à le savoir, va le lui demander !

Il se recula dans son fauteuil et croisa les jambes, probablement pour me démontrer qu'il était prêt à rester là pendant un temps indéfini. J'attendis, puis je vidai mon verre et me relevai pour m'en servir un autre. Lena qui terminait de préparer le repas me jeta un regard sombre qui me mit hors de moi :

— Quoi ?

— John veut seulement t'aider.

— M'aider ? Non. John veut me récupérer, c'est très différent.

— L'un n'empêche pas l'autre ! intervint-il.

Agacée, je restai concentrée sur mon amie.

— Je peux savoir ce qu'il t'a promis pour que tu le laisses me faire ça, ce soir ?

Lena ne dit rien, mais je la sentis gênée. Elle eut un moment d'hésitation, puis chercha à se justifier :

— Il a quand même raison, Annabelle : tu as besoin d'aide. Il va bien falloir que tu en parles à quelqu'un !

Je revins au salon armée d'un verre plein, puis je me laissai tomber sur le canapé. Je jetai, espérant que John comprenne que je voulais en finir le plus rapidement possible :

— Puisque tu ne me ficheras pas la paix tant que je n'aurai pas déballé mon sac, alors voilà : Simon m'a quittée parce que j'ai refusé de coucher avec une prostituée qu'il avait ramenée à la maison pour nous deux.

À côté de nous, Lena cessa de cuisiner et s'accouda au comptoir pour mieux me voir. Décidément, il n'y avait pas que John de curieux!

— Pourquoi Simon aurait-il voulu une chose pareille? me demanda John, surpris.

— Parce que je le lui avais demandé.

Devant son air presque choqué, je me sentis forcée d'ajouter:

— Disons que c'était une façon de rétablir l'équilibre entre nous, qu'il couche avec quelqu'un d'autre. Mais il a voulu qu'on fasse ça ensemble, alors…

Le regard de John s'agrandit.

— Tu as refusé?

— Oui, dis-je simplement.

Il ne me quittait plus des yeux, comme si je venais de dire quelque chose d'incroyable. Et, comme je n'avais pas tout avoué, je jetai, consciente que c'était la raison pour laquelle Simon avait décidé de rompre:

— Non seulement je n'ai pas été capable de le faire, mais je me suis, comme qui dirait, un peu enfuie. En le laissant avec cette fille.

Retenant un rire, John demanda:

— Mais pourquoi? Elle n'était pas mignonne?

— Ça n'a rien à voir!

Un sourire lui déforma la bouche, et je grognai:

— Je t'interdis d'interpréter mes réactions!

— Avec moi, tu l'aurais fait sans rechigner, lâcha-t-il fièrement.

— Parce que je me fiche de savoir avec qui tu couches, John ! Je ne t'aime pas !

Il éclata de rire, visiblement ravi par le tournant que prenait notre conversation.

— Mais bien sûr ! Tu ne comprends pas, Annabelle, nous deux, c'est un amour qui va bien au-delà de toutes ces considérations ridicules. Ce n'est pas un amour possessif, mais ouvert, fondé sur une confiance absolue.

Je levai les yeux au ciel en soupirant d'exaspération.

— Écoute, je préférerais me mettre en couple avec Maître Paul plutôt que de me remettre avec toi. J'espère que ça te montre à quel point tu es loin dans la liste d'attente !

Mon insulte le fit rire. Pourquoi ? Ne voyait-il pas que j'étais sérieuse ? Que fallait-il que je dise pour qu'il me fiche enfin la paix ? Agacée de sentir constamment son regard sur moi, je me levai et me plantai devant Lena.

— Il est prêt, ce repas ? demandai-je.

— Euh... (Elle se détacha du comptoir et sortit trois assiettes avant de tourner la tête vers John.) Tu manges avec nous ?

— Non. Je crois que je vais y aller. De toute évidence, Annabelle est en plein déni.

Je réprimai un rire avant de rétorquer :

— Sans vouloir te vexer, John, je ne sais pas qui de nous deux est dans le déni, en ce moment.

Avant que je puisse le repousser, il apparut à mes côtés et me plaqua un baiser sur la joue. Choquée qu'il m'ait touchée sans mon autorisation, je reculai en lui jetant un regard sombre.

— On en reparlera quand tu reviendras vers moi… ou quand ton corps sera en manque et que tu me retomberas dans les bras.

Cette allusion m'effraya, mais je ne me laissai pas atteindre et relevai fièrement la tête vers lui.

— Tu veux peut-être que ce soit moi qui parte et que je te laisse seul avec Lena ? Tu as déjà pris tes petits cachets bleus ? Il ne faudrait pas les gâcher !

Il sourit, puis jeta un regard chargé de sous-entendus à mon amie.

— Ce n'est que partie remise, lui promit-il. (Ses yeux revinrent sur moi, et il se caressa la lèvre du bas.) Peut-être que je vous baiserai ensemble, tiens, ajouta-t-il. Histoire que tu comprennes une bonne fois pour toutes que nous vivons quelque chose de bien plus grand que tu ne le crois.

Plaçant mes deux index face à face, j'ajustai le tout à la longueur de sa queue avant de répondre :

— Au moins… aussi grand que ça.

Dans un autre rire, il s'éloigna, contourna le comptoir et embrassa Lena sur la bouche avant de quitter l'appartement en claquant la porte.

— Enfin ! Je pensais qu'il ne s'en irait jamais ! soupirai-je.

— Moi, j'aurais bien voulu qu'il reste, admit-elle.

Je grimaçai.

— T'inquiète. Il va revenir. Il est pire que la peste !

54

Une information douloureuse

Je passai le week-end à chercher un appartement. Rien ne me convenait tout à fait, mais je finis par signer un bail au mois, beaucoup trop cher pour un deux-pièces minuscule, mais qui présentait au moins l'avantage d'être tout près de mon lieu de travail. Cela devrait faire l'affaire en attendant de trouver mieux. Avec Lena du côté de John, il valait mieux partir de chez elle le plus rapidement possible.

Quand je rentrai le dimanche soir, John était encore là, assis sur le canapé de Lena, les jambes croisées, et une main possessive sur sa cuisse. Je soufflai d'exaspération, avant de marcher en direction de ma chambre.

—Je vois que tu as de la visite. Bien, je vous laisse…

—Annabelle, me retint John avec un ton grave, il faut qu'on discute.

— Avec toi, il faut toujours qu'on discute, raillai-je sans m'arrêter.

— C'est à propos de Simon.

Même si je soupçonnais un piège de sa part, je ne pus m'empêcher de revenir me planter devant le canapé où il siégeait.

— Quoi ? demandai-je.

— Au cas où ça t'intéresserait de le savoir, Simon était au bar de Maître Denis, hier soir. À ce qu'il paraît, il n'a pas fait que regarder.

Mon cœur se serra.

— Comment tu sais ça ?

— Denis est mon ami. Disons qu'il a jugé bon de me passer un coup de fil...

Je croisai les bras en essayant de ravaler la tristesse que je sentais s'inscrire sur mon visage.

— Qu'est-ce qui me dit que c'est la vérité ? l'attaquai-je.

— Pourquoi est-ce que je te mentirais ?

— Pour me blesser. Après tout, la souffrance des autres t'excite.

Il soupira en me réprimandant du regard.

— Je ne carbure pas à ce genre de souffrance, Annabelle. Et, si je tenais à t'en parler, c'était pour que tu saches à quoi t'en tenir. N'est-ce pas la preuve que Simon est déjà passé à autre chose ?

Je fermai les yeux pour tenter de me recomposer un visage hautain. Pour un peu, je me serais mise à pleurer, mais devant John... jamais !

— D'accord, alors… je vais supposer que tu es venu me dire tout ça pour mon bien, lâchai-je enfin.

Je tentai de tourner les talons quand sa voix m'arrêta encore :

— Sachant qu'il baise ailleurs, pourquoi ne ferais-tu pas la même chose ? Je ne vois pas pourquoi il n'y a que lui qui profiterait de tous les avantages de votre séparation ?

Mon rire fusa, aussi amer qu'ironique :

— Franchement, John ! Tu viens me briser le cœur et tu penses sincèrement que je vais écarter les cuisses en contrepartie ?

— Tu pourrais vouloir te venger de lui, proposa-t-il.

— Je n'ai pas à me venger de ce qu'il fait. Il est libre, je te rappelle.

John se leva, et je reculai avant qu'il s'approche trop près de moi. Il s'arrêta, respectant une certaine distance entre nous, avant de déclarer :

— Si tu veux mon avis, je doute que Simon puisse trouver quelqu'un d'aussi spécial que toi dans ce genre d'endroits.

Au bout d'un silence affreusement lourd, il me questionna :

— Aimerais-tu le récupérer ?

Je clignai des yeux, incertaine de comprendre le sens de sa question.

— Qui ? Simon ?

— Qui d'autre ? Si c'est vraiment ce que tu veux, je peux t'aider à le reconquérir…

Sa proposition sonnait comme un piège, et je ne pus m'empêcher de l'interroger à mon tour :

— Pourquoi est-ce que tu ferais ça ?

— Parce que je t'aime, Annabelle, et que ton bonheur m'importe bien plus qu'un stupide désir de possession. Tu peux nous avoir tous les deux, si tu le souhaites.

— Sans façon, refusai-je.

— Annabelle, j'aimerais tellement que tu comprennes que mes sentiments pour toi sont bien plus grands que tu ne l'imagines. Si tu veux cet homme, prends-le. Tu finiras bien par comprendre que ce que nous vivons est plus fort que ton histoire avec lui.

Je fermai les yeux et détournai la tête lorsqu'une larme roula sur ma joue. Dire que Simon avait déjà ressenti la même chose pour moi. Qu'il m'avait suffisamment aimée pour me pardonner mon écart de conduite avec John. Essuyant ma joue, je revins plonger mes yeux dans les siens.

— Bien. Merci pour l'info, mais je crois que je vais aller me coucher, maintenant.

— N'as-tu pas envie de passer ta frustration autrement ?

J'eus un rire amer avant de jeter, ironique :

— Laisse-moi deviner : une petite partie de jambes en l'air avec toi ?

— Avec Lena et moi, précisa-t-il. Elle est d'accord, tu sais ?

Je grimaçai avant de secouer la tête.

— Désolée. Ça ne me dit rien.

Je repris mes pas jusqu'à ma chambre et m'y enfermai à double tour. Si j'avais su que John dormirait ici, j'aurais pris possession de mon appartement dès ce soir !

Je récupérai mon ordinateur et m'affairai à préparer ma réunion du lendemain. Très vite, les gémissements de Lena se firent entendre. Doucement, d'abord, puis assez forts pour que cela nuise à ma concentration. Avec un soupir, je récupérai mon lecteur MP3 et j'enfilai mes écouteurs. Je montai le volume jusqu'à ce que la musique me coupe du monde extérieur.

55

La clé

Le lendemain, je quittai mon bureau très tôt afin de m'installer dans mon nouvel appartement. Comme je n'avais ni vaisselle, ni ustensiles, je me commandai une pizza et passai la soirée à corriger des textes sur mon ordinateur. J'avais eu hâte de partir de chez Lena, et voilà qu'à présent la solitude me pesait. Je ne pouvais pas m'empêcher de songer à Simon. Dire qu'il avait définitivement tourné la page, alors que j'étais encore là, à me morfondre.

Pour me consoler, je tentais de voir le côté positif des choses : cette fois-ci, John ne m'avait pas tout pris, il me restait toujours mon travail au magazine. Mais j'aurais volontiers échangé Simon contre ma place là-bas.

Nous étions un soir de semaine, mais je bus un peu plus que permis et sombrai dans un sommeil de plomb sur mon canapé-lit, que je n'ouvris même pas. Un sommeil qui n'eut aucun aspect réparateur, cependant. Lorsque je m'éveillai, en plus d'une légère gueule de bois, j'avais le dos en compote. Comme je n'avais rien pour me faire du café, je pris une douche rapide et j'achetai de quoi petit-déjeuner en chemin.

J'avais à peine eu le temps d'ouvrir mon ordinateur et de passer en revue le travail de la journée qu'un sac se posa lourdement sur mon bureau. Je faillis m'étouffer en reconnaissant Simon, droit comme un piquet, devant moi.

— Voilà tes affaires, dit-il simplement.

Encore sous le choc de sa présence, je restai immobile avant de bredouiller :

— Merci, mais… ce n'était pas la peine de te déplacer toi-même…

Il sortit un petit paquet de lettres de la poche arrière de son jean et les tendit dans ma direction.

— Et ça, c'est ton courrier.

Confuse, je récupérai les documents en m'excusant :

— Je te promets de passer très vite à la poste pour régler la situation.

Troublée, je m'obstinais à éviter son regard, faisant mine d'observer le sac qu'il venait de déposer devant moi. Un silence passa, et je commençai à craindre qu'il ne reparte sans que nous ayons pu échanger deux mots, quand il reprit enfin la parole :

— Comment va John ?

Sa voix avait retrouvé un ton acerbe, et j'utilisai le même pour lui répondre :

— Je ne sais pas. C'est avec Lena qu'il couche. Tu veux que je l'appelle pour savoir ?

Il fronça les sourcils.

— Tu ne l'as pas revu ?

Cette fois, je le dévisageai avec un air déterminé, légèrement choquée par son accusation sans fondement.

— Je ne suis pas avec John, si c'est ce que tu veux savoir.

— Et combien de temps lui faudra-t-il pour te récupérer, tu crois ?

— Plus que ça ne t'en a pris avant d'aller au bar de Maître Denis, ça, c'est sûr.

Dès que ces paroles eurent franchi mes lèvres, je les regrettai.

— Pardon, dis-je en rebaissant les yeux. Oublie ce que j'ai dit. Tu as le droit de faire ce que tu veux, après tout.

— Je suppose que cette information vient de John ?

Comme je ne répondais pas, il en tira ses propres conclusions :

— Il couche avec Lena, tu habites avec Lena…, c'est plutôt facile de faire le rapprochement…

— Je n'habite plus avec Lena, rectifiai-je, mais puisque tu veux tout savoir : oui, John était fou de joie de venir m'apprendre la nouvelle. Il paraît même que tu t'en es donné à cœur joie, là-bas.

Il me fixa pendant d'interminables secondes avant de me demander :

— Qu'est-ce que ça t'a fait de le savoir ?

— À ton avis ?

Sentant les larmes me monter aux yeux, j'inspirai pour retrouver mon calme, puis je jetai, forçant la note pour paraître détachée, même si ma voix tremblait :

— Qui sait ? J'irai peut-être assister à ta performance, la semaine prochaine ?

— Annabelle…

Je levai rapidement une main pour l'empêcher de poursuivre.

— Non, ce n'est pas la peine. Je ne veux rien savoir.

Je me levai pour prendre le sac qu'il avait déposé sur le bureau et le remisai derrière moi, près du porte-manteau. M'occuper les mains était le seul moyen de ne pas me mettre à chialer devant lui.

— C'est gentil d'être venu, mais j'ai vraiment une grosse journée. Je te promets que je ferai mon changement d'adresse avant la fin de la semaine…

Saisissant mon trousseau de clés, j'en détachai rapidement celle de son appartement et je la posai devant lui, sur le coin de mon bureau.

— Tiens. Je crois que je n'en aurai plus besoin.

La voix de la réceptionniste nous interrompit, et, pour une fois, j'étais heureuse qu'elle coupe court à mon tête-à-tête. Surtout avant que je me mette à pleurer comme une idiote.

— Annabelle ? Claire t'attend dans son bureau pour sélectionner les textes du prochain numéro…

— Oh… oui ! Dis-lui que j'arrive.

J'agrippai mon sac à main, étonnamment ravie d'avoir un prétexte pour clore cette discussion.

— Tu m'excuseras, mais… comme je te le disais…

— Bien sûr, dit-il en retrouvant un air sombre. Pour lui, tu as toujours du temps, même au travail, mais pour moi, jamais. Pourquoi ça ne me surprend pas ?

Il tourna les talons sans me saluer et sortit de mon bureau, visiblement furieux. Quand il disparut de mon champ de vision, mes genoux cédèrent sous moi, et je me retrouvai assise dans mon fauteuil, le souffle court. Alors que je luttais toujours contre les larmes, Lena entra, une pile de feuilles dans les mains.

— Qu'est-ce que tu fous ? Claire nous attend !

— Simon vient de passer, annonçai-je, comme si sa visite justifiait mon absence.

Elle haussa un sourcil curieux.

— Alors ? Raconte !

— Il n'y a rien à dire. Il m'a juste rapporté mes affaires, annonçai-je d'une voix morne.

— Et tu l'as laissé partir ?

— Qu'est-ce que je pouvais faire d'autre ?

— Lui sauter dessus ! Tout faire pour le retenir !

Je souris tristement. Pourtant, je devais bien l'admettre : elle n'avait pas tort. J'aurais dû réagir autrement, lui montrer que je tenais à réparer les choses entre nous. Croisant les bras sur mon bureau, j'y laissai tomber la tête en grommelant :

— Quelle conne je fais !

— Tu as fini de te lamenter, oui ? Si tu veux cet homme, lève tes fesses de cette chaise et va le chercher !

Pour appuyer ses dires, elle frappa violemment sur mon bureau, me faisant sursauter, et surtout faisant tomber quelque chose sur le sol dans un bruit métallique. Lena se pencha et ramassa la clé d'un air intrigué. Ma gorge se serra. Simon me l'avait laissée. Était-ce un signe volontaire de sa part ou un oubli ?

— On dirait que tu viens de trouver une raison de revoir ton blondinet, me nargua-t-elle.

Mes doigts s'emparèrent de la clé que je serrai contre moi. Simon était déjà loin, mais je pouvais toujours faire un saut au restaurant. Ou chez lui, après son quart de travail...

Cette fois, je le laisserais parler et j'écouterais ce qu'il avait à me dire comme un boxeur encaisse les coups. Et tant pis si ça me blessait. N'avait-il pas tout enduré pour moi, lorsque je lui avais raconté mes mésaventures avec John ?

Je me sentis bête lorsque j'arrivai chez Simon. J'avais bien la clé, mais... comme j'avais essayé de la lui rendre un peu plus tôt je ne me sentais pas le droit d'entrer chez lui sans sa permission. La gorge serrée, je frappai donc à la porte. J'avais passé la journée à m'imaginer cette scène, les mots que je devais lui dire, la façon dont je devais réagir, échafaudant tous les scénarios possibles. J'avais le secret espoir que tout se règle comme par enchantement. Après tout, la venue de Simon à mon travail et le fait qu'il m'avait laissé sa clé étaient peut-être autant de signes nécessaires dont j'avais besoin pour revenir vers lui ? Pourtant, quand la porte s'ouvrit et que Simon apparut dans son peignoir, je perdis tous mes moyens.

— Qu'est-ce que tu fais là ? me demanda-t-il, visiblement surpris.

— Euh… je voulais… (J'inspirai longuement.) Je voulais m'excuser pour ce matin, repris-je. Je ne m'attendais pas à ta visite, et… ça m'a fait un choc. Si je t'ai paru froide, c'est que… j'avais peur de me mettre à pleurer.

Il haussa un sourcil.

— Alors du coup tu préfères venir pleurer devant ma porte ?

Je feignis un sourire.

— Si c'est ce que tu veux.

Cela pouvait-il être aussi facile ? Suffisait-il que je pleure un bon coup, que je me jette à ses genoux et que je le supplie de me reprendre pour qu'il m'ouvre de nouveau les bras ? Voilà qui me paraissait peu cher payé pour le retrouver…

Sans m'inviter à entrer, il prit appui contre le chambranle de la porte.

— John n'a pas menti : je suis effectivement allé au bar de Maître Denis, annonça-t-il simplement.

Surprise qu'il aborde le sujet sans autre préambule, je déglutis avant de hocher la tête.

— J'ai choisi cet endroit parce que j'étais sûr que tu finirais par l'apprendre, ajouta-t-il.

Ses paroles me troublèrent. Simon avait donc délibérément cherché à me faire souffrir ? La douleur me serra la gorge, et je détournai la tête.

— Je ne me suis pas trompé, lâcha-t-il encore.

— En effet. Si tu voulais me blesser, c'est réussi.

Soudain, je me sentis ridicule d'être là, sur le seuil de sa porte, à venir le supplier de me reprendre, alors qu'il s'était évertué à me faire du mal. Où était l'homme que j'aimais ? Possible que Simon ait déjà tourné la page. Pourquoi est-ce que je n'y arrivais pas ? Avec des gestes lents, je récupérai la clé dans le fond de ma poche et la lui tendis.

— Tiens. Tu l'as oubliée, ce matin.

Il la prit en évitant de toucher mes doigts, et je ne sais pas si cela me rassura ou si cela me déplut. Je détestais les larmes qui tombaient sur mes joues. Je me sentais faible, démunie, mais cela ne parut pas l'émouvoir.

— Bien, je ne te dérangerai plus, murmurai-je.

Il ne me répondit pas et ne tenta pas de me retenir lorsque je lui tournai le dos. Pour ma part, j'avais déjà bien assez de difficulté à marcher droit, alors je concentrai toute mon attention sur mes pas pour éviter de m'effondrer devant lui.

56

L'invitation

Jamais je n'avais été aussi assidue dans mon travail. Je me rendais au bureau tôt le matin et je n'en sortais que lorsque je n'arrivais à rien.

Comme je ne soumettais plus de textes érotiques, Claire venait souvent me demander mon avis sur ceux qu'elle recevait. Je les lisais sans envie, avec une pointe d'amertume. Quelle ironie ! Dire que je dirigeais un magazine destiné aux couples et que j'étais complètement seule. Alors que Simon usait de sa liberté sans aucun scrupule, la mienne me pesait. Son absence me coupait du monde et m'empêchait de ressentir le moindre désir. J'étais tombée dans un gouffre. Était-ce le même que celui que j'avais vécu après ma rupture avec John ? Je l'ignorais.

Je relisais un texte pour la troisième fois, incapable de me concentrer sur mon travail, lorsque Lena entra :

— Qu'est-ce que tu fais ?

Je lui montrai les feuilles sans relever les yeux vers elle.

— Je lis.

— Il est 19 heures, tu as remarqué ?

Je haussai les épaules.

— Et alors ?

— Alors, il serait temps que tu aies une vie en dehors du travail ! me disputa-t-elle. Tu sais que tu es une vraie plaie pour ton équipe depuis que tu es célibataire ? Tu passes ton temps à les mener à la baguette. Un vrai tyran !

— Je n'aime pas quand les choses se font à la dernière minute, dis-je en guise d'explication.

Elle se laissa tomber sur la chaise devant mon bureau avant d'en venir à la raison de sa visite :

— John m'a invitée à sortir, ce soir. Il voulait savoir si tu avais envie de nous accompagner.

— Sans façon, merci.

— On va dans un bar, un truc SM, il paraît que tu aimes bien.

— Il t'emmène te faire baiser au club de Maître Denis ? demandai-je en affichant un air surpris.

— Il dit que je vais adorer cet endroit ! Comment on s'habille pour aller dans ce genre de truc ?

Malgré moi, je rigolai, puis je réfléchis à sa question avant de suggérer :

— La robe que tu portais au lancement ferait fureur.

Lena arbora un sourire radieux avant de retrouver un semblant de sérieux.

—Ça te dit de venir avec nous ?

Je lâchai un autre rire avant de secouer la tête.

—Ça ne me dit rien, désolée.

Non seulement je n'avais pas envie de revoir John, mais je craignais surtout de tomber sur Simon. Le voir baiser avec d'autres femmes ? Non, merci. J'avais suffisamment de mal à le rayer de ma tête sans devoir m'infliger un spectacle de cet ordre.

Se caressant le cou du bout des doigts, Lena ajouta :

—Je crois que John veut me mettre à l'épreuve. Il a dit qu'il allait jouer avec moi, histoire de voir si j'arrive à obéir...

Je levai les yeux au ciel, légèrement exaspérée par le pouvoir qu'il avait sur mon amie, puis je m'inquiétai :

—Tu ne songes quand même pas à devenir sa soumise ?

Elle pinça les lèvres.

—Ce n'est pas vraiment à l'ordre du jour, mais... Pourquoi pas ?

Je fronçai les sourcils, agacée par son aveu.

—Tu sais, je n'ai jamais été très douée pour les relations de couple, me confia-t-elle. Avec John, le problème ne se pose pas. Et, si je peux me taper d'autres gars en plus, pourquoi je refuserais ?

Je ne répondis pas. Peut-être que je l'enviais de pouvoir faire la distinction entre sa relation avec John et tous ces jeux auxquels il la conviait. Pourquoi est-ce que moi, je n'avais jamais réussi à penser de cette manière ?

Se penchant vers moi, elle insista de nouveau :

— Allez, quoi... fais un effort ! John aimerait vraiment que tu viennes avec nous.

— Je n'en doute absolument pas, raillai-je.

Elle attendit. Peut-être espérait-elle que je change d'avis, mais, comme je restais silencieuse, elle ajouta :

— Il dit que tu as peur de lui, en fait.

— John devrait cesser de croire qu'il est le centre de l'univers.

Une hésitation plus tard, elle reprit :

— Si ce n'est pas ça, pourquoi tu ne viens pas avec nous, alors ?

— Parce que dans ce genre d'endroits il faut consommer, dis-je d'un ton rustre. Et il arrive que je n'aie pas envie de me faire baiser par n'importe qui !

Elle soupira avant d'avouer :

— Il espérait vraiment très fort que tu finirais par accepter...

— Oh, mais qu'est-ce que je m'en fous de ce qu'il espère ou non ! m'énervai-je. (D'un geste, je lui demandai de sortir.) Va t'amuser avec cet insupportable arrogant. J'ai du travail, moi.

Elle bondit immédiatement de sa chaise, mais, lorsqu'elle fut sur le point de sortir de mon bureau, elle se retourna vers moi.

— Annabelle, je sais que tu n'es pas prête à l'entendre, mais ça te ferait du bien de sortir. De te changer les idées, d'essayer un coup d'un soir. Aussi génial que puisse être ton ex, ça n'en reste pas moins un homme comme les autres, et pas des plus sages, d'après ce que me dit John. Si tu enlevais un peu tes œillères, je suis sûre que tu l'oublierais facilement.

Je ne pris même pas la peine de lui répondre. À quoi bon lui dire que Simon était irremplaçable à mes yeux ? Certes, nous n'étions pas différents de tous ces couples qui se séparent. J'allais bien finir par m'en remettre, mais je savais que je regretterais longtemps notre histoire…

57

Le test

Fatiguée d'être un bourreau de travail, je dévalisai une librairie et passai mes soirées suivantes à lire.

La rumeur de mon célibat s'était propagée comme une traînée de poudre au bureau. On venait sans arrêt m'inviter à prendre un verre. Même Éric avait dû en entendre parler, car il passa prendre de mes nouvelles à deux ou trois reprises. De son côté, Lena se faisait plutôt discrète, ces derniers temps. Elle n'assistait plus qu'à une réunion sur deux, prétextant que j'étais suffisamment autonome pour gérer mon équipe seule. Je savais qu'elle était en train de s'investir sur un autre projet, celui d'un magazine masculin.

Chaque soir, je quittais la revue très tard et je rentrais chez moi à pied, lorsque le temps s'y prêtait. Ma routine était parfaitement établie : retrait des chaussures, un verre de vin, quelques bouchées, et je passais le reste de la soirée à lire sur le canapé.

Cela faisait près de deux semaines que j'avais emménagé dans mon nouvel appartement. Ce soir-là, à peine m'étais-je versé à boire que l'on frappa à ma porte. J'ouvris sans m'inquiéter, persuadée qu'il s'agissait d'un voisin ou du propriétaire de l'immeuble, mais je me figeai lorsque je tombai sur John.

— Bonsoir, Annabelle.

— Qu'est-ce que tu fais là ? Comment tu as su où me trouver ?

— Le truc le plus vieux du monde : je t'ai suivie.

Je le dévisageai, abasourdie.

— Tu es fou !

— Pas à ma connaissance, mais toi… de toute évidence, tu ne vas pas mieux.

— Je vais très bien, le contredis-je en commençant à refermer la porte.

D'une main, John m'en empêcha et s'invita à l'intérieur sans attendre ma permission. Il fit le tour des lieux, puis s'attarda sur mon verre de vin.

— Tu m'en offres un ?

— Non ! Est-ce qu'il faut que j'appelle les flics pour que tu me fiches la paix ?

— Annabelle, je veux juste te parler.

— Le téléphone, tu connais ?

Il fronça les sourcils.

— J'ai essayé, rappelle-toi, mais tu ne réponds pas à mes appels. Et ta réceptionniste m'empêche d'aller te voir au bureau ! À croire que je suis devenu l'ennemi public numéro un ! (Il souffla bruyamment.) Sans parler que Lena ne veut plus te faire passer le moindre message de ma part, ajouta-t-il.

— Enfin !

Je contournai le comptoir, récupérai mon verre et le bus sans lui en offrir une goutte. Cela parut l'amuser, mais il ne se gêna pas pour me suivre et, sans attendre, fouilla dans mes placards pour se trouver un verre.

— Tu sais que tu as un sacré culot ? lui dis-je.

— Et encore, tu n'as rien vu.

Une fois son verre rempli, il se dirigea au salon et s'installa sur mon canapé.

— Je suis déçu, admit-il en inspectant l'endroit. Avec ton salaire, tu aurais pu trouver quelque chose de beaucoup mieux.

— J'avais besoin que ce soit libre immédiatement. Et meublé, aussi.

Il se tourna vers moi, surpris.

— Où sont tes meubles ?

— À la poubelle, probablement. À moins que Simon n'ait décidé de les garder en souvenir.

En réalité, je n'avais déjà pas grand-chose à moi lorsque j'avais emménagé avec Simon. Je regrettais un peu mes bibliothèques, mais tant pis. Je préférais m'imaginer qu'il restait un peu de notre vie commune là-bas, chez lui.

John soupira, puis déposa son verre sur la table basse avant de reporter son attention sur moi.

— Annabelle, je me sens coupable de ce que tu vis.

— Tu peux, dis-je simplement, mais je suis sûre que ça ne t'empêche pas de dormir.

— Je voudrais t'aider.

Je levai la main et retins un rire amer.

— Sans vouloir t'insulter, John, je crois que tu en as suffisamment fait.

— Tu sais que les choses seraient beaucoup plus simples si tu me donnais ma chance ?

— Ça ne m'intéresse pas.

— On dirait que bien peu de chose t'intéresse, ces temps-ci.

— Pas faux, admis-je, nullement contrariée par sa remarque.

Comme je restais loin de lui, il finit par délaisser le canapé pour venir se poster devant moi, l'air grave.

— J'étais sérieux l'autre soir. Si tu veux récupérer Simon, je peux t'aider.

— Le problème, John, c'est que Simon ne veut pas être récupéré.

Il me caressa la joue du bout des doigts, et je détournai la tête. Laissant retomber son bras, il reprit :

— Écoute, même si je préférais le contraire, Simon n'est pas idiot. Qu'il baise la moitié de cette ville si ça lui chante, il finira par comprendre que rien de tout cela ne l'aidera à te remplacer. Tu sais pourquoi ? Parce qu'il t'a dans la peau, Annabelle. Crois-moi, on ne se guérit pas aisément d'une femme comme toi.

Je grimaçai.

— Arrête. Je ne suis pas si spéciale.

— Libre à toi de le croire, rétorqua-t-il avec un sourire, cela ne t'en rend que plus charmante. Mais ma proposition tient toujours : si tu veux récupérer Simon, je suis sûr que je peux t'aider à le retrouver.

Je détestais l'espoir qu'il faisait naître en moi.

— Je préfère respecter son choix, murmurai-je, non sans difficulté.

— Ça te plaît donc tellement de souffrir ? s'exclama-t-il, surpris.

— Ça n'a rien à voir !

— Alors, explique-moi ! Si tu l'aimes à ce point, pourquoi tu ne tentes pas de le récupérer ?

— J'ai essayé, d'accord ? Mais il ne voulait rien savoir ! lui avouai-je.

John leva les yeux au ciel.

— Il était encore sous le choc de votre séparation, voilà tout ! Et il ne suffit pas d'aller frapper à sa porte. Allons, Annabelle, il y a forcément quelque chose qui te retient de tenter sérieusement de réparer les choses avec lui. Dis-moi de quoi il s'agit !

Je reculai et détournai la tête, agacée par son insistance.

— Dis-le, s'impatienta-t-il sans me quitter des yeux.

Ma gorge se noua, et je ravalai mes larmes, mais elles roulèrent quand même sur mes joues lorsque je me décidai enfin à parler :

— Je ne le mérite pas.

Il m'empoigna fermement par les épaules.

— Annabelle…, comment peux-tu penser une chose pareille ?

— Je l'ai trahi, pleurnichai-je, et déçu, et…

Je m'écroulai dans ses bras, heureuse de sentir la chaleur d'un corps contre le mien.

— C'est bien, laisse tout sortir, chuchota-t-il en me caressant les cheveux.

Il attendit que je me calme avant d'ajouter :

— Tu ne devrais pas être aussi dure avec toi-même. Nous faisons tous des erreurs, Annabelle.

Je reniflai, le nez contre sa chemise.

— Simon mérite tellement mieux que moi.

Il me tint à bout de bras pour que nos regards se croisent.

— Oh, amour ! Simon a une chance inouïe d'avoir ravi ton cœur. S'il est trop bête pour s'en rendre compte, alors c'est lui qui ne te mérite pas.

À travers mes larmes, je lâchai un rire amer.

— Je l'ai trompé !

— Et alors ? Ton corps a des besoins dont ton cœur n'a que faire, Annabelle ! Tu peux très bien aimer un homme et avoir envie d'un autre, ça ne fait pas de toi une mauvaise personne pour autant.

— Pas une mauvaise personne, répétai-je, juste une garce.

— Tu es décidément trop dure avec toi. Nous avons tous notre part de responsabilité, Annabelle. Et je m'inclus dans cette équation.

Je relevai des yeux noirs vers lui quand il s'empressa d'ajouter :

— Je te signale que Simon a commis son lot d'erreurs, lui aussi. Et la pire d'entre elles, c'est de t'avoir laissée partir.

Je ne répondis pas, incertaine. Simon était peut-être très heureux sans moi. Comment savoir ?

Dans un geste doux, John se remit à me caresser la joue.

— Je donnerais cher pour avoir sa chance, tu sais ?

Aussitôt, il se pencha vers moi, et ses lèvres se posèrent sur les miennes. Je le laissai m'embrasser pendant quelques secondes, puis je détournai la tête pour mettre fin à ce baiser.

— Laisse-moi faire, chuchota-t-il en déposant de petits baisers sur ma joue.

— Je ne peux pas, dis-je.

Descendant embrasser mon cou, il insista :

— Annabelle, je sais que tu n'es pas prête à m'offrir ton cœur, mais, juste pour ce soir, laisse-moi combler ton corps…

Je secouai la tête avant de le repousser, gênée par la douceur de son approche.

— Mais qu'est-ce qui t'en empêche ? s'exclama-t-il. Tu n'as plus aucune attache ! Je suis sûr que si je téléphonais à Simon, en ce moment même, il me donnerait la permission de te baiser !

Choquée, je répondis :

— Je n'ai pas envie de toi.

— Je ne te crois pas.

À dire vrai, je n'étais pas certaine de dire la vérité non plus, mais je persistai quand même :

— Je suis guérie de toi, John.

Étouffant un rire, il me défia sans attendre :

— Prouve-le, et je te croirai.

— Ah oui, et comment est-ce que je pourrais prouver ça ?

Il se tapota le menton de l'index pendant qu'il réfléchissait à la question. Ce silence m'inquiéta. Cherchait-il à me tendre un nouveau piège ? Connaissant John, c'était à prévoir. Mais qu'avais-je à perdre ? Rien du tout. J'avais déjà tout perdu.

— Depuis combien de temps ne t'a-t-on pas touchée ? me questionna-t-il soudain.

— Trois semaines. À peu près.

Autrement dit : « depuis Simon ».

— Tu te masturbes au moins ?

Je pouffai. Un peu plus, et j'aurais l'impression d'entendre un médecin qui s'inquiétait pour ma santé mentale !

— Pas le moins du monde, répondis-je. Tu crois que ça va te simplifier la tâche ?

Un sourire déjà victorieux illumina son visage. Il s'imaginait déjà avoir gagné la partie.

— Laisse-moi t'embrasser et te montrer que tu me désires encore, proposa-t-il enfin.

— En toute franchise, John, ça ne m'intéresse pas, dis-je en me postant près du comptoir de ma cuisine.

Il recula vers le canapé, s'y installa et tapota la place à sa gauche.

— Vois-le comme un test. Si ça peut te rassurer, je me contenterai de te toucher par-dessus tes vêtements, jusqu'à ce que tu me supplies de te les arracher.

Son regard glissa sur mon corps, et je soupirai, agacée.

— Vraiment, John, ça ne me dit rien.

— Trouillarde ! me nargua-t-il.

Un autre soupir franchit mes lèvres. Sachant qu'il ne céderait pas, je me laissai tomber à ses côtés, déterminée à en finir une bonne fois pour toutes avec lui. Aussitôt, John me ramena contre lui et me serra dans ses bras. Il me mordilla le lobe de l'oreille, puis sa bouche chercha la mienne. Je le laissai m'embrasser, restant étonnamment de marbre. Lorsqu'il le remarqua, il se détacha de moi :

— Tu pourrais participer ?

— J'attends d'en avoir envie, dis-je sans grand émoi.

— Oh, je vois ! dit-il en ne se décourageant pas pour autant.

Il retourna embrasser mon cou et taquina ma peau de sa langue. Je fermai les yeux. Ce n'était pas désagréable, mais j'avais la sensation que ma tête se trouvait à des kilomètres de cet endroit. Sa main s'aventura dans mon décolleté, me caressa un sein, avant de bifurquer pour tenter de descendre davantage. Je sursautai et le repoussai.

— John, non.

— Annabelle, laisse-moi faire, me supplia-t-il. Ça t'aidera à tout oublier.

Il caressait l'intérieur de ma cuisse, à la frontière de ma culotte. Il attendait que je relâche son avant-bras, comme pour lui donner une autorisation tacite. Ce que je finis par faire, la gorge nouée, après un moment de silence presque tendu. Je ne sais pas ce que j'espérais de ce contact : que mon corps reste de marbre ou que John parvienne à l'enflammer de nouveau ? Dès que je retirai mes doigts, il n'eut aucune hésitation : il contourna ma culotte pour venir frotter mon clitoris à un bon rythme. Je me raidis sous son assaut. Il était visiblement déterminé à obtenir des résultats ! Quand il essaya de reprendre ma bouche, je détournai la tête.

— Annabelle, laisse-toi aller, me gronda-t-il doucement.

Au premier soubresaut de mon corps, je chassai soudain sa main et reculai sur le canapé pour me libérer de son étreinte. Je fondis en larmes, me prenant la tête entre les mains et me confondant en excuses.

— Je ne peux pas, pleurnichai-je.

Il resta immobile pendant quelques secondes, puis se glissa à mes côtés pour me reprendre dans ses bras.

— Annabelle, pardon. Je ne voulais pas te blesser…

Il resta là, immobile, pendant que je vidais mes réserves de larmes sur son épaule.

— Je n'aime pas te voir comme ça, avoua John.

— J'ai besoin d'un peu de temps, c'est tout.

Sa main dans mes cheveux, il soupira.

— Tu l'aimes donc tant que ça ?

La voix brouillée par les larmes, je soufflai :

— C'est bête d'avoir attendu de le perdre pour m'en rendre compte, hein ?

— Si ça peut te rassurer… il m'est arrivé quelque chose d'assez similaire avec toi.

Il essaya bien d'adopter un ton léger, mais cela sonna faux. Pourquoi fallait-il que nous souffrions tous les deux ? Et pourquoi me sentais-je coupable des sentiments qu'il éprouvait à mon égard ?

— Mais qu'est-ce qu'il a que je n'ai pas ? me demanda-t-il encore. J'ai tout fait pour essayer de te reconquérir quand tu es venue chez moi.

— Je ne suis plus amoureuse de toi.

Ma réponse le fit froncer les sourcils, mais il ne se laissa pas abattre pour autant.

— Mais tu l'as déjà été. Pourquoi ça ne pourrait plus arriver ?

Je haussai les épaules sans conviction.

— John, ce que tu aimerais m'offrir, ce n'est pas l'idée que je me fais d'un couple.

Il se renfrogna.

— Mais alors… qu'est-ce que tu veux ?

— Je veux une vie normale, dis-je sans hésiter, avec un homme qui serait amoureux de moi, avec qui je me verrais vieillir et…, je ne sais pas, moi, avec qui je pourrais fonder une famille ?

Mes yeux s'embuèrent en songeant que j'aurais pu espérer tout ça avec Simon et que j'avais tout gâché.

— Des enfants ? répéta John, surpris. Tu ne m'as jamais parlé de ça !

— Pourquoi est-ce que je t'aurais parlé de ça ?

John avait l'air ahuri. Pourquoi ? Mes rêves n'avaient rien de très extravagant, après tout.

— Mariage et enfants ? C'est vraiment ça que tu veux ?

Je le taquinai :

— Tu vois, tu ne me connais pas si bien que ça.

— C'est vrai que je ne me suis jamais intéressé à tes projets d'avenir, confirma-t-il.

Ses yeux descendirent vers ma poitrine.

— Mais je connais bien ton corps…

J'éclatai de rire.

— Si jamais j'ai besoin d'un amant, je te ferai signe.

Il pinça les lèvres avant de se forcer à sourire.

— Oh, mais j'y compte bien !

Il se redressa et lissa sa chemise, que j'avais un peu malmenée. Comme je ne me levais pas pour le raccompagner, il dut se pencher pour pouvoir m'embrasser sur la joue.

— Bien, je vais te laisser à tes lamentations d'amoureuse transie en proie au désespoir, se moqua-t-il en se redressant.

Il s'éloigna et, avant qu'il atteigne ma porte, les mots sortirent de ma bouche sans que je tente de les retenir :

— Merci, John.

Il se tourna vers moi, surpris.

— Merci d'être passé ce soir, de m'avoir écoutée et… de m'avoir fait passer ce test.

Il afficha une moue boudeuse.

— Tu aurais sûrement été bien plus réceptive dans deux ou trois semaines. Mais que veux-tu ? On ne peut pas gagner à tous les coups.

Il ouvrit la porte, fit un pas hors de mon appartement, puis se ravisa de nouveau.

— J'oubliais : c'est bien ton anniversaire, la semaine prochaine ?

Je soupirai.

— Il paraît, oui.

— Je peux t'inviter à sortir ?

Devant mon air sceptique, il s'empressa d'ajouter :

— Je promets d'être sage. Je proposerai à Lena de se joindre à nous.

Comme je ne répondais pas, il ajouta :

— Tu ne vas pas te morfondre ce soir-là, quand même ? Ah, quoique… ton anniversaire tombe un mercredi. Si on disait plutôt… le vendredi ? Allez, j'organiserai tout.

Je haussai les épaules. Ma vie venait de voler en éclats. Comment pouvait-il me proposer de faire la fête ? Autant rester ici, vider seule une bonne bouteille de vin et m'écrouler sur le canapé.

— La vérité, c'est que… je risque de ne pas être de très bonne compagnie, dis-je en espérant que mon excuse lui suffise.

— Pas de ça avec moi, me gronda-t-il. Je me charge de l'ambiance et je t'offrirai même le champagne. On n'a pas tous les jours trente ans, après tout.

Devant son regard insistant, je cédai :

— D'accord ! J'accepte, mais uniquement si Lena en est.

Il sourit, visiblement satisfait.

— Voilà qui est sage.

Lorsqu'il me laissa seule, je me laissai tomber sur mon canapé et fixai le plafond.

58

Trente ans

Le jour de mes trente ans, je reçus un petit mot de John par mail, tout simple, qui voulait surtout me rappeler notre soirée de vendredi. Comme si mon agenda était suffisamment chargé pour que je risque d'oublier ! Malgré tout, j'étais contente que quelqu'un pense à moi. Pas exactement la personne que j'espérais, mais Simon n'avait jamais été le genre à envoyer des mails ou des SMS, de toute façon.

Lena m'invita pour déjeuner et parla sans arrêt, me répétant combien elle se réjouissait que nous fêtions bientôt à trois mon anniversaire. Elle ne savait pas ce qu'il avait prévu, mais, depuis que John l'avait amenée au bar de Maître Denis, elle ne pensait qu'à y retourner. Personnellement, j'espérais bien qu'il avait prévu autre chose. Hors de question que je les suive là-bas !

Quand je revins à mon bureau, on me livra des tulipes jaunes. Mon cœur se mit à battre jusqu'à ce que je lise la carte : « Une petite pensée pour toi, pour que la journée te paraisse plus ensoleillée. À vendredi. John. » Même si j'étais touchée par son attention, le soupir que je laissai filtrer fut lourd de tristesse. Simon m'avait oubliée. Peut-être était-ce mieux ainsi ? Pour ma part, même un mois après notre rupture, j'avais la sensation d'en être toujours au même point.

Je marchais en direction de chez moi lorsque mon téléphone vibra dans le fond de ma poche et je retins mon souffle en reconnaissant le numéro de Simon sur l'écran.

— Salut, dis-je en essayant de masquer la joie que son appel me procurait.

— Salut. Je te dérange ?

— Non. Je rentrais.

— Tu rentres tôt. Je présume que tu iras fêter ça un peu plus tard ? Après tout, c'est un grand jour pour toi…

— Oh, euh… bof !

Un silence passa, puis il reprit :

— Bon anniversaire, Annabelle.

Touchée, je m'arrêtai lorsque je sentis mon regard se brouiller.

— C'est gentil. Merci.

Il se racla la gorge.

— Alors ? Tu fais quoi, ce soir ?

Surprise par sa question, je retins mon souffle lorsque je répondis :

— Je… Rien du tout.

— Rien ? répéta-t-il surpris. Tu ne fêtes pas ton anniversaire ?

— Non, enfin… non. J'ai juste un truc de prévu vendredi.

Pendant un moment, il ne dit rien, et j'espérais secrètement qu'il allait me proposer quelque chose, puis je compris qu'il s'adressait à quelqu'un à côté de lui.

— Tu es occupé, on dirait, lâchai-je, un peu déçue qu'il ne m'accorde pas plus d'attention.

— Pardon, c'est que… je suis au resto. Il n'y a pas beaucoup de monde ce soir, mais Kevin n'a pas pu venir travailler, alors… on est à court de personnel.

Devant la longueur de son silence, et ses obligations, je compris que mes espoirs allaient de nouveau être déçus.

— OK… C'est gentil d'avoir appelé.

— Si j'avais su que… et si je n'avais pas été coincé au resto, je t'aurais invitée à prendre un café… avec un gâteau et une bougie, évidemment.

Son attention me toucha, et je songeai à lui proposer de passer, après le travail, lorsqu'il coupa court à notre conversation :

— Il faut que j'y aille, mais je voulais quand même te souhaiter un bon anniversaire.

— Merci.

— Prends soin de toi, Anna. Salut.

Il raccrocha sans me laisser le temps de placer le moindre mot. Si je n'avais pas été en pleine rue, je crois que je me serais laissée tomber sur le sol pour pleurer comme une idiote. Simon m'avait téléphoné, et je n'avais même pas eu le courage de lui parler vraiment. Moi qui pensais que je ne pouvais pas être plus déprimée qu'avant son appel…

Ce fut Lena qui débarqua en premier chez moi, ce vendredi. Elle portait une robe magnifique, en rien comparable avec la mienne : noire et toute simple. Lorsque John nous rejoignit, il m'embrassa sur la joue.

— Merci pour les fleurs, lui dis-je en lui montrant le bouquet de tulipes jaunes, sur le comptoir de ma cuisine. Elles m'ont vraiment fait plaisir.

— Tant mieux. Je suis content.

Il recula d'un pas pour jauger mon accoutrement, puis fit claquer les doigts devant mon visage.

— Les cheveux défaits. C'est plus joli.

Sans même songer à protester, je retirai ma pince puis j'acceptai son bras. Alors que je montais à bord de sa voiture, il rigola :

— J'espère que tu es prête à vivre la soirée de ta vie !

Je pouffai.

— La soirée de ma vie ? Rien que ça ? Quel prétentieux tu fais !

— On en reparle demain, si tu veux !

Assise derrière, je regrettai de ne pas avoir posé davantage de questions sur l'endroit où il comptait m'amener, mais je n'eus pas à attendre bien longtemps. Dès que la voiture se gara, je jetai un regard sombre en direction de John.

—Je ne vais pas là-dedans !

Il se tourna sur le siège conducteur pour mieux me voir et ne parut pas surpris par ma réaction.

—Tu ne seras pas obligée de participer.

—J'ai dit non ! N'importe où, mais pas au bar de Maître Denis !

Il se mit à rire. Pour ma part, je refusai de sortir de la voiture, alors que Lena trépignait déjà d'impatience. Quelle idiote j'étais ! J'aurais dû me douter que je ne pouvais pas faire confiance à John Lenoir !

—Annabelle, une bouteille de champagne, c'est tout ce que je te demande. Après quoi, si tu tiens vraiment à t'en aller, je te raccompagnerai moi-même.

Voyant que je restais immobile sur la banquette arrière de sa voiture, il s'accroupit devant moi.

—Amour, tu veux bien descendre de là ?

—Je crois que je vais prendre un taxi et rentrer immédiatement.

—Écoute, on va jouer à un petit jeu, d'accord ? Tu feras semblant d'être ma soumise et je te refuserai à tout le monde. Tu verras à quel point tu plais toujours et comme les gens seront dépités de ne pas pouvoir t'avoir…

— Il a raison, acquiesça Lena, même moi, je te baiserais dans cette robe !

Je ne pus retenir un éclat de rire nerveux avant de faire mine de l'engueuler :

— Je ne couche pas avec ma patronne !

Elle joignit son rire au mien, ce qui m'aida à me décrisper un peu. Pour essayer de me convaincre, John ajouta :

— J'ai aussi invité Laure. Je me suis dit que ça te ferait plaisir qu'elle vienne.

Je le fixai avant de demander :

— On n'ira pas dans les salles du fond ?

— Jamais sans ton consentement, tu connais mes règles.

Voyant que je commençais à me laisser tenter, il insista encore :

— Viens. Je te promets que tu ne le regretteras pas.

Malgré le nœud que je sentais poindre dans mon estomac, j'acceptai la main qu'il me tendait. Lorsque je le suivis en direction du bar, je le prévins néanmoins :

— Si tu me forces à faire quoi que ce soit… ou si je sens que tu essaies de me piéger…

— Du calme ! rigola-t-il. Je ne vais pas te sauter dessus !

Il claqua la fesse de Lena qui sursauta de surprise.

— J'aurai déjà fort à faire avec cette demoiselle. C'est qu'elle est vorace !

Un peu soulagée, je retrouvai mon calme, mais il me jeta un regard taquin.

— Cela dit, je peux faire en sorte qu'il y en ait pour tout le monde.

Sans aucune gêne, il sortit un cachet bleu de la poche de son veston et le porta à ses lèvres avant de le faire disparaître. Lena leva les yeux au ciel avant d'éclater de rire.

— Je sens qu'on va bien s'amuser ! Bon Dieu, j'adore cet endroit !

À l'intérieur, John posa une main dans le creux de mon dos pour me guider à travers la pénombre, et il en profita pour me répéter ses règles :

— Champagne ou non, défense de se soûler ici. C'est bien compris ?

Je confirmai par un léger signe de tête, consciente que la perte, même temporaire de mes facultés, risquait de m'entraîner quelque part où je ne voulais certainement pas aller. Mon air inquiet le fit rire.

— Détends-toi, Annabelle. N'oublie pas que c'est ton anniversaire ! Je peux déjà te promettre que tu passeras une très bonne soirée…

À dire vrai, c'était exactement ce qui m'inquiétait…

59

Le piège

Aussi peu probable que cela puisse être, j'oubliai une bonne partie de mon angoisse dès l'instant où Laure apparut devant moi. Malgré sa tenue indécente, elle me sauta au cou et remercia John au moins trois fois de l'avoir invitée. Au loin, à une table voisine, je remarquai des mains qui se levèrent pour me saluer : Maître Paul, Dame Sylvie, leurs soubrettes et d'autres personnes que je ne connaissais pas. Je répondis à leurs gestes en hochant la tête pendant que John affichait un air ravi.

—Je me suis dit que tu apprécierais davantage leur présence s'ils restaient loin de toi.

—Euh… oui, confirmai-je.

Laure me tira d'une main sur la banquette, et je me retrouvai coincée entre John et elle. Lena récupéra une chaise pour s'installer devant nous, entre notre table et celle des Maîtres. De toute évidence, à sa façon de les saluer, elle les connaissait déjà.

— Surprise, chuchota John au creux de mon oreille.

Détachant mes yeux de la scène, je tournai un visage incertain vers lui.

— Surprise ou piège ?

— Qui sait ? se moqua-t-il en appelant le serveur à qui il commanda deux bouteilles de champagne.

Laure n'arrêtait pas de répéter à quel point elle était contente de me revoir et que la soirée allait être bien plus intéressante avec moi dans les parages. John finit par hausser le ton pour ramener la jeune femme à l'ordre :

— Laure, dois-je te rappeler qu'Annabelle n'est pas obligée de participer ?

— Avec tout le monde ici présent ? Ce serait un crime ! dit-elle en feignant un air révolté. (Elle cogna son épaule contre la mienne.) Tu le sais bien, le premier pas est toujours le plus difficile. Si tu veux, je t'aide ! On va se faire une soirée d'enfer pour ton anniversaire !

À la seconde où elle se tut, John lui jeta un regard réprobateur, et elle prit aussitôt un air désolé.

Une fois que tout le monde eut une flûte de champagne dans la main, John leva la sienne en mon honneur.

— À Annabelle, puissent tous ses vœux se réaliser ce soir.

Tout le monde l'imita, et je trinquai avec une certaine bonne humeur. Les rires fusaient autour de nous et je me détendis peu à peu en sirotant ma flûte.

— Ça te plaît comme soirée ? me questionna finalement John en se penchant vers moi.

— Je ne suis pas certaine de bien comprendre pourquoi tu as choisi cet endroit pour ça, lui avouai-je tout bas.

— D'ici à une petite heure tu sauras.

Je le fixai avec une pointe d'inquiétude.

— Qu'est-ce que tu as prévu ? le questionnai-je sans chercher à masquer mes craintes.

Il me sourit calmement.

— Une soirée parfaite pour la femme que j'aime.

Je grimaçai.

— Parfaite pour qui ? Toi ou moi ?

Du bout du doigt, il me tapota le nez.

— Pour toi, Annabelle. Juste pour ce soir, fais-moi confiance.

Son regard ne mentait pas. En ce moment précis, je savais que John était sincère, et c'était d'autant plus troublant.

— Alors, ma mignonne, cria Maître Paul depuis la table voisine pour couvrir le bruit ambiant, qu'est-ce que tu deviens ?

— Vous savez parfaitement ce que cette jeune femme devient, intervint John.

— Pas faux. Alors disons que la question qui m'intéresse serait plutôt... : Qu'a-t-elle l'intention de devenir ?

Cette fois, John ne répondit pas à ma place, mais, au lieu de me sentir déstabilisée, je rétorquai, en le fixant droit dans les yeux :

— Certainement rien qui vous concerne, mon cher.

Il éclata de rire, et je ne pus m'empêcher de faire de même. M'avait-il provoquée sciemment ? Tant pis. Une chose était sûre : personne n'allait me convier à des jeux contre mon gré. Je repris un peu de champagne, étrangement sereine d'avoir tenu tête à Maître Paul. Ce soir, j'étais libre, et il était hors de question qu'on me manque de respect.

— Nous avons vu ton petit ami, il y a… quoi ? Deux semaines ? demanda-t-il en direction de Dame Sylvie.

Elle hocha la tête.

— C'est exact. Il est toujours aussi mignon.

— D'après Maître Denis, il est venu à deux ou trois reprises, intervint John en jaugeant ma réaction.

Je serrai les dents sans répondre.

— Comme il sait que nous sommes là, peut-être nous fera-t-il l'honneur de sa présence ? ajouta John en portant son verre à ses lèvres.

Anxieuse devant ses paroles, je questionnai John du regard pendant qu'il sirotait son champagne sans m'accorder la moindre attention.

— C'est une blague ? finis-je par demander.

Il haussa les épaules. À peine avait-il laissé planer le doute qu'il tourna la tête en direction de Lena comme s'il n'avait plus rien à me dire. Agacée, je le frappai sur la cuisse pour reprendre son attention.

— C'est ça, ta surprise ? le questionnai-je.

Il soupira avant de plonger les yeux dans les miens.

— C'est ton anniversaire, Annabelle, et il était tout à fait normal d'inviter Simon à se joindre à la fête, annonça-t-il simplement.

Mes doigts se crispèrent sur sa cuisse, pendant que je sentais un sentiment de panique m'envahir.

— Mais… Et s'il venait ?

— Oh, mais j'espère bien qu'il viendra ! rigola-t-il. Si tu savais ce que je lui ai dit pour ça !

Visiblement, il attendait que je le supplie pour poursuivre son histoire. Je lui frappai encore une fois la cuisse, et il jugea bon de compléter.

— Ne t'ai-je pas dit que si tu voulais vraiment ce garçon je te le rendrais ?

— Mais… c'est… impossible !

Je m'étais mise à bafouiller, incapable de le quitter des yeux. Avec un sourire triste, il me répondit :

— La seule chose qui m'est impossible, amour, c'est d'atteindre ton cœur.

Gênée, je baissai les yeux, mais il me fit relever le visage vers lui avant d'ajouter, d'un ton plus ferme :

— Tout le reste, je peux le faire.

Je lâchai un rire nerveux, mais je ne pouvais toujours pas imaginer Simon venant à cette soirée à laquelle je m'étais rendue avec John. Repoussant l'espoir qu'il venait de faire naître dans mon ventre, je soufflai :

— Il ne viendra pas.

— Oh si, il viendra ! insista-t-il. Crois-moi, Annabelle : s'il n'a qu'une once de bon sens, Simon va accourir dans ce bar pour te ramener par la peau du cou. Surtout après ce que je lui ai dit.

Soudain, j'eus peur de ce que sous-entendaient ses mots.

— Qu'est-ce que tu lui as dit ?

— Que tu étais chaste depuis plus d'un mois et que je me réjouissais à l'avance de toutes les bêtises que tu ferais dans cet endroit rempli de grands méchants loups.

L'air très satisfait de lui-même, il reprit sa coupe. Que devais-je comprendre ? Que Simon allait croire que j'étais… en danger ? Allait-il vraiment surgir dans l'idée de me sauver ? Soudain, mon cœur se mit à battre trop fort dans ma poitrine.

Peut-être remarqua-t-il que je doutais toujours de ses paroles, car John me réprimanda du regard en affirmant de nouveau :

— Il viendra.

J'hésitai avant de demander :

— Et sinon ?

Son rire résonna avant qu'il me désigne l'endroit alentour.

— Vois le bon côté des choses, Annabelle. Est-ce qu'il n'y a pas assez d'hommes ici pour te satisfaire ? (D'une main, il caressa le rebord de son veston et me servit un sourire charmeur.) À commencer par moi, évidemment.

Mes yeux plongèrent dans le fond de mon verre et je fis mine de suivre le parcours des bulles qui remontaient à la surface. Voilà donc quel était son plan : soit Simon venait me récupérer, soit il m'abandonnait à mon triste sort. Et, dans cette seconde alternative, John allait probablement tenter le tout pour le tout.

— Donc, tu m'as tendu un piège, constatai-je.

— Il n'y a que des pièges dans la vie, Annabelle. Il faut que tu apprennes à les éviter ou à apprécier ceux dans lesquels tu te laisses tomber.

Je lui jetai un regard sombre :

— J'aurais dû me douter que tu préparais un mauvais coup.

— Oh, mais j'espère que ce sera un bon coup. Je dirais même… un très bon coup, insista-t-il en posant des yeux gourmands sur moi.

Comme si son excitation venait de prendre le dessus, il pivota en direction de Lena.

— Je voudrais bien que tu me suces, ma jolie, annonça-t-il sans autre préambule.

À la table voisine, Maître Paul se frotta les mains d'envie.

— Enfin ! Que les réjouissances commencent ! Allez, ma mignonne, fais donc plaisir à ton homme !

Lena disparut sous la table, et j'étais si proche de John que je détournai la tête vers Laure qui se mit à rire aux éclats.

— Oh, monsieur, j'espère que vous m'en garderez !

— Tu sais qu'il y en aura toujours pour toi, Laure, dit-il d'un ton chaleureux.

Contre moi, son corps se détendit, et sa voix diminua en intensité, comme un souffle dans mon cou :

— Pour toi aussi, Annabelle.

Je déglutis nerveusement. Oui, j'étais tombée dans un piège, coincée sur une banquette entre John et Laure. Et le trouble que je sentais poindre dans mon ventre ne m'annonçait qu'une chose : le vide absolu en matière de sexe de ces dernières semaines commençait véritablement à se faire sentir.

— Laure, tu veux bien montrer à Lena ce que j'aime dans une fellation ? Elle est un peu trop rapide à mon goût.

— Avec joie, monsieur.

À son tour, elle disparut sous la table, me bousculant un peu les jambes au passage. Je voulus m'éloigner lorsque John posa la main sur mon bras et me retint contre lui.

— Reste, s'il te plaît.

Qu'il me supplie m'étonna, et me fit m'immobiliser. John se détendit, puis se laissa choir sur la banquette. Chassant ma nervosité, je repris mon verre pour m'humecter les lèvres.

— Dommage que tu ne puisses rien voir, chuchota-t-il. Je sais à quel point tu aimes mater…

— Ça ira, merci.

Il se pencha vers moi pour ajouter d'une voix basse :

— Lena a peut-être été une professionnelle, mais tu peux me croire : ses fellations sont loin d'être à la hauteur des tiennes.

Je réprimai un rire.

— Ça viendra. Laure est un très bon professeur.

— Oui. Possible…

Il me caressa la joue, et ses yeux se fermèrent dans un soupir. Son pouce dériva vers ma lèvre inférieure et sa respiration s'emballa. Ses doigts se raidirent sur ma peau, et il marmonna :

— Annabelle, je voudrais juste…

Maladroitement, il chercha à insérer le pouce entre mes lèvres. J'acceptai son intrusion et accompagnai sa jouissance en le caressant de ma langue. Il serra les dents pour ne pas gémir, mais tout son corps se raidit contre moi. Quand il recouvra ses esprits, il retira son doigt et le porta à sa bouche pour le lécher sans me quitter des yeux. Une fois que sa respiration eut repris un rythme normal, il me sourit.

— Merci, amour.

Mon cœur se serra. J'aurais voulu ne pas être charmée par sa nouvelle façon de me couvrir de mots doux ou que mon corps reste insensible à cette scène, mais je sentais bien que j'étais excitée. Oui, John m'avait tendu un piège, et, cette fois, j'avais doublement peur d'y tomber.

En deux gorgées, ma flûte de champagne fut vidée.

60

Encore une offre

Quand les filles remontèrent de leur escapade sous la table, c'est Lena qui vint s'installer à ma gauche, en se tortillant sur la banquette.

— On va derrière ? J'ai envie de voir du spectacle !

— Quelle impatience ! rigola Maître Paul. Je ne vais pas le nier, Maître John : vous nous dégottez toujours de sacrés numéros !

— Je dois avoir un certain flair, acquiesça-t-il en hochant la tête.

Lorsque son regard s'attarda sur moi, j'arborai un air sombre et dis :

— Je n'aime pas quand tu essaies de jouer avec moi.

— Mais je ne joue pas, se défendit-il en levant innocemment les mains. N'ai-je point été honnête en toutes choses, ce soir ?

Son regard dérivait constamment vers le fond de la pièce, et je le sentis nerveux. Pour capturer son attention, je posai les doigts sur sa joue.

— John, qu'est-ce qu'il y a ?

Sa main retint la mienne sur sa peau, puis son sourire s'éteignit doucement.

— Il commence à se faire tard, expliqua-t-il, et si ton idiot de cuisinier ne débarque pas très bientôt, je considérerai qu'il a raté sa chance.

Je le fixai avec inquiétude.

— Et alors ? le questionnai-je.

— Alors je remuerai ciel et terre pour te reconquérir.

Avec un soupir, je repris ma main et secouai la tête.

— John, je t'ai déjà expliqué que ça ne m'intéressait pas.

— Peut-être que je ne peux pas t'offrir la petite vie rangée dont tu rêves, mais en attendant que le prince charmant frappe à ta porte tu peux bien prendre un peu de bon temps avec moi !

Je pouffai.

— Allons, amour, mon offre est alléchante, tu ne peux pas dire l'inverse…

Je raffermis mon regard sur lui.

— Arrête de m'appeler « amour ».

— Très bien, je me refrénerai. Et pour mon offre, qu'en est-il ?

— Elle ne m'intéresse pas. Désolée.

J'étais sincère. John était peut-être un amant merveilleux, mais pas du tout le genre de petit ami dont j'avais besoin.

Devant mon refus, il soupira, et, même s'il tenta de faire bonne figure, je compris que je venais de le froisser.

— Écoute, repris-je, je crois que tu as déjà l'embarras du choix ce soir : Lena, Laure, Dame Sylvie, plus les soubrettes. Et, selon ce qui se cache derrière ce rideau noir, tu pourras même ajouter une fille ou deux à ta collection...

Je retins un rire avant de le toiser d'un regard moqueur.

— Tout compte fait, je comprends pourquoi tu as besoin de ces cachets.

— Il y a tellement de femmes à satisfaire, n'est-ce pas ?

Nous partageâmes un fou rire qui me détendit un peu. Quand il redevint sérieux, il se pencha vers moi pour me chuchoter à l'oreille :

— Tu sais, je les refuserais toutes si c'était pour passer la nuit avec toi...

— Je suis sûre que ce serait une nuit magnifique, John, le taquinai-je. Mais combien de temps te faudrait-il ensuite avant que tu aies besoin d'une autre femme pour satisfaire tes envies de dépravé ?

Il fit mine de réfléchir avant de répondre :

— Pas longtemps, probablement.

— C'est bien ce qu'il me semblait...

Il me plaqua un baiser rapide sur le front quand Lena soupira d'ennui.

— On peut y aller, maintenant… ? On ne peut pas boire, on ne peut pas jouer…

— Si tu veux jouer, ma jolie, proposa aussitôt Maître Paul en posant une main sur son entrejambe, j'ai de quoi te satisfaire…

— Non merci, refusa-t-elle, j'ai déjà donné. Là, j'ai envie de jouir. D'une partouze, tiens ! Je suis sûre que plein de gens là-bas attendent des renforts !

Dame Sylvie se mit à rire, la main fourrée sous la jupe de sa soubrette.

— Dis donc, elle a un sacré caractère, celle-là !

John me caressa le genou d'une main légère.

— Oui. À croire que je les préfère comme ça…

Je le ramenai à l'ordre d'un simple regard, et il rangea sa main baladeuse. Sans reporter son attention sur moi, il balaya l'endroit des yeux, puis se glissa hors de la banquette.

— Lena a raison. Il est temps. Allons-y.

— Enfin ! s'écria-t-elle en se levant à son tour.

Une fois debout, John me tendit une main que je repoussai en secouant la tête.

— Ça ne me dit rien.

— Annabelle, me gronda-t-il, tu ne vas quand même pas rester seule ici ?

— Pourquoi pas ?

En voyant tout le monde se lever, j'eus un frisson de crainte. Mais je ne voulais pas suivre John dans les salles du fond. Ce soir, je n'avais pas l'intention de me laisser capturer dans un de ses pièges.

— Si tu restes ici, sais-tu combien d'hommes viendront te proposer leurs services ? Une jolie femme seule et sans protection…

Malgré la peur et le dégoût que ses mots m'inspiraient, je croisai les bras et ne bronchai pas :

— Je sais me défendre, John. Je leur dirai non, et c'est tout. Je vais juste… terminer mon verre et rentrer, ajoutai-je devant son air inquisiteur. Ne t'inquiète pas pour moi, je prendrai un taxi.

Il vint poser un doigt sous mon menton, me faisant relever un peu plus la tête vers lui, et son sourire se raffermit.

— Avec ce regard-là, je plaindrais quiconque oserait se mesurer à toi, ma douce. (Il se pencha plus avant vers moi.) Pour le principe, je dirai quand même à Maître Denis de garder un œil sur toi, chuchota-t-il.

Je le remerciai d'un sourire.

— C'est gentil.

Laure apparut derrière lui et, voyant que j'étais toujours sur la banquette, me fit signe de me dépêcher.

— Qu'est-ce que tu fais ? Viens !

— Laure, laisse Annabelle. Elle est assez grande pour savoir ce dont elle a envie.

Il me fit un clin d'œil, et je lui fus étrangement reconnaissante de prendre ainsi mon parti. Pourtant, lorsque John disparut derrière le rideau noir et que je me retrouvai seule, dans ce bar, je sentis mon angoisse monter d'un cran. J'empoignai mon verre et je le vidai d'un trait avant de me glisser hors de la banquette, mais je fus bloquée par un corps masculin.

— Tu partais ?

Je frémis en reconnaissant la voix de Simon et relevai les yeux vers lui, émue qu'il soit là. Était-il venu me sauver, comme l'avait sous-entendu John ?

Un homme mûr se planta soudain à sa droite et m'offrit un large sourire.

— Mademoiselle, puis-je… ?

— Madame, le contredit Simon avant qu'il puisse terminer sa phrase.

— Madame, reprit-il en jetant un regard troublé en direction de son adversaire, puis-je vous inviter derrière ?

Je rétorquai immédiatement :

— Je suis flattée de votre offre, cher monsieur, mais non.

Un peu pantois, il repartit. Pour la seconde fois, je fis un geste pour me relever, mais le corps de Simon me bloquait toujours le passage. Au lieu de s'écarter pour me laisser le champ libre, il me tendit soudain la main.

— Et avec moi ? Cette virée, elle t'intéresse ?

J'en restai muette de surprise. Peut-être même un peu choquée. Simon ne me demandait pas de quitter les lieux, et il ne venait visiblement pas me sauver non plus. Il me proposait de m'emmener exactement là où je refusais d'aller. Je le scrutai, incertaine de ses intentions. Et, pourtant, il était hors de question que je refuse son offre. Je n'allais certainement pas commettre la même erreur deux fois !

Avec un air déterminé, j'acceptai sa main et je le laissai m'entraîner derrière l'épais rideau noir.

61

Le spectacle

Ma main dans celle de Simon semblait avoir le pouvoir de me couper de tout ce qui n'était pas lui. J'étais dans une bulle : la sienne. Rien d'autre n'existait. Je le suivis pendant qu'il se faufilait parmi des gens attroupés devant une pièce ou une autre, contournant les corps sans jamais les voir. Pas une fois je ne relevai la tête. J'aurais aussi bien pu porter un collier de soumise tellement j'étais déterminée à le suivre jusqu'en enfer. Mes doigts serraient les siens comme on s'accroche à une bouée de sauvetage.

Quand il me relâcha, je relevai les yeux vers lui, inquiète. Sa main se posa sur ma taille et me guida à l'intérieur d'une pièce vide, semblable à toutes les autres : un lit, des chaînes sur le mur de droite, une chaise en bois et un petit panier rempli de préservatifs, bien en vue, sur une commode.

Du bruit se fit entendre derrière nous, et je sentis ma gorge se nouer. Des gens entraient pour venir assister au spectacle. Un spectacle dont Simon et moi serions les acteurs. Qu'avait-il prévu pour nous deux ? Quand il se positionna devant moi, il me montra les attaches au mur en me questionnant du regard. Il me demandait donc ma permission ? Ne comprenait-il pas qu'il pouvait tout exiger de ma personne ? Sans attendre, je m'adossai au mur et levai les mains pour qu'il puisse m'y attacher. Je fus soulagée qu'il descende les chaînes pour éviter que je ne me balance à bout de bras. Une fois les menottes autour de mes poignets, il afficha un air ravi. Ma docilité lui suffisait-elle ? Sa main passa sous ma jupe, et il me caressa la cuisse en remontant vers mon sexe. Il fronça les sourcils lorsqu'il se heurta à mon sous-vêtement. Confuse, je bafouillai :

— C'est que… je ne savais pas où j'allais.

D'un coup sec, il arracha le bout de tissu qui pinça ma peau en se déchirant. Je sursautai sous sa rudesse. Simon fourra ce qui restait du vêtement dans la poche de son veston. Voulait-il le garder en souvenir ? À ma gauche, le bruit augmenta. À croire qu'on se bousculait pour observer la scène. Tant pis. Il était hors de question que je reporte mon attention ailleurs que sur Simon. J'oubliai le public pour me concentrer uniquement sur lui.

Quand sa main retourna entre mes cuisses, je fermai les yeux et laissai l'excitation m'envahir. Il y avait si longtemps qu'on ne m'avait touchée de la sorte. Je frissonnai, et mon corps se mit à se tortiller au bout des chaînes.

— Chut ! Rien ne presse, chuchota Simon en me plaquant contre le mur pour empêcher mes mouvements involontaires.

Ses caresses reprirent, et je dus retenir ma respiration pour étouffer un gémissement. C'était trop fort. J'avais la sensation que mon corps reprenait vie sous ses doigts. Surpris par la vivacité de mes réactions, il feignit de me disputer du regard, mais je secouai la tête, impuissante.

— Je ne peux pas… me retenir, avouai-je.

Il s'immobilisa en me regardant intensément. Je tentai de me jeter en avant vers lui, le corps en feu, et coincée par ces chaînes.

— Ne t'arrête pas, le suppliai-je.

Simon eut un sourire carnassier.

— Tu veux jouir ?

Sa question m'effraya. Si je répondais oui, allait-il revenir glisser la main entre mes cuisses ou songeait-il à m'offrir à un autre ?

— Touche-moi, dis-je simplement.

Sans attendre, il revint me plaquer contre le mur, et ses doigts écrasèrent mon clitoris avec force. J'accueillis son geste avec un grognement rauque, luttant contre l'envie de fermer les yeux pour me délecter plutôt de son magnifique visage. Il se plaisait à provoquer des soubresauts dans mon corps, et je hoquetais chaque fois qu'il accélérait ses secousses. J'étais fébrile, déjà sur le point d'exploser quand il changea de rythme pour me faire languir. Il y avait si longtemps que mon corps n'avait eu droit à ce type de plaisir que je cherchais à frotter mon sexe sans vergogne contre sa main.

— Laisse-moi jouir, soufflai-je.

Il recula avant de me jauger du regard. Je recommençai à me tortiller au bout de mes chaînes. Même si je pouvais poser les pieds sur le sol, je bougeais tellement que mes poignets commençaient à me faire mal.

— Mérites-tu cet orgasme ? me nargua-t-il avant de lécher ses doigts humides devant moi.

Je le dévisageai, le feu au ventre, avec une folle envie de me jeter à ses genoux. Essayait-il de me punir ? Forcément ! Et je ne pouvais pas l'en blâmer ! Sentant le chagrin me nouer la gorge, je lâchai :

— Simon..., pardon.

Son visage s'assombrit, possiblement parce que mes yeux venaient de s'embuer de larmes. Je savais que ce n'était ni le lieu ni le moment d'aborder le sujet, mais c'étaient les seuls mots que je souhaitais lui dire. Simon aurait pu me laisser là, attachée et offerte à tous, pour se venger de ce que je lui avais fait, mais en deux pas il revint me plaquer de nouveau contre le mur, et sa bouche se posa sur la mienne. Sous son baiser, je me sentis revivre, et une larme roula sur ma joue à la seconde où je fermai les yeux. Mes cuisses s'ouvrirent dès que sa main chercha à rejoindre mon sexe, et je gémis sous ses caresses empressées. Il fit jaillir mes cris, libérant mes lèvres pour pouvoir les entendre résonner dans la pièce, puis me mena à l'orgasme en me dévorant des yeux. Dans l'extase, je me laissai choir contre lui, puis je grognai lorsque mes poignets tirèrent au bout des menottes.

— Petite nature, se moqua Simon à voix basse.

Je me redressai pour croiser son regard, puis souris, émue. J'avais la sensation de retrouver notre complicité. Était-il possible que Simon soit venu pour me redonner ma chance ? M'avait-il pardonné ? Sur un ton similaire au sien, je répliquai, taquine :

— Mets-moi à l'épreuve.

Il haussa un sourcil, surpris par la façon dont je venais de le défier. En réalité, j'essayais surtout de lui faire comprendre que j'étais prête à tout pour lui faire plaisir. Alors que je m'attendais à un ordre de sa part, c'est lui qui s'agenouilla devant moi. Je le suivis du regard, anxieuse, et je cherchai mon équilibre lorsqu'il jucha l'une de mes jambes sur son épaule. Sa tête s'enfonça entre mes cuisses, et il se mit à me lécher avec une telle application que je rugis de plaisir. Il paraissait déterminé à me rendre folle. Pour limiter le poids sur les menottes, je m'agrippai aux chaînes et trouvai un appui contre le mur avant de m'abandonner à ses soins.

— Oh…, Simon !

Sous ses coups de langue, j'oubliai tout ce qui n'était pas lui. L'endroit où je me trouvais, les gens qui nous observaient et ces fichues menottes qui m'empêchaient d'atteindre l'orgasme trop rapidement. Et, pourtant, Simon était acharné, et il me soutira des cris délicieux avant de s'arrêter de nouveau.

— Non ! dis-je en le cherchant du regard.

Il releva les yeux vers moi, moqueur.

— Tu n'es pas très résistante.

À bout de souffle, je me remémorai mes propres paroles avant de serrer un peu plus fort les chaînes entre mes doigts.

— D'accord, je… je peux le faire, haletai-je.

Au lieu de revenir dévorer mon sexe, Simon glissa doucement les doigts en moi puis attendit que ma respiration se fasse plus bruyante pour joindre sa bouche à la danse. Je fermai les yeux et recommençai à me tortiller au bout de mes chaînes. Il cherchait définitivement à me rendre folle !

— Pitié, ne t'arrête pas !

Alors que je m'attendais à un nouvel arrêt brusque, Simon m'obéit. Heureuse de lui succomber, je hurlai de plaisir en luttant pour ne pas me laisser choir au bout de mes chaînes.

Quelques applaudissements me tirèrent de ma torpeur. Légèrement amorphe, j'ouvris les yeux et je croisai le regard de John. Aussitôt, je me remémorai où j'étais. Agacée par tous ces gens présents, je détournai la tête et fus heureuse de retrouver le sourire de Simon. Il se redressa et, pendant qu'il me libérait de ces menottes, il railla :

— C'était trop facile.

Même s'ils étaient douloureux, je me défendis de me frotter les poignets et passai directement à l'attaque. Je fis tomber son veston sur le sol et déboutonnai sa chemise pour parsemer son torse de baisers. J'étais si avide de le reconquérir que je m'empressai de défaire sa braguette. Je connaissais ses vêtements par cœur, et son corps aussi. Quand sa queue fut dans ma main, je la serrai doucement entre mes doigts, émue qu'il me laisse le toucher à ma guise. J'avais la sensation de rêver. Dire que Simon était là, et qu'il était de nouveau mien.

Je m'agenouillai devant lui en tirant sur son pantalon et son caleçon pour les lui descendre aux chevilles. De mes lèvres, je titillai le bout de son gland jusqu'à ce que Simon grogne et que sa main guide ma tête vers son sexe. Malgré son impatience, je débutai ma fellation doucement. J'avais envie de lui faire l'amour avec ma bouche, de caresser chaque parcelle de sa peau durant mes passages. Peut-être y déployai-je trop de soin, car sa queue gonfla sur ma langue, et il se mit à gémir langoureusement. Un sentiment de puissance m'envahit et je tentai d'accélérer lorsqu'il m'arrêta dans ma course.

— Anna…, non.

C'était une prière plus qu'un ordre, mais je lui obéis sans hésiter. Je baissai la tête, en attente du moindre désir qu'il aurait à formuler, lorsque sa voix résonna, douce :

— Viens là.

Je me redressai et profitai que mes mains soient libres pour lui caresser le torse et le ventre. Cette peau que je connaissais par cœur…, elle m'avait tellement manqué ! Je l'embrassai avec une dévotion indescriptible. Visiblement impatient, il me repoussa jusqu'à ce que mon dos heurte le mur derrière moi. Sa bouche dévora mon cou, et son corps chercha à dominer le mien pendant qu'il piétinait son pantalon. Il remonta ma cuisse contre sa hanche et s'enfonça en moi d'un coup sec, puis il chercha mon regard. Mes mains s'agrippèrent à ses épaules lorsqu'il recula pour mieux revenir en moi. Je fermai les yeux, en proie à un délicieux vertige. Dire que nous ne faisions qu'un de nouveau.

— Anna, souffla-t-il contre ma bouche.

Il attendit que je reporte mon attention sur lui avant d'accélérer ses déhanchements. Quand il se mit à jouir, il posa la bouche sur la mienne, et nous partageâmes un baiser délicieux. C'était absolument parfait. Quand un gémissement féminin se fit entendre, je détournai le regard et remarquai qu'un autre couple avait pris place sur le lit à côté. Soudain, le rêve où je croyais m'être enfuie avec Simon s'évanouit.

— Annabelle…

Sa voix, puis la main qu'il posa sur ma joue me forcèrent à me reconcentrer sur lui. Je posai la bouche sur la sienne, déterminée à tout oublier de notre situation. Au lieu de reprendre ses déhanchements, il m'entraîna avec lui sur le sol et guida mon bassin sur lui en malmenant ma jupe. Lorsque je commençai à le chevaucher, Simon me dicta un rythme soutenu en me saisissant par les hanches. Il semblait avoir envie de jouir. Je me penchai pour l'embrasser pendant qu'il secouait mon corps sur le sien. Ses baisers étouffèrent mes plaintes, puis les siennes. Nous nous aimions devant public, tout en étant seuls au monde. Quand il atteignit l'orgasme, il écrasa mon corps du sien et gémit bruyamment contre ma tête. Je me redressai pour mieux le voir. Il était magnifique.

Émue par nos retrouvailles, je fis glisser les doigts sur son visage, et il me chercha du regard avant d'afficher un sourire las. J'eus envie de lui dire que je l'aimais, mais ce n'était pas le bon endroit pour ça.

D'une main il me caressa nonchalamment la cuisse avant de demander :

— Tu veux rester ici ou… ?

Je bredouillai :

— Non, enfin… sauf si… C'est toi qui vois.

Il sourit avant de proposer :

— Tu veux que je te raccompagne ?

Cette fois, je répondis sans hésiter :

— J'adorerais.

Je me redressai et replaçai mes vêtements. Simon se rhabilla en silence. Pendant qu'il remettait sa chemise dans son pantalon, un homme s'avança vers moi, et je compris qu'il espérait obtenir mes faveurs. Avant qu'il ouvre la bouche, John s'interposa et l'arrêta en posant une main sur son épaule, tandis que Simon passait un bras possessif autour de ma taille. Il échangea un regard soutenu avec John et, dès que mon ancien Maître hocha la tête, Simon m'entraîna hors de la pièce.

62

Un temps de réflexion

Le trajet du retour fut terriblement silencieux. Hormis pour me demander mon adresse, Simon ne prononça pas le moindre mot. Au niveau conversation, j'aurais eu plus de chance avec un chauffeur de taxi. Je ne sais pas ce qui me dérangeait le plus dans cette situation, probablement le peu de temps que j'avais pour réfléchir à ce qui était en train de se passer. Après ce qui venait de se produire, Simon espérait-il que je parle en premier ? À vrai dire, je n'étais toujours pas certaine de la raison pour laquelle il m'avait emmenée dans les salles du fond.

— Tu n'étais pas obligée de me raccompagner, finis-je par laisser tomber. J'aurais pu me débrouiller.

— Ça ne me gêne pas. Et comme ça tu ne risques rien.

Je le dévisageai avant de retenir un rire, mais Simon tourna un drôle de regard dans ma direction. Je profitai qu'il m'accorde enfin son attention pour annoncer :

— En fait, au moment où tu es arrivé, j'allais partir.

— Vraiment ? me questionna-t-il. Pour aller où ?

— Chez moi, bien sûr ! Quelle question !

Il tourna dans ma rue. *Merde, déjà ?* Mon cœur se serra lorsqu'il demanda, visiblement plus concentré sur la route que sur moi :

— C'est lequel, ton immeuble ?

— Euh… le gris, au bout.

Il gara la voiture juste devant la porte, à une place réservée qu'il n'avait pas le droit d'occuper longtemps. Signe évident qu'il ne songeait pas à s'éterniser ici. Alors que nous avions vécu un moment parfait, voilà qu'il songeait déjà à repartir. Mes épaules s'affaissèrent lorsque je compris que notre soirée était déjà sur le point de se terminer. Lentement, je défis ma ceinture de sécurité et tentai de ne pas paraître trop triste lorsque je dis :

— Eh bien…, merci.

J'ouvris la portière, espérant m'éclipser avant que ma vue se brouille de larmes, mais, dès que je posai un pied au sol, Simon avoua :

— C'est John qui m'a invité, ce soir.

Je pivotai pour le regarder, incertaine. Était-il en train d'essayer de justifier sa présence au bar ?

— Je sais, avouai-je. Il t'a raconté des histoires pour te forcer à venir.

Il me fixa d'un air ébahi.

— Sais-tu au moins ce qu'il avait prévu de te faire si je n'étais pas arrivé ?

— Rien du tout, affirmai-je.

Les doigts toujours crispés sur le volant, Simon finit par dire :

— John m'a promis qu'il te ferait attacher dans une salle. Qu'il t'obligerait à jouir devant tout le monde et qu'il ferait en sorte que la moitié du bar te passe dessus, sauf si je venais moi-même m'occuper de toi.

Je ravalai un rire. Décidément, John n'y était pas allé de main morte avec son scénario !

— Tu trouves ça drôle ? s'énerva-t-il.

— Allons, Simon ! Tu crois vraiment que je l'aurais laissé faire ? le questionnai-je. À ce que je sache, on ne peut pas violer des gens dans cet endroit ! Il y a des règles…

— Tu crois que c'est à ça que j'ai pensé ? Non, Annabelle, je me suis dit que s'il te faisait subir ne serait-ce que la moitié de ce qu'il prévoyait de te faire… il allait te briser. Et ça, crois-moi, je sais qu'il en est capable. Je le sais, parce qu'il l'a déjà fait.

Ses mains étaient toujours tendues sur le volant. Doucement, je posai les doigts sur celle qui était de mon côté et chuchotai :

— C'est toi qui l'as dit, Simon : John n'a de pouvoir sur moi que parce que je lui en donne. Et ça marche aussi pour toi, on dirait, ajoutai-je d'une voix moqueuse.

Ma blague tomba à plat, et il s'empressa de m'apostropher :

— Qu'est-ce que tu voulais que je fasse ? Que je te laisse te débrouiller seule ?

— Je ne risquais rien, lui assurai-je, mais je ne vais pas te mentir : je suis contente que tu te sois dévoué pour venir me sauver.

Retrouvant un air sombre, il me toisa du regard pour me ramener à l'ordre.

— Je n'aime pas quand tu le sous-estimes comme ça.

— Oh, mais je ne le sous-estime pas, bien au contraire ! Quand je pense qu'il a tout manigancé pour nous jeter dans les bras l'un de l'autre. Ça me paraît incroyable ! Je ne pensais pas qu'il m'aimait autant, ajoutai-je, surprise qu'il ait réussi son coup.

— Parce que tu crois que c'est l'amour qui le motive ?

Je restai prudente lorsque je formulai ma réponse :

— Tu n'es pas obligé de le penser, mais je crois qu'il y a de ça.

En réalité, j'étais persuadée que John avait voulu m'offrir le seul cadeau d'anniversaire qui pouvait me rendre heureuse. N'était-ce pas suffisant pour voir que, sous son apparence de Maître intransigeant, c'était un homme qui avait du cœur ?

— De toute évidence, poursuivis-je, il a fini par comprendre qu'il perdait son temps.

Simon me fixa, incrédule.

— Vraiment ? insista-t-il.

— Oh oui ! Quand il a su que j'avais des envies tout à fait banales, du genre… me marier et avoir des enfants, j'ai bien cru qu'il allait disparaître dans un nuage de fumée.

— Vous avez discuté de ce genre de choses, tous les deux ? me questionna-t-il, surpris.

— Oui, enfin…

Gênée, je cherchai son regard pour m'assurer qu'il n'était pas furieux contre moi, mais il semblait simplement attendre la suite de mon récit.

— Il a bien fallu que je lui explique pourquoi je le repoussais constamment, avouai-je. John voulait être en union libre, et ce n'est pas du tout le genre de choses que… qui m'intéresse, quoi.

Un silence passa, mais Simon ne me quittait pas des yeux.

— Qu'est-ce que tu cherches, alors ?

Je haussai les épaules, même si la réponse me paraissait évidente : c'est lui que je voulais.

— Je ne sais pas trop, finis-je par répondre. Probablement une relation qui m'attire vers la lumière plutôt que vers l'obscurité.

Il inspira bruyamment avant de hocher la tête.

— C'est… relativement clair, finit-il par dire.

— Oui. Je crois aussi.

Comme le silence se réinstallait entre nous, je soufflai :

— Tu étais ma lumière, Simon. Je regrette seulement de ne pas l'avoir compris plus tôt.

Il y eut un silence. Avait-il seulement entendu mes paroles ?

— Je ne dis pas que les choses vont s'arranger facilement… ni que… tu arriveras de nouveau à me faire confiance, ajoutai-je, mais… on pourrait peut-être… réessayer ?

Voilà, je l'avais dit, et je dus admettre que j'étais plutôt fière d'avoir fait le premier pas. Alors que Simon fixait un point imaginaire au loin, il reporta son attention sur moi.

— Je ne sais pas. Je crois que j'ai besoin de réfléchir à tout ça.

— Ah, euh… oui. Bien sûr.

Je me décomposai devant sa réponse et, comme il s'obstinait à garder les yeux loin des miens, je me décidai à jeter :

— Alors… bonne nuit.

Je me dépêchai de descendre de voiture, peinant à ravaler ma déception. Dire que nous avions été si près de nous retrouver ! Simon attendit que je sois sur le trottoir avant de m'interpeller :

— Anna ?

Le cœur rempli d'espoir, je m'accroupis, et il pointa mon immeuble du doigt.

— Tu permets que je te demande… à quel appartement tu es ?

— Oh, euh… je suis au numéro 7. C'est là, tu vois ?

Je pointai du doigt une fenêtre qu'il ne prit même pas la peine de regarder.

— D'accord. Eh bien…, merci. Bonne nuit.

Quoi ? C'était tout ? Contrariée, je refermai sa portière et marchai en direction de mon immeuble en serrant mon sac à main contre ma poitrine. J'étais furieuse. Et triste. J'avais l'impression d'avoir laissé passer ma chance. Certainement la dernière que Simon allait m'accorder.

J'essayai de m'accrocher au faible espoir qu'il avait fait naître en me disant qu'il allait y réfléchir. Si c'était vrai, de combien de temps aurait-il besoin ?

63

Toute réflexion faite

À peine avais-je posé mon sac à main sur la table basse que l'on frappa à ma porte. Le cœur battant la chamade, je me précipitai à l'entrée et j'affichai un sourire ému en ouvrant sur Simon.

— Finalement… j'ai bien réfléchi et…

Il s'avança vers moi et, d'une main, me ramena brusquement contre lui. Sans terminer sa phrase, il posa sa bouche sur la mienne. Il garda les yeux ouverts, comme s'il vérifiait que j'étais d'accord avec son geste. Je me jetai à son cou en espérant que ma réponse convienne. Dans un rire, il me poussa vers l'intérieur et fit claquer la porte derrière lui d'un simple coup de pied. Entre deux baisers, il détailla les lieux du regard et détacha ses lèvres des miennes.

— Quoi ? Tu n'as pas de chambre ?

— Non, mais j'ai un canapé-lit, dis-je en le désignant.

— Décidément ! Tu ne me facilites pas la tâche ! rigola-t-il.

D'un geste rapide, il me retira mes vêtements, s'empêtra un peu dans les agrafes de mon soutien-gorge. J'étais aussi empressée que lui et je dus me faire violence pour ne pas lui arracher ces satanés boutons de chemise que je n'arrivais pas à défaire. Mes doigts tremblaient. Tant pis pour le haut. Je m'attaquai directement à son pantalon. À peine son sexe fut-il à l'air libre que je tentai de me jeter à ses pieds, quand il me retint.

— Non, je veux… plus que ça.

Il dansa sur place pour se débarrasser de son pantalon, toujours coincé le long de ses chevilles, avant de se laisser tomber sur mon canapé.

— Tu aurais pu prendre un appart avec un lit ! railla-t-il.

— Je ne m'attendais pas à ta visite.

Impatient, il me fit signe de m'approcher, son sexe tendu dans une main. Je gloussai avant de grimper sur lui, le laissai me guider jusqu'à ce que nos corps s'emboîtent parfaitement. Nouant les bras autour de son cou, je rivai mes yeux dans les siens avant d'entreprendre une douce chevauchée. Rien ne pressait, et je ne voulais surtout pas que ce moment s'arrête.

— Tout compte fait…, ça fait l'affaire, souffla-t-il.

Il glissa les doigts dans mes cheveux pour ramener ma bouche sur la sienne. Son baiser était tendre, entrecoupé de plaintes agréables. Visiblement agacé par la lenteur du rythme que j'imposais à nos ébats, Simon emprisonna mes fesses sous ses mains pour m'obliger à accélérer. Contre mes lèvres, il grogna de plaisir.

— Oh…, Anna !

Il tenta de me faire basculer sur le dos mais, dans sa précipitation, nous nous retrouvâmes par terre, à rigoler comme des idiots.

— On peut ouvrir le canapé, proposai-je.

— Plus tard.

Je n'eus pas le temps de me redresser qu'il m'allongeait sur le sol, cherchant à revenir entre mes cuisses. Il me souleva le bassin pendant qu'il me pénétrait. Je fermai les yeux, le laissai me rendre ivre de plaisir. J'avais envie que nous nous fondions l'un dans l'autre et que nos retrouvailles soient parfaites. Mon corps chercha à l'envelopper. Je nouai les jambes et les bras autour de lui tandis que sa bouche me dévorait le cou. Dans une douce litanie, il répétait mon nom en chuchotant.

Jamais je ne l'avais autant aimé, mais, en cet instant précis, j'aurais été incapable de le lui avouer sans me mettre à pleurer. De toute façon, mon corps lui parlait d'amour bien mieux que n'importe quelle déclaration que j'aurais pu lui faire.

Sur le point de chuter dans l'orgasme, Simon se redressa pour mieux me voir.

— Tu m'as manqué, avoua-t-il.

Émue, je forçai sa tête à revenir vers moi pour pouvoir l'embrasser. J'étais à fleur de peau, sur le point de perdre la tête, mais je résistais, déterminée à faire perdurer cet instant le plus longtemps possible. Quand mes gémissements se firent plus bruyants, Simon ralentit.

— Non, n'arrête pas, n'arrête pas ! le suppliai-je.

Au lieu de reprendre ses déhanchements, il me remonta les bras au-dessus de la tête et les retint prisonniers en arborant un sourire lumineux.

— Tu es magnifique, lança-t-il.

— Je le serai bien plus après l'orgasme, rétorquai-je en espérant qu'il me l'accorde sans attendre.

— C'est vrai, mais j'ai envie de prolonger ce moment.

Malgré le feu qui ravageait mon bas-ventre, je répondis à son sourire et j'étirai le cou pour venir lui voler un baiser.

— J'ai l'impression de rêver, avouai-je.

Il reprit ses va-et-vient jusqu'à ce que je me cambre sous lui avant de s'arrêter de nouveau.

— Ça, c'est mieux que tous les rêves que je connais, chuchota-t-il.

Je gloussai avant d'opiner, espérant qu'il poursuive ses mouvements sans attendre, mais il resta là, au-dessus de moi, à m'observer avec un sourire béat.

— Simon, tu vas me rendre folle ! me plaignis-je.

— J'attends.

— Quoi ?

— Je ne sais pas. Que tu me dises que tu m'aimes toujours, par exemple.

Je me débattis sous lui jusqu'à ce qu'il me libère les poignets, puis je pris son visage entre mes mains, très émue.

— Je n'ai jamais cessé de t'aimer, dis-je en plongeant le regard dans le sien.

Il me sourit avant d'ordonner :

— Redis-le.

Je ramenai sa tête vers moi et lui offris un baiser empreint d'une infinie tendresse, puis je murmurai, contre ses lèvres.

— Je t'aime, Simon. De tout mon être.

— Je ne veux plus jamais te perdre, dit-il dans un souffle.

Mes yeux s'embuèrent, et je secouai doucement la tête.

— Plus jamais, promis-je.

Satisfait, il chercha à revenir entre mes cuisses, mais je le repoussai.

— Non, c'est à mon tour, dis-je en nous faisant basculer pour l'allonger sur le dos.

Je grimpai sur lui et profitai de ma position dominante pour caresser sa peau à ma guise, mais Simon s'impatienta. Son sexe était gonflé, avide de revenir en moi. Dans un rire, je remontai mon bassin et frottai son gland contre mon clitoris avant de le guider entre mes fesses. Lorsqu'il me pénétra, Simon rugit, puis me tira vers lui.

— Oh… oui !

Si ses mains avaient commencé par suivre mes gestes, elles eurent vite fait de reprendre le contrôle de nos ébats. Simon écrasait mes fesses, forçait mon corps à se cambrer, puis me ramenait brusquement contre lui pour se déhancher sous moi. Mes yeux se fermèrent, en proie à un plaisir langoureux qui devint vite incontrôlable. Je me laissai glisser dans un orgasme lourdement attendu, et lorsque Simon cria, la bouche enfouie dans mes cheveux, je compris que je n'étais pas la seule à y avoir cédé.

Sans un mot, Simon referma les bras autour de moi, formant un étau protecteur dans lequel je me reposai avec joie. Au bout d'un long silence, il murmura :

— Anna, j'ai cru devenir fou…

Je retins ma respiration, troublée par son aveu autant que par le tremblement discret de son corps, puis je me redressai pour mieux le voir.

— Pardon d'avoir douté de nous, Annabelle. Je promets de ne plus jamais refaire cette erreur.

Je le fis taire d'un baiser avant de souffler :

— Moi non plus.

Sa bouche reprit la mienne avec fougue, puis il chercha mon regard avant d'aborder un sujet plus léger :

— Pitié, dis-moi que tu as une baignoire dans cet appartement !

— Désolée. Il n'y a qu'une douche. Ça ira ?

Levant les yeux au ciel, il me questionna sans attendre :

— On y rentre à deux dans ta douche, au moins ?

— Je ne sais pas, mais on peut essayer.

Simon éclata de rire, puis me tapota la fesse pour que je me lève.

— D'accord. Allons voir ça…

64

Chez nous

Je m'éveillai lorsque le corps de Simon quitta mon lit, parce que le meuble grinça désagréablement. Il faisait jour. Quelle heure était-il ? Allait-il s'habiller et filer en douce ? Je suivis le bruit de ses pas dans l'espace restreint qui me servait d'appartement et je souris lorsqu'il entreprit de faire du café. Simon ne songeait pas à fuir ? Il ne regrettait donc pas la nuit dernière.

Quand il ouvrit mon frigo, il poussa un soupir. C'est peut-être la raison pour laquelle j'eus le courage de me tourner vers lui.

— Bonjour, dis-je.

Au lieu de me répondre, il posa des yeux lourds de reproches sur moi.

— Ton frigo est vide.

— Je sais.

Il referma la porte.

— Bon sang, Anna ! Tu as cohabité avec un cuisinier pendant près d'une année, je ne peux pas croire que tu ne manges pas mieux que ça !

Je feignis d'arborer un air triste, puis me redressai sur le lit avant de hausser les épaules.

— Je n'étais jamais là. Mais j'ai du café.

— Ouais bien…, à part des toasts et de la confiture, je ne peux pas te faire grand-chose, soupira-t-il, visiblement consterné.

— Ça me va.

Il me jeta un regard réprobateur qui ne diminua en rien la joie que je ressentais. Simon était là, dans mon appartement. Nu. Que pouvais-je demander d'autre ?

Quand le café commença à couler, il s'accouda à mon minuscule comptoir. Il semblait presque à l'étroit dans ma cuisine, ce qui me fit sourire. Sa présence prenait, de toute façon, toute la place dans mon esprit.

— Tu aurais quand même pu te prendre quelque chose de plus grand, me disputa-t-il encore.

— Je ne voulais pas rester chez Lena, expliquai-je. C'était en attendant de trouver mieux.

Il parut soulagé, et je m'empressai d'ajouter :

— Tu sais, si l'état de mon frigo te déprime autant, j'irai faire des courses dès cet après-midi.

— Sans vouloir te vexer, il est hors de question que je cuisine ici !

Il vint s'asseoir sur le rebord de mon canapé-lit.

—Annabelle, avant que les choses aillent plus loin entre nous, il faut que je t'avoue... J'ai fait quelques bêtises durant notre séparation.

Je me rembrunis et je dis, en espérant épuiser le sujet rapidement :

—J'en ai entendu parler.

—Je suis allé au bar de Maître Denis à trois reprises, annonça-t-il, déterminé à tout me dire. Et j'ai fait une soirée aussi, il y a quelques jours.

Je restai silencieuse, consciente que je n'avais rien à en dire. Je ne pouvais pas lui reprocher ce qu'il avait pu faire pendant que nous étions séparés.

—Je voulais t'oublier, ajouta-t-il soudain, et te faire souffrir aussi. Je savais que John se ferait un plaisir de tout te raconter.

—Oui, confirmai-je en hochant la tête.

Même si les yeux de Simon restaient rivés sur moi, j'attendis, intriguée par ses confidences. Ne valait-il pas mieux reprendre notre vie en oubliant toute cette période difficile ?

—J'ai couché avec d'autres filles, dit-il encore. Toujours avec des préservatifs, évidemment, mais... j'étais... je ne sais pas comment l'expliquer...

Je me penchai vers lui et posai une main sur son torse pour le faire taire.

— Tu n'es pas obligé de m'en parler.

Son regard plongea dans le mien.

— Il faut qu'on puisse se parler de ça.

Je pinçai les lèvres, mais j'opinai pour lui dire que j'étais d'accord. Après tout, je lui avais raconté mon week-end avec John dans les moindres détails. Hors de question que Simon ne puisse en faire autant avec moi !

— J'avais besoin de couper les ponts, reprit-il. Depuis le début, je n'ai fait qu'attendre, Annabelle. Attendre que tu sois prête à m'aimer, attendre que John dévoile son plan d'attaque, attendre que tu me choisisses, moi… J'étais dans un cercle vicieux, et il fallait que j'en sorte avant que ça me détruise.

Avec un air coupable, je baissai la tête.

— Pardon.

Sa main récupéra la mienne, et il la serra avec force.

— Non. C'est moi qui t'ai demandé d'aller chez John. Et je n'ai pas réfléchi en amenant cette fille chez nous…

— C'est ma faute, le coupai-je. J'ai paniqué et… j'étais jalouse.

Mes joues se mirent à rougir devant cette explication ridicule, alors je m'empressai d'ajouter :

— Je ne me pensais pas aussi possessive, mais… voilà.

Il me dévisagea.

— Tu l'aurais pourtant fait pour John.

— Oui, parce que j'ai toujours su que John ne m'appartenait pas, et peut-être aussi... parce que je ne l'ai jamais aimé comme toi.

La surprise se peignit sur le visage de Simon, mais je poursuivis, sans la moindre hésitation :

— Et si tu veux vraiment qu'on le fasse... ça me va. Je coucherais avec dix femmes si ça me donne ne serait-ce qu'une chance de te retrouver.

Il ramena mon visage près du sien.

— J'ai rêvé ou tu viens de dire... que tu m'aimes plus que John ?

Je gloussai avant de hocher la tête.

— Tu n'as pas rêvé.

Les yeux braqués sur moi, il paraissait encore douter de ma réponse.

— Je regrette simplement de ne pas l'avoir compris avant, ajoutai-je.

Il me fit taire en déposant une pluie de baisers sur mes lèvres, avant de reporter son attention sur moi.

— Anna, j'étais tellement malheureux sans toi.

Je me lovai contre lui, et ma voix trembla lorsque je soufflai :

— Moi aussi.

Il me repoussa un peu pour me tenir à bout de bras.

— Quand John m'a téléphoné, hier après-midi, il m'a clairement fait comprendre que c'était ma dernière chance de te récupérer. Je ne te dis pas à quel point j'étais terrifié.

— Il t'a tendu un piège.

Au lieu de se détendre, Simon afficha un visage sombre.

— Sais-tu quelles étaient ses règles ?

— Ses règles ? répétai-je, surprise.

— Je devais arriver à une heure précise, mais c'était un peu la folie au resto, alors…

— Et ? le coupai-je, intriguée par la requête de John.

Les yeux de Simon revinrent sur moi, troublés.

— Je devais t'emmener derrière et te faire hurler de plaisir devant lui.

Ma bouche s'ouvrit sous le choc.

— C'est une blague ? m'écriai-je.

— Non. Et je t'avoue que j'ai hésité jusqu'à la dernière minute avant de me rendre là-bas.

Son aveu me blessa. Ainsi, même avec la provocation de John, Simon avait failli ne pas venir ? Je baissai la tête pour éviter de lui montrer ma déception, mais il me fit relever les yeux vers lui.

— Anna, je déteste quand John nous manipule de la sorte.

— Il essayait… de nous réconcilier.

— Tu crois que c'est ainsi qu'il m'a présenté les choses ?

Je pinçai les lèvres.

— Non. Probablement pas, admis-je.

Toujours énervé, il haussa le ton :

— Il m'a dit qu'il ne représenterait pas une telle offre. Qu'il te laisserait définitivement tranquille si je venais lui prouver que tu étais mienne, et, à l'entendre, cela ne devait pas être très complexe à réaliser, puisqu'il soutenait que tu étais chaste depuis des semaines.

Gênée qu'il aborde cette question, je baissai la tête avant de répondre :

— Il disait la vérité.

Simon arbora un air ébahi.

— Mais… John a bien essayé, quand même ?

Je soupirai avant de confirmer d'un signe de tête.

— Oui, mais… dès qu'il m'a touchée… je me suis mise à pleurer, avouai-je timidement.

— Anna ! Qu'est-ce qu'il t'a fait ?

— Oh, mais il ne m'a pas forcé la main ! dis-je très vite. Il a juste compris que mon cœur n'était pas libre.

Simon me dévisagea, et ses doigts écrasèrent les miens.

— Je n'arrive pas à le croire, chuchota-t-il, visiblement ému.

Je haussai les épaules.

— Je n'ai rien fait d'extraordinaire…

— Et dire que moi, je… Merde !

Posant les doigts sur sa bouche, je le fis taire avant de secouer la tête.

— L'important, c'est que tu sois là, aujourd'hui.

Je caressai son visage avec un sourire ému.

— La vérité, c'est que… je me fiche de ce que tu as fait, Simon. Ce qui m'importe, c'est ce que nous ferons à partir de maintenant.

Il inspira longuement.

— Tu veux bien me redonner ma chance, alors ?

— Rien ne me ferait plus plaisir ! dis-je, la voix remplie d'émotion.

Au lieu de me jeter sur le canapé, Simon balaya du regard mon appartement, et je craignis qu'il ne regrette déjà sa décision.

— On peut y aller doucement, suggérai-je. Rien ne presse, après tout. Je me doute que tu as besoin de temps pour… me faire de nouveau confiance.

Il reporta son attention sur moi.

— Hein ? Non. En fait… je me demandais si on avait le temps de rapporter tes affaires chez moi avant que je reprenne le boulot.

Je le fixai sans comprendre.

— Quoi ? Tu veux dire… aujourd'hui ? vérifiai-je.

Simon sourit.

— Oui.

Mon cœur se mit à battre férocement dans ma poitrine, et je bafouillai, par crainte qu'il n'ait pris sa décision à la légère.

—Tu sais, ce n'est pas parce qu'on a passé la nuit ensemble que… ou parce que j'habite dans un appartement minuscule qu'il faut que…

—Qu'est-ce que je dois comprendre ? Tu ne veux pas revenir à la maison ?

—Au contraire ! m'emportai-je. Seulement… je ne te mentirai pas : je préfère être sûre que c'est bien ce que tu veux, parce que… je ne suis pas sûre de pouvoir revivre ça.

Des larmes me montèrent aux yeux, et Simon me caressa doucement la joue.

—Annabelle, si je n'étais pas sûr de mon choix, je ne serais jamais venu frapper à ta porte, hier soir. Maintenant, c'est trop tard. Je ne veux plus te perdre.

Ses bras se refermèrent sur moi et je le sentis humer l'odeur de mes cheveux.

—Anna, chuchota-t-il, j'étais tellement malheureux. Je t'ai imaginée avec John au moins un million de fois !

Je laissai tomber la tête au creux de son épaule et j'étouffai un rire :

—Si tu savais… je n'ai jamais été plus à toi que depuis que nous sommes séparés. (Je soupirai contre sa peau.) Au fond, c'était peut-être une bonne chose qu'on s'éloigne. Autrement, John n'aurait jamais compris à quel point je t'aimais. Il croyait qu'une fois que je serais libre j'allais lui tomber dans les bras, mais il a eu tout faux.

— Tu ne sais pas à quel point ce que tu dis fait plaisir à entendre, souffla-t-il.

En me remémorant ma soirée, j'ajoutai :

— Dire que sans lui tu ne serais peut-être jamais revenu…

— Ah non ! Je ne veux surtout pas entendre ça !

Il posa un regard contrarié sur moi, mais je persistai dans ma théorie :

— C'est pourtant la vérité !

Je le tirai jusqu'à ce qu'il revienne dans mes bras.

— Il m'a offert le plus beau cadeau d'anniversaire que je pouvais espérer…

Son soupir me parut interminable, puis son regard s'illumina.

— Ah ! Mais j'ai aussi un cadeau pour toi ! Et je suis certain qu'il battra le sien !

Je rigolai.

— Désolée, mais tu n'as aucune chance ! Il n'y a rien qui puisse me faire plus plaisir que de t'avoir retrouvé.

Il me défia du regard, visiblement sûr de lui :

— Il n'y a qu'un moyen de le savoir. Rentre à la maison, et je te le donnerai.

Mes yeux redevinrent humides, de joie cette fois. Il n'y avait pas de plus beaux mots que ceux-là. Revenant me lover contre lui, je murmurai :

— Ça, c'est le plus beau cadeau que tu pouvais me faire…

— Je ne t'ai encore rien donné !

— Retrouver notre vie d'avant, c'est tout ce que je désire…

Sa main vint me caresser les cheveux.

— Moi aussi.

Dans un soupir, il me repoussa pour pouvoir se lever.

— Qu'est-ce que tu fais ? demandai-je.

— Allons manger. Après, on emballe tout et on rentre chez nous.

Je bondis sur mes jambes, le cœur léger.

65

Le cadeau de John

Simon était parti au travail, et je profitais de ma solitude pour prendre le temps de remettre mes affaires en place. C'était étrange de revenir ici. Même après un mois, rien n'avait changé. Mes tiroirs étaient vides, les espaces que j'utilisais dans la salle de bains, la pharmacie ou la bibliothèque m'attendaient toujours. Et j'étais heureuse de les combler de nouveau.

Étendue sur le lit et me gavant de l'odeur de Simon, je tirai mon sac à main vers moi lorsque mon téléphone sonna. Au moment où je vis le numéro inscrit, je répondis, d'une voix joyeuse :

— Bonsoir, John.

— Bonsoir, Annabelle. Tu as l'air en forme.

— Je le suis, confirmai-je sans retenir le rire qui me tenaillait de façon constante depuis ce matin.

— Dois-je comprendre que tu as aimé mon cadeau d'anniversaire ? demanda-t-il avec une pointe de moquerie au fond de la voix.

Je me laissai retomber sur le lit avant d'avouer :

— Rien n'aurait pu me faire plus plaisir.

— Tant mieux. Je présume que Simon a enfin compris son erreur ?

— Si tu veux tout savoir, je suis en train de me réinstaller chez lui…

— Je suis content, répéta-t-il. C'est bien de t'entendre comme ça.

Il laissa passer un silence, et je restai là, à fixer le plafond, sans avoir envie de couper court à notre discussion. De toute évidence, il était dans le même état d'esprit ; aussi, quand je pensai enfin que nos silences en avaient exprimé assez, je dis la seule chose qui me sembla importante :

— Merci, John. Je n'oublierai jamais ce que tu as fait pour moi.

— J'y compte bien ! Je ne te dis pas tout le mal que je me suis donné pour y parvenir.

Je rigolai encore. S'il avait été là, je crois que je lui aurais sauté au cou tellement je lui étais reconnaissante.

— En fait, ça n'a pas été si compliqué que cela, se reprit John. Il suffisait simplement que je fasse à Simon une offre qu'il ne pouvait pas refuser.

— Il m'a dit, oui ! Tu sais qu'il a vraiment cru que tu allais me faire baiser par la moitié des gars de ce bar ?

— Oh, mais il y a deux mois tu m'en aurais cru capable, toi aussi.

Je retins mon rire, mais confirmai quand même :

— C'est possible, en effet.

Intriguée par le doute qu'il laissait planer, je le questionnai aussitôt :

— Tu n'aurais quand même pas osé ?

— Hum… si tu me le permets je préfère te laisser croire l'inverse…

Il étouffa un rire que je partageai avec lui.

— J'ai fait fort, c'est vrai, admit-il encore, mais il fallait bien que je m'assure que Simon vienne à ta rescousse ! Je lui ai donné exactement ce dont il avait besoin pour se décider.

— C'est-à-dire ?

— Il a eu peur pour toi. Et mon offre n'était pas inintéressante, non plus, puisque je lui ai promis de ne plus interférer dans ta vie ensuite.

Je pinçai les lèvres, songeuse. Peut-être à cause de la longueur de mon silence ou parce que mon rire s'était éteint, il insista :

— Je lui ai fait croire que je lui faisais un cadeau, mais toi et moi, on sait ce dont il retourne, pas vrai ?

— Je… je crois, oui, dis-je dans un souffle.

— J'allais perdre, conclut-il. Si j'étais mauvais joueur, je t'aurais laissée souffrir pour me venger, mais il faut croire que je t'aime suffisamment pour que ton bonheur passe avant le mien.

Je ne dis rien. Même si son ton paraissait léger, je sentis qu'il lui en coûtait de me faire cet aveu. Et moi, comme j'ignorais quoi répondre, je me contentai de répéter :

— Merci.

— Disons que c'est le moins que je puisse faire après m'être conduit comme un imbécile avec toi. Je sais que je t'en ai fait baver, Annabelle, et tu me connais : je ne suis pas un tendre. Seulement... je m'étais promis de revenir dans ta vie pour te rendre heureuse, alors... voilà. J'ai tenu ma promesse. Pas exactement comme je l'espérais, mais... on ne peut pas gagner à tous les coups, pas vrai ?

Un autre silence passa entre nous, avant qu'il rie encore une fois :

— C'est drôle, je m'attendais à ce que tu aies une question pour moi.

— Une question ? Laquelle ?

— Tu ne veux pas savoir pourquoi j'ai exigé que Simon te baise devant tout le monde ?

En me remémorant cette information, je m'exclamai :

— Parce que tu es un incorrigible voyeur !

— Oh, si peu ! se moqua-t-il.

Un silence passa avant qu'il me demande :

— Tu ne devines pas pourquoi j'ai fait ça ?

— Non, enfin… je ne sais pas. Tu as déjà vu Simon à l'œuvre… Ça m'étonnerait que ce soit à des fins de comparaison…

Je m'attendais à l'entendre rire et se vanter de sa supériorité au lit, mais il n'en fut rien. Son silence s'étira jusqu'à ce que je commence à m'inquiéter :

— John ?

— Je voulais… voir ton visage quand tu faisais l'amour. Et j'entends par là… vraiment faire l'amour, pas comme tu l'as fait avec moi pour me faire plaisir…

Mon cœur se serra, et j'eus du mal à retenir mes larmes, surtout lorsqu'il continua sans attendre :

— Tu étais vraiment magnifique, Annabelle. Et heureuse. C'est une image que je garderai en mémoire longtemps.

Son aveu m'attrista. Lentement, je me laissai retomber sur le lit pour essayer de chasser l'émotion qui me gagnait.

— C'était… mon prix de consolation, ajouta-t-il tout bas.

J'essuyai une larme qui coula en traître sur ma joue et je chuchotai, en essayant de ne pas laisser transparaître le chagrin dans ma voix :

— John…, je ne sais pas quoi dire.

— Un merci suffira.

— Merci, dis-je très vite. Ça me touche beaucoup.

— Je sais. Je suis même certain que tu pleures en cachette, en ce moment, plaisanta-t-il.

Je pouffai dans un mélange inégal de rire et de larmes.

— Touché, admis-je.

Il soupira au bout du fil, et aucun de nous deux ne brisa le silence pendant une bonne minute.

— Autant que tu le saches : je vais continuer à voir Lena, alors si jamais on se croise dans un ascenseur ou qu'elle te parle de moi sache que, cette fois, il n'y aura pas de but caché derrière la manœuvre.

Le rire que je laissai jaillir résonna forcé, parce que j'avais la sensation que John me faisait ses adieux.

— Laure va probablement redevenir ma soumise, annonça-t-il encore. Comme tu vois, je renoue avec mon passé, petit à petit. Tu me connais : je ne suis vraiment pas le genre d'hommes à se cantonner dans une relation monogame !

— Oui, confirmai-je en retrouvant ma bonne humeur.

— Quant à toi, Annabelle, je te défends de gâcher le cadeau que je t'ai fait, compris ?

— Oui, répétai-je. C'est promis.

— Parfait. Bon… eh bien… je crois qu'on s'est tout dit.

Je ravalai mes larmes et j'attendis. Était-ce un adieu ? Non ! Il allait poursuivre sa relation avec Lena, nous allions sûrement nous croiser par hasard, mais…, alors que j'avais la sensation d'avoir trouvé un ami, voilà que je le perdais dans un même souffle.

— Au revoir, Annabelle, dit-il enfin.

— Au revoir, John.

Il fut le premier à raccrocher. Quand je l'imitai, je serrai mon téléphone contre ma poitrine, troublée par cet appel. J'étais partagée entre le sacrifice qu'avait fait John et le bonheur qu'il m'apportait. Personne n'avait fait quelque chose d'aussi chevaleresque pour moi. C'était étrange. Après avoir fait de ma vie un enfer, John Lenoir m'avait fait le cadeau le plus extraordinaire qui soit : il m'avait rendu l'homme que j'aimais, et m'avait fait comprendre à quel point je tenais à lui.

66

Définitivement sienne

Je remettais mes livres dans ma bibliothèque lorsque Simon rentra du travail, un sac de provisions à la main. Alors qu'il venait à peine de le déposer sur le comptoir, je laissai tout en plan pour venir me jeter à son cou. Ma bouche sur la sienne, j'entrepris de le dévêtir. Dans un geste doux, il me caressa la joue en posant sur moi un regard ému.

— Qu'est-ce que c'est bon que tu sois là…

— C'est bon d'être là, aussi. Et c'est encore mieux quand tu es là.

Je fis tomber sa chemise mais, avant que j'attaque son pantalon, il retint mes poignets avant de se mettre à rire.

— Tu me laisses prendre une douche, avant ?

— Permission refusée, dis-je en lui libérant les poignets.

Je léchai son torse en laissant un soupir comblé jaillir de mes lèvres, glissai une main empressée dans son caleçon.

— Anna…, j'en ai pour cinq minutes à me doucher… Tu peux même venir avec moi !

— Plus tard.

J'écrasai le nez sur sa peau, me laissai tomber devant lui et me dépêchai de prendre son sexe entre mes lèvres. Une caresse plus tard, je m'arrêtai avant de relever la tête vers lui.

— J'aime le goût de ta peau quand tu reviens du travail. Et celle de ta sueur, aussi. Bien que je préfère celle qu'il y a sur ton ventre lorsqu'on vient de faire l'amour.

Il parut charmé de mon aveu et, alors que je reprenais ma fellation, il souffla, le corps tendu :

— Tu ne veux pas… manger quelque chose avant de… ?

Avant qu'il parvienne à terminer sa phrase, je pouffai, puis je m'arrêtai pour lui jeter un regard taquin.

— Oh, mais je suis déjà en train de déguster mon plat préféré, mon cher monsieur ! Ça ne se voit pas ?

Nous partageâmes un rire. Malgré notre courte nuit et ses traits tirés par la fatigue, il paraissait détendu. Heureux. Le voir ainsi me submergea de bonheur. D'un geste discret, il me fit signe de me redresser, et je me retrouvai pendue à son cou. Ses mains cherchèrent à retirer mon peignoir, et je fis mine de le disputer :

— Monsieur Hébert, je n'ai pas terminé mon repas.

Sa bouche dériva sur mon cou.

— J'ai faim, moi aussi.

Il m'entraîna vers le salon, et je m'empressai de reprendre le contrôle des opérations. Je le poussai sur le canapé, l'obligeai à me laisser faire malgré ses mains baladeuses sur mes hanches, puis me glissai entre ses jambes pour reprendre ma fellation. Malgré ses légères protestations, il eut vite fait de s'abandonner à mes caresses. Son excitation était évidente. Ses halètements résonnèrent vite et en force. À croire que je n'étais pas la seule à avoir attendu ce moment toute la soirée. Plus son souffle s'emballait, plus je le suçais avec application. Quand je le sentis prêt à exploser, je retins sa main sur ma tête et caressai ses doigts pendant qu'il criait mon nom.

Simon se prélassait calmement quand je le rejoignis sur le canapé. Je me serrai contre lui en souriant, heureuse de sentir ses bras autour de moi. J'avais encore du mal à croire que nous nous étions retrouvés.

— Je t'aime, dis-je simplement.

— Moi aussi.

J'étais incapable de retenir mon sourire ; aussi, je masquai mon visage en lui embrassant l'épaule, le torse et le cou. Ma main lui caressait la cuisse et le ventre. Je ne me lassais pas de le toucher.

— Tu es drôlement gourmande, ce soir, dit-il, visiblement ravi.

— Je te rappelle que j'en ai été privée pendant un mois.

Il afficha un regard triste.

— Nous avons perdu tellement de temps !

— Peut-être, dis-je, et, même si je ne veux plus jamais vivre ça, je commence à croire que c'était nécessaire.

Fronçant les sourcils, il ordonna :

— Explique.

J'enjambai ses cuisses et m'installai sur lui, nouant les bras autour de son cou pour mieux le regarder dans les yeux.

— Simon, quand je t'ai connu, j'étais complètement perdue. Et toi, tu m'as guidée. Tu as construit… toute cette vie pour moi.

— Avec toi, rectifia-t-il.

— Oui, enfin… je ne comprenais pas pourquoi tu m'aimais. Je me sentais… comme une moins que rien.

Ses bras se resserrèrent autour de moi.

— Je t'ai donc si mal aimée ?

— Oh non ! J'étais juste… je n'étais pas guérie de mon passé, c'est tout. Je me sentais coupable, j'avais l'impression de ne pas t'en offrir suffisamment.

— Pas autant que John, quoi, conclut-il.

Devant son air sombre, je lui caressai les cheveux avant d'ajouter :

— Je n'étais pas sûre de pouvoir… m'offrir de nouveau comme ça.

— Ça, je l'avais compris, avoua-t-il, troublé.

— Le problème, c'est que je ne cherchais pas une relation SM, mais juste une façon d'être à toi sans que tu imagines que j'avais envie de recréer ma relation avec John. Ce qui me manquait, c'était cette confiance aveugle que j'avais en lui à l'époque. Cette façon de m'abandonner, même quand j'étais terrifiée par ce qu'il exigeait de moi. Ce lien que nous avions, lui et moi, il me paraissait… indestructible, tu comprends ? Même dans les pires instants de ma vie, John m'aimait et il me pardonnait…

Plus je parlais, plus Simon serrait les lèvres. Déterminée à le rassurer, je lui caressai la joue du bout des doigts avant de poursuivre :

— En fait, je cherchais quelque chose que j'avais déjà, mais que j'étais incapable de voir. Et ne te méprends surtout pas sur mes paroles, ajoutai-je en le pointant d'un doigt autoritaire. Je savais la chance que j'avais, c'est seulement que… je craignais de ne pas être à la hauteur de ce que tu m'offrais.

— Annabelle, après ce que tu as vécu, c'est un véritable miracle que tu sois arrivée à aimer de nouveau !

— Oui. Et aujourd'hui, Simon, je t'aime plus que jamais.

Je l'embrassai comme une affamée puis je me redressai en chassant ses mains baladeuses de mes cuisses.

— Attends, je ne t'ai pas dit le meilleur.

— Vite ! s'impatienta-t-il en entreprenant de me retirer mon peignoir.

— John m'a beaucoup aidée à comprendre tout ça, dis-je sans hésitation.

Simon s'immobilisa. De toute évidence, il aurait préféré ne plus jamais entendre ce prénom. C'est pourquoi je parlai vite, pour épuiser le sujet une bonne fois pour toutes :

— Il a compris que je t'appartenais. Corps et âme. Autrement, jamais il ne t'aurait cédé la place.

Avec un air soucieux, il soupira :

— J'espère que tu dis vrai et qu'il nous laissera enfin tranquilles.

— Je sais qu'il le fera, certifiai-je. Il a d'ailleurs téléphoné ce soir pour s'assurer que nous nous étions bien remis ensemble.

Il plissa les yeux, et sa voix trahissait une pointe d'inquiétude lorsqu'il dit :

— Qui te dit que ce n'était pas pour voir si tu n'étais pas encore célibataire ?

— Parce que John a beaucoup de défauts, mais qu'il sait reconnaître quand la lutte est perdue. Dès qu'il a compris que mon cœur t'appartenait, il a fait en sorte que nous nous retrouvions.

— Je te rappelle qu'il est responsable de notre séparation !

— Oui, mais elle a été bénéfique, puisque je suis là, plus tienne que jamais. C'est un joli cadeau qu'il nous a fait, tu ne peux pas dire l'inverse !

Il grimaça. D'un geste, il me repoussa et disparut dans la chambre, si vite que je crus l'avoir choqué.

— Simon, qu'est-ce que tu fais ?

— Deux secondes !

Lorsqu'il revint, il secoua une boîte rouge dans sa main.

— J'en ai assez que tu parles de son cadeau comme si c'était la plus belle chose au monde.

Je pouffai devant son éclair de jalousie.

— C'est toi, le cadeau, idiot ! Je n'ai pas le droit de dire que je suis contente de t'avoir retrouvé ?

— Prouve-le ! me défia-t-il en me tendant la boîte.

Je la pris. À la taille et au poids du paquet, je compris vite qu'il s'agissait d'un bijou, mais, avant de l'ouvrir, je le mis aussitôt en garde :

— Comment tu peux croire qu'un seul de ces joujoux pourrait rivaliser avec ce corps magnifique ?

Je terminai ma phrase en me léchant les lèvres, mais devant l'insistance de son regard j'ouvris son cadeau. Je me figeai devant la bague qu'elle contenait, puis je relevai des yeux incertains sur lui.

— Je l'ai achetée avant qu'on se sépare, admit-il en pinçant les lèvres. Je voulais… j'avais songé… te l'offrir pour ton anniversaire…

Il me parut nerveux. Au moins autant que moi. La gorge sèche, je lui tendis la boîte.

— Tu sais, tu n'es pas obligé de me la donner tout de suite.

Repoussant la boîte dans ma direction, il emprisonna mes mains dans les siennes.

— La vérité, Anna, c'est que je rêve de t'offrir cette bague depuis des mois. Évidemment, dans mon scénario, on était bien habillés, avec des fleurs, du vin et…

Il se tut brusquement avant de se laisser tomber sur le sol. Une fois à genoux devant moi, il récupéra ma main, qui tenait la boîte.

— Annabelle, tu as dit que tu voulais être mienne. À mon sens, il n'y a qu'une seule façon de le devenir. Épouse-moi.

Je fermai les yeux puis les rouvris, plusieurs fois de suite. Je rêvais, assurément ! Pourtant, l'homme que j'aimais était toujours là, devant moi, dans l'attente de ma réponse.

— Simon, je ne sais pas quoi dire… Je ne m'attendais pas à ça !

— Mais… hier, tu as parlé de mariage, d'enfants… C'est ce que je veux pour nous, Anna. Pas toi ?

— Bien sûr que si !

Il me montra le bijou qui étincelait dans sa petite boîte rouge.

— Simon, si tu continues, mon cœur va exploser, annonçai-je.

— Alors là, c'est ta faute ! Tu n'as pas cessé de me dire que le cadeau de John était extraordinaire… Alors voilà le mien !

Je ris en écrasant une larme sur ma joue en même temps.

— Tu es incroyable.

— J'attends une réponse, me somma-t-il en sortant la bague de son écrin.

J'attendis qu'il glisse le solitaire autour de mon doigt et qu'il relève les yeux sur moi.

— Épouse-moi, supplia-t-il.

— Oui, dis-je simplement.

Il afficha le sourire le plus lumineux qui soit et me serra contre lui pour m'embrasser tendrement.

— Pas de fleurs, pas de vin, mais, crois-moi, il va y avoir du sexe, promit-il en faisant descendre les mains le long de mon dos dans une caresse langoureuse.

Je gloussai puis m'abandonnai à son corps. J'étais définitivement sienne.

Aubin
IMPRIMEUR

Achevé d'imprimer en novembre 2015
N° d'impression 1508.0252
Dépôt légal, décembre 2015
Imprimé en France
81121614-1